LUZIFER
VERLAG

JET

DAS VERMÄCHTNIS

RUSSELL BLAKE

By arrangement with Peter Lampack Agency, Inc.
350 Fifth Avenue. Suite 5300
New York, NY 10118 USA

LUZIFER
VERLAG

Deutsche Erstausgabe
Titel der Originalausgabe: JET V – LEGACY

www.luzifer.press

Umschlaggestaltung: Michael Schubert | Luzifer-Verlag
Übersetzung: Kalle Max Hofmann
Lektorat: Astrid Pfister

ISBN: 978-3-95835-507-1

Dieses Buch wurde nach Dudenempfehlung (Stand 2020) lektoriert.

Bibliografische Information der Deutschen Nationalbibliothek:
Die Deutsche Nationalbibliothek verzeichnet diese Publikation in der Deutschen Nationalbibliografie; detaillierte bibliografische Daten sind im Internet über *http://dnb.d-nb.de* abrufbar.

VORBEMERKUNG DES AUTORS

Es hat mir sehr viel Spaß gemacht, *Jet 5: Das Vermächtnis* zu schreiben. Die ersten vier Bände kamen bei den Lesern sehr gut an und ich wollte im gleichen Stil wie im vierten Teil weitermachen. Es sollte eine Geschichte werden, die sich in einer relativ kurzen Zeitspanne ereignet, also in etwa einer Woche. Dadurch wollte ich die hohe Geschwindigkeit und das kraftvolle Gefühl aufrechterhalten, das dabei entsteht. Immer, wenn Jet endlich mal etwas Ruhe hat und schon fast das Gefühl aufkommt, dass sie endlich ein normales Leben führen kann, wird ihre Welt erneut auf den Kopf gestellt und es gibt so richtig Ärger.

Ich hoffe, Ihnen gefällt diese neueste Episode aus Jets Leben. Mir war es auf jeden Fall eine Freude, ihre Story weiterzuspinnen und zu erfahren, wo sie am Ende hinführt. Es ist immer ein wunderbares Gefühl, wenn die Hauptfigur beim Schreiben einfach das Kommando übernimmt, und ich kann Ihnen an dieser Stelle verraten, dass ich bei meinen letzten Büchern zu Beginn keine Ahnung hatte, wie sie letzten Endes ausgehen würden.

Das ist ein äußerst faszinierendes Gefühl, wenn auch manchmal ein bisschen gruselig, aber offenbar funktioniert es. Deswegen werde ich auch nichts an meiner Methode ändern.

Doch jetzt genug der Vorrede – mit großem Stolz präsentiere ich Ihnen die fünfte Folge von Jets dramatischer Geschichte. Schnallen Sie sich an, es wird wieder eine wilde Fahrt!

KAPITEL 1

VOR VIER WOCHEN, IN GENUA, ITALIEN

Kalter Regen fiel vom stahlgrauen Himmel und der unnachgiebige Wind, der die Wolken vorantrieb, brachte den typischen Geruch des Meeres mit sich. Die mediterrane Umgebung hatte jedoch überhaupt nichts mit den Postkartenmotiven gemein, die man aus Reisebüros kennt. Stattdessen prügelte eine Welle nach der anderen mit steigender Intensität auf die Hafenmauern von Genua ein. Als die Dämmerung schließlich zur Nacht wurde, peitschten Blitze über die Stadt und erleuchteten dabei die riesigen Frachtschiffe, die an den Piers vor Anker lagen.

Bäche aus Brackwasser spülten über die alten Pflastersteine, die hier und da aus dem brüchigen Asphalt ragten, der von dem stetigen Verkehr schwerer Verladevehikel stark beansprucht war.

Zwei Sicherheitsmänner in schwarzen Regenjacken patrouillierten am Tor von Hafenabschnitt B. Widerwillig machten sie ihre Runden durch das Donnerwetter, welches die Natur ihnen entgegenschleuderte. Motiviert wurden sie nur durch den Geschmack ihrer starken, filterlosen Zigaretten und der Aussicht auf den nächsten Zahltag, der kurz bevorstand. Außer ihnen war weit und breit niemand zu sehen, denn Seemänner und Hafenarbeiter hatten längst Feierabend und bis auf die eine oder andere Ratte, die es ebenfalls eilig hatte, in ihren Bau zu kommen, war der Hafen vollkommen leblos.

Auf der anderen Seite der Straße, die zu den Piers führte, reihten sich Bars und billige Hotels aneinander und ihre heruntergekommenen Fassaden luden zur typisch rustikalen Gastfreundschaft eines Hafens ein. Professionelle Damen schüttelten sich das Wasser von den Regenjacken und betraten nach und nach die verschiedenen Etablissements, auf der Suche nach den üblichen Kunden, die sich am Ende eines langen Arbeitstages nach ihren Diensten sehnten. Es waren Matrosen, Fischer und Diebe, die in diesen Bars herumhingen, ihre Einsamkeit mit Alkohol begossen und sich gegenseitig feindselig anstarrten, in Erwartung einer weiteren langen Nacht.

Über einer besonders gammelig wirkenden Tränke prangte ein ausgeblichenes Schild mit der Karikatur einer Ente, die einen Piratenhut trug und mit einem Säbel bewaffnet war. Gedämpftes Licht schien in der zweiten Etage durch die geschlossenen Vorhänge, die den Blick auf eine Reihe von Zimmern verdeckten, die stundenweise zu mieten waren. Etwa zwanzig Meter davon entfernt, parkte ein graublauer VW-Bus, dessen Scheiben dunkel getönt waren. Für einen unaufmerksamen Betrachter wirkte das Fahrzeug verlassen, doch hinten saßen zwei Männer und starrten auf geisterhaft flackernde Schwarz-Weiß-Bildschirme.

Die Aufmerksamkeit der Herren galt der Treppe, die zu der Einliegerwohnung über der Bar führte. Ohne Unterlass prüften sie die Signale ihrer verschiedenen versteckten Kameras und der Laser-Mikrofone. Sie hatten nicht viel Zeit gehabt, die Operation vorzubereiten, und der Starkregen machte die Sache nicht gerade einfacher. Sie hatten erst morgens von dem Treffen erfahren und es hatte einiges an Ressourcen gekostet, alles rechtzeitig zu organisieren und aufzubauen. Der Sturm war zusätzliches Pech gewesen, doch nach unzähligen Einsätzen wussten sie, dass Jammern auch nichts nützte. Sie mussten eben mit dem arbeiten, was sie hatten. Schließlich waren sie gereifte und abgehärtete Profis, und wenn es irgendeine Chance gab, ihre Mission zu erfüllen, würden sie diese ergreifen.

Natürlich hatten sie gar nicht erst daran gedacht, die örtliche Polizei einzuweihen, denn in dieser Gegend gab es einfach viel zu viele undichte Stellen. Deshalb durfte man sie lediglich als den letzten Notnagel betrachten, wenn wirklich alles andere schiefgegangen war. Obwohl man sich nach außen hin kooperativ gab und eine Art Duldung herrschte, trauten die beiden Männer niemandem. Selbst ihre eigenen Kollegen wurden immer wieder hinterfragt. Man arbeitete allein und undercover, und das für Wochen oder gar Monate am Stück. Nun waren sie schon über ein Jahr in Italien stationiert, um eine verbündete Regierung zu bespitzeln. Sie trugen beide marineblaue Jacken über ihren grob gestrickten Seemannspullovern und waren äußerlich nicht von den üblichen Hafenarbeitern zu unterscheiden, die aus den verschiedensten Kulturschichten stammten. Es gab darunter Korsen, Mafiosi, Russen und Nordafrikaner. Bei den Rivalitäten der verschiedenen Verbrecherclans wurden die Verträge auch schon mal mit Blut unterzeichnet und Auseinandersetzungen mit erbarmungsloser Härte ausgefochten. Die Verlierer der zahllosen Machtproben wurden anschließend in schönster Regelmäßigkeit zu Fischfutter.

Der Kleinere der beiden Männer, dessen breites Gesicht von einem stoppeligen Dreitagebart geziert wurde, tippte jetzt mit seinem stummeligen Zeigefinger auf einen der Monitore, der wegen eines fehlerhaften Kabels ständig flackerte.

»Wie sollen wir denn irgendwas auf die Reihe kriegen, wenn wir keine Vorbereitungszeit und nur beschissenes Material bekommen?«, fluchte er auf Italienisch – wie vereinbart.

»Adam, musst du dich wirklich jedes Mal so aufregen? Es könnte auch schlimmer sein – zum Beispiel, wenn wir jetzt draußen wären und klatschnass würden. Da nehme ich den Bus hier doch mit Kusshand«, murmelte sein Kollege Samuel. Dann kratzte er sich über seinen Kinnbart und hob die Arme über den Kopf, um sich zu recken.

»Ich dachte, die Party sollte schon längst begonnen haben«, sagte Adam.

Seine Augen waren auf das Monitorbild der Tür geheftet, das von den Kameras und Mikrofonen auf dem Autodach eingefangen wurde. Getarnt als ein Gepäckträger und eine uralte Satellitenschüssel, wie man sie von Campingplätzen kannte.

»Es tut mir leid, wenn unsere Informationen nicht hundertprozentig gestimmt haben. Hast du heute vielleicht noch irgendeine heiße Verabredung, von der ich nichts weiß?«

»Ich mag diese übereilten Einsätze einfach nicht. Wenn man keine Zeit für die Planung hat, steigt das Risiko eines Fehlschlags.«

»Danke für diese griffige Zusammenfassung. Ich werde sie in mein Buch *Spionage für Dummies* aufnehmen, an dem ich gerade schreibe«, sagte Samuel trocken. Solche flapsigen Gespräche dienten dazu, ihre Anspannung zu senken.

»Bisher ist das Ganze reine Zeitverschwendung, mehr will ich damit ja gar nicht sagen. Seit fünfundvierzig Minuten hat sich niemand blicken lassen, das ist doch alles kompletter Bullshit.«

»Das mag sein, aber noch ist das Licht an, also erwarten sie jemanden. Geduld, mein Freund, Geduld. Wir ziehen das jetzt durch. Warten wir doch einfach mal ab, was die Nacht noch zu bieten hat.«

»Wahrscheinlich noch ein paar weitere zahnlose Nutten und Besoffene. Ansonsten ist anscheinend niemand dumm genug, bei diesem Wetter auf die Straße zu gehen.«

»Seit wann hast du etwas gegen Nutten oder Alkohol?«

»Das habe ich nicht gesagt. Ganz im Gegenteil, ich bin wahrscheinlich nur neidisch. Alle sind gerade im Trockenen und haben Spaß, während wir uns hier draußen die Ärsche abfrieren. Das ist nicht fair, mehr sage ich ja gar nicht.«

»Alles klar. Ich werde sicherstellen, dass mein Bericht deinen Mangel an Begeisterung darüber widerspiegelt, dass Alkohol und Prostituierte kein Bestandteil unseres Arbeitsauftrages sind.«

»Ja, mach das. Vielleicht ändert sich dann mal was daran. Wäre höchste Zeit.«

Als plötzlich ein Mann in einem offensichtlich teuren Mantel aus einem schwarzen Lexus sprang, der hinter ihnen angehalten hatte, verstummten beide Männer abrupt. Ein Regenschirm hielt den gröbsten Teil des Unwetters von dem Mann ab und als er an dem VW-Bus vorbeieilte, machten Adam und Samuel große Augen. Sie drückten hastig einige Knöpfe an ihrem Bedienpult und starteten die Aufzeichnung.

»Ich kann kaum etwas sehen. Der verdammte Regen und der Schirm machen es nicht gerade leicht«, knurrte Adam, während er an einem Knopf drehte, um die Hauptkamera schärfer zu stellen.

»Schau mal, ob du sein Gesicht draufkriegst. Das hat höchste Priorität, abgesehen von den Tonaufnahmen.«

»Ich versuche es ja, aber ich kann keine Wunder bewirken. Kein Licht, kein Bild.«

»Tu einfach dein Bestes«, herrschte Samuel ihn an, während sich sein Blick in den Monitor bohrte.

»Er geht rein«, stellte Adam überflüssigerweise fest, als ihre Zielperson die Klingel drückte und wartete.

»Kannst du irgendwas Brauchbares aufnehmen?«

»Der Schirm ist im Weg. Das mit dem Licht ist jetzt okay, aber das ist nun mal keine Röntgenkamera.«

»Was ist mit den Mikrofonen?«

»Bis da drinnen jemand anfängt, zu reden, kann ich dir das nicht beantworten. Sieht aber soweit ganz gut aus. Schau dir mal die Signalstärke an«, meinte Adam und zeigte auf ein Messgerät. »Die Türklingel habe ich jedenfalls ganz gut hören können.«

Ihre Richtmikrofone waren darauf ausgelegt, Vibrationen der Fensterscheiben zu registrieren und diese in Klang umzuwandeln. Das Equipment war unter normalen Umständen äußerst zuverlässig, doch bei so einem Unwetter hatten sie es noch nie zuvor eingesetzt. Aber sie hatten keine Alternativen. Natürlich hatten sie überlegt, sich als Straßenarbeiter oder Gebäudetechniker zu verkleiden und ein paar Wanzen zu installieren, doch sobald sie das fragliche Haus erreicht hatten, war ihnen klar geworden, dass das viel zu riskant wäre. Sie durften auf keinen Fall entdeckt werden, daran hatte ihr Einsatzbefehl keine Zweifel gelassen. Sie durften auf keinen Fall in direkten Kontakt mit der Zielperson treten.

Die in der Wohnung befindlichen Personen hatten diese nicht verlassen, seit der Lieferwagen seine Position eingenommen hatte. Gott sei Dank war diese nah genug, dass sie einiges von ihrem Equipment einsetzen konnten. Samuel hatte bestimmt ein Dutzend Runden um den Block gedreht, bis endlich ein guter Parkplatz für ihre Aktion frei geworden war. Nachdem sie sich dort eingerichtet hatten, machten sie das Beste aus der Situation. Sie hatten ein paar gedämpfte Telefonanrufe aufgezeichnet, aber davon mal abgesehen redeten die Leute in der Wohnung nicht miteinander, und sie wussten daher nicht, wie viele es waren.

Adam drehte eines der Mikrofone noch mehr auf und als der Türsummer losging, um den Neuankömmling einzulassen, erklang das Geräusch in ihren Kopfhörern laut wie eine Sirene.

»Konntest du ein Bild von ihm aufnehmen?«, fragte Samuel, doch Adam starrte weiter auf die Signalanzeige.

»Kein besonders tolles, aber ich glaube, es ist trotzdem gut genug, dass wir es an die Zentrale schicken können«, sagte er schließlich, wobei er weiter angestrengt in die Stille lauschte.

»Okay, dann leg mal los«, erwiderte Samuel und behielt dabei den Anzeiger für die drahtlose Verbindungsstärke im Auge.

»Eine Sekunde«, antwortete Adam, während er eine Tastatur an sich heranzog. Dann fing er an, in schneller Folge mehrere Befehle einzutippen. Beide Männer hielten plötzlich inne, als die Tür oben im Appartement mit Schwung zugeworfen wurde.

»Klingt doch gut«, flüsterte Adam.

»Pssssst!«

Eine brutale Windböe bombardierte die Gebäudefassade jetzt mit Regen und brachte sogar ihren Bus zum Wackeln. Es klang, als würde jemand mit einem Vorschlaghammer das Blech der Karosserie bearbeiten.

Murmelnde Stimmen wurden lauter und leiser, als Adam an seinen Steuerreglern herumspielte und digitale Filter an seinem Computer einstellte. Er nahm alles in Echtzeit auf, aber darüber hinaus konnte er bestimmte Frequenzen zusätzlich isolieren und Hintergrundgeräusche teilweise eliminieren.

Samuel fluchte leise, als eine der Kameras plötzlich nur noch ein schwarzes Bild anzeigte, gefolgt von einem Video-Rauschen.

»Verdammt. Der Wind muss das Ding erledigt haben«, beschwerte er sich, wobei sein Blick über die Verkabelung wanderte, um auszuschließen, dass es innerhalb des Busses ein Problem gab.

»Na super. Kann es überhaupt noch schlimmer werden?«

»Frag doch so was nicht!«

»Du weißt, was du zu tun hast.«

Samuel nickte resigniert. Er musste einen Blick auf das Kamerasystem werfen und schauen, ob er den Fehler finden konnte. Währenddessen blies ihm der Wind mit vierzig Knoten um die Nase und der Regen wirkte eher wie Hagel.

Widerwillig schob Samuel den schweren Vorhang beiseite, der den hinteren Teil des Wagens von der Fahrerkabine abschirmte.

Er wollte gerade einen richtig schönen Fluch an Adam richten, doch dann sah er das bodenlose Entsetzen in dessen Blick. Er ahnte allerdings nicht, dass in diesem Moment bereits ein roter Lichtpunkt über sein Gesicht wanderte und sich schließlich auf seiner Stirn niederließ.

»Pass auf«, schrie Adam, doch da war es schon zu spät. Samuels Kopf explodierte, als hätte er eine Granate verschluckt. Der vordere Teil des Busses wurde mit Blut und Knochensplittern gesprenkelt, während die Windschutzscheibe in sich zusammenfiel. Adam griff blind nach dem Sturmgewehr, das zu seinen Füßen lag, als eine Salve Kugeln den Wagen durchsiebte und ihn nur knapp verfehlte. Er hob seine Waffe, um zurückzuschießen, als er im Augenwinkel einen Feuerball registrierte. Plötzlich schien die Zeit stillzustehen, denn ein RPG-7 Raketensprengkopf mit thermobarer Ladung zischte durch das klaffende Loch in der Windschutzscheibe und entzündete sich dann zu einem Feuerball, der Adam sofort tötete und den gesamten Innenraum des Wagens in eine schmelzende Masse verwandelte.

Teile des Busses, der nun bis zur Unkenntlichkeit verzerrt war, lagen im Umkreis von zwanzig Metern auf dem Gehweg verteilt. Als sieben Minuten später der erste Polizeiwagen eintraf, qualmte das Metallgerippe des Wagens immer noch. Der Benzintank war irgendwann ebenfalls explodiert, was die Zerstörung noch einmal intensiviert hatte. Niemand in der Gegend hatte etwas gesehen, und nachdem die ganze Nacht ermittelt worden war, kamen die Behörden zu dem Schluss, dass es sich wohl um eine Fehde zwischen organisierten Verbrecherbanden gehandelt haben musste, was absolut nichts Ungewöhnliches für diese Gegend war.

Niemand konnte sich an die Menschen erinnern, die aus dem Appartement gekommen und schweigend in der Nacht verschwunden waren, und natürlich hatte erst recht niemand den Pick-up-Truck gesehen, der die Schützen transportiert hatte.

Zwei Tage lang geisterte die Geschichte durch die lokalen Medien, doch da es keine Spuren gab, landete das Vorkommnis schließlich bei den Hunderten von anderen ungeklärten Vorfällen der Hafenkriminalität, der die Regierung einfach nicht Herr zu werden schien.

KAPITEL 2

VOR DREI MONATEN, 300 KILOMETER ÖSTLICH VON HOBYO, SOMALIA

Der massige Bug der *Salome* pflügte durch die tosenden Fluten, deren Wellen meterhoch in die Luft peitschten.

Der Wind schien aus allen Richtungen zugleich zu kommen, die Witterung war in diesem Teil des Westindischen Ozeans oft absolut unberechenbar. Die Sonne war noch nicht aufgegangen und entsprechend schwarz war der neblige Himmel. Nur hier und da schaffte es ein heller Stern, durch die wenigen Löcher im Wolkendach zu schimmern. Die Dieselmotoren des Frachters röhrten heiser, als er sich unnachgiebig in Richtung seines Zieles voranikämpfte – dem Hafen von Jeddah in Saudi-Arabien.

Die *Salome* war ein mit den Wassern aller Weltmeere gewaschenes Handelsschiff, das seit beinahe zwei Jahrzehnten vor allem vor den Küsten Afrikas, Indiens und Pakistans kreuzte. Es war ein hartes Geschäft, doch es lohnte sich. Die Besatzung bestand aus einer wilden Mischung aus internationalen Seeleuten. Sie fuhr unter der Flagge von Liberia, wie so viele Schiffe, die in diesen berüchtigten Gewässern unterwegs waren. Grund dafür waren die beinahe nicht-existenten Regularien dieses winzigen afrikanischen Staates, der auf diese Art eine Flotte von dreitausendfünfhundert Schiffen beheimatete … beinahe elf Prozent aller Schiffe der Welt.

Auf der Brücke rammte der Nachtwächter gerade dem ersten Maat seinen Ellenbogen in die Seite. »Was meinst du?«, raunzte er und nippte dabei an seiner dampfenden Tasse herrlich schwarzen Kaffees. Sein Blick war auf den Radar gerichtet und er deutete mit der freien Hand energisch auf einen leuchtenden Fleck.

»Sieht für mich wie ein Fischerboot aus. Die machen gerade einmal neun Knoten, wenn überhaupt«, antwortete sein Kollege.

»Wie weit ist es entfernt?«

»Ungefähr sechs Meilen.«

»Wir sollten den Kapitän dennoch aufwecken«, meinte der Wachhabende, wobei er einen weiteren Schluck des Getränks nahm, das er wie aus Eimern konsumierte – am liebsten schwarz und schön heiß.

»Er steht sowieso gleich auf. Halt einfach ein Auge drauf, und wenn die uns zu nahekommen, geben wir Alarm. Bei der momentanen Geschwindigkeit gehe ich aber nicht von einer Gefahr aus. Gönnen wir dem Kapitän doch seinen Schönheitsschlaf.«

Inzwischen betrachtete der Wachmann den Horizont durch sein Fernglas, ließ es kurz darauf aber wieder auf seine Brust sinken.

»Kein Licht zu sehen.«

»Es gibt jede Menge Boote, die sich nicht die Mühe machen. Diese verdammten Schabracken von den Chinesen und Thais sind so alt, dass sie sich kaum über Wasser halten können. Die geben ganz bestimmt kein Geld für neue Birnen aus. Das muss nichts heißen.«

»Das stimmt, aber komisch ist es trotzdem. Lass uns wenigstens unsere beiden Sicherheitskräfte wecken, die können auch mal was für ihr Geld tun.«

Er sprach dabei über die beiden Söldner einer israelischen Firma, die sich auf Vorsichtsmaßnahmen gegen Piraterie spezialisiert hatte. Sie wechselten sich täglich mit Zehn-Stunden-Schichten ab, was vier Stunden übrig ließ, in der beide Männer schliefen.

Die Sichtung eines langsamen Fischerbootes klang nicht nach einem absoluten Notfall, doch niemand aus der Crew mochte die Söldner besonders gern. Sie blieben meistens unter sich und machten immer eine große Show daraus, mit ihren Gewehren herumzuhantieren, die die einzigen Waffen auf dem gesamten Schiff waren.

Kommerzielle Seegefährte durften normalerweise nämlich überhaupt keine Waffen mitführen, doch wegen der außer Kontrolle geratenen Piraterie vor der Ostküste Afrikas hatten einige Länder ihre Regeln geändert, was geschäftstüchtigen Sicherheitsfirmen ein ganz neues Betätigungsfeld eröffnet hatte. Mehr und mehr Schiffe auf dieser Route heuerten deshalb routinemäßig Söldner an, um sich vor Entführungen und Raub zu schützen. Die Piraten hatten es auf leichte Ziele abgesehen und waren nicht scharf darauf, bei einem Feuergefecht das Zeitliche zu segnen. Nachdem sich in letzter Zeit sogar internationale Marineverbände an der Jagd auf Piraten beteiligt hatten, waren die Seeräuber allerdings wieder aggressiver geworden und griffen nicht selten mit Maschinengewehren oder sogar Raketenwerfern an.

Der Maat grunzte, als er die Brücke verließ, um die Söldner zu wecken. Die *Salome* kreuzte weiter mit achtzehn Knoten durch die Wellen und ein halb so schnelles Fischerboot schien keine große Gefahr darzustellen. Deshalb hatte er es auch nicht eilig, die Treppen hinunterzugehen, um das Deck zu erreichen, auf dem die Sicherheitsmänner schlummerten.

Als er die beiden Schlafenden aufweckte, konnte er sich allerdings eine gewisse Schadenfreude nicht verkneifen, während er darauf wartete, dass sich die beiden anzogen. Beide streifen schusssichere Kevlar-Westen über und schnappten sich dann ihre Kalaschnikow AKMs, bevor sie ihm zurück auf die Brücke folgten.

»Womit haben wir es denn zu tun?«, fragte Ari, der Größere von beiden.

»Wahrscheinlich nichts Ernstes.« Er deutete auf den hellen Fleck auf dem Radarschirm. »Es geht um diese Jungs hier. Sie haben kein Licht an und wir wissen auch nicht, ob ihr Kurs sie wirklich in unsere Nähe bringen wird. Aber ich dachte mir, ihr wollt euch vielleicht auch mal nützlich machen. Vielleicht kommt ihr sogar mal dazu, eure Elefantenbüchsen abzufeuern.«

Ari ignorierte die Sticheleien, denn es war nicht sein Job, sich mit der Crew anzulegen. Diese Seefahrten waren immer sterbenslangweilig, und er hatte schon Hunderte von ihnen absolviert, auf denen nie etwas passiert war. Eigentlich schon fast enttäuschend, nach den großen Reden, die die Firma bei seinem Bewerbungsgespräch geschwungen hatte. Er hatte sich exotische Häfen und Kämpfe gegen Piraten auf offenem Meer vorgestellt, doch in Wirklichkeit gab es nur Dieseldämpfe und Seekrankheit.

Er schaute Barry, seinen Partner an und verzog das Gesicht.

»Klingt nicht besonders aufregend. Willst du wach bleiben und dir das mal anschauen? Ich lege mich dann wieder hin. Bei dem Schneckentempo, das die draufhaben, kann ich auch Eis beim Schmelzen zugucken.«

»Klar, mach das. Die Situation ist definitiv nicht so aufregend, dass wir beide ein Auge darauf haben müssen.«

Ari nickte und schlurfte zurück zu dem schmalen Treppenaufgang, der auf das Hauptdeck führte, wobei er sorgsam darauf achtete, dass die Mündung seiner Waffe immer nach unten zeigte. Das Ganze war nur wieder ein falscher Alarm, wie so oft. Jedes Mal, wenn irgendetwas auf dem Radar auftauchte, das nicht auch ein Tanker war, gab es sofort einen Alarm. Doch nach knapp zwei Jahren hatte er sich daran gewöhnt. Eigentlich war es auch gar nicht so schlimm. Die Angriffe, von denen er gehört hatte, hatten eigentlich alle damit geendet, dass die Piraten in dem Moment, als zurückgeschossen wurde, sofort abdrehten und das Weite suchten. Im Grunde waren das doch auch nichts anderes als extrem arme Hunde, die aus purer Not einem kriminellen Geschäft nachgingen. Deshalb war die Anwesenheit von ihm und Barry ja auch so wertvoll. Ein paar Salven vor den Bug von irgendwelchen Piratenkähnen und die suchten sich sofort ein anderes Opfer. Zumindest wurde es ihm so immer wieder erzählt, und er sah keinen Grund, die Geschichten infrage zu stellen.

Auf der Brücke legte Barry jetzt sein Gewehr beiseite und ging, in Erwartung von zwei höchst langweiligen Stunden, in denen er wohl nur auf einen Bildschirm starren und darum kämpfen würde, nicht einzuschlafen, zur Kaffeemaschine.

***

Die *Jiang Li*, ein dreißig Jahre alter chinesischer Fischtrawler mit Stahlhülle war vor drei Wochen entführt worden. Die Crew hielt man als Geisel, während die Piraten die undichte Schaluppe als Mutterschiff benutzten. Zwei schnelle Motorboote waren am Heck vertäut, und die ursprünglichen fünfzehn Besatzungsmitglieder machten sich inzwischen keine Illusionen mehr um ihr Schicksal. Man zahlte ihnen nicht genug, um sich mit den Piraten anzulegen, und ebenso unwahrscheinlich war es, dass ihr Arbeitgeber ein Lösegeld für sie zahlen würde. Also blieb ihnen nichts anderes übrig, als einen Tag nach dem anderen zuzusehen, wie die einundzwanzig somalischen Piraten sie an Deck in Schach hielten, wo man sie gegebenenfalls als menschliche Schilde nutzen konnte, falls Kriegsschiffe auftauchen sollten, obwohl das bislang noch nicht der Fall gewesen war. Eine multinationale Eingreiftruppe hatte zwar einige Patrouillen in diese Gegend entsandt, doch der Ozean war groß. Allein das Gebiet, in dem die Piraten unterwegs waren, war größer als ganz Europa. Dadurch würden etwaige Erfolge ihrer Bemühungen nichts weiter als reiner Zufall sein.

Zwei Männer, deren Hautfarbe dunkel wie Ebenholz war, machten sich jetzt an der Vertäuung zu schaffen, dann ließen sie die Beiboote zu Wasser. Nur Minuten später waren achtzehn Bewaffnete an Bord. Ihr Ziel war die *Salome*, ein mittelgroßer Frachter, der auf dem Weg in den Mittleren Osten war. Ein Komplize, der in Mogadischu Zugriff zum Internet hatte, hatte ihnen einen Tipp gegeben und der Anführer der Piraten hatte daraufhin beschlossen, dass das Schiff ein geeignetes Ziel war.

Die *Salome* gehörte einer prominenten israelischen Firma, die in den meisten europäischen Häfen Büros unterhielt, was sie zu einem exzellenten Adressaten für Lösegeldforderungen machte. Die Fracht allein war schon mehrere Millionen wert, vielleicht sogar über zehn, sodass man garantiert eine niedrige siebenstellige Summe erwarten konnte. Das würde einen stattlichen Lohn ergeben, auch noch, nachdem die Hintermänner bezahlt worden waren. Inzwischen konnte man die Piraterie schon fast als boomende Branche bezeichnen, und deshalb hatten Informationen mittlerweile auch ihren Preis. Jetzt erwachten die kraftvollen Außenbordmotoren röhrend zum Leben und wenige Minuten später durchschnitten die Boote die Wellen, auf direktem Abfangkurs zur *Salome*, die nichts von der Bedrohung, die sich ihr von Süden her näherte, ahnte.

***

»Verdammt! Zwei Fremdkörper haben sich von dem Fischkutter abgekoppelt und halten jetzt direkt auf uns zu«, sagte der Wachmann, wobei sein Blick den Lichtpunkten auf dem Radarschirm folgte.

»Wie schnell?«, fragte Barry, der hastig aufstand und dabei bemerkte, wie sich sein Herzschlag angesichts des drohenden Angriffs beschleunigte. Der Himmel begann gerade erst, von zarten roten und orangefarbenen Bändern erhellt zu werden, während die Sonne sich über den Horizont kämpfte. Normalerweise würde es ein weiterer, wunderschöner Sonnenaufgang auf See werden, doch die näherkommenden Schnellboote stellten ihn in den Schatten.

»Ziemlich schnell. Mindestens fünfundzwanzig Knoten. Sie bewegen sich im rechten Winkel auf unsere Position zu, also werden sie uns in ein paar Minuten erreicht haben. Das Fischerboot ist auch nur noch wenige Meilen entfernt; den Rest können Sie sich also selbst ausrechnen.«

»Jemand muss Ari aufwecken. Ich gehe derweil runter aufs Deck, um eine gute Schussposition einzunehmen. Ich werde nicht warten, bis sie in Reichweite sind. Ab sechshundert Metern Entfernung fange ich an, zu schießen. Das sollte reichen, um sie in die Flucht zu schlagen«, erklärte Barry, während er sich sein Gewehr schnappte.

»Alles klar, ich kümmere mich um Ari«, sagte der Maat, als er sich aus seinem Drehstuhl erhob und ihm folgte. »Ich wecke besser auch mal den Captain.«

Sobald sie die Treppe erreicht hatten, räusperte sich der Maat. »Warum schießen Sie denn nicht von hier oben aus? Ist das nicht die bessere Position? Ich meine, vom höchstmöglichen Punkt aus?«

»Es geht mir dabei um die Flexibilität. Ich möchte in der Lage sein, sowohl beide Seiten des Schiffes als auch Bug und Heck abdecken zu können, und das kann ich von hier oben nicht machen. Außerdem gibt es hier viel weniger Deckung.« Er blieb abrupt stehen, wobei sein Fuß in der Luft über der nächsten Stufe schwebte. »Tun Sie mir den Gefallen und holen Sie Ari. Sagen Sie ihm auch, er soll noch mehr Munition und unsere

Pistolen mitbringen«, befahl Barry harsch, um den Maat in die Schranken zu weisen. Jetzt, wo der erste ernsthafte Piratenangriff bevorstand, wollte er bestimmt keine Fragerunde abhalten.

Ein salziger Wind peitschte Barry über das Gesicht, als er das Deck erreichte. Er schaute sich eine Weile um, bis er den besten Punkt gefunden hatte, um sich flach hinlegen und schießen zu können. Er musste zusehen, dass er ein möglichst kleines Ziel abgab, so wie er es einst gelernt hatte. Sein Kriegsdienst war zwar schon sieben Jahre her, und natürlich war ein Einsatz auf dem Wasser etwas vollkommen anderes als ein Kampf in der Wüste, doch die Grundlagen blieben die gleichen. Ein Gewehr war ein Gewehr, auch wenn es sich auf einem schwimmenden Stahlkoloss befand, und es kam darauf an, immer die Oberhand zu behalten. Ganz egal, in was für einer Umgebung man sich befand.

Drei Minuten später war Ari an seiner Seite und reichte ihm mit aufgeregtem Gesichtsausdruck zwei volle Magazine und eine Pistole. Barry hob das neopren-ummantelte Fernglas und deutete wenig später in die Ferne. »Da sind sie! Ich kann sie gerade so erkennen. Es sind definitiv Piraten und das Boot ist voll mit Gewehren. Ferngläser haben sie auch. Scheiße, jetzt teilen sie sich auf! Wahrscheinlich wollen sie von beiden Seiten gleichzeitig angreifen. Die sind nicht dumm, das muss man ihnen lassen. Die werden wohl eher vom Heck her kommen, das ist momentan nämlich die angesagte Methode. Wie weit sind sie noch weg?«, fragte Barry.

»Etwa neunhundert Meter. Ich würde noch eine Minute warten und ihnen dann ein paar Kugeln verpassen. Das sollte ihnen genug Angst einjagen. Oh, wow. Die haben auch Raketenwerfer, na ganz toll.«

»Da würde ich mir keine Sorgen machen. Mit denen triffst du nichts über hundert Meter Entfernung. Vielleicht gerade so zweihundert, wenn du Riesenglück hast.«

»Soll ich auf die andere Seite gehen?«

»Nein, noch nicht. Das Ganze ist bestimmt vorbei, bevor es auch nur angefangen hat.«

»Ich wünschte, diese Geizhälse von der Firma hätten uns Scharfschützengewehre gegeben, am besten Barretts. Das hier ist doch scheiße. Ich hasse nichts mehr als einen fairen Kampf.«

»Bei so einer unruhigen See würdest du mit ,nem Zielfernrohr sowieso nichts treffen. Schau doch mal, wie es auf und ab geht. Abgesehen davon ist das alles eh egal. Sobald die mein Gewehr hören und die Kugeln ins Wasser schlagen sehen, hauen sie ab.«

»Aber stell dir mal vor, du hältst ein Maschinengewehr mit Kaliber 50 in der Hand. Damit könnten wir sie zu Kleinholz machen.«

»Oder gleich ein paar Kanonen, wie auf einem richtigen Kriegsschiff. Bumm, Game over!«

Sie warteten ab, während ihr Schiff sich weiter in Richtung Norden bewegte. Ihre Nerven lagen angesichts ihres ersten richtigen Gefechts blank. Barry kniff die Augen zusammen und spähte den Lauf seines Sturmgewehrs hinunter. Er war bereit, zu feuern.

»Wie weit noch?«

»Vielleicht noch sechshundert Meter, aber sie kommen schnell näher.«

»Dann legen wir mal los.«

Das ohrenbetäubende Geknatter der AKM hallte über das Deck, als Barry auf das nähere der beiden Boote feuerte, womit er seinen Plan aufgab, erst einmal nur einen Warnschuss abzugeben. Es war so schwer, das auf den Wellen schaukelnde Boot anzuvisieren, dass er es aus dieser Entfernung sowieso kaum treffen würde.

Ari spähte währenddessen durch den Feldstecher und schluckte dann schwer. »Sie drehen nicht ab.«

»Verdammt. Diese Trottel! Die können sich auf was gefasst machen.«

»Scheiße, die haben nicht nur AKs … jetzt, wo sie näher kommen, kann ich auch andere Waffen erkennen. Die haben mindestens ein Scharfschützenge…«

Ein Kugelhagel prasselte jetzt auf die Metalloberflächen in ihrer Umgebung ein. Das vordere Boot hatte ebenfalls das Feuer eröffnet. Mindestens acht Gewehre gaben Dauerfeuer ab und schickten Hunderte von Geschossen in ihre Richtung. Die meisten schlugen harmlos über oder unter ihnen ein, doch eine erwischte Barry am Hals und durchschlug den Rand seiner Kehle, wobei arterielles Blut auf Aris Gesicht spritzte. Barry grunzte, ließ sein Gewehr fallen und umklammerte dann die Wunde. Seine Augen waren geweitet vor Überraschung und Angst, die allerdings schnell in Panik umschlug, als ihm sein Leben durch die Finger rann.

»Oh Gott, Barry!« Aris Gesichtsausdruck hatte sich jetzt von Erregung in Verzweiflung gewandelt, und für ein paar Sekunden erstarrte er förmlich, denn er war hin- und hergerissen, ob er zuerst seinem Freund helfen oder auf die schnell näherkommenden Piraten feuern sollte. Barry stöhnte leise, als ihn seine Lebensgeister verließen, und damit wurden Ari seine Prioritäten klar. Er musste die Piraten in die Flucht schlagen, denn sonst hätten sie alle keine Chance, zu überleben.

Er legte auf das nähere Boot an und feuerte, die Waffe hatte er zuvor auf Dauerfeuer gestellt. Zu seiner Erleichterung sah er, wie zwei der Männer am Bug zusammenbrachen, einige seiner Kugeln hatten also ihr Ziel gefunden.

Doch das war das Letzte, was Ari registrierte, denn ein Querschläger ließ jetzt den hinteren Teil seines Schädels zerplatzen. Noch bevor er den Treffer überhaupt registrierte, war er tot.

Weitere Kugeln hämmerten auf das Schiff ein und Barry wurde in der Brust getroffen, was seinen qualvollen Überlebenskampf abrupt beendete. Kraftlos sackte sein Körper in sich zusammen.

Der Maat beobachtete das Feuergefecht durch ein Seitenfenster der Brücke. Als er sah, wie die beiden Männer getroffen wurden, traf er eine spontane Entscheidung und gab seinen Posten auf. »Sie sind tot! Ich gehe jetzt da runter. Ich habe keine Lust, monatelang in irgendeinem Scheißloch in Somalia zu hocken«, rief er dem Wächter und dem Steuermann zu und rannte an ihnen vorbei.

»Hey, bleib stehen, das ist nicht deine Aufgabe«, warnte ihn der Wachhabende. »Lass es bleiben, sonst erschießen sie dich auch. Zwei Tote sind schon schlimm genug …«

»Entweder, wir schießen zurück, oder die nehmen uns in Kürze als Geiseln! Dann foltern sie uns wahrscheinlich ein paar Monate lang und töten uns dann. Diese Geschichten habe ich schon oft genug gehört.«

Mit diesen Worten verschwand er durch die Tür und eilte die Treppen hinunter. Als er das Deck erreichte, waren die Piraten nur noch einhundert Meter entfernt. Er duckte sich und schnappte sich eines der Gewehre, wobei er versuchte, das Blutbad zu seinen Füßen nicht allzu genau zu betrachten. Er hatte ebenfalls viele Jahre beim Militär verbracht und schon einige Leichen gesehen, doch die scharlachroten Pfützen auf dem Deck waren wirklich ein grauenvoller Anblick.

Die Piraten entdeckten ihn und drei von ihnen eröffneten sofort das Feuer. Er ließ sich neben den Toten zu Boden fallen und schoss zurück, nur um kurz darauf entsetzt mit anzusehen, wie einer der Angreifer einen Raketenwerfer schulterte. Einen Augenblick später jagte das feurige Geschoss genau auf ihn zu. Es verfehlte ihn zwar, doch die Explosion schüttelte ihn dennoch gewaltig durch und ließ seine Trommelfelle platzen. Außerdem riss sie ein riesiges Loch in die Außenhaut des Schiffes. Er wischte sich den Staub aus den Augen, und erst dann erreichten ihn die Schmerzen. Sein Bein war von Metallsplittern durchbohrt worden und hatte sich in eine brennende Masse aus zermatschtem Fleisch und Blut verwandelt.

Doch er riss sich zusammen und legte das Gewehr erneut an. Grinsend registrierte er, wie zwei der Männer von seinen Kugeln getroffen wurden, doch dann ging sein Blick plötzlich ins Leere. Eine ganze Salve heißen Bleis durchschlug seinen Brustkorb. Als sein Körper sich verkrampfte, glitt ihm die Kalaschnikow aus der Hand. Hilflos musste er dabei zusehen, wie ein weiterer Raketensprengkopf in die Kommunikationsantennen einschlug und Trümmer ins Meer schleuderte.

Das erste Motorboot erreichte jetzt die Steuerbordseite des Schiffes, nahe des Hecks, und einer der Piraten schleuderte einen Wurfanker auf das Deck. Nachdem er sich von dem festen Sitz überzeugt hatte, fing der Mann an zu klettern, und kurz darauf folgten drei andere. Das nächste Boot wiederholte diese Prozedur, und zwei Minuten später standen zehn bewaffnete Piraten auf dem Deck. Einer von ihnen näherte sich den Gefallenen und verpasste jedem von ihnen einen Tritt, um sicherzugehen, dass sie wirklich tot waren. Dann schnappte er sich ihre Waffen, wobei er eine der Pistolen in seinen Gürtel steckte. Die anderen händigte er seinen Kollegen aus.

Die Crewmitglieder der *Salome* blieben an Ort und Stelle, denn niemand wollte den Zorn der Angreifer auf sich ziehen, die bekanntlich auch einige Kameraden verloren hatten. Außerdem beinhalteten die Pflichten eines Seemannes nicht, sich mit bewaffneten Mördern anzulegen. Keiner von ihnen wollte sich zu den Toten gesellen.

Als der Anführer der Piraten die Brücke erreichte, fanden sie den Kapitän und den wachhabenden Offizier auf dem Boden liegend vor. Blut strömte aus ihren Ohren und Nasen. Der zweite Raketentreffer hatte im Inneren der Brücke ebenso viel Verwüstung angerichtet, wie auf dem Deck. Der Körper des

Steuermannes lag unmöglich verdreht in einer abgelegenen Ecke, seine Augen starrten stumpf in die Unendlichkeit. Der Pirat zog seine neu erworbene Pistole hervor und grinste unbarmherzig. Nach einem kurzen Kontrollblick auf das Steuerrad und das Bedienpult, drehte er sich um und schoss den noch lebenden Besatzungsmitgliedern in den Kopf.

»Dreht die Motoren auf. Volldampf voraus in Richtung Land. Wir sollten es noch vor Einbruch der Dunkelheit in unsere Bucht schaffen. Dann gehen wir vor Anker und kümmern uns um die Crew. Vielleicht sind sie mehr wert als das Schiff, vielleicht aber auch nicht. Nadif, du übernimmst die erste Schicht. Ihr anderen treibt die Besatzung zusammen und durchsucht sie. Dann sperrt sie in einen der Lagerräume und stellt eine Wache davor auf. Ich will keine Überraschungen!«

Nachdem er seine Anweisungen gegeben hatte, beeilten sich seine Männer, sie umzusetzen. Ihr Anführer war nämlich alles andere als ein typischer Pirat. Er war inmitten eines Bürgerkrieges aufgewachsen und war brutal, boshaft und vollkommen ohne Mitleid. Während viele andere Piraten ehemalige Fischer oder verarmte Bauern waren, repräsentierte er eine ganz neue Art des hoch motivierten Kriminellen. Er war nur hinter Geld und Reichtum her, und wie er bewiesen hatte, war er bereit, dafür über Leichen zu gehen.

Das große Schiff nahm jetzt Fahrt auf und hatte beinahe zwanzig Knoten erreicht, als Nadif einen Kurs zur Ostküste Somalias einschlug. Ihre Basis befand sich am Rande einer vom Wind gepeitschten Wüste, die von radioaktiven Abfällen belastet war, die europäische und indische Firmen ohne jegliche Form von Regularien dort abgeladen hatten.

Einer der Männer funkte jetzt das Fischerboot an, worauf es ebenfalls seinen Kurs änderte, um an Land zurückzukehren. Es hatte seinen Zweck erfüllt und das Schicksal seiner Crew war weiter ungewiss, solange der zahlungsunwillige Eigentümer noch um das Lösegeld feilschte.

KAPITEL 3

VOR ZEHN JAHREN, IN BAGDAD, IRAK

In der Ferne knatterten Gewehrsalven und überall brannten unkontrollierte Feuer vor sich hin – Spuren der seit fünf Tagen andauernden Kämpfe zwischen irakischen Regierungstruppen und den Invasoren.

Eine schwarze Wolke hing über der Stadt, da man mehrere Ölquellen angezündet hatte, um die eigenen Truppenbewegungen zu verschleiern. Die Kämpfe tobten von einer Straße zur nächsten, als die Koalitionsstreitkräfte weiter vorrückten. Die Nachtruhe wurde regelmäßig durch Explosionen gestört, denn die loyalen Soldaten von Saddam Hussein versuchten mit aller Macht, die Eindringlinge aufzuhalten. Ganze Stadtviertel waren ins Chaos gestürzt worden und Plünderer gingen munter ihrem Handwerk nach.

Drei Männer in ziviler Kleidung, die mit amerikanischen M16-Gewehren bewaffnet waren, rannten gerade am Rande der Innenstadt auf einen Bunker zu.

Die Regierungstruppen befanden sich nur wenige Blocks entfernt. Viele Gebäude in der Umgebung standen nach den letzten Bombardements in Flammen und hatten außerdem einige verirrte Panzergeschosse abbekommen. Ein Iraki, der einen Fernseher auf der Schulter trug, rannte an ihnen vorbei, dicht gefolgt von zwei Kindern mit Teilen einer Stereoanlage in den Armen.

Die Gesichter der Kinder leuchteten förmlich vor Aufregung, so als befänden sie sich auf einem großen Abenteuer.

Zwei der Männer tauschten ernste Blicke aus, während ihr Anführer die Anzeige eines mobilen GPS-Geräts überprüfte. Er deutete mit zwei Fingern auf den Eingang des großen Betongebäudes, das vor ihnen lag, dann klappte er die Optik seines Nachtsichtgerätes herunter und näherte sich dem komplett im Dunklen liegenden Regierungsgebäude, das trotz seiner Verlassenheit immer noch eine bedrohliche Ausstrahlung besaß. Die beiden anderen Männer folgten ihm und zwängten sich wenig später gegen die Wände einer muffigen Gasse, die nach Exkrementen und Verwesung stank.

Am entfernten Ende entdeckten sie zwei übergroße Eisentüren, die fest verschlossen waren und eine Vielzahl von Gewehrkugeln abbekommen hatten, als vor wenigen Stunden die Loyalisten versucht hatten, die besser bewaffneten ausländischen Angreifer zurückzuschlagen.

Der Anführer tippte auf den Rucksack seines Gefolgsmanns und beide blieben sofort stehen, während der dritte Mann mit seinem Gewehr, das mit einem Infrarotvisier ausgestattet war, die Umgebung absuchte. Das typische Knattern russischer Sturmgewehre hallte durch nahe gelegene Straßen, gefolgt von einem Sperrfeuer der höher klingenden, kleinkalibrigen M4-Gewehre der amerikanischen Truppen.

»Hier sind wir richtig. Bist du startklar, Joseph?«, flüsterte Solomon, der Anführer, durch seine zusammengebissenen Zähne.

»Absolut«, antwortete Joseph.

Solomon wartete, während sein Gefolgsmann in seinen Rucksack griff und eine selbstklebende Explosivladung hervorholte. Diese brachte er an der Tür an, und zwar an der Stelle, wo er den Schließbolzen vermutete. Anschließend drückte er einen Knopf und eine LED begann zu blinken – zuerst alle drei Sekunden, dann jede Sekunde. Wenig später detonierte der Sprengstoff. Die Tür wölbte sich und öffnete sich dann mit einem lang gezogenen Quietschen.

Doch plötzlich drang der Klang von zwei weiteren Explosionen an ihre Ohren. Die Kämpfe in der Nähe schienen sich mehr und mehr in ihre Richtung zu verlagern. Das dumpfe Rattern eines schweren Maschinengewehrs reihte sich in die Kakofonie mit ein. Nach einem letzten Kontrollblick durch die Gasse schlichen die Männer in das Gebäude. Der Letzte von ihnen schob die demolierte Tür behelfsmäßig zu und zog sich dann ein paar Meter zurück, zu einer Position, von der aus er den Eingang im Bedarfsfall verteidigen konnte. Die beiden anderen schauten sich kurz um, dann deutete Solomon auf ein Treppenhaus, das in die Tiefen des Gebäudes hinabführte.

Vorsichtig nahmen sie eine Stufe nach der anderen, die Waffen die ganze Zeit im Anschlag, immer auf alles gefasst. Als sie das Tiefgeschoss, zwei Etagen unterhalb der Straße, erreichten, schaltete Solomon seinen Palm-Computer an und starrte auf die handgezeichnete Karte, die auf dem schwach beleuchteten Display zu sehen war. Er hielt kurz inne, um sich zu orientieren, und schaute dann jeden der drei Gänge hinab, die von ihrer Position abgingen. Schließlich wählte er den Flur zu seiner Linken und zählte dabei ganz genau seine Schritte. Bei der fünften Tür hielt er an und gab Joseph, der immer noch an der Treppe wartete, ein Zeichen. Schnell kam sein Untergebener daraufhin zu ihm, wobei die Vibram-Sohlen an seinen Stiefeln dafür sorgten, dass er kaum ein Geräusch verursachte. Nach einem kurzen Nicken von Solomon streckte er die Hand aus und drückte die Türklinke herunter.

Natürlich rührte sie sich nicht, das hatten sie auch nicht erwartet.

Niemand außer den engsten Vertrauten von Saddam Hussein wusste, was sich hinter diesen Türen befand, und noch weniger wussten über diese eine, ganz besondere Tür Bescheid. Die ganze Konstruktion der Etage wirkte mehr wie ein begehbarer Banktresor als wie ein Militärbunker. Die Wände bestanden aus zwei Meter dickem Beton, der von Stahlnetzen durchzogen und mit russischen Stahlplatten verstärkt war, sodass er sogar bunkerbrechenden Spezialbomben standhalten konnte. Das sah man allerdings von außen nicht. Ganz im Gegenteil wurde hier unauffälligstes Understatement zelebriert.

Ihr Informant hatte ihnen jedoch, im Tausch gegen eine sichere Passage, eine neue Identität sowie fünf Millionen Dollar, ganz präzise Instruktionen gegeben. Das war eigentlich eine ganz moderate Summe für die Verhältnisse der irakischen Machtelite, und für ein sorgenfreies Leben an irgendeinem Strand in Malaysia würde es ganz sicher auch reichen. Seine Aufpasser warteten derweil auf eine Bestätigung ihres Einsatzteams. Sollte diese ausbleiben, würden sie dafür sorgen, dass der Mann für immer zum Schweigen gebracht wurde.

Joseph nahm seinen Rucksack ab und platzierte ihn auf dem Boden. Dann machte er sich an die Arbeit. Zuerst holte er eine große Metallkiste hervor und dann eine weitere, noch größere Box. Er öffnete die Kiste und nahm zwei Glasröhrchen aus dem mit Schaumstoff verkleideten Inneren. Anschließend drehte er den Verschluss des ersten Reagenzglases auf und goss den Inhalt auf zwei der drei schweren Scharniere der Tür. Beim letzten Scharnier wiederholte er diesen Vorgang mit dem Inhalt des zweiten Röhrchens, startete seine Stoppuhr und wartete geduldig. Die Säure begann nun, ihre Wirkung zu entfalten, und chemisch riechender Rauch breitete sich um die Tür herum aus.

Drei Minuten später öffnete Joseph die größere Box und nahm drei Stangen heraus, die wie Knetmasse aussahen. Sorgfältig brachte er den Plastiksprengstoff in Form, um den größtmöglichen Schaden an den Scharnieren hervorzurufen. Immerhin waren sie gewarnt worden, dass das unauffällige Äußere der Tür extrem täuschte, und dass man Stunden brauchte, um dem Schloss mit einem Schweißgerät oder einem Diamantbohrer beizukommen. Die Scharniere stellten jedoch einen potenziellen Schwachpunkt dar. Eine Theorie, die sie nun überprüften.

Joseph machte einen Schritt zurück, um seine Arbeit zu begutachten, dann steckte er die Zünder in die Plastikmasse und schlich, gefolgt von Solomon, ein Stück den Gang hinunter. Zu guter Letzt steckten sich die Männer Schaumstoffstöpsel in die Ohren, dann hob Joseph die Hand mit dem Fernzünder und drückte den Knopf.

Die Sprengladungen entzündeten sich augenblicklich zu einem gleißenden, weißen Licht, und die Männer kniffen solange die Augen zusammen, bis die Flammen langsam wieder erloschen. Joseph klappte seine Nachtsichtoptik nach oben und ging auf die Tür zu, um den Schaden zu begutachten. Danach platzierte er eine weitere, weitaus größere Sprengladung direkt neben dem mittleren Scharnier und eilte zurück zu Solomon. Gemeinsam zogen sich die Männer noch weiter zurück, bis sie die Kreuzung erreichten und sich dort gegen eine der Wände pressen konnten.

Sie spürten beide die Wucht der Explosion, doch sobald die Druckwelle an ihnen vorbeigezogen war, nahmen sie ihre Taschenlampen und kehrten in den Gang zurück, der nun voller Rauch war. Die ehemalige Tür sah aus wie eine Wand, die von einer Panzergranate getroffen worden war, denn das Türblatt war weit in den Raum hinein geschleudert worden. Die Männer hielten die Luft an und richteten ihre Lichtstrahlen in die Dunkelheit hinein. Solomon nickte kurz, bevor sie sich an den Abstieg machten. Es ging weitere drei Etagen hinab, tief unter die Straßen von Bagdad.

Die unterste Etage wirkte unspektakulär, dort gab es nur einen fünf Quadratmeter großen Raum mit drei weiteren Stahltüren.

Die Zehnertastatur eines elektronischen Schlosses leuchtete in der Dunkelheit. Ihnen war gesagt worden, dass die Notstrom-Versorgung bis zu sechs Monate funktionieren könnte. Solomon las nun eine Reihe von Zahlenkombinationen vom Display seines PDAs ab, die mit ebenso zitteriger Hand hingekritzelt worden waren wie die groben Lagepläne.

Die Tür öffnete sich daraufhin mit einem Zischen und wurde durch ein hydraulisches System nach innen geschoben. Sofort leuchtete Solomon hinein und sah ein einzelnes, schwarzes Flightcase, das in der Mitte des Raumes stand. Es war mit kyrillischen Schriftzeichen versehen und ein dickes Kabel führte von seinem Unterteil zu einem Sicherungskasten an der gegenüberliegenden Wand. Joseph näherte sich dem Gerät mit unsicheren Schritten, öffnete die beiden schweren Verschlussklammern und klappte dann den Deckel auf. Im Inneren fand er zwei unbeschriftete, blaue Aluminiumboxen, jede etwa einen Meter lang und einen halben Meter breit. Dicke Nylongurte waren an ihnen befestigt, denn an den simplen Koffergriffen in ihrer Mitte würde man sie kaum über längere Strecken transportieren können. Jeweils ein Flachbandkabel kam aus den Boxen heraus und steckte in einer Buchse im Boden des schwarzen Flightcase.

Vorsichtig hob Joseph einen der Behälter heraus und öffnete den Deckel, während Solomon mit seiner Taschenlampe darauf leuchtete. Für einen kurzen Augenblick starrten die beiden Männer schweigend auf den Inhalt, dann entfernte Joseph die Kabel und wandte sich an Solomon.

»Volltreffer.«

Als sie die Kisten aus dem Raum getragen hatten, reichte Joseph seinem Boss zwei Granaten aus seiner Schultertasche und machte sich dann an den beschwerlichen Weg, den steilen Treppenaufgang hinauf. Solomon zog die Ringe der beiden Granaten ab und warf sie in den Raum hinein, dann verschloss er die

Tür sorgfältig. Sechs dicke Riegel rasteten laut hörbar ein, als Solomon herumwirbelte, die schwere Kiste an ihrem Gurt packte und sich ebenfalls auf den Weg nach oben machte. Das Nachtsichtgerät hatte er wieder über die Augen gezogen.

Als die beiden Männer das Straßenniveau erreicht hatten, wich die unheimliche Stille, die im Keller geherrscht hatte, einer Kakofonie aus automatischen Waffen. Die Kämpfer konnten nicht mehr als hundert Meter entfernt sein. Die Koalitionstruppen rückten immer weiter vor, und die Irakis zogen sich zurück. Es herrschte eine Atmosphäre wie damals beim Fall Berlins. Jeder der Soldaten wusste ganz genau, wie der Kampf ausgehen würde. Das Ende stand kurz bevor, doch es gab immer noch genügend Soldaten, die für ihre vergängliche Vorstellung von Ehre und Pflichtgefühl bereit waren, zu sterben. Auf der einen Seite rannte jetzt eine Gruppe junger Männer los, bereit, ihre Leben zu opfern, so als ob das Einnehmen des nächsten Häuserblocks mehr wert war als ihre gesamte verbleibende Lebenszeit. Auf der anderen Seite machte eine andere Gruppe junger Männer gerade ihre Waffen feuerbereit, wild entschlossen, ihre Heimat gegen die Eindringlinge zu verteidigen. Das folgende Blutbad war das Ergebnis einer schlecht geplanten Invasion, deren Befehlshaber nicht damit gerechnet hatten, was es für Folgen haben würde, sich mit einer ganzen Armee williger Märtyrer anzulegen.

Die drei Männer schlichen nun aus dem Gebäude und warfen einen letzten Blick die schmale Gasse hinunter. Dann duckten sie sich in die Schatten und eilten weiter, möglichst weit weg von der Schießerei. Als sie den ersten Block hinter sich gebracht hatten, brach plötzlich ganz in ihrer Nähe Gewehrfeuer aus, und Kugeln schlugen überall um sie herum in die Wände. Ohne anzuhalten, feuerten zwei von ihnen in Richtung des Mündungsfeuers, das aus den dunklen Fenstern auf der gegenüberliegenden

Straßenseite kam, und trieben damit die Schützen zurück in die relative Sicherheit ihrer Verstecke.

Trotzdem schlug jetzt ein weiteres verirrtes Geschoss knapp neben dem dritten Mann in den Bürgersteig ein, und die abprallende Kugel zerfetzte seine Kniesehne. Er stolperte, zwang sich aber, weiterzulaufen, und feuerte dabei in Richtung des Schützen, der ihn verletzt hatte. Als er die nächste Straßenecke erreichte, duckte er sich und pfiff durch die Zähne. Seine beiden Kameraden wurden sofort langsamer, als sie das wohlbekannte Signal hörten, und drehten sich nach ihm um.

»Ich bin getroffen worden«, zischte er, und Solomon eilte an seine Seite.

»Wo?«

»Ins Bein.«

»Wie schlimm ist es?«

»Wenn wir ein Auto hätten, wäre es kein Problem. Aber damit weiter rennen? Aaahhhh …«

Der Verletzte verzog das Gesicht, als ihn das volle Ausmaß der Schmerzen erreichte. Solomon griff in seine Tasche und zog eine Spritze hervor, deren Inhalt er seinem Kameraden zur Hälfte verabreichte, dann kniete er sich hin, um die Wunde genauer zu betrachten. Wenig später stand er auf.

»Du wirst es überleben, aber wir müssen tatsächlich ein Fahrzeug besorgen. Lass uns noch einen Block weiter gehen, und dann schauen wir mal, was wir finden können. Ich werde dich auf keinen Fall hier zurücklassen.«

»Doch, das musst du! Du weißt doch, worum es hierbei geht. Das Ganze ist viel zu wichtig. Ich komme schon zurecht. Im schlimmsten Fall stecken sie mich für ein paar Monate in ein Gefangenenlager. Jetzt verschwindet schon endlich!«

Solomon zögerte zuerst, doch dann festigte er den Griff um seinen Tragegurt und nickte. »Viel Glück. Wir sehen uns bald wieder, da bin ich mir sicher. Bleib in Deckung und ergib dich den ersten Koalitionstruppen, die hier entlangkommen. Die werden dich garantiert besser behandeln als deine eigene Mutter.«

»Du hast gut reden. Unsere Mutter hasst mich schließlich.«

Solomon grinste, doch es wirkte gezwungen. »Nicht nur dich. Pass auf dich auf. Die Injektion wird die Schmerzen erst mal unterdrücken.«

»Ich weiß. Nimm meine Papiere und die NV mit«, sagte der Verwundete. Er reichte Solomon daraufhin seine Brieftasche und sein Nachtsichtgerät.

»Bis bald, mein Bester. Ich werde das Zeug entsorgen«, erklärte Solomon.

»Alles klar.« Der Verletzte zögerte. »Falls … falls mir doch etwas zustoßen sollte, sag Mama bitte, dass ich sie liebe, okay?«

»Dir wird schon nichts passieren, aber klar, das werde ich machen kleiner Bruder!« Solomons Augen wurden feucht, doch hinter seinem Nachtsichtgerät bemerkte es niemand. »Mach aber keine Dummheiten. Das hier ist nicht unser Krieg. Bleib leise, versteck dich und warte auf Hilfe. Nimm dich aber vor den Einheimischen in acht, viele würden dir wahrscheinlich helfen, doch manche würden dir auch einfach die Kehle durchschneiden.«

»Ja, ich weiß Bescheid. Jetzt hau endlich ab. Du weißt, was du jetzt tun musst.«

Solomon richtete sich zu seiner vollen, beeindruckenden Größe auf, zog den Schulterriemen fest und hob den schweren Koffer an. Ohne zurückzuschauen, verfiel er in einen Laufschritt. Seine wertvolle Beute hatte jetzt oberste Priorität … sie war wichtiger als sein eigener Bruder.

KAPITEL 4

VOR DREI WOCHEN, ZEHN MEILEN SÜDLICH VON EYL, SOMALIA

Ein strammer Wind fegte über den Ozean und ließ die Salome in der Bucht herumschwanken wie einen tadelnden Zeigefinger. Tarnnetze bedeckten die Aufbauten und den Großteil des Decks, abgesehen von dem Bereich in der Nähe des Bugs, wo die Piraten sich gerade versammelten. Korfa, ihr Anführer, hob seine AK-47 über den Kopf, während er mit seinen Männern sprach, die kaum älter als zwanzig Jahre waren und ebenfalls Kalaschnikows bei sich trugen. Der Ältere hatte eine durchdringende Stimme und eine autoritäre Ausstrahlung, sodass seine Männer, so wild sie auch waren, ihm stets aufmerksam zuhörten. Niemand wagte es je, ihn zu unterbrechen oder respektlos zu sein. Stattdessen standen sie stramm und folgten aufmerksam seinen Ausführungen über den bisherigen Fortgang der Operation.

»Der Verhandlungsführer der Firma besteht immer noch auf Zugeständnisse. Er sagt, es müsse erst eine Vertrauensbasis geschaffen werden, da wir bereits Mitglieder seiner Crew getötet haben.«

Ein wütendes Murmeln brach aus und Korfa hob eine Hand, um für Stille zu sorgen.

»Das ist doch alles nur Show. Sie wollen damit ihre Zahlung herauszögern, damit wir die Geduld verlieren und mit unserer Forderung heruntergehen.«

»Wie viel haben die denn bis jetzt geboten, Sir?«, fragte einer der Kämpfer in Korfas Nähe, einer seiner Lieblingspiraten.

»Wir haben fünf Millionen Dollar verlangt, ihr Gegenangebot war eine Million. Das geht jetzt schon seit zwei Monaten so und wir sind einer Einigung kein Stück nähergekommen. Ich glaube, diese Firma denkt, wir würden irgendwann alles schlucken, wenn sie nur lange genug abwarten. Deshalb bin ich der Meinung, dass wir ihnen eine Nachricht senden müssen, die sie verstehen.«

Die Männer stießen verhaltenen Jubel aus, waren jedoch alles andere als begeistert, denn sie warteten nun schon sehr lange auf ihren Zahltag und mit jeder Woche wurden sie ungeduldiger.

»In diesem Sinne möchte ich, dass ihr jetzt drei Besatzungsmitglieder hochholt. Mir ist egal, wen. Nehmt einfach die Schwächsten oder die, die am meisten Schwierigkeiten machen. Nadif, du filmst das Ganze. Unser Kontakt in Mogadischu wird die Aufnahmen anschließend der Firma schicken, und dann schauen wir mal, ob das etwas Tempo in die Sache bringt, denn ich für meinen Teil habe genug davon, darauf zu warten, dass diese reiche Firma aus dem Arsch kommt. Sie sollen uns endlich sagen, wie viel ihnen das Schiff und vor allem die Leben ihrer Mitarbeiter wert sind.«

Die Männer jubelten jetzt wieder, dieses Mal aber mit deutlich mehr Enthusiasmus, und sofort gingen fünf von ihnen unter Deck, um die Crewmitglieder zu holen. Nadif, Korfas erster Offizier, zog eine alte Digitalkamera aus seinem Rucksack und überprüfte die Batterien, während die anderen warteten.

»Ich kann noch ungefähr eine Minute filmen, maximal zwei.«

»Mehr brauchen wir nicht. Ich will gar keine langen Reden schwingen«, sagte Korfa mit einem fiesen Grinsen.

Die drei Unglücklichen wurden jetzt auf das Deck getrieben, wo die gnadenlose Sonne auf sie herabschien und ihnen nach Wochen in der Dunkelheit in den stinkenden Innereien des

Schiffes schier die Sinne raubte. Sie hatten kaum noch Ähnlichkeit mit den Männern, die an Bord gewesen waren, als das Schiff geentert wurde. Die Folgen von Hunger und Misshandlungen hatten sie zu wandelnden Skeletten degradiert. Sie stolperten kraftlos vor sich hin, die Augen wanderten konfus umher und insgesamt wirkten sie kaum noch menschlich, eher wie merkwürdige, außerirdische Höhlenbewohner.

Korfa nickte Nadif zu und zog eine rostige Machete aus seinem Gürtel.

»Bindet ihnen die Hände hinter dem Rücken zusammen«, befahl er.

Einer der Piraten trottete zu einem Haufen Seile und schnitt mit seinem Messer einige kleinere Stücke zurecht. Zwei warf er seinen Kollegen zu, woraufhin er sich selbst bei einem der Gefangenen ans Werk machte und dessen Handgelenke brutal zusammenband. Einer der anderen Matrosen wehrte sich, was sich allerdings als keine gute Idee herausstellte, da er deswegen die hölzerne Schulterstütze einer AK-47 über den Kopf gezogen bekam. Nachdem alle drei gefesselt waren, sagte Korfa Nadif, dass er die Kamera starten solle.

»Diese Männer sind drei der verbliebenen zwölf Besatzungsmitglieder. Es sind schon einige in Gefangenschaft gestorben, doch diese Männer hier werden heute ausschließlich wegen eures Zögerns sterben. Wir haben bereits vor einer Woche ernste Konsequenzen angedroht, und hier sind sie. Wir hatten euch gewarnt. Schaut euch die Folgen eurer Taktik an!«, rief Korfa auf Somali, davon ausgehend, dass seine Worte übersetzt werden würden. Doch selbst wenn nicht, würde seine Nachricht mehr als deutlich sein.

Korfa näherte sich dem ersten Mann, der auf die Knie gezwungen worden war. Ohne weitere Worte ließ er die schwere Machete hinabsausen und hackte seinen Hals halb durch, was eine sprudelnde Blutfontäne hervorrief. Er machte einen Schritt zurück, während das Herz des Seemannes seine letzten Schläge tat und noch mehr von dem Lebenssaft herausströmen ließ, bevor der Mann schließlich vornüber kippte und in eine weiter wachsende rote Lache fiel. Die Piraten hoben daraufhin ihre Gewehre triumphierend über ihre Köpfe und brachen in spontane Siegestänze aus, während Korfa sich dem nächsten panikerfüllten Mann näherte. Dieser schloss die Augen und murmelte ein kurzes Gebet, bevor die Klinge sein Leben beendete.

Der letzte Gefangene starrte den Piraten hasserfüllt an, der inzwischen Blutspritzer auf seinem Hemd und dem Gesicht hatte. Sein starker Bizeps wölbte sich, als er zum Schlag ausholte. Der Mann zischte einen Fluch und spuckte seinem Peiniger mitten ins Gesicht, was Korfa mit einem Grinsen quittierte. Er wischte sich den Rotz von der Wange und ließ die Machete heruntersausen, dieses Mal jedoch auf das Schlüsselbein des Mannes. Der Knochen zersplitterte, als die Klinge tief in seinen Körper eindrang und der Mann schrie vor Schmerzen, als das Metall sich tiefer und tiefer in sein Fleisch bohrte. Korfa wiederholte diesen Vorgang mit der anderen Schulter und sah dann mitleidlos dabei zu, wie der Mann zu zittern begann … sein Gesicht kreidebleich, doch immer noch lebendig.

»Nehmt ihm die Fesseln ab und schmeißt ihn über Bord. Mal sehen, ob er schneller schwimmen kann als die Haie«, befahl Korfa grinsend. Dann bedeutete er Nadif, die Filmaufnahme zu beenden.

Die Männer packten jetzt die Beine des Sterbenden, da seine Arme ruiniert waren, und zerrten ihn zur Reling. Einer von ihnen löste das Seil, während ein anderer ihm ins Gesicht trat. Dann hievten drei von ihnen ihn hoch und warfen ihn in das Wasser, das sich fast zehn Meter unter ihnen befand. Sofort wurden Geldscheine gezückt und darauf gewettet, wie lange er wohl überlebte, bis einer der Haie seine Fährte aufnehmen und sich die Beute schnappen würde. Einen Moment lang waren die Mienen der Männer erregt von dem Spiel und der Möglichkeit, auf das Ergebnis zu setzen oder besser gesagt, auf den genauen Zeitpunkt.

Korfa blieb allerdings nicht an Deck, um sich anzuschauen, wer das meiste Geld einheimste. Wortlos gebot er Nadif, ihm zu folgen und gemeinsam zogen sie sich in die relative Kühle des Deckaufbaus zurück.

»Unser Freund in Mogadischu muss die Aufnahme so schnell wie möglich bekommen, denn ich will, dass die Firma versteht, was es bedeutet, sich mit mir anzulegen. Und lass das Blut vom Deck wischen, ich will mich nicht mit den Fliegen herumärgern müssen.«

»Jawohl, Sir. Ich mache mich sofort auf den Weg. Aber … ohne respektlos erscheinen zu wollen … erhöht das nicht die Gefahr, dass sich das Militär einmischt? Ich meine, wenn wir einen Countdown zu noch mehr Exekutionen starten?«

Korfa schüttelte den Kopf, während er überlegte, ob er seinen Untergebenen schlagen sollte. Doch dann entschied er sich dafür, lieber zu lehren, als zu bestrafen, damit der junge Mann später in der Lage war, solche Entscheidungen ebenfalls treffen zu können.

»Wie du weißt, besitzen wir einen gewissen Schutz durch die lokalen Behörden. Dafür bezahlen wir mehr als gut, und im Gegenzug verletzt niemand die Souveränität des somalischen Hoheitsgebietes, denn das würde sofort als eine Kriegserklärung gesehen werden. Und solange wir die Hinrichtungen nicht öffentlich zeigen, wird die Firma garantiert niemandem davon erzählen wollen. Das würde sie doch nur schlecht dastehen lassen. Immerhin ist ihr Geiz daran schuld, dass diese Männer jetzt tot sind. Sag unserem Kontakt, dass er ihnen außerdem ausrichten soll, dass niemand diese Informationen der Presse oder irgendeiner

Regierung zukommen lassen darf. Wenn ich herausfinden sollte, dass dies nicht eingehalten wird, werde ich anschließend die gesamte Crew niedermetzeln, die Fracht vernichten und gezielt Jagd auf andere Schiffe ihrer Firma machen. Wenn sie allerdings endlich kooperieren, wird unsere Gruppe ihre Schiffe in Zukunft ziehen lassen. Diese Kombination aus Drohung und Anreiz sollte sie vernünftig werden lassen, und unsere Verhandlungsposition ist dadurch ebenfalls gestärkt.«

Nadif betrachtete Korfa mit neu gewonnener Bewunderung. Er war nicht nur gnadenlos, sondern auch unglaublich klug. Seine Strategie war zwar einfach, aber dennoch vollkommen narrensicher. Jegliche Kommunikation mit den Behörden würde dazu führen, dass alle Gefangenen getötet werden, und der Albtraum würde kurz darauf mit einem weiteren Schiff der Firma von vorn anfangen. Das Ganze war brillant, und viel ausgeklügelter als die Pläne der Anführer anderer Piratengruppen. Damit würde ihr blutiges Geschäft auf ein vollkommen neues, viel profitableres Niveau gehoben werden, und das in einer Zeit, in der die Piraterie um sechzig Prozent zurückgegangen war, weil sich mittlerweile so viele Kriegsschiffe in der Region aufhielten.

Nadif erwiderte gerade das Lächeln seines Anführers, als laute Rufe vom Deck erklangen.

Der erste Hai war zum Mittagessen erschienen.

KAPITEL 5

VOR DREI WOCHEN, IN JERUSALEM, ISRAEL

Vier Männer in teuren Anzügen schauten sich in fassungsloser Stille das Video an. Als es vorbei war, lehnten sie sich mit langen Gesichtern zurück. Der würdevoll aussehende, grauhaarige Mann am Kopf des Tisches – Jacob Weinstein, seines Zeichens Präsident der ARCA Handelsflotte – beugte sich schließlich nach vorn und holte tief Luft.

»Ich dachte, diese Piraten kümmern sich gut um ihre Geiseln«, zischte er.

»Das ist normalerweise auch so. Offenbar haben wir es hier mit einem ganz neuen Vorgehen zu tun. Normalerweise interessieren sie sich nur für das Geld, und vermeiden es, mit dem Töten von Geiseln ihre Verhandlungsmasse zu dezimieren. Damit haben wir nicht gerechnet«, gab David Cohen, der Vizepräsident, zu.

»Ja, das merke ich. Sie ermorden jetzt unsere Männer, nur weil du dachtest, wir könnten etwas Geld sparen, wenn wir die Sache hinauszögern. Dann schicken sie uns Aufnahmen von diesem Gemetzel, und alles, was dir dazu einfällt, ist, dass es ein neues Vorgehen ist?«, fluchte Jacob lautstark.

»Jacob, wir konnten doch im Vorfeld nicht davon ausgehen, dass wir es mit absoluten Psychos zu tun haben. So etwas ist noch nie zuvor passiert! Wir haben einfach die gleiche Strategie benutzt, wie jede andere Firma vor uns. Es ist unterm Strich ein ganz normales

Geschäft, und dabei will man nun mal nicht mehr Geld verlieren als unbedingt nötig. Wir haben uns das nicht ausgedacht, wir haben nur versucht, unter den gegebenen Umständen das Beste zu tun. Wir haben einfach nur Pech, dass wir es offenbar mit der Piraten-Version von Dschingis Khan zu tun haben.«

»Du hast die Übersetzung doch gehört. Er hat vor, die nächsten drei Gefangenen in … vier Tagen zu ermorden«, sagte Jacob mit einem Blick auf die Uhr. »Ich denke, wir sind uns wohl alle einig, dass wir dringend etwas tun müssen. Sie wollen fünf Millionen. Ich sage, wir geben ihnen drei und vergessen das Ganze.«

David schüttelte den Kopf.

»Da muss ich dir leider widersprechen. Wenn wir jetzt einknicken, werden wir das neue Lieblingsopfer dieser Piraten sein, und dieses Vorgehen wird außerdem salonfähig. Das wird zu vielen weiteren Todesopfern führen, und zu noch größeren Lösegeldsummen. Bei allem Respekt, wir können ihnen keine Millionen als Belohnung zahlen, wenn sie so ein Blutbad anrichten. Damit senden wir die falsche Message.«

Jacob deutete auf den Monitor. »*Die falsche Message?* Siehst du denn nicht, was ich sehe? In vier Tagen werden die drei weitere Unschuldige ermorden! Was glaubst du, denken unsere Männer auf diesem Schiff über irgendwelche *Messages?* Was würden ihre Familien dazu sagen? Grundgütiger, wenn das an die Medien gerät … das wäre ein Desaster. Denk doch nur mal an die Gerichtskosten. Wir wären ruiniert«, stammelte er.

»Meine Herren, ich denke, es ist allen klar, dass diese Informationen den Raum niemals verlassen dürfen. Ich möchte gern kurz mit Jacob allein sprechen. Dürfte ich Sie deshalb bitten, vor die Tür zu gehen?«, meinte David an die beiden anderen Anwesenden gerichtet. Die Männer nickten und erhoben sich, schon fast dankbar, sich aus dem Gespräch ausklinken zu können. Jacob war vielleicht der Präsident, aber David leitete die Firma. In politischen

Kreisen war Jacob ein echter Tausendsassa und hatte mächtige Kontakte, durch die die Firma in den letzten dreißig Jahren immer mehr florierte, doch es war David, der sich um das Tagesgeschäft kümmerte, und der im Endeffekt auch die Entscheidungen traf.

»Natürlich, David. Ich bin in meinem Büro, wenn du mich brauchst. Abner, wie wäre es mit einem Kaffee?«, fragte der Größere der beiden.

»Das klingt nach einem guten Plan. David, Jacob, ich möchte nur, dass ihr wisst, dass ich hinter eurer Entscheidung stehen werde, wie immer sie auch ausfällt. Dieser Vorfall ist äußerst tragisch, aber wir müssen dennoch das große Ganze im Blick behalten«, erklärte Abner, der Finanzchef der Firma. Mit dem *großen Ganzen* meinte er natürlich die Kosten.

Nachdem die beiden den Raum verlassen hatten, stand David auf und fing an nervös auf- und abzugehen.

»Das ist viel mehr als ein tragischer Vorfall. Wir müssen ihnen unbedingt einen Knochen hinwerfen und zusehen, dass Gras über die Sache wächst«, erwiderte Jacob.

»Da bin ich mir nicht so sicher. Meiner Meinung nach ist dieser Weg genau der Falsche. Lass uns doch lieber mal in Ruhe nachdenken. Vielleicht bietet sich hierbei ja sogar eine Chance«, sagte David in Gedanken versunken. »Das Schiff und seine Fracht sind komplett versichert, wenn wir nichts von den Piraten wüssten, würden wir das Schiff also einfach abschreiben. Unsere Beiträge würden danach natürlich durch die Decke gehen, aber das wird jetzt sowieso passieren – egal ob wir das Schiff zurückbekommen oder nicht.«

»Aber das ist doch nur die ökonomische Seite, David! Was ist mit den Menschen?«

»Du hast diese Leute doch nicht umgebracht. Diese Wilden sind die reinsten Tiere! Die machen Unvorstellbares, das sind brutale Mörder. Ich habe vielleicht noch keinen perfekten Plan, aber ich weiß zumindest, dass man mit Geisteskranken nicht verhandeln sollte.«

»Wir müssen bezahlen, David! Wenn sich das rumspricht, wird es das Ende unserer Firma sein. Die Anwälte werden uns in den Ruin treiben und uns auch zivilrechtlich ausnehmen. Unser Ruf wäre für immer dahin!«

»Es wird sich aber nicht rumsprechen. Die werden das doch niemandem erzählen. Publicity können die sich gar nicht leisten, sonst würde doch jedes Kriegsschiff in der Gegend Kurs auf sie nehmen, und dann ist das Spiel für sie aus. Die werden nicht reden. Und vergiss nicht: Die sind die Mörder, nicht wir!«

»Ich glaube, mir gefällt die Richtung, in die du denkst, ganz und gar nicht.«

»Lass mich doch erst mal ausreden. Selbst, wenn wir das Geld bezahlen, werden wir uns anschließend im Zentrum einer Untersuchung wiederfinden, und dort wird die Frage aufkommen, warum wir nicht schneller waren und ob wir das Gemetzel nicht irgendwie hätten verhindern können. Anschließend kommt dann die Prozesswelle von den Angehörigen der Opfer, und die wird wirklich hart, denn es gibt ja Zeugen … die überlebenden Mitglieder der Crew.«

»Dann verlieren wir so oder so. Warum zur Hölle haben wir überhaupt zugelassen, dass das Ganze so außer Kontrolle gerät, David? Warum haben wir nicht einfach sofort bezahlt?«

David betrachtete Jacob mitleidig und verschränkte die Arme vor der Brust. »Beruhige dich erst mal und versuch, dich in die Sache hineinzudenken. Wir haben hier eine echte Chance. Eine, die eine ganze Reihe von Problemchen für uns lösen wird. Denk doch nur mal an *Sodom.*«

Die Erwähnung dieses Namens, der ein Code für ein Geheimnis war, über das normalerweise niemals gesprochen wurde, ließ sofort sämtliche Farbe aus Jacobs Gesicht weichen.

»Bist du jetzt vollkommen durchgedreht, mir *damit* zu kommen? Was zur Hölle hast du vor ... wovon redest du überhaupt? Ich verstehe gar nichts mehr!«

David senkte jetzt seine Stimme: »Jacob, wir haben hier eine Situation, die alles, was du in deinem Leben erreicht hast, vernichten könnte. Wir beide könnten alles verlieren. Es wäre das Ende von allem, was wir aufgebaut haben, und was dein Vater aufgebaut hat. Das darf nicht passieren. Wie tragisch es auch ist, dass die Besatzungsmitglieder in diese Situation gebracht wurden, es ist letzten Endes nicht unsere Schuld. Wir dürfen auf keinen Fall zulassen, dass diese Krise jahrzehntelange Arbeit und Investitionen in Millionenhöhe vernichtet. Wir sind doch so nah dran, die Zukunft zu verändern!«

Jacobs Augen wurden daraufhin zu Schlitzen. »Was genau hast du vor, David?«

»Ich denke gerade nur laut. Was ist die größte Hürde, die *Sod...*, ich meine, unser Projekt, noch zu meistern hat? Was hat uns in den letzten zwei Jahren zu schaffen gemacht?«

»Die Durchführbarkeit.«

»Ganz genau, und hier hat uns das Schicksal vielleicht eine Möglichkeit geliefert. Die Lösung unserer Probleme! Ich denke, es ist an der Zeit, dass wir den Rat einberufen. Je eher, desto besser.«

»Den Rat?«, flüsterte Jacob ehrfürchtig. »Was hat denn unsere Piratensituation mit dem Rat zu tun?«

»Alles«, entgegnete David, zog den Stuhl neben Jacob hervor und setzte sich. Mit gesenkter Stimme begann er zu sprechen und ihm alles im Detail zu erklären.

Zehn Minuten später taumelte Jacob aus dem Besprechungsraum. Er fühlte sich unfassbar müde und, paradoxerweise, gleichzeitig absolut energiegeladen. Er ging zu seinem palastartigen Büro, das einen Ausblick über die ganze Stadt bot. Aus seinem Safe nahm er jetzt eines der bereitliegenden Wegwerftelefone und begann mehrere Anrufe zu tätigen. Nach einer halben Stunde hatte er alle erreicht. Termine wurden verschoben, Entschuldigungen erfunden, und ein Treffpunkt aus den im Vorfeld vereinbarten Möglichkeiten ausgewählt.

Der Rat würde zusammenkommen, um das Problem zu besprechen, und auch die Möglichkeit, die David in dem Ganzen sah. Seine Denkweise war absolut nachvollziehbar und vielleicht war das genau die Chance, auf die sie alle so lange gewartet hatten. Es würde sich allerdings noch zeigen müssen, ob es wirklich so war. Doch als Jacob das letzte Gespräch beendet hatte, fühlte er sich gestärkt. Er nahm das Telefon auseinander und veranlasste, dass die Einzelteile in verschiedenen Mülltonnen in Jerusalem entsorgt werden würden.

Schon morgen Abend würde sich der Rat treffen, und seine Entscheidung könnte die Welt für immer verändern. Jacob seufzte leise, als er sich in seinem Chefsessel niederließ und der Sonne beim Untergehen zusah.

Morgen würden sie sich treffen, und die Erde würde erzittern.

In seinen Knochen spürte er ein aufregendes Kribbeln. Vielleicht hatte David recht und er war einfach nur zu blind gewesen – nein, zu ängstlich – um selbst darauf zu kommen.

Vielleicht war es endlich an der Zeit.

Bald würde er es wissen.

KAPITEL 6

VOR EINER WOCHE, ZEHN MEILEN SÜDLICH VON EYL, SOMALIA

»Sie haben unseren Forderungen zugestimmt«, verkündete Korfa mit einem triumphierenden Lächeln. Die Piraten rasteten beinahe aus. Sie fingen an, wild auf dem Deck herumzutanzen und aufgeregt in die Luft zu schießen. Er ließ sie ein paar Minuten lang gewähren, dann hob er die Hände, um Stille anzuordnen. Seine Männer grinsten nun von einem Ohr zum anderen und wirkten eher wie fröhliche Kinder als wie wettergegerbte Halsabschneider.

»Wann ist es denn so weit, Sir?«, sprach Nadif die Frage aus, die jedem der Anwesenden momentan auf der Zunge lag.

»In drei Tagen.«

»Wie wird die Übergabe genau stattfinden?«

»Ich habe ihnen Koordinaten gegeben, die einige Meilen von hier entfernt sind. Dort wird ein Fahrzeug stehen, auf das sie das Geld laden werden. Sobald unsere Beute gezählt ist, werden wir sie unter uns aufteilen und uns aus dem Staub machen. Die Firma wird anschließend eine neue Crew schicken, die das Schiff in den nächsten Hafen bringt, um es reparieren zu lassen.«

Seine Worte wurden mit einer weiteren Runde Gejohle und Gewehrschüssen quittiert.

»Nachdem wir unsere Gesamtausgaben berechnet und unsere Unterstützer bezahlt haben, werden eure Anteile immer noch ein Vermögen betragen. Ihr alle werdet wohlhabende Männer sein. Genau das, ist der Beweis, dass mein Ansatz der richtige ist. Diese Geschäftsleute verstehen nun mal nur die Sprache von Gewehren und Messern. Damit unterscheiden sie sich also gar nicht so sehr von unseren Brüdern. Sie tun zwar gern überlegen, aber am Ende beugen sie sich doch der Gewalt. Deshalb sehe ich eine großartige Zukunft für uns!«

Der Rest des Nachmittags wurde mit Feiern verbracht, denn es war das Ende eines langen und anstrengenden Auftrags. Die Männer besprachen, was sie mit ihrem Geld tun würden, und was ihnen wohl das nächste Abenteuer einbringen würde. In einem Land, in dem kaum jemand Geld verdiente und man von dem leben musste, was einem die eigenen Tiere lieferten, war die Aussicht auf mehrere zehntausend Dollar beinahe unvorstellbar. Korfa hatte sie gar nicht erst mit dem Wissen belastet, dass die Gesamteinnahmen bei etwa vier Millionen Dollar liegen würden, von denen er mindestens eine halbe Million selbst einstecken würde. Sie brauchten nur zu wissen, dass sie alle dank seiner Vision und Führung reich werden würden, und er hatte keine Zweifel daran, dass ihr nächster Coup ihnen noch mehr Geld einbringen würde, und dazu eine schier endlose Zahl freiwilliger neuer Rekruten.

Vor ein paar Tagen hatte er noch drei weitere Crewmitglieder exekutiert und ein Video davon verschickt. Das hatte offenbar den Unterschied gemacht. Innerhalb von vierundzwanzig Stunden nach Erhalt hatten sie den Mann in Mogadischu kontaktiert und der geforderten Summe zugestimmt. Sie wollten das Massaker offenbar so schnell wie möglich beenden.

Sie waren eben nichts weiter als willenlose Schafe. Es machte keinen Unterschied, mit welcher Nationalität man es zu tun hatte, denn alle Menschen waren im Grunde gleich. Wenn ein Wolf auftauchte und die Bereitschaft zeigte, das Undenkbare zu tun, dann waren Schafe schnell bereit, für ihre eigene Sicherheit alles zu geben. Korfa hatte viel gelernt, als er im Süden aufgewachsen war, wo vor zwanzig Jahren der Bürgerkrieg ausgebrochen war. Wie viele andere hatte er als Kindersoldat angefangen, hatte sich dann zum Gehilfen eines der ruchlosesten Warlords der Region hochgearbeitet und bei ihm alles gelernt, was er wissen musste.

Nachdem ihm genug Leute applaudiert und auf die Schulter geklopft hatten, zog Korfa sich in die Kapitänskabine zurück, um ein kurzes Schläfchen zu halten. Dabei würde er bestimmt davon träumen, was er mit seiner halben Million Dollar anstellen würde. Die Summe wirkte vollkommen abstrakt, einen solchen Reichtum konnte er sich gar nicht vorstellen. Bilder von einem Leben in der Fremde schossen ihm durch den Kopf … von einem eleganten Rennboot, das am privaten Pier seiner Villa vertäut war. Ein ganzer Harem williger junger Frauen erschien in seiner Fantasie, als er sich in seine Koje legte. Wenn seine nächsten Beutezüge ebenso erfolgreich verlaufen würden wie dieser, würde er sich bald als Multimillionär zurückziehen können. Vielleicht würde er nach Italien ziehen, an diesen sagenumwobenen Ort, von dem einige der Alten ihm erzählt hatten, die sich noch an die Zeit erinnerten, als Italien die Kolonialmacht Somalias gewesen war.

Eine Villa an der Küste klang wirklich perfekt und bald würde er sie bezahlen können.

VOR VIER TAGEN AUF MAHÉ, DER HAUPTINSEL DER SEYCHELLEN

Die Cessna Caravan wartete auf der Startbahn des Flughafens. Der Motor lief sich gerade warm, während der Pilot mit seinen drei Passagieren die letzten Details ihres Kurztrips durchging.

Der Plan war es, auf das afrikanische Festland zu fliegen. Bei einigermaßen günstigen Winden würden sie etwa sechs Stunden brauchen, um Somalia zu erreichen. Der Tank war bereits gefüllt. Anschließend sollte es in den Jemen weitergehen. Die Sonne war erst vor einigen Minuten aufgegangen und die Passagiere hatten keine Zeit verloren, die Maschine zu beladen. Der Pilot redete nicht viel, die Männer allerdings auch nicht, und das war sicher auch das Beste. Alle von ihnen waren sehr gut in dem, was sie taten, und hatten gelernt, keine unnötigen Fragen zu stellen. Der Pilot wollte gar nicht wissen, wer seine Passagiere waren und was sie in Somalia vorhatten. Ihm ging es nur um seinen Gehaltsscheck, der in diesem Fall eine Summe trug, die für mindestens zwei Jahre reichen sollte.

»Ich bin Henri, Ihr Pilot. Sind Sie bereit?«, fragte er mit einem gespielten Lächeln, das durch seine französische Sprachfärbung noch unschuldiger wirkte.

»Das sind wir«, antwortete der Größte von ihnen, der das Lächeln allerdings nicht erwiderte. Auch er hatte einen leichten Akzent, allerdings keinen Französischen. »Du kannst mich Sol nennen.«

»*Bon,* Sol. Dann fliegen wir jetzt los. In Ordnung?«

Sol nickte und ging mit seinen Männern auf das Flugzeug zu, Henri folgte ihnen langsam. Ihm fiel auf, wie effizient sich die drei bewegten, bestimmt waren sie in allen möglichen Kampfkünsten ausgebildet. Doch er sagte nichts dazu, denn je weniger er wusste, desto besser war es. Er hatte bereits ein kleines Vermögen damit gemacht, unauffällige Flüge für eine gewisse Interessengruppe durchzuführen. Es war also nicht das erste Mal, dass er ungewöhnliche Instruktionen erhalten hatte, die auf dem Papier vielleicht nicht hundertprozentig legal waren. Aber seiner Meinung nach musste man eben tun, was man tun musste, um über die Runden zu kommen. Was legal war und was nicht, war sowieso von Land zu Land unterschiedlich. Was kümmerten ihn also die komischen Regeln, die die Menschen sich gegenseitig aufbürdeten?

In viertausend Metern Höhe war das meiste davon sowieso egal. Von dort oben sahen die anderen nur wie Ameisen aus, die geschäftig von A nach B hetzten und ihren alltäglichen Aufgaben nachgingen. Dieses Treiben von weit entfernt zu betrachten, hatte seine ganze Lebenseinstellung verändert. Deswegen hatte er auch keinerlei Probleme mehr mit etwas heiklen Aufträgen … solange die Bezahlung stimmte.

In seinen neunundvierzig Jahren hatte Henri Jacquot schon viel gesehen. Erst als Mitglied der französischen Fremdenlegion und dann als vielseitiger Dienstleister in Afrika, wo die Aussicht auf schnellen Reichtum schon viele Männer zugrunde gerichtet hatte. Doch die schier grenzenlose Freiheit, die dort herrschte, hatte bei ihm irgendwie einen Nerv getroffen. Es entsprach einfach seinem Naturell, riskante Aufträge anzunehmen, die mit entsprechend höheren Gewinnen honoriert wurden. In den letzten zwanzig Jahren hatte er an zu vielen halbseidenen Operationen teilgenommen, als dass man sie noch zählen könnte. Egal, ob er Blutdiamanten nach Norden flog oder Waffen in den Süden, Henri war ein Überlebenskünstler, und eines seiner größten Talente war es, dass er jeden erledigten Auftrag sofort vergaß – quasi in dem Moment, in dem er das Geld in der Tasche hatte.

Das Flugzeug rollte jetzt zum Ende der Startbahn, wo es auf die Freigabe vom Tower wartete. Henri drückte den Schubregler nach vorn und schon auf halber Strecke hob er in den klaren Himmel ab, in dem nur wenige weiße Wolken das endlos erscheinende Blau unterbrachen. Er stieg auf eine Höhe von zehntausend Fuß und schaltete dann den Autopiloten an. Der Motor schnurrte in seiner wohlbekannten Klangfarbe vor sich hin, während die Passagiere gelangweilt aus den Fenstern starrten. Henri machte es sich in seinem Sitz bequem und stellte fest, dass seine Knochen langsam alt wurden, vor allem an Tagen, die so früh begannen wie heute. Er justierte den Sitz seines Kopfhörers neu und lauschte dem Funkverkehr.

Als die Küste von Somalia auftauchte und sich wie ein brauner Streifen über den Horizont ausbreitete, wandte Henri sich den Männern zu.

»Hey, wir sind in wenigen Minuten da. Dann mal viel Erfolg, *non*?«

Drei Gesichter starrten ihn mit leeren Blicken an, dann begannen die Männer mit ihren Vorbereitungen, die Henri nur allzu bekannt waren. Für Geld zu töten war letzten Endes eben auch nur ein Beruf wie jeder andere.

Sie begannen jetzt den Sinkflug und Henri setzte den Kurs gemäß der Koordinaten, die er bekommen hatte. Nach weiteren zehn Minuten schwebten sie über einer Wüste; sandiges Niemandsland so weit das Auge reichte. Die Maschine wurde von warmen Aufwinden durchgerüttelt, als würde eine unsichtbare Gottheit nach ihm schlagen.

Die Cessna richtete sich parallel zu einer Straße aus, falls man diese Schotterpiste überhaupt so nennen konnte, und setzte dann auf. Als die Räder auf dem sandigen Boden zu rutschen anfingen, bildete sich eine riesige Staubwolke hinter dem kleinen Flugzeug. Sobald Henri auf Parkgeschwindigkeit heruntergebremst hatte, ließ er die Maschine bis zu einer Ausbuchtung der Straße rollen, wo bereits zwei Fahrzeuge standen. Ein uralter Toyota Geländewagen, der einst mal weiß gewesen, nun aber fast komplett von Rost überzogen war, und daneben befand sich ein Datsun Pick-up aus den Siebzigern.

Henri stellte die Maschine neben den Autos ab und schaltete dann den Motor aus. Die Männer waren bereits aufgesprungen und hatten sich mit Sturmgewehren und Pistolen aus den übergroßen Rucksäcken bewaffnet, die sie mit an Bord genommen hatten. Unter normalen Umständen würde das wahrscheinlich jeden Piloten in Angst und Schrecken versetzen, aber sie befanden sich hier in Afrika und Henri war ein sehr toleranter Mensch. Daher verzog er keine Miene, als der Jüngste der Männer mit einem Gewehr in der Hand die Tür aufstieß und dabei so aussah, als würde er in den Krieg ziehen.

Die Männer sprangen nun aus dem Flugzeug und winkten den drei Somalis zu, die neben den Fahrzeugen standen – zu ihrer landesüblichen Kleidung gehörten natürlich auch Kalaschnikows. Sie winkten zurück und bedeuteten den Söldnern, näherzukommen. Sol ging dem Begrüßungskomitee entgegen, während die anderen beiden den Laderaum öffneten und einen großen, grünen Seesack hervorholten, den sie vorsichtig auf dem Boden platzierten.

Nach einem kurzen Wortwechsel liefen zwei der spindeldürren Somalis zu dem Flugzeug, um den Neuankömmlingen mit dem Gepäck zu helfen, und zu viert hievten sie die Fracht schließlich in den Laderaum des Toyotas. Sol nickte leicht, dann kletterten die beiden Einheimischen auf die Ladefläche des Datsun, während der dritte Mann das Führerhaus bestieg. Sol und seine Kameraden quetschten sich in den Toyota, und wenige Augenblicke später jaulten beide Motoren auf. Kurz darauf verschwanden die beiden Fahrzeuge mit Kurs auf die Küste in einer Wolke aus Staub und Diesel.

Zehn Meilen später wurde der kleine Konvoi langsamer und Sol konsultierte sein tragbares GPS-Gerät. Er murmelte dem Fahrer etwas zu, woraufhin die beiden Fahrzeuge stehenblieben, denn sie hatten ihren Treffpunkt erreicht. Sol betrachtete aufmerksam das karge Terrain. In der Ferne konnte er gerade noch so eben den Ozean sehen, er musste etwa zwei Meilen entfernt sein. Zufrieden, dass keine Gefahren erkennbar waren, blickte er auf die Uhr und gab seinen Kollegen ein paar knappe Anweisungen. Nachdem die beiden sich ihre Gewehre geschnappt hatten, stiegen sie aus und gingen zum Heck des Wagens, wo ihre Fracht verstaut war. Schließlich stieg auch Sol aus und lief zum Pick-up, wobei ein glühend heißer Wind über den Wüstensand blies. Als er sich näherte, öffneten die Somalis eine alte Kühltasche und holten ein paar Flaschen Wasser hervor, während ihre Waffen locker zwischen ihren Beinen lehnten. Die Hitze schien den Männern offenbar nur wenig auszumachen.

Nachdem ein paar Minuten vergangen waren, kamen auch Sols Kameraden langsam anmarschiert, anscheinend hatten sie ihre Vorbereitungen beendet.

»Lasst uns von hier verschwinden«, sagte der Jüngere und schaute dabei am Horizont entlang, bevor er Blickkontakt mit Sol aufnahm. Die beiden Somalis, die hinten saßen, rückten enger zusammen, und dann stiegen alle ein und machten sich auf die holprige Rückfahrt zum Flugzeug.

Als der Wagen wieder bei der Cessna ankam, verließ Henri den Schatten der Tragflächen und wischte sich den Schweiß von der Stirn. Er sah, dass Sol nun am Steuer saß, und seine beiden Männer hinter ihm.

»Wo sind die anderen Jungs?«, fragte er, als sie heraussprangen; alle mit einer Staubschicht bedeckt.

»Die wollten lieber laufen«, antwortete Sol mit einem nichtssagenden Gesichtsausdruck. »Machen wir uns auf den Weg.«

Henri verstand den Wink mit dem Zaunpfahl – es ging ihn ja auch nichts an. Die Männer stiegen ein, verstauten ihre Waffen im nun leeren Frachtraum und nahmen dann ihre Plätze im glutheißen Inneren der Maschine ein. Der Pilot startete den Motor und lenkte die Cessna wieder auf die Schotterpiste zurück, wo er Mühe hatte, sie während der Beschleunigung ruhig zu halten. Erst als er ein relativ glattes Stück Straße vor sich sah, gab er

Vollgas. Die Männer wurden in ihre Sitze gepresst und schon bald stiegen sie in die Luft auf. Der große Motor schnurrte vor sich hin und die von Trockenheit geplagte somalische Landschaft verschwand langsam unter ihren Flügeln. Henri drehte eine weite Schleife über das Land und richtete die Maschine dann in Richtung Jemen aus.

KAPITEL 7

Korfa blickte durch ein Fernglas, als die Fremden sich in dem Pick-up entfernten und den Geländewagen wie besprochen unbewacht am etwa einen Kilometer entfernten Übergabepunkt stehen ließen. Er wartete ein paar Minuten und suchte die Straße dann nach etwaigen Gefahren ab. Danach senkte er den Feldstecher und wandte sich Nadif zu, der neben ihm mit dreien seiner verlässlichsten Schützen wartete.

»Alles klar, sie sind weg. Holen wir uns unser Geld«, beschloss Korfa, als er von seiner geschützten Position hinter einer Düne aufstand. Die kleine Gruppe lief auf den wartenden Geländewagen zu, und nach fünfzehn Minuten hatten sie ihn erreicht. Sie musterten das Gefährt zunächst misstrauisch, bis Korfa auf die Hintertür deutete, die Nadif mit einer ausholenden Bewegung öffnete.

Die Augen der drei Männer weiteten sich, als sie den Rucksack im Laderaum entdeckten. Nadif trat zur Seite, um Korfa Platz zu machen, der sich sofort auf die Tasche stürzte und den Reißverschluss öffnete.

Für ein paar Minuten betrachtete er andächtig den Inhalt, dann riss er sich von dem Anblick los und schloss die Tasche wieder. Er streifte seinen eigenen Rucksack ab und wühlte darin herum, bis er ein Gerät zutage gefördert hatte, das erst am vorherigen Tag aus Mogadischu eingetroffen war, mit dabei war eine Bedienungsanleitung.

Er ließ sich Zeit, schaltete es an, und ließ es langsam über die Tasche gleiten, wobei er aufmerksam das Display betrachtete. Dann stand er auf und wiederholte den Vorgang mit dem gesamten Fahrzeug. Schließlich nickte er Nadif triumphierend zu.

»Alles sauber, soweit ich es beurteilen kann. Stecken die Schlüssel in der Zündung?«, fragte er. Nadif beeilte sich, zur Fahrertür zu laufen und nachzusehen. »Ja.«

»Dann mach den Motor an«, befahl ihm Korfa und trat zurück. Nadifs Brauen zogen sich zusammen, dann nickte er und zwängte sich hinter das Lenkrad. Korfa machte noch ein paar Schritte von dem Fahrzeug weg, sein Sturmgewehr hatte er locker über die Schulter gehängt.

Der Motor röhrte auf und alle entspannten sich sichtbar. Korfa eilte zur Beifahrertür, während die anderen Männer auf die Rückbank stiegen.

»Bring uns zurück zum Schiff. Hier draußen fühle ich mich nicht sicher. Wir zählen das Geld später, und wenn alles da ist, räumen wir bis zum Abend unser Lager«, verkündete Korfa. Er hob ein weiteres Mal das Fernglas an die Augen, während sie über eine Schotterpiste holperten. Er hörte nicht auf, den Horizont abzusuchen, weil er noch immer eine Falle witterte.

Ihr Kontakt in Mogadischu hatte ihnen das Gerät geschickt und ihm versichert, dass es jedwede Form von Spürsender erkannte, doch wenn er ehrlich war, verstand er nichts von diesen Dingen, auch, wenn er inzwischen wenigstens gelernt hatte, wie man das Gerät benutzte und die Messungen ablas. Immerhin war dies das größte Lösegeld, das er je eingetrieben hatte, und das Leben hatte ihn gelehrt, dass man wertvolle Dinge nicht einfach so ausgehändigt bekam.

Der schwere Geländewagen durchkreuzte jetzt im Schneckentempo die Einöde aus lockerem Sand und brauchte eine halbe Stunde, um das Schiff zu erreichen, das im Schutz der Bucht vor

Anker lag. Die Hälfte der Männer warteten an Land, und als sie den Toyota sahen, begannen sie laut zu jubeln. Endlich fiel die Anspannung der lang gezogenen Verhandlungen von ihnen ab.

Das Gefährt hielt an und Korfa stieg aus, dicht gefolgt von Nadif und seinen Männern. Während sich die restlichen Piraten um sie versammelten, gingen Korfa und Nadif zur Heckklappe und sahen aufmerksam zu, wie zwei der Männer sich die schwere Tasche schnappten.

»Kommt, lasst uns die Beute zum Schiff bringen. Dann zählen wir das Geld und funken die anderen an, damit sie die LKWs herbringen«, sagte Korfa. Sein Plan sah vor, dass sie die Bucht mit Transportern aus dem Dorf Eyl verließen, während sie die Gefangenen sich selbst überließen.

Die Piraten johlten erneut auf, als ihre Kameraden die schwere Tasche über ihre Köpfe hoben und sie wie ein Heiligtum zum Strand trugen, wo die Schnellboote bereits auf sie warteten. Korfa grinste, als er die Begeisterung in ihren Augen sah. Dies war ein Raubzug, der zur Legende werden würde, und sein Name würde die kommenden Jahrzehnte überall im Land in Ehrfurcht geflüstert werden.

Er überwachte den Transport des Geldes zu den Booten und badete sich währenddessen förmlich in dem Moment des Triumphs, wobei er aber einen strengen und gebieterischen Gesichtsausdruck bewahrte. Die Männer gingen an Bord und die Motoren erwachten krachend zum Leben, als sie den von der Natur geformten Hafen verließen und sich dem Schiff näherten, das still vor Anker lag.

Nadif befahl den beiden Trägern, die Tasche auf direktem Weg in die Kapitänskajüte zu bringen, wo bereits eine Geldzählmaschine wartete. Er und Korfa quetschen sich durch die enge Tür, woraufhin zwei Wachen davor Stellung nahmen. Dann machten sie sich an ihre Wonne bringende Aufgabe.

Im Radkasten des Toyota fing jetzt unter der Bodenabdeckung eine rote LED für fünf Sekunden zu blinken an, dann färbte sie sich grün.

Die Detonation ließ das Fahrzeug innerhalb einer Nanosekunde verglühen, dann breitete sich die alles vernichtende Druckwelle weiter aus und vernichtete alles im Umkreis einer halben Meile. Die unverkennbare Form eines Atompilzes wäre bestimmt ein beängstigender Anblick gewesen, doch es war niemand mehr am Leben, der sie sehen konnte. Fleisch wurde zu Asche, Metall schmolz und das Schiff wurde wie ein Kinderspielzeug von der Kettenreaktion zerfetzt, die für einen kurzen Moment die Oberflächentemperatur der Sonne erreichte.

***

Die Männer in der Cessna sahen weit entfernt einen kurzen Lichtblitz, als die Explosion in Richtung Himmel schoss – immer noch wahrnehmbar, obwohl sie schon sechzig Meilen entfernt waren.

Henris Augen weiteten sich erschrocken und für einen kurzen Moment drehte er den Kopf nach hinten, doch dann zwang er sich, ruhig zu atmen und sich keine Reaktion anmerken zu lassen. Über Sols Mund huschte der Ansatz eines Lächelns, als er ein Satellitentelefon aus seiner Tasche nahm und eine Nummer eintippte. Nach ein paar Sekunden antwortete eine abgehackte Stimme und er flüsterte etwas in einer fremden Sprache. Danach legte er auf und wandte sich den drei Paketen zu, die im Heck der Maschine verstaut waren.

»Wie lange dauert es noch, bis wir über dem Golf von Aden sind?«, fragte er Henri, während er sich von einem Sitz zum anderen nach vorn hangelte, da das Flugzeug gerade von Turbulenzen durchgeschüttelt wurde.

»In etwa einer halben Stunde sind wir über dem Wasser. Wieso?«

Sol zog ein Stück Papier aus seiner Brusttasche und gab es ihm. »Eine Planänderung. Steuere stattdessen diese Koordinaten an. Wir machen einen kleinen Umweg auf dem Weg in den Jemen. Meine Jungs und ich werden uns schon vor der Landung verabschieden.«

Henri nickte zögerlich und gab die Daten in sein GPS ein. »Das ist nordwestlich von unserer eigentlichen Route.«

»Richtig. Mach einfach nur deinen Job. Wir müssen allerdings tief fliegen, damit wir nicht vom Langstreckenradar erfasst werden.«

»Sie sind der Boss. Aber hier in der Gegend gibt es gar keine Radaranlagen.«

»Mach einfach, was ich dir sage. Schön tief fliegen, bis wir über dem Wasser sind und sobald wir uns den Koordinaten nähern, steigst du auf die minimale Höhe, damit wir abspringen können. Hast du so etwas schon mal gemacht?«

Der Pilot grinste freudlos. »Es gibt kaum etwas, das ich noch nicht gemacht habe.«

»So wurde es uns auch gesagt. Wann sind wir in Position?«

Henri konsultierte das GPS und überschlug die Daten kurz im Kopf. »In etwa anderthalb Stunden, maximal fünfzehn Minuten mehr.«

»Gut.« Sol beugte sich nach vorn und zog Henris Kopfhörerkabel aus dem Funkgerät. »Wenn es dir nichts ausmacht, würde ich gern jegliche Kommunikation vermeiden.«

»Aber was ist, wenn uns eins der Schiffe anfunkt?«

Sol setzte sich direkt hinter Henri auf einen freien Sitz. »Hoffen wir einfach, dass das nicht passiert.«

***

Ein junger Mitarbeiter schob die Türen zum Konferenzraum auf und räusperte sich leise, während er den alten Mann mit den Geheimratsecken am Kopf des Tisches unverhohlen anstarrte. Als CIA-Chef für den Mittleren Osten war er es gewohnt, öfter unangekündigt aus wichtigen Meetings geholt zu werden, weil irgendwo in seinem Verantwortungsgebiet eine Krise ausbrach, doch der Blick seines Untergebenen sagte ihm, dass es dieses Mal um etwas wirklich Ernstes ging.

»Meine Herren, würden Sie mich bitte für einen Moment entschuldigen? Ich bin gleich wieder da«, sagte er an die Anwesenden gerichtet, stand auf und ging zur Tür, bevor überhaupt jemand antworten konnte.

»Was ist los, Jackson?«, fuhr er seinen Mitarbeiter in dem Moment an, in dem sich die Tür hinter ihnen geschlossen hatte.

»Es ist ein echter Notfall, Sir. Die NSA hat mich soeben informiert, dass es an der Küste von Somalia vor zwanzig Minuten eine nukleare Explosion gab.«

»Was? Ernsthaft? Oh, mein Gott … Somalia? Was ist denn da zurzeit los?«

»Gute Frage, Sir. Die NSA hat es über Satellit mitgeschnitten, die Signatur ist eindeutig.«

»Aber wer zur Hölle würde denn Somalia wegbomben wollen?«, fragte er, eher an sich selbst gerichtet.

»Das ist noch ungewiss, Sir. Was allerdings merkwürdig ist, ist die Größe der Explosion. Ersten Schätzungen zufolge bewegt sie sich im Bereich von fünf Kilotonnen.«

»Das … das ist ja klein, fast schon winzig!«

»Jawohl, Sir.« Sein Untergebener wartete offenbar auf Instruktionen.

»Berufen Sie sofort eine Krisensitzung in Raum C ein. Ich will sämtliche Informationen über die Explosion haben … Livestreams … einfach alles, was wir kriegen können. Schauen Sie außerdem, ob wir einen Satelliten in Stellung bringen können. Wissen wir sonst noch etwas, außer dass es eine kleine Bombe war? Wo genau in Somalia ging sie denn hoch?«

»Das ist der merkwürdigste Teil daran, Sir. Im absoluten Niemandsland, an der Küste. Da ist buchstäblich gar nichts. Die nächste Stadt, wenn man sie überhaupt so nennen kann, ist elf Meilen entfernt – also weit außerhalb des Sprengradius. Die Einwohner könnten von einem leichten Fallout betroffen sein, je nach Windrichtung, aber es gibt dort keinerlei strategische Einrichtungen. Wie eigentlich in ganz Somalia nicht. Die Stelle ist buchstäblich am Arsch der Welt.«

»Wollen Sie mir damit sagen, dass jemand ein paar Ziegen und Büsche thermonuklear vernichtet hat?«

»Ich weiß, Sir, das ergibt überhaupt keinen Sinn. Es sei denn, es war eine Art Test …«

»Trommeln Sie alle im Konferenzraum zusammen. Ich bin gleich da.«

***

Die Nachricht von der Explosion verbreitete sich wie ein Lauffeuer durch die Sicherheitsdienste der Welt, einschließlich derer, die sich am nächsten am Sprengradius befanden. Alle Regimes in der Region erhöhten ihre Alarmstufe auf *hoch*, doch selbst nach mehreren Stunden gab es mehr Fragen als Antworten. Warum hatte die erste Zündung einer Atombombe seit dem Zweiten Weltkrieg, abgesehen von bekannten Tests, auf einem abgelegenen Stück afrikanischen Bodens stattgefunden – und wer hatte sie gezündet?

***

Sol klopfte seinen beiden Kameraden auf die Schultern und öffnete dann die Tür der Cessna. Die Maschine war so langsam, dass sie schon fast abzuschmieren drohte. Noch hielt sie allerdings ihre Flughöhe von etwa dreihundert Metern, mit Kurs auf den Jemen. Weit und breit war nichts zu sehen, abgesehen von einem kleinen Punkt unter ihnen im Wasser. Eine Superjacht, die auf das Rote Meer zusteuerte.

»Alles klar, Gentlemen. Zeit für den Absprung«, rief er und die beiden Männer warfen sich hinaus in die Leere, nachdem ihre Fallschirme sorgfältig auf die niedrige Sprunghöhe abgestimmt worden waren. Sol kehrte zum Cockpit zurück und aktivierte die Bombe, die er neben Henri aufgebaut hatte. Dessen Kopf hing in einem unmöglichen Winkel nach hinten.

Nach einem letzten Kontrollblick auf den Autopiloten und den Timer der Bombe begab sich Sol zur offenen Tür und sprang ebenfalls. Er zählte zwei Sekunden ab und zog dann die Reißleine. Sofort öffnete sich der Fallschirm und die Gurte drückten mit Wucht auf seinen Brustkorb und die Oberschenkel. Dann brachte er den Fall unter Kontrolle und steuerte auf die anderen zu, die sich bereits auf dem Weg zu der Jacht befanden, die für ihr kleines Rendezvous angehalten hatte.

KAPITEL 8

AM HEUTIGEN TAG IN MOSKAU, RUSSLAND

Die versammelten Soldaten nahmen blitzschnell Haltung an, als zwei uniformierte Offiziere den langen Gang in Richtung der kunstvoll verzierten Holztüren heruntereilten. Ihre Insignien wiesen sie als Generäle der russischen Armee aus. Der Größere der beiden blieb vor der Tür stehen und klopfte zweimal. Dann warteten sie geduldig und lauschten den lauter werdenden Schritten, die auf der anderen Seite auf dem polierten Granitboden erklangen.

Der rechte Türflügel öffnete sich nun schwungvoll und ein dünner Mann mit weißem Bürstenschnitt, der einen dunkelgrauen Anzug und ein stählernes Brillengestell trug, starrte sie für ein paar Sekunden an, als hätte er gerade eine giftige Kröte schlucken müssen. Dann bedeutete er ihnen, einzutreten.

»Meine Herren Generale! Bitte hier entlang, der Minister empfängt Sie jetzt«, sagte er mit einer Stimme, rau wie Sandpapier. Dabei nicke er in Richtung einer weiteren Tür, die sich am anderen Ende des Rezeptionsbereichs befand. Wenige Minuten später marschierten sie in das Büro von Alek Sureyev, des zweitmächtigsten Mannes der Russischen Föderation. Dieser saß hinter einem Schreibtisch von der Größe eines Flugzeugträgers. Ihm gegenüber befanden sich zwei mürrisch aussehende Herren.

»General Esina, General Malerov – Sie kennen bestimmt den Kollegen Tomkin von der GRU, und Grigorowitsch vom FSB?«, fragte Sureyev. Den Generälen war sofort klar, was die Gegenwart des FSB – der Nachfolgeorganisation des KGB – in der Landessprache *Federalnaja sluschba besopasnosti Rossijskoi Federazii* genannt – zu bedeuten hatte. Wenn dazu noch der militärische Geheimdienst GRU involviert war, die *Glawnoje Raswedywatelnoje Uprawlenije,* dann bedeutete das, dass es großen Ärger gab. Nicht zuletzt, weil diese beiden Organisationen eigentlich verfeindet waren. Ihre führenden Köpfe zusammen in einem Büro zu sehen, war beinahe unvorstellbar.

»Natürlich«, bestätigte Malerov, der ältere der beiden Generäle.

»Gut, dann setzen Sie sich bitte. Wir haben nämlich viel zu besprechen.« Sureyev legte eine kurze Pause ein, während die beiden Männer es sich in den gepolsterten Sitzen bequem machten. Dann führte er das Gespräch fort, das er bereits mit den Chefs von GRU und FSB angefangen hatte.

»Was diese Explosion impliziert, ist alles andere als gut. Natürlich kam sofort die Frage auf, woher dieses Gerät kam. Ich muss wohl niemandem die möglichen Konsequenzen erklären, oder?«

»Nein. Genau aus diesem Grund ist es ja so besorgniserregend. Man muss kein Genie sein, um zu wissen, dass wer auch immer die Bombe gezündet hat, nicht das Ziel hatte, radioaktiv verstrahlten Wüstensand zu gewinnen. Wir haben bereits jede mögliche Spur verfolgt, wobei wir sogar bis zu der damaligen Invasion zurückgegangen sind, doch alle haben sich letzten Endes als Sackgassen entpuppt«, erklärte Grigorowitsch. »Es gab zuerst Gerüchte, dass die Iraker sie auf dem Schwarzmarkt gekauft hätten, doch das ist reine Spekulation gewesen. Wir können mit Sicherheit sagen, dass der Irak keine Massenvernichtungswaffen besitzt, immerhin haben die Amerikaner damals jeden Stein dort umgedreht und nichts gefunden.«

»Darf ich kurz anmerken, dass sich die Armee keiner Schuld bewusst ist?«, unterbrach General Esina. »Wir haben keine Kofferbomben verkauft.«

»Das sagt ja auch niemand. Wir versuchen doch nur, zu verstehen, wie zwei Atomwaffen spurlos verschwinden konnten, damit wir wissen, womit wir es zu tun haben. Denn wenn die Bombe in Somalia tatsächlich eine von unseren war, wird das früher oder später herauskommen. Und wenn die andere noch irgendwo da draußen unterwegs ist und – Gott behüte – für einen Terroranschlag missbraucht wird, haben wir ein riesiges Problem«, meinte Sureyev mit todernster Miene.

»Wissen wir denn genau, wie viele … *nicht auffindbar* sind?«, fragte Malerov. »Zwei, darüber gibt es keinen Zweifel«, knurrte Sureyev.

Der Mann von der GRU nickte zustimmend. »Wir hatten gehofft, dass sie inzwischen nicht mehr einsatzfähig seien. Die Geräte müssen normalerweise rund um die Uhr unter Strom stehen, und die Batterien waren äußerst primitiv. All unsere Experten haben uns versichert, dass sie inzwischen keine Bedrohung mehr darstellen würden. Nach der Explosion gestern, muss mal allerdings sagen, dass diese Einschätzung wohl doch etwas zu optimistisch gewesen ist.«

»Wie lange wissen wir denn schon davon?«, fragte Esina.

»Seit zwei Jahrzehnten wissen wir, dass die beiden Geräte verschwunden sind, doch darum geht es hier gerade nicht. Es geht vielmehr darum, dass wir endgültig Gewissheit haben wollen. Besonders nachdem die Armee, die GRU und der FSB extrem viel Zeit dabei verloren haben, sich gegenseitig die Schuld dafür zu geben und darauf zu bestehen, es bestünde keinerlei Gefahr. Nun wurde eines der Geräte eingesetzt, und wir wissen noch nicht einmal, zu welchem Zweck.« Sureyev starrte die Männer wütend an. »Jetzt, wo die Explosion stattgefunden hat, darf es keine höhere Priorität mehr geben, als das verbleibende Gerät zu finden. Wir könnten den Kopf in den Sand stecken und behaupten, wir hätten nichts damit zu tun; wenn man bedenkt, wie merkwürdig das Zielgebiet war, wäre das eine durchaus gangbare Taktik, doch sollte die nächste Bombe in einem bewohnten Gebiet hochgehen, wäre das eine absolute Katastrophe. Dann wird es nur noch darum gehen, dass es eine russische Bombe ist, und das macht das Ganze dann zu unserem Problem. Besser gesagt, zu *Ihrem* Problem, meine Herren! Lassen Sie uns dabei nicht vergessen, dass wir immer noch unter dem Giftanschlag auf Litwinenko leiden. Das Vertrauen der Welt in Russland ist immens beschädigt, und diese Lage darf sich nicht noch weiter verschlimmern.«

»Meine Leute haben geschworen, dass die Geräte nicht mehr einsatzfähig sind. Die Batterien sind tot, ohne irgendeine Chance sie wieder aufzuladen, und die meisten Teile sind bis zur Wertlosigkeit gealtert«, erklärte Grigorowitsch.

»Das ist richtig«, bestätigte Tomkin. »Doch offensichtlich hat jemand mit der nötigen Expertise eine Lösung dafür gefunden. Die Uhren sind seit Mitte der Achtzigerjahre nicht stehen geblieben und die Technik hat sich seitdem stark weiterentwickelt. Im Hinblick auf die Geschehnisse von gestern müssen wir davon ausgehen, dass jemand die Geräte wieder funktionstüchtig gemacht hat.«

»Wie schwierig wäre denn so ein Umbau?«, fragte Esina.

»Das ist Ansichtssache«, meinte Tomkin. »Doch für uns zählt im Moment nur, dass es möglich ist. Wir sind uns bestimmt alle einig, dass wir hier nicht mehr über Theorien sprechen. Ein fähiger Techniker mit dem richtigen Equipment kann so ein Ding wieder in Gang bringen. Im Grunde genommen ist das Ganze technisch auch nicht übermäßig kompliziert. Die Konstruktion ist relativ schnörkellos.«

»Aber die Wirkung ist begrenzt, richtig? Auf fünf Kilotonnen?«, fragte Malerov.

»Ein Drittel der Sprengkraft von Hiroshima«, sagte Tomkin.

»Also nicht sehr groß«, stellte Esina fest. »Eher geeignet, um zu schockieren, als umfassend zu zerstören.«

»Das kommt darauf an, wen man fragt, würde ich sagen«, stellte Sureyev mit eisigem Tonfall fest. »Stellen Sie sich mal vor, eine davon wird im Vatikan gezündet, in der Londoner Innenstadt oder in Moskau. Mal ganz von dem direkten Schaden abgesehen, denn die Strahlung und die psychologischen Effekte sind unter Umständen noch schlimmer. Es wird doch bestimmt niemand infrage stellen, dass das eine unvergleichbare Katastrophe wäre, oder?«

»Nein, das wäre definitiv problematisch«, gab General Esina zu.

Alle verfielen daraufhin in Schweigen.

Schließlich schüttelte Tomkin den Kopf. »Es wäre schlimm«, sagte der GRU-Mann leise.

Sureyev lehnte sich nach vorn und starrte die Männer an. »Wir müssen dieses Ding finden, und Sie sind hier, um mir zu sagen, wie wir das anstellen können. Wir können nicht einfach mit den Schultern zucken und darauf warten, dass die andere auch hochgeht. Welche konkreten Schritte können wir ergreifen?«, fragte er.

Zwanzig Minuten später waren sie kaum einen Schritt weitergekommen. Einigkeit bestand nur darin, dass ein Versagen zu einer Katastrophe globalen Ausmaßes führen könnte.

Sogenannte *Suitcase-Nukes*, also tragbare Atombomben, wurden von den westlichen Medien immer als Schauergeschichten, Ablenkungsmanöver oder Science-Fiction abgetan. Die Russen hatten ihren eigenen Teil dazu beigetragen, genug abwegige Geschichten zu streuen, um das Verschwinden der beiden Geräte in den Neunzigern zu verschleiern. Doch nun war eine von ihnen explodiert, und alles stand auf dem Spiel, denn die Vermutungen würden sehr schnell auf Russland fallen.

Im Kalten Krieg hatte die UdSSR Dutzende von diesen Kofferbomben herstellen lassen. Sie waren kompakt und wogen nur etwa dreißig Kilo. Die Anweisungen waren klar gewesen: Sollte es jemals zu einem Kriegsausbruch kommen, sollten die Waffen in der Nähe strategischer Ziele hochgehen, was die Koordinationsfähigkeit der USA und ihrer Verbündeten massiv einschränken sollte. Eine ähnliche Taktik sollte mit verschiedenen biologischen Kampfstoffen gefahren werden, die daraufhin in die Wasserspeicher und Flüsse geleitet werden sollten.

Als die Sowjetunion gegen Ende der Achtzigerjahre auseinanderbrach, waren die Geräte nicht nur aus Europa und den USA zurückgerufen worden, sondern auch aus den Satellitenstaaten, wo man sie als Kampfmittel gegen mögliche Volksaufstände deponiert hatte. Doch zwei von ihnen waren nie wieder aufgetaucht – die beiden, die in der Ukraine stationiert gewesen war. Die Basis, in der sie gebunkert worden waren, hatte als uneinnehmbar gegolten, doch als das Regime seine Kontrolle über die Region verloren hatte, hatte ein zunächst unwichtig erscheinender Diebstahl von Rohmaterial und Kabeln zu einem Sicherheitsleck ungekannten Ausmaßes geführt.

Als sich der Nebel gelichtet hatte, waren die Waffen ohne jede Spur verschwunden, sodass die unkoordiniert agierende Sowjet-Führung keine Möglichkeit gehabt hatte, etwas zu unternehmen. Zunächst hatte man vermutet, die neue Führung der Ukraine hätte dahintergesteckt und hatte die Waffen als Druckmittel für kommende Verhandlungen in der Hinterhand behalten wollen. Doch nach einer mehrjährigen Untersuchung hatte sich diese Theorie als unzutreffend herausgestellt. Für Russland war das Ganze mehr als besorgniserregend gewesen, doch die Gefahr schien mit dem zunehmenden Altern und dem damit angenommenen Ausfall der Geräte immer mehr abzunehmen … bis jetzt.

Esina und Malerov verließen das Meeting mit wesentlich weniger Schwung im Schritt als bei ihrem Kommen. Sie sahen derart mitgenommen aus, dass ihre tief hängenden Mundwinkel wohl jeden Mitarbeiter augenblicklich in die Flucht gejagt hätten. Als sie das Gebäude verließen und sich dem grauen Licht des späten Vormittags gegenübersahen, legten sie auf den Stufen des Kremls eine kurze Pause ein und betrachteten die vielen Soldaten, die wie Statuen aus dem leichten Schnee herausragten. Ihrer beider Leben hatten gerade eine vollkommen neue Bahn eingeschlagen. Sie mussten nun jeden wachen Moment ihrer Existenz damit verbringen, die verschwundene Bombe zu finden … oder bei dem Versuch sterben.

KAPITEL 9

TUCSON, ARIZONA

Die Ausfahrt des Highways sah genauso aus wie die unzähligen anderen, an denen Jet und Matt auf ihrer Marathonfahrt aus Washington bereits vorbeigekommen waren, doch ihr Ford Explorer brauchte dringend Sprit. Außerdem waren sie bereits weit genug gekommen, um sich eine entspannte Übernachtung genehmigen zu können. Morgen würden sie dann die Grenze nach Mexiko überqueren und mit etwas Glück am nächstbesten Flughafen ein Ticket nach Mexico City buchen können, von wo aus sie leicht nach Uruguay kommen könnten, sodass Jet endlich wieder mit Hannah vereint wäre.

Danach könnte sie versuchen, die Strapazen der letzten Wochen zu verarbeiten.

Es war bereits dunkel und der Himmel so klar, wie es nur in Wüsten vorkommt. Die funkelnde Pracht der Sterne schien zum Greifen nahe und wirkte überaus faszinierend. Sie tankten ihren SUV voll und fuhren dann die schmale Straße hinunter, die parallel zum Highway verlief, bis sie ein typisches Motel erreichten, das zumindest nicht viel schlimmer aussah als die vielen anderen, an denen sie bereits vorbeigekommen waren.

»Das ist doch in Ordnung, oder? Hast du Lust auf ein Abendessen?«, fragte Matt, wobei er in einen der Parkhäfen fuhr und die trostlos verputzte Fassade betrachtete.

»Klar, in dieser Klapperkiste eingesperrt zu sein, wird langsam langweilig. Lass uns zwei Zimmer nehmen und uns dann auf der Suche nach einem Restaurant ein bisschen die Beine vertreten«, antwortete sie.

»Klingt nach einem Plan. Dann buche ich uns mal in der Hütte ein. Bin in einer Sekunde wieder da.«

Jet sah zu, wie Matt auf die Motel-Rezeption zumarschierte. Durch die Fenster sah sie, dass der Raum mit Hochglanzbroschüren und grauenhaften Plastik-Kitsch gefüllt war. Sie schloss die Augen. Nur noch ein oder zwei Tage, bis sie endlich wieder mit ihrer Tochter Hannah vereint sein würde, und dann würde endlich ihr neues Leben beginnen – auch wenn dieses inzwischen ganz anders aussah, als sie es sich noch vor einer Woche vorgestellt hätte. Denn zu diesem Zeitpunkt hatte Alan noch gelebt und alles schien möglich zu sein.

Wie schnell sich die Dinge doch ändern können, dachte sie. Mit nur einem Wimpernschlag hatte sie ihn verloren ... und dann war plötzlich Matt aufgetaucht, den sie eigentlich für tot gehalten hatte ...

Über diese abrupten Wendungen des Schicksals hatte sie in den letzten vierundzwanzig Stunden viel nachgedacht. Es hatte schon immer eine starke Anziehung zwischen ihr und Matt gegeben, doch sie hatte die ganze Zeit geglaubt, dass er in Thailand umgekommen war. Dann war irgendwann Alan in ihr Leben getreten, und alles war kompliziert geworden.

Jetzt stieß Matt die Glastür der Rezeption auf und trat nach draußen. Jet musterte sein Gesicht, während er sich näherte ... das kräftige Kinn, die Falten und Blessuren ... er sah auf jeden Fall gut aus, aber auch irgendwie mitgenommen ... auf eine interessante Art und Weise. Er hatte das Gesicht eines Mannes, der schon viel erlebt hatte und viel Zeit im Freien verbrachte, und der sowohl viel Freude als auch viel Leid erfahren hatte.

Aber jetzt sah er in erster Linie müde aus, denn er hatte einen stoppeligen Bart und glasige Augen. So wie einer der typischen Passagiere, der nach einem Transatlantikflug die Maschine verlässt. Sie beide brauchten definitiv eine Pause. Die Nacht zuvor hatten sie kaum geschlafen, und waren dann zu ihrer großen Fahrt aufgebrochen.

»Voilà, ich habe dir die Honeymoon-Suite gebucht. Da gibt es einen Whirlpool im Schlafzimmer, Champagner auf Eis ...« Er öffnete die Wagentür und überreichte ihr einen Schlüssel. »Erdgeschoss, Nummer 18. Ich bin in der 22.«

»Champagner? Ich wette, da gibt es eher eines von diesen Betten, die vibrieren, wenn man einen Vierteldollar einwirft. Jedenfalls sieht der Laden danach aus«, meinte Jet.

»Hey, jetzt mach die Dinger mal nicht schlecht. Ich habe mal fünf Dollar ausgegeben, bis ich dahintergekommen bin, dass das gar kein Glücksspielgerät ist. Ich glaube, meine Zähne sind seitdem ein bisschen locker.«

Sie lächelte und warf einen Blick auf das Motel. »Wie lange brauchst du, bis wir zum Essen losgehen können?«

»Vielleicht eine halbe Stunde? Ich würde vorher echt gern eine Dusche nehmen«, sagte Matt, während er zum Heck des Wagens ging und die Tür öffnete. »Ist das für dich in Ordnung?«

»Auf jeden Fall«, erwiderte Jet, sprang aus dem Wagen und trat an seine Seite. Sie schnappte sich ihre Tasche und warf sie sich über die Schulter. »Wo geht's lang?«

»Anscheinend sind unsere Zimmer am hinteren Ende.«

»Hast du auch Tipps bekommen, wo man hier was essen kann?«

»Es gibt wohl eine Ortschaft in der Nähe mit ein paar Restaurants mit südwestlicher Küche.«

»Südwestlicher Küche? Was soll das denn bitteschön sein?«

»Teures mexikanisches Essen.«

»Ach so, Hipster-Burritos also.«

»Genau, und Mango-Margaritas für zwanzig Dollar, in denen fast kein Alkohol drin ist.«

»Klingt ja traumhaft!«

Sie gingen auf ihre Zimmer und Jet ließ sich erst einmal auf das Bett fallen, bevor sie sich zwang, wieder aufzustehen und unter die Dusche zu springen. Nachdem sie sich ausgiebig erfrischt hatte, fühlte sie sich sogar wieder halbwegs menschlich. Sie genoss es, endlich nicht mehr unter Druck zu stehen. Washington mit all dem Mord und Totschlag schien plötzlich unendlich weit weg zu sein. Es war erst zwei Tage her, doch es kam ihr vor wie eine Ewigkeit ... wie ein Teil eines anderen Lebens, das sie nun endgültig hinter sich gelassen hatte.

Nachdem sie sich die Haare abgetrocknet hatte, wanderten ihre Gedanken wieder zu Matt. Er war einfach ohne jegliche Absprache mitgekommen. Nach dem Angriff auf Arthurs Anlage und Alans Tod, war es irgendwie keine Option mehr gewesen, dass sie getrennte Wege gingen. Vordergründig war er mitgekommen, um seine Diamanten wiederzubekommen, doch insgeheim wusste sie, dass das nicht alles war. Auf jeden Fall hatten sie jetzt endlich mal Zeit; keine Deadlines und keinen Stress. Dadurch konnten sie in aller Ruhe die Spannung zwischen ihnen erkunden, die fast schon Funken warf, wenn sie zusammen waren.

Kurz darauf klopfte sie, mit immer noch nassen Haaren, an seine Tür. Er begrüßte sie barfuß, in Jeans und mit einem dunklen Seidenhemd, auf dessen Rücken groß ein Markenname prangte. *Typisch amerikanisch*, dachte sie, als er sie hereinbat.

»Ich brauche nur noch eine Minute«, sagte er und deutete auf zwei Stühle am Fenster.

»Kein Problem. Sag mal, bekommst du eigentlich Geld dafür, dass du als wandelnde Werbetafel für eine Klamottenfirma unterwegs bist?«

Er lachte auf, begeistert von dieser aus dem Nichts kommenden Provokation. »Nein, aber jetzt, wo du es sagst: Eigentlich müssten sie mir etwas dafür zahlen! Doch stattdessen sind die Klamotten sogar noch teurer wegen dieses Logos.«

»Als amerikanischer Konsument hat man offenbar Probleme, sein Geld zu verbrennen, was?«

»Ich würde sagen, das ist auf der ganzen Welt so. Aber du hast recht, es ist schon komisch, dass wir Wege erfinden mussten, um für ein Shirt mit zehn Dollar Materialwert hundertfünfzig Dollar ausgeben zu können. Aber man sagt, das wäre gut für die Wirtschaft.«

Während er in seine Schuhe schlüpfte, fiel Jet erneut auf, was für ein gutaussehender Mann er war. »Aber warum geht es der Wirtschaft denn dann angeblich immer so schlecht?«

»Tja, wahrscheinlich habe ich einfach nicht genug Hemden gekauft.«

»Denkst du denn gar nicht an das Gemeinwohl?«, fragte sie mit gespielter Empörung.

»Du kennst ja noch nicht mal die halbe Geschichte. Das Hemd hier ist nämlich in Wirklichkeit eine billige Kopie aus Thailand.«

Jet hielt seinem fordernden Blick stand und lächelte ihn gleichzeitig an. »Was gibt's denn nun zu essen? Willst du mich etwa verhungern lassen?«, fragte sie.

»Nach diesem Dinosauriersteak in Dallas hatte ich gedacht, dass du den ganzen Monat nichts mehr essen bräuchtest!«

»Quatsch, danach habe ich erst richtig Appetit bekommen. Ich brauche doch Kraft.«

»Ich habe mir überlegt, wir fahren mit dem Auto in den Ort und laufen dann einfach dort herum, bis wir etwas finden, das lecker aussieht.«

»Na dann mal los. Ich habe meine Sachen allerdings im Zimmersafe eingeschlossen. Hast du Geld?«

Matt tätschelte seine Hosentasche. »Einen Haufen grüner Scheine, mit denen ich eine Lady so richtig groß ausführen kann.«

»Das höre ich doch gern.«

Sie verbrachten zwanzig Minuten damit, mit anderen Nachtschwärmern die Bürgersteige unsicher zu machen, denn es war noch immer angenehm warm. Irgendwann griff Jet nach Matts Arm und zog ihn zu einem teuer aussehenden Restaurant mit mexikanischem Dekor. Wenig später hatten sie einen gemütlichen Tisch an einem riesigen Fenster und waren von lauter gut betuchten Menschen umgeben. Musik säuselte sanft aus unsichtbaren Lautsprechern, eine schwülstige Melodie, die von einem übermotivierten Sänger vorgetragen wurde, und ein klein wenig lauter war als die Gespräche der anwesenden Gäste. Nachdem sie die Karte ausgiebig studiert hatten, bestellten sie und lehnten sich dann in ihren Sitzen zurück.

»*Mañana,* wir fahren nach Mexiko! Irgendwie spannend, oder?«, fragte Matt.

»Ich bin heilfroh, wenn wir endlich die Grenze überquert haben. Sagen wir einfach, ich habe nicht die besten Erinnerungen an die USA.«

»Das hätte ich nach der letzten Woche auch nicht vermutet. Um ehrlich zu sein, war ich inzwischen auch schon so lange weg, dass es mir im Gegensatz zu Thailand eher wie ein vollkommen fremdes Land vorkommt. Ich schätze mal, man gewöhnt sich an alles, und das ist dann eben die neue Norm.«

»Das muss doch komisch für dich sein. Ich meine, hier ist alles so groß. Große Autos, große Straßen, große Einkaufszentren … sogar die Leute sind groß, oder besser gesagt dick. Das ist doch quasi das genaue Gegenteil von Thailand, oder?«

»Ja, und außerdem ist hier alles so sauber, ist dir das aufgefallen? Die Leute hier haben einen totalen Hygienefimmel. Egal, wo wir hinkommen, alles ist blitzsauber, im Vergleich zu Thailand.«

»Auch im Vergleich zu Mexiko. Wirst du ja sehen, sobald wir die Grenze überquert haben. Warst du schon mal dort unten?«, fragte Jet.

Die Kellnerin erschien jetzt mit ihren Drinks und stellte sie vor ihnen ab, bevor sie sich einem anderen Tisch zuwandte, um dort Bestellungen aufzunehmen.

»Ja, aber das ist schon ein paar Jahre her. Mindestens zwanzig.«

»Wow.«

»Da warst du wahrscheinlich noch gar nicht auf der Welt.«

»Wie war es damals dort? Gab es schon Strom? Oder sind alle noch auf Pferden unterwegs gewesen? Wurdest du in einer Lehmhütte geboren?«, zog Jet ihn auf, während sie an ihrem Drink nippte. Irgendetwas Rotes mit einem fruchtig klingenden Namen.

»Das waren ganz primitive Zeiten. Die Menschen haben Musik von komischen Dingern namens CDs gehört und der Vizepräsident hatte das Internet noch nicht erfunden, deswegen haben die Leute noch miteinander geredet! Dabei waren Mobiltelefone gerade das neue große Ding, aber komischerweise konnte man mit denen nichts anderes machen, außer mobil zu telefonieren. Es war so, als würde man in Höhlen leben«, erklärte Matt.

»Wow, gab es denn wenigstens schon Viagra?«

»Es waren düstere Zeiten, meine junge Lady«, sagte er mit ernster Stimme, während er einen Schluck von seinem Craft-Bier nahm. »Das ist wirklich nicht zum Lachen. Es gab noch kein Reality-TV und es konnte Minuten dauern, einem anderen Menschen eine Nachricht zukommen zu lassen. Man musste sie erst auf ein Stück Papier schreiben und es dann über die Telefonleitung über ein Gerät verschicken, das man eine Fax-Maschine nannte.«

»Ich glaube, so eine habe ich mal in einem Museum gesehen, gleich neben den Steinäxten.«

Sie wurden nun von einem auffällig frisierten Kellner unterbrochen, der ihnen ihr Essen brachte, und es mit großen Gesten auf dem Tisch platzierte, woraufhin er wie programmiert fragte, ob sie noch etwas bestellen wollten. Jet schüttelte den Kopf und der Mann warf ihr ein mitleidiges Lächeln zu, bevor er von dannen stolzierte, um andere Gäste zu beglücken.

»Das Ganze ist schon witzig, oder? Egal, wo man sich auf der Welt befindet, alles ist voller Technik. Selbst im Dschungel von Myanmar oder Laos siehst du inzwischen schon Schmuggler mit iPods«, meinte Matt, während er sein Hühnchen probierte. »Wow, das ist echt ziemlich lecker!«

»Und auch ganz schön viel, wie ich sehe. Schicken die die Hühnchen hier ins Fitnessstudio? Das sieht eher aus wie Truthahnbrust in Käsesoße. Das Ding ist so groß wie dein Kopf«, sagte Jet beeindruckt und nahm einen Bissen von ihrem Taco.

Das Essen verlief mit ähnlich angeregtem Geflachse, und Jet und Matt genossen ihre gemeinsame Zeit sichtlich. Es war nichts davon zu merken, dass er nach monatelanger Abwesenheit gerade erst von den Toten zurückgekehrt war. Als die Rechnung kam, bezahlte er und sie liefen anschließend gemeinsam die Straße hinunter, wobei Jet sich so natürlich bei ihm unterhakte, als wären sie schon seit Jahren ein Paar. Erst als sie im Auto saßen und losfuhren, begann Jet ein Gespräch. »Ich habe vorhin Hannah angerufen. Bei ihr ist alles in Ordnung. Ich habe Magdalena gesagt, dass ich bald zurückkommen werde. Sie schien erleichtert zu sein«, erzählte Jet als einige pompöse Luxuslimousinen an ihnen vorbeifuhren, deren getönte Scheiben die Anonymität ihrer Passagiere schützten.

»Das wäre ich auch«, antwortete Matt. »Du hast schließlich eine Menge durchgemacht. Explodierende Fähren, Angriffe,

Menschenjagden … es ist bestimmt schön, wieder nach Hause zurückzukehren.«

»Es ist gut, wieder bei Hannah zu sein, aber zu Hause? Ich weiß doch gar nicht mehr, was das ist. Wir können sowieso nicht in Uruguay bleiben. Wir müssen woanders hinziehen und noch einmal ganz von vorn anfangen.«

»Du hast schon einige Male Argentinien erwähnt. Haben die nicht gerade ziemlich große wirtschaftliche Probleme?«, fragte Matt.

»Das stimmt, aber wenn man Geld hat, ist es dort super. Es ist nur schlecht, wenn man seinen Lebensunterhalt dort bestreiten oder ein Geschäft aufbauen müsste.«

»Ach so. Das hast du ja nicht nötig.«

»Ganz genau.«

»Aber ist es sicher dort?«

»Das kommt ganz darauf an, wo man hinzieht. Mendoza ist fantastisch, zumindest der Teil, den ich bis jetzt davon gesehen habe. Es scheint auch extrem ruhig dort zu sein. Buenos Aires hingegen weniger, dort gibt es viel Armut und es ist eine riesige Stadt. Von daher ist es so, als würde man fragen, ob New York oder Paris sicher sind. Das hängt komplett von der Lage ab.«

Im leichten Abendverkehr erreichten sie schon bald darauf das Hotel und Matt brachte Jet zu ihrer Zimmertür. Dort zögerte er dann. Jet stellte sich auf Zehenspitzen und gab ihm einen sanften Kuss, ihre Lippen waren voll und weich. Der Moment schien sich ewig hinzuziehen, bis sie sich langsam wieder voneinander lösten.

»Gute Nacht, Matt. Schlaf gut«, sagte sie und schloss ihre Tür auf. Er wollte keinen Druck auf sie ausüben, denn sie waren nicht in Eile, und es war gerade auch nicht die richtige Zeit. »Du auch. Wir sehen uns morgen früh.«

Jet hörte, wie seine Schritte auf dem Gehweg verhallten und sich seine Zimmertür schloss – ein Geräusch, das sie etwas traurig machte. Sie ging zu ihrem Schrank und tauschte ihre Alltagskleidung gegen ein weites T-Shirt, dann trottete sie ins Badezimmer und putzte sich die Zähne. Sie war erschöpft, denn die lange Reise, das Essen und der Alkohol entfalteten jetzt ihre Wirkung. Wenige Minuten später lag sie daher schon im Bett und hatte das Licht gelöscht. Die einzigen Geräusche waren das sanfte Surren der Klimaanlage und das entfernte Rauschen des Highways.

KAPITEL 10

Jet schreckte hoch, denn irgendetwas in der Atmosphäre des Raumes hatte sich verändert und einen unbewussten Alarm in ihr ausgelöst. Ihr Puls schnellte nach oben, als sie eine Präsenz in der Nähe der Tür spürte … sie war nicht mehr allein! Ein leichtes Kratzen ertönte aus Richtung des Fensters, sie sprang auf und warf sich gegen die kaum wahrnehmbare Gestalt des Eindringlings. Daraufhin hörte sie den Mann überrascht grunzen, weil sein vermeintliches Opfer sich innerhalb eines Sekundenbruchteils von einer schlafenden Schönheit in eine angreifende Wildkatze verwandelt hatte.

Als Nächstes erklang ein unterdrückter Schrei, als ihr Ellenbogen sein Gesicht traf und sie mit warmen Blutspritzern aus einer zertrümmerten Nase befleckt wurde. Sie war gerade im Begriff, einen tödlichen Handkantenschlag zu platzieren, als sie spürte, wie sich ihr gesamter Körper plötzlich verkrampfte und ihre Beine nachgaben. Ihr Körper gehorchte auf einmal den Signalen nicht mehr, die ihr Gehirn sendete.

Ihr Kopf schlug auf dem Teppichboden auf und vor ihren Augen begannen grelle Blitze in der Dunkelheit zu tanzen, dann wurde die Nachttischlampe angeschaltet und sie konnte wieder etwas sehen.

Ein Mann in einer dunklen Hose und einer schwarzen Windjacke lehnte sich neben dem Fenster an die Wand und hielt sich die blutende Nase.

Ein Zweiter stand mit einem Elektroschocker in der Hand, neben dem Bett.

»Keine Bewegung, sonst verpasse ich dir noch eine Ladung«, drohte er.

Seine Worte lösten in Jet sofort Panik aus, und sie brauchte in ihrem desorientierten Zustand einen Moment, um zu verstehen, woran das lag. Der Mann hatte ihre Muttersprache benutzt! Er betrachtete sie aufmerksam und nickte dann leicht, als er merkte, dass sie es begriffen hatte.

»Okay, du kannst jetzt aufstehen, aber greif uns nicht mehr an. Wir sind nicht hier, um dir etwas zu tun«, versicherte er ihr, als sie sich an der Seite des Bettes hochzuziehen versuchte.

Langsam stand Jet auf und stellte sich breitbeinig hin, doch noch immer schwankte sie. Sie starrte ihre Angreifer wütend an. »Warum schickt der Mossad Agenten, die in mein Zimmer einbrechen?«, fragte sie und ärgerte sich über das Zittern, das gut vernehmbar in ihrer Stimme mitschwang. Sie überkam ein regelrechter Schwindel und die hebräischen Worte gingen ihr nur schwer und undeutlich über die Lippen.

»Ah, gut, du weißt also, wer wir sind. Die Antwort ist ganz einfach: Jemand möchte mit dir reden … jemand Wichtiges.«

Jet starrte den Agenten an, dessen Nase sie gebrochen hatte. »Nimm dir ein Handtuch aus dem Badezimmer. Immer Druck ausüben und dabei den Kopf in den Nacken legen, du weißt ja, wie es geht«, meinte sie, inzwischen mit festerer Stimme. Dann richtete sie ihre Aufmerksamkeit wieder auf den anderen Mann, während sie die Taser-Nadeln aus ihrem Oberkörper zog und sie samt der Kabel auf das Bett warf. »Ihr hättet auch einfach klopfen können.«

Er schaute sie mit einem humorlosen Lächeln an und packte dann seine Waffe ein. Anschließend ging er zu dem kleinen Tisch neben dem Fernseher und setzte sich.

»Ja, das hätte bestimmt super funktioniert. *Klopf, klopf, wer ist da?*«

Er deutete auf den freien Stuhl, doch sie setzte sich lieber auf die Bettkante.

»Jetzt seid ihr auf jeden Fall hier, und ich bin ganz Ohr. Was wollt ihr von mir?«

Der andere Mann kam jetzt aus dem Bad zurück und blieb an der Tür stehen, während er ein Handtuch gegen sein Gesicht presste und den Kopf in den Nacken legte.

»Ich habe ein Telefon in der Tasche. Mein Befehl lautet, deine Aufmerksamkeit zu erlangen und dann einen Anruf abzusetzen. Ich würde sagen, deine Aufmerksamkeit habe ich jetzt, oder?«

»Dein Partner hat Glück, dass er noch lebt«, sagte sie regungslos.

»Wahrscheinlich, aber das tut jetzt nichts zur Sache«, antwortete er, während er in seine Jackentasche griff und ein Telefon hervorholte. Er wählte einen Kontakt aus, wartete kurz ab und streckte ihr das Gerät dann entgegen. Sie beugte sich nach vorn, riss es ihm aus der Hand und betrachtete ihn missmutig. Kurz darauf hörte sie eine tiefe, männliche Stimme.

»Ich hoffe, sie haben dir nichts getan?«, fragte ihr Gesprächspartner auf Hebräisch.

»Auf jeden Fall weniger als ich ihnen.«

»Daran habe ich keinen Zweifel.« Die Stimme legte eine kurze Pause ein. »Ich muss dir nicht erklären, wer hier ist, oder?«

»Machen wir es doch ruhig offiziell.«

»Nun gut. Hier ist der Direktor.«

»Was wollen Sie von mir?«

»Das ist eine berechtigte Frage. Ich habe hier eine ganz spezielle Situation und brauche daher eine Agentin mit ganz besonderen Fähigkeiten.«

»Dann geben Sie doch eine Anzeige auf, denn ich arbeite nicht mehr für euch.«

»Das stimmt. Du bist ja offiziell tot. Das ist manchmal etwas verwirrend.« Er räusperte sich. »Ich hätte auch keinen Kontakt mit dir aufgenommen, wenn es nicht wirklich extrem wichtig wäre. Jetzt, wo Rain tot ist, haben wir leider niemanden mehr, der auf diesem Gebiet so erfahren ist, wie du. Er war der Letzte. Mein Beileid übrigens, ich weiß, dass er dir sehr viel bedeutet hat.«

»Das wussten Sie?«

»Ich weiß so gut wie alles, meine junge Dame.«

»Woher?« Ihre Stimme überschlug sich jetzt beinahe.

»Ich habe überall meine Augen und Ohren.«

»Dann wissen Sie auch, dass ich nicht mehr mitspiele. Ich bin raus, und zwar für immer. Ich verschwinde … wieder einmal.«

»Ich wünschte, ich könnte dir gestatten, das zu tun, glaube mir. Aber ich fürchte, so einfach ist das Ganze nicht. Wie ich schon sagte, gibt es da eine Situation …«

»Wie *ich* schon sagte, arbeite ich nicht mehr für euch!«

»Darf ich dich an den Schwur erinnern, den du einst geleistet hast?«

Die Stimme des Direktors wurde nun härter.

»Daran erinnere ich mich noch gut. Aber ihr habt schon weitaus mehr von mir bekommen, als irgendjemand erwarten kann. Wir sind mehr als quitt.«

»So funktioniert das aber nicht.«

»Bei mir schon.«

Der Direktor seufzte, er klang müde. Jetzt leitete er das Gespräch in eine vollkommen andere Richtung: »Hast du heute schon mal die Nachrichten gehört?«

»Was? Nein, habe ich nicht, wieso?«

»Wenn du den Fernseher anmachst, wirst du sehen, dass die größte Story im Moment eine Atomexplosion in Somalia ist. Das Ganze ist gestern passiert.«

»Eine Atombombe in Somalia? Warum das denn? Was ist denn in Somalia, und was interessiert es Sie? Und warum sollte es mich interessieren?«

»Das, meine Liebe, ist eine äußerst lange Geschichte. Die Kurzfassung ist, dass es nach unseren Informationen zwei dieser Bomben gibt und die andere ist noch irgendwo da draußen.«

Jet brauchte einen Moment, um diese Information zu verarbeiten. »Okay. Aber wen interessiert eine Explosion in Afrika?«

»Damit kommen wir zu dem Grund, warum ich deine Hilfe brauche. Wenn ich richtig liege, war das Ganze nur ein Test, um zu überprüfen, ob die Bomben noch funktionieren. Schließlich kann man heutzutage nicht einfach eine Atomwaffe zünden und dann sagen *Upps, mein Fehler*. Ich glaube, dieser Test sollte die Machbarkeit unter Beweis stellen, sodass die andere Bombe nun schon bald zum Einsatz kommen kann. Aber bestimmt nicht auf einem abgelegenen Küstenabschnitt, der niemanden interessiert.«

Sie nickte, als ihr die Tragweite klar wurde. »Sie meinen also, das nächste Ziel ist Israel?«

Jet konnte hören, wie der Direktor tief durchatmete, bevor er seine Antwort formulierte. »Das Ganze ist leider etwas komplizierter.«

Dann erzählte er ihr eine Geschichte. Sie dauerte etwa fünf Minuten, und als er die letzten Worte sprach, stand Jets Welt auf dem Kopf.

Sowohl Jet als auch der Direktor schwiegen nun für einige Augenblicke, doch das schwache Summen der verschlüsselten Leitung hing in der Luft wie die Pause vor einem Schuldspruch.

»Was soll ich tun?«, fragte sie, obwohl sie die Antwort bereits kannte.

»Ist das nicht klar? Du musst sie finden und das Ganze irgendwie aufhalten.«

Ihr Blick schnellte daraufhin zu dem Mann, der am Tisch saß und gerade intensiv seine Fingernägel untersuchte, so als hätte er von dem ganzen Gespräch kein Wort mitbekommen.

»Und wenn ich mich weigere?«

»Es gibt so einige Dinge, die du nicht ablehnen kannst, meine Liebe. Wie du ja inzwischen bestimmt weißt.«

»Was können Sie mir denn im Gegenzug anbieten?«

»Du hilfst mir, und ich vergesse, dass du existierst. Dann kannst du anschließend das Leben führen, was du dir immer gewünscht hast – *dann* sind wir quitt.«

»Und was, wenn ich stattdessen ihre Leute töte und für immer verschwinde?«

»Hältst du das wirklich für möglich? Ich weiß, dass du noch lebst. Allerdings erst seit Kurzem, seit wir angefangen haben, Rain in Washington zu überwachen. Es hat eine Weile gedauert, bis wir das Gesicht einordnen konnten, denn schließlich gibt es keinerlei Aufzeichnungen. Aber einige von uns haben ein wirklich gutes Gedächtnis. Unterm Strich teile ich deine Einschätzung aber. Du hast genug für uns getan. Doch dann ist Rain umgekommen und es hat sich diese akute Entwicklung ergeben. Deshalb habe ich jetzt keine andere Wahl mehr.«

»Sie könnten auch jemand anderen schicken.«

»Jemanden wie die beiden, die du gerade vor dir siehst? Ich bitte dich, verschwende nicht meine Zeit. Das alte Team existiert nicht mehr. Es würde Jahre dauern, es wieder neu aufzubauen, mal ganz abgesehen davon, dass ich gar nicht die Ressourcen dafür habe. Es würde Jahre dauern, passende Kandidaten zu finden, sie auszubilden und sie zu absoluten Experten zu formen. Mein aktuelles Problem heißt aber Zeit, denn die habe ich nicht. Ich muss dieses Problem sofort lösen, sonst ist das hier vielleicht das Ende der Welt, wie wir sie kennen. Hast du immer noch nicht verstanden, was auf dem Spiel steht?«, knurrte der

Direktor. »Verstehst du nicht, was passieren wird, wenn wir sie nicht aufhalten?«

»Wie haben Sie mich überhaupt gefunden?«, fragte sie jetzt leise.

»Über einen Peilsender in deinem Wagen. Wir haben einen in deinem, und hatten auch einen im Auto von Rain, und als du diesen Mann in dem Hotel getroffen hast, haben wir seinen Wagen auch noch verwanzt.«

»Und wie konntet ihr Ala…, ich meine Rain, überhaupt finden?«

»Er hat über ein Internet-Telefon angerufen. Wir konnten die IP-Adresse zurückverfolgen. Wahrscheinlich hat er gedacht, dass wir nicht alle seine Scheinidentitäten kennen würden, aber da hat er sich geirrt. Wie gesagt, es gibt sehr wenig, was wir nicht wissen.«

»Wenn das tatsächlich der Fall ist, wo sind dann die Leute, die uns solche Probleme bereiten?«

»Das ist eine weitere gute Frage. Wir haben zwar unsere Vermutungen, aber leider noch nichts Konkretes. Aber wir arbeiten daran. Doch lass uns nicht länger um den heißen Brei herumreden. Du musst diese letzte Mission, zum Wohle unseres Landes, für mich ausführen. Und auch zum Wohle der Unschuldigen, die sonst ihr Leben lassen müssen. Denn wenn diese Bombe wirklich hochgeht, wie ich es befürchte, wird es zu einem Krieg kommen. Du darfst auch selbst bestimmen, wie viel Geld du dafür haben willst. Das alles ist mir egal. Nur ein Nein kann ich nicht akzeptieren.«

Jet dachte darüber nach und seufzte dann. »Ihr müsst mir nichts bezahlen, abgesehen von meiner Freiheit, wenn die Mission abgeschlossen ist. Ihr werdet vergessen, dass ich existiere, und wir haben nie wieder etwas miteinander zu tun. Das ist mein Preis! Keine Ausnahmen, und ich muss Ihnen ja bestimmt nicht sagen, dass es keine Erfolgsgarantie gibt. Wenn auch nur die Hälfte von dem stimmt, was Sie mir gesagt haben, wird es verdammt schwer werden. Ich brauche außerdem eine komplette Einsatzgruppe für Logistik und Überwachung.« Sie machte eine Pause, um ihre Worte wirken zu lassen, und verlagerte ihr Gewicht dann auf dem Bett. Sie schaute den stehenden Mann an, dessen Nase inzwischen durch Blutpfropfen verstopft war. Sie hob die Augenbrauen und ging zum Fernseher hinüber, wo sie einen Nachrichtensender anschaltete. Nachdem sie die Lautstärke auf null gedreht hatte, ging sie zum Kleiderschrank und zog eine Jogginghose hervor. Dann kehrte sie zum Bett zurück und hob das Handy mit solch einem Widerwillen an ihr Ohr, als wäre es radioaktiv verseucht.

»Also, wie lautet der Plan?«

KAPITEL 11

Am nächsten Morgen klopfte Matt an Jets Zimmertür, in der Hand zwei Becher Kaffee und eine Tüte mit Croissants. Als Jet wortlos öffnete und dann in den Raum zurückkehrte, überkam ihn sofort ein Gefühl der Anspannung.

»Guten Morgen, Sonnenschein! Bist du bereit, wieder aufzubrechen?«, fragte er, während er das Frühstück auf den Tisch stellte und sich setzte.

»Ja und nein. Hast du schon die Nachrichten gesehen?«, fragte sie, als sie ihre Tasche fertig packte.

»Nein, wieso? Kommen wir darin vor?«

»Nein, aber ich hatte letzte Nacht Besuch.«

»Besuch?«

»Ja. Mitten in der Nacht. Frühere Kollegen von mir.« Sie erzählte ihm daraufhin die ganze Geschichte.

»Ich weiß gar nicht, was ich dazu sagen soll. Auf jeden Fall brauchen wir ein anderes Auto.«

»Das ist nicht nötig. Ich habe die letzten Stunden sehr intensiv über das Ganze nachgedacht. Sie hätten mich nicht gesucht, wenn sie eine andere Wahl gehabt hätten.«

»Dann hatten sie eben keine andere Wahl. Na und?«

Sie schloss ihre Tasche und schaute ihn intensiv an. »Ich muss das machen, Matt. Sie brauchen meine Hilfe, und während wir hier sitzen, läuft uns die Zeit davon.«

Sie setzte sich ihm gegenüber hin, zog den Plastikdeckel von ihrem Kaffee und nahm einen großen Schluck.

»Du *musst* gar nichts! Du kannst einfach abhauen. Die können dich doch nicht zwingen.« Matt klang äußerst gereizt.

»Darüber könnte man jetzt diskutieren.«

»Jetzt atme erst mal tief durch und überlege dir das Ganze noch einmal.«

Jet sah sich stumm in dem Zimmer um, dann nahm sie seine Hände in die ihren und drückte sie fest.

»Matt, ich habe fast mein gesamtes Erwachsenenleben in ihrem Dienst verbracht, und das ist die schlimmste Bedrohung, von der ich jemals gehört habe. Sie haben mich um meine Hilfe gebeten, und die kann ich ihnen nicht verwehren. Nach ihrer Beschreibung bin ich ihre beste oder vielleicht sogar einzige Chance, die Sache aufzuhalten.«

Sie sah seinen Gesichtsausdruck und schüttelte den Kopf. »Du brauchst dir gar nicht das Hirn zu zermartern. Lass es sein. Das ist eine überaus wichtige Mission und ich habe sie angenommen, Punkt, aus, Ende. Dich geht das Ganze sowieso nichts an.«

Jet sprang auf und schnappte sich ihre Tasche. »Los jetzt, wir müssen aufbrechen. Unser nächster Schritt ist es immer noch, das Land zu verlassen. Sobald wir in Mexiko sind, haben wir ganz andere Möglichkeiten.«

Matt stand auf, ganz offensichtlich brodelte es in ihm. Er schnappte sich die Croissants und seinen Kaffee. »Es hat keinen Sinn, mit dir darüber zu diskutieren, oder?«

»Nicht wirklich.«

»Brauchst du Hilfe mit der Tasche?«

»Nein, kein Problem. Lass uns gehen. Ich habe so das Gefühl, dass es wieder mal ein richtig langer Tag werden wird.«

Matt gab ihre Schlüssel an der Rezeption ab und verstaute Jets Tasche hinten im Explorer. Ein paar Minuten später fuhren sie den Highway 10 hinunter, auf dem Weg zu einer Kreuzung, die sie in Richtung Nogales führen würde und damit nach Mexiko.

Keiner von beiden sagte ein Wort, während eine endlose Abfolge von Industriegebäuden und Einkaufscenters an ihnen vorbeirauschte. Irgendwann brach Matt die unangenehme Stille.

»Wo genau fahren wir jetzt hin?«, fragte er mit ruhiger und kontrollierter Stimme.

»Über die Grenze nach Mexiko. Dort nehmen wir dann einen Flug nach Mexico City und trennen uns.«

»Wir trennen uns? Warum? Ich dachte, wir bleiben zusammen?«

»Das war vor der aktuellen Entwicklung. Wir bleiben ja zusammen, aber erst, nachdem ich den Mittleren Osten für eine weitere Generation sicher gemacht habe. Oder zumindest etwas sicherer.«

Jet studierte sein Profil und beobachtete, wie sich seine Kiefermuskeln anspannten. »Matt, ich muss das allein machen.«

»Nein, du *willst* es allein machen. Es gibt keinen Grund dafür, warum ich dir nicht dabei helfen kann.«

»Ich weiß das wirklich zu schätzen. Ernsthaft. Aber es gibt eine Million Gründe, warum du mir nicht helfen kannst.«

»Dann sag mir einen! Denk aber daran, dass ich dir mindestens zehn Einsatzjahre voraushabe.«

Sie musterte ihn mit einem neutralen Gesichtsausdruck. »Stimmt ja, ich vergesse immer, was für ein harter Bursche du bist. Okay, dann fangen wir mal mit den ganz offensichtlichen Sachen an: Sprichst du Hebräisch?«

Er zögerte. »Nein.«

»Arabisch?«

»Auch das nicht. Aber dafür ein echt fieses Thai, inklusive einiger regionaler Dialekte …«

»Was wirklich gut für dein normales Einsatzgebiet ist, aber dort, wo ich hinmuss, bringt es dir gar nichts. Matt, du sprichst die Sprache nicht und siehst aus wie der Inbegriff des weißen Mannes. Ist dir wirklich nicht klar, warum das nicht geht? Warum du eher eine Gefahr wärst als eine Hilfe?«

Sie bemühte sich, nicht laut zu werden, damit ihre Worte nicht noch härter klangen, doch im Endeffekt war es egal, denn auf Matt hatte es die Wirkung einer Backpfeife.

»Das ist alles? Fakten und Logik, mehr nicht? Was ist denn das für eine Strategie?«

»Das Ganze geht doch nicht gegen dich. Es hat nichts mit deinem Können zu tun. Wir reden hier nun mal über ein sehr spezifisches Einsatzgebiet. Für mich ist das quasi mein Hinterhof, während du auffallen würdest wie ein bunter Hund – und das kann ich mir einfach nicht leisten. Außerdem arbeite ich allein am besten, denn immer, wenn ich einen Partner habe …«

»… ist der am Ende tot«, beendete Matt den Satz für sie.

»Das stimmt. Erst David bei der Sache mit Grigenko, dann Rob in Thailand, und jetzt Alan. Diese Statistik gefällt mir ganz und gar nicht, und wenn ich ehrlich sein soll, möchte ich den wichtigsten Mann in meinem Leben nicht verlieren«, schloss sie mit derart leiser Stimme, dass sie über den Verkehrslärm kaum noch zu hören war.

»Du willst mich beschützen? *Mich?* Einen Kerl, der Ewigkeiten in der Wildnis an einem der gefährlichsten Orte der Welt überlebt hat? *Du* willst *mich* schützen?«

»Hast du auch nur ein Wort von dem gehört, was ich gerade gesagt habe? Es geht hier darum, dass ich nicht auffallen will, nicht um dich. Allein ist meine Chance, Erfolg zu haben einfach viel höher.«

Sie nahm einen Schluck von ihrem Kaffee, den sie mit weiß hervortretenden Knöcheln umklammerte. »Das hier ist keine demokratische Abstimmung, und selbst wenn, wärst du gar nicht wahlberechtigt, Matt. Es tut mir leid, ich will dich nicht angreifen. Ganz im Gegenteil, ich weiß es sehr zu schätzen, dass du mir helfen willst. Aber das ist nun mal eine Situation, in der ich einfach mein Ding machen muss. Es tut mir sehr leid, aber so ist es nun mal.« Sie atmete einmal tief durch. »Es bringt nichts, darüber zu streiten, denn ich *muss* es machen.«

Matt schwieg kurz, während er die Spur wechselte. »Und was ist mit Hannah?«

»Das geht jetzt wirklich unter die Gürtellinie, Matt.«

»Nein, tut es nicht. Es ist eine faire Frage. Du bist auch eine Mutter, nicht nur eine Superagentin, und du hast eine Verantwortung ihr gegenüber. Für sie bist du doch eigentlich aus dem Geschäft ausgestiegen, falls du dich noch erinnerst. Und jetzt willst du plötzlich wieder rein?«

Jet starrte eine Weile in die Ferne, bevor sie sich ihm wieder zuwandte. »Du hast recht, Matt, und unter anderen Umständen würden wir dieses Gespräch auch gar nicht führen müssen. Aber das hier ist eine Riesensache. Größer als alles, was Israel jemals bedroht hat. Mir gefällt es auch nicht, dass ich mein Leben riskieren muss, um das Ganze aufzuhalten, aber so ist es nun mal, und ich kann nichts daran ändern. Hannah wird leider noch eine weitere Woche bei Magdalena bleiben müssen, während ich mich darum kümmere. Es gibt nun mal keinen anderen Weg, auch wenn ich wünschte, dass es so wäre.«

Sie nahm den letzten Schluck Kaffee und rammte den Becher anschließend in die Halterung der Mittelkonsole. »Die Lage ist äußerst schlimm, egal, was ich davon halte.«

Es folgte eine Stille, die so aufgeladen war, dass man es beinahe knistern hören konnte. Nach einer weiteren Meile rutschte Jet etwas näher an Matt heran und ergriff seine Hand.

»Matt, ich habe dich schon einmal verloren – auf Koh Samui. Ich möchte nicht, dass das noch mal passiert. Hab einfach noch ein wenig Geduld. Ich weiß, dass dir das alles nicht gefällt, mir geht es ja nicht anders.«

Ihre Berührung schien ihn etwas zu entspannen, doch seine Augen blieben auf die Straße geheftet. »Ich traue ihnen einfach nicht. Keinem von denen. Alle Regierungen lügen und betrügen und stehlen, während sie verkünden, das wäre alles nur zum Wohle ihrer Bevölkerung. Und Geheimdienste sind die allerschlimmsten. Vielleicht bin ich voreingenommen, aber das Ganze ist doch immer sehr einseitig. Wir müssen stets alles opfern, im schlimmsten Fall sogar unser Leben, nur damit irgendein Ziel erreicht oder eine Mission durchgeführt werden kann. Wahrscheinlich treibt genau das auch die Leute an, die die Bombe haben. Es heißt ja immer *der Zweck heiligt die Mittel*, und die Menschen, die daran glauben, opfern sich dann für ein angeblich höheres Ziel. Ich habe noch nie einen Minister gesehen, der einen Monat auf Patrouille gegangen ist, um das Leben eines Soldaten zu schützen, und ich habe auch noch keinen Geistlichen gesehen, der sich persönlich einen Sprengstoffgürtel umbindet, um Terror zu verbreiten. Die Opfer müssen immer wir bringen, nicht sie. Es ist immer das Gleiche.« Er schüttelte frustriert den Kopf.

»Hey, du Pessimist, jetzt krieg mal wieder gute Laune, ja? Ich bin schon groß. Ich weiß, dass das alles ein Haufen schlüpfriger Wiesel sind. Aber wenn eine Atombombe in einer Großstadt hochgeht, kann sich auch der zynischste Zweifler ausrechnen, wie schlimm das endet. Wenn es um irgendetwas anderes gegangen wäre, hätte ich mich geweigert und sie hätten von mir aus den Rest meines Lebens hinter mir her sein können. Ich bin ja schließlich kein Anfänger, ich weiß genau, wie das Ganze läuft. Aber jetzt mal ein ganz anderes Thema – gibt es irgendeinen Grund dafür, warum du wie eine Oma fährst? Soll ich das Steuer vielleicht mal übernehmen?«

»Hey, ich halte mich nur ans Tempolimit!«

»Wir sind gerade von einer Frau im Rollstuhl überholt worden!«

Sie kicherten daraufhin beide und die Spannung schien sich langsam abzubauen. Matt war nicht dumm, und da Jet seine

Vergangenheit kannte, verstand sie seine Gefühle durchaus. Er hatte ja recht, doch sie konnte die Lage nicht ändern. Unruhig schaltete sie das Radio an und blieb bei einem Sender aus Tucson hängen, der mexikanische Musik spielte.

»Es scheint nur einfach so, als ob immer etwas dazwischenkommt, wenn wir endlich etwas Zeit für uns haben könnten«, grummelte er.

»Ich bin nicht diejenige, die am Strand fast in Stücke gesprengt wurde – vergiss das nicht!«

»Da ist was dran. Trotzdem ist es scheiße, wie du so gern sagst.«

»Ausnahmsweise gebe ich dir recht.« Sie griff nach dem Lautstärkeregler und drehte leiser. »Und was machst du jetzt, da wir doch noch nicht nach Uruguay fliegen? Bleibst du in Mexico City, bis ich wiederkomme? Das ist deine letzte Chance, die Welt als Single zu erleben, denn danach wirst du angekettet!«

»Darüber habe ich noch gar nicht nachgedacht … vielleicht sollte ich ein paar der Diamanten aus dem Schließfach in Bangkok verhökern und ordentlich einen draufmachen. Du weißt ja, ich liebe das Luxusleben.«

»Du fliegst also nach Thailand?«, fragte Jet.

»Da ich wohl keinen All-Inclusive-Urlaub in dem mutmaßlichen Drecksloch spendiert bekomme, wo du hinfliegst, bleibt mir anscheinend nichts anderes übrig. In Mexiko abzuhängen erscheint mir momentan nicht so attraktiv. Weißt du schon, wo du hinfliegen wirst?«

»Der Plan lautet, wahrscheinlich über Spanien nach Israel, und dann übermitteln sie mir die genauen Einsatzbefehle.«

»Bist du dir wirklich sicher, dass du das durchziehen willst …?«

Jet atmete seufzend durch und ließ dann seine Hand los. »Nein, Matt, um genau zu sein, ist es das Letzte, was ich gerade tun möchte, denn ich will wieder zurück zu meiner Tochter und mir danach ein neues Zuhause suchen, und darüber hinaus will ich eine Menge Zeit mit einem Kerl verbringen, der viel zu alt für mich ist. Im Zweifelsfall würde ich sogar lieber ein Alkoholproblem entwickeln und anfangen, Katzen zu stehlen. Aber so weit ist es noch nicht. Stattdessen werde ich in einen Teil der Welt zurückkehren, den ich eigentlich nie wiedersehen wollte, und dort mein Leben aufs Spiel setzen. Habe ich schon erwähnt, dass ich das alles komplett scheiße finde?«

»Stopp!« Er wandte sich ihr zu und grinste. »Das mit den Katzen gefällt mir.«

Ihr melodiöses Lachen füllte den Wagen, während sie weiter die Straße entlangrollten. Ihre Zukunft schien so ungewiss zu sein und die Vergangenheit war im Begriff, sie wieder einzuholen. Dennoch stieg er in das Gelächter mit ein, denn Lachen machte vieles leichter – auch wenn in diesem Fall eine Melancholie darin mitschwang, die keiner von beiden verleugnen konnte.

KAPITEL 12

Auf dem Flughafen von Mexico City herrschte eine Art kontrolliertes Chaos. Er war immerhin der geschäftigste Verkehrsknotenpunkt Lateinamerikas und beförderte am Tag mehr Passagiere als die meisten anderen Flughäfen in einer ganzen Saison. Die Fahrt von Nogales nach Hermosillo war glatt verlaufen, wenn auch langwieriger, als sie es sich gewünscht hätten. Dort hatten sie den Explorer auf der mexikanischen Seite der Grenze auf einem Parkplatz abgestellt und waren dann mit einem Taxi zum Flughafen von Nogales gefahren. Von dort aus hatte sie eine Propellermaschine nach Hermosillo gebracht und sie hatten die letzte Etappe nach Mexico City angetreten.

Als Erstes suchten Jet und Matt die Ticketschalter auf und buchten ihre jeweiligen Flüge. Für ihn ging es mit KLM nach Amsterdam und dann nach Bangkok, für sie mit Iberia nach Madrid und schließlich nach Tel Aviv. Seine Maschine würde zuerst starten, bereits in wenigen Stunden, also suchten sie sich ein Restaurant und bestellten sich ein Abendessen. Dieses verbrachten sie dann vollkommen ohne Gespräche über das Thema, das ihnen beiden auf der Seele brannte. Als der Kellner schließlich die Rechnung brachte, bezahlte Matt, während sie noch ihre Kaffees austranken.

»Wie lange wird das Ganze wohl dauern?«, fragte er sie mit Blick über den Rand seiner Tasse hinweg, von der er gerade einen Schluck nahm.

»Du klingst schon wie Magdalena.«

»Wie ist das Gespräch denn überhaupt gelaufen?«

»Sie war erleichtert, von mir zu hören, aber es hat ihr natürlich ganz und gar nicht gefallen, dass ich doch noch länger brauchen werde, als ich zuerst gesagt hatte. Ich habe ihr aber versichert, dass ich wahrscheinlich nur noch eine weitere Woche wegbleiben würde, und das hat sie etwas besänftigt. Die große Panik rund um die Verbrecherjagd ist dort unten anscheinend inzwischen abgeklungen und kommt nur noch am Rande in den Nachrichten vor. Sie fühlt sich jedenfalls nicht in Gefahr, von daher ist also erst einmal alles gut.«

Doch Jet hatte das Gefühl, dass sie sich selbst etwas vormachte.

»Glaubst du wirklich, dass es nur eine Woche dauern wird?«

»Das hoffe ich zumindest. Der Direktor hat keine Zweifel daran gelassen, dass alles sehr schnell gehen muss.«

»Dann hilf mir mal, das Ganze besser zu verstehen. Diese Gruppe hat also eine Bombe, ein zweites Gerät zusätzlich zu dem, das in Somalia explodiert ist. Was hast du sonst noch für Anhaltspunkte?«

»Er sagte, die Waffen wären bei der Invasion des Iraks von Mossad-Agenten sichergestellt worden, die während des Kampfes um Bagdad zu genau diesem Zweck eingeschleust worden sind … zumindest glaubt er das. Alle drei Mitglieder des Teams haben innerhalb eines Jahres nach Ende der Mission den Dienst quittiert. Ihren Auftrag haben sie als gescheitert angegeben, denn angeblich sind keine Waffen gefunden worden. Doch nun scheint es so, als hätten sie damals gelogen und sie in Wahrheit einfach für sich behalten.«

»Also hatte Saddam doch Atomwaffen?«

»Anscheinend. Laut unseren Informationen hat er sie während der Invasion von Kuwait im Jahr 1990 unter seine Kontrolle gebracht. Die Kuwaitis haben sie ihrerseits von einem

Ex-KGB-Colonel gekauft, der nebenbei Waffen geschmuggelt hat. Typische russische Mafia-Geschichte. Es könnte natürlich auch die russische Regierung selbst dahintergesteckt haben, die sie zusammen mit einer schönen Geschichte, um später sämtliche Verantwortung leugnen zu können, durch die Hintertür verkauft haben. Schwer zu sagen, so chaotisch, wie die Dinge da drüben laufen. Wie auch immer, unser Geheimdienst hält es für wahrscheinlich, dass die Iraker zwei russische Kofferbomben an sich gebracht haben, bevor sie sich aus Kuwait zurückgezogen haben und sie in einem geheimen Bunker irgendwo in Bagdad versteckt haben. Diese Info kam aus einer verlässlichen Quelle – von einem Parteimitglied und engen Vertrauten von Saddam, der mit seiner Kooperation eine Todesstrafe abwenden wollte.«

Matts Blick wanderte über die anderen Gäste, als er ein paar Peso-Scheine aus seiner Hosentasche fischte und sie unter den Rand seines Tellers schob.

»Moment mal. Ex-Mossad-Agenten saßen also jahrelang auf russischen Bomben, die sie aus dem Irak gestohlen hatten, nachdem Saddam sie von den Kuwaitis geklaut hatte, die sie aus unbekannten Gründen in ihrem Besitz hatten? Und jetzt wurde mit einer dieser Bomben somalisches Buschland weggesprengt?«

»Es fehlen noch einige Teile in diesem Puzzle, aber es gibt schon seit Jahren Gerüchte über eine ultrakonservative israelische Gruppierung, die glauben, dass das Land seine Richtung verloren hat und aggressiver werden muss. Diese Vereinigung lässt selbst die größten Hardliner zahm erscheinen. Vor etwa acht Jahren kam das Gerücht auf, dass diese Gruppe eine eigene Abteilung für schmutzige Geschäfte gegründet hat – so eine Art verdeckte Eingreiftruppe. Wie gesagt, es gibt nur sehr vage Informationen aus sehr unsicheren Quellen. Aber wenn es tatsächlich stimmt, und sie mit Ex-Mossad-Agenten zusammenarbeiten, und wenn sie diese russischen Bomben wirklich haben … tja, dann wird die ganze Sache sehr schnell sehr gruselig.«

»Aber was wollen sie denn damit? Ich meine, ich verstehe ja, dass Atombomben schlimm sind, und in der Hand unkontrollierbarer Gruppen sogar gemeingefährlich, aber was sollte eine Gruppe Ultra-Konservativer mit Atombomben wollen?«

»Genau das ist die große Frage. Die vorherrschende Sorge ist, dass sie entscheiden könnten, ein komplettes Regime, das ihren Zielen im Wege steht, auszulöschen. Da fällt einem natürlich als Erstes der Iran ein. Kannst du dir vorstellen, was passieren würde, wenn eine Atombombe mitten in Teheran hochgehen würde? Das würde alles verändern, denn jeder weiß, dass Israel die einzige Atommacht in dieser Region ist. Das Land würde also automatisch die Schuld bekommen, und das wäre absolut katastrophal.«

»Wo sind diese Ex-Mossad-Agenten denn jetzt? Gibt es irgendwelche Spuren?«

»Das ist eines der Probleme. Niemand weiß überhaupt etwas.«

»Super. Dann marschierst du also direkt in ein Schlangennest aus Hypothesen, ohne irgendwelche konkreten Anhaltspunkte, und hast dabei die klitzekleine Aufgabe, den Weltuntergang aufzuhalten. Sag mir bitte, dass es auch gute Nachrichten gibt, denn andernfalls steckst du echt tief in der Scheiße, und ich werde sofort anfangen, mir einen Wohnort zu suchen, der so weit weg vom Mittleren Osten ist, wie nur möglich … vielleicht in der Antarktis. Oder habe ich irgendetwas übersehen?«

Jet schüttelte den Kopf. »Nein, das stimmt ungefähr. Meine Hoffnung ist es, dass es neue Erkenntnisse gibt, bis ich in Israel angekommen bin, sodass ich wenigstens irgendeiner Spur folgen kann. Im Moment gibt es nur Theorien, die auf Hörensagen basieren.«

»Dann ist heute aber definitiv nicht der richtige Tag, um mit dem Trinken aufzuhören.«

»Wenn ich trinken würde, müsste ich mir jetzt mehrere Hektoliter reinschütten. Ich weiß, die ganze Sache klingt verdammt beschissen, aber ich kann es mir nun mal nicht aussuchen.«

Jet sah auf die Uhr und rutschte mit ihrem Stuhl zurück. »Es ist so weit, du musst zu deinem Gate. Ich bringe dich hin.«

Matt nickte. Sie versuchten, so viel Zeit wie möglich miteinander zu verbringen, doch im Endeffekt mussten sie der Realität ins Auge sehen. Bald würden sie sich trennen und Jet würde sich mitten in der nächsten Krise befinden, ohne überhaupt Zeit gehabt zu haben, die letzte zu verdauen.

Sie standen auf und Matt streckte ihr seine Hand entgegen. Jet nahm sie und sie schlenderten zusammen in Richtung des Abflug-Terminals, wo sie ein kurzer Blick auf die Anzeigetafel zum KLM-Gate führte, das bereits voll mit Passagieren war, die an Bord gehen wollten. Matt hatte auf Jets Rat hin ein Erste-Klasse-Ticket gebucht, sodass er nach wenigen Minuten aufgerufen wurde.

Sie schlang ihre Arme um ihn und gab ihm einen leidenschaftlichen Abschiedskuss. Die anderen wartenden Passagiere nahm sie gar nicht mehr wahr, doch dann ertönte die raue Stimme aus der Sprechanlage ein zweites Mal und forderte die verbleibenden Erste-Klasse-Passagiere zum Einsteigen auf – das wirkte wie eine kalte Dusche. Zögernd trennten sie sich voneinander, während Matt noch einmal intensiv in Jets endlos tief erscheinende, smaragdgrüne Augen blickte.

»Bitte sei vorsichtig. Du bist nicht kugelsicher und auch nicht unsichtbar«, flüsterte er, als sie ihn noch einmal an sich zog.

»Das sagst ausgerechnet du! Halt du dich lieber von den Ping-Pong-Clubs fern, sonst verlierst du vielleicht ein Auge.«

»Guter Hinweis«, sagte er. »Und du, geh bitte keine unnötigen Risiken ein. Denk daran, dass es deine höchste Priorität ist, lebend aus dieser Sache herauszukommen, damit wir genau an dieser Stelle weitermachen können.«

Sie küsste ihn noch einmal, dann war auch dieser Moment vergangen und er lief zielgerichtet auf das Gate zu, wie einer von Dutzenden Geschäftsreisenden auf dem Weg nach Europa. Sie sah zu, wie er verschwand, und ging dann, ohne zu zögern, zu ihrem eigenen Gate. Sie hatte noch zwei Stunden bis zum Flug und nichts, womit sie sich die Zeit vertreiben konnte, außer ihre düsteren Vorahnungen bezüglich der Mission und das Kribbeln von ihrem letzten Kuss.

KAPITEL 13

Zweiundzwanzig Stunden später landete Jets Maschine auf dem Ben-Gurion-Flughafen in Israel. Während die riesige Maschine langsam zum Gate rollte, streckte sie die Arme über den Kopf und nahm einen großen Schluck Wasser, um der Dehydration entgegenzuwirken, die oft Folge langer Flugreisen war. Sobald sie die Maschine verlassen hatte, wurde sie von zwei äußerst ernsten Männern in Empfang genommen, die sie im Eilverfahren durch die Zoll- und Einreiseformalitäten schleusten, ohne dass sie irgendetwas anderes tun musste, als zu lächeln. Dann wurde sie in einen bereitstehenden schwarzen Mercedes verfrachtet, dessen Scheiben so dunkel getönt waren, dass sie von außen nicht mal den Fahrer erkennen konnte.

Der Wagen schlängelte sich kurz darauf durch den Verkehr in Richtung Schnellstraße und dann weiter ins Stadtzentrum von Tel Aviv. Dort bog er in die Tiefgarage eines riesigen Wolkenkratzers ein und der Fahrer brachte sie zu einem Aufzug, wo zwei weitere Agenten warteten, deren In-Ear-Funkgeräte sie deutlich zu erkennen gaben. Einer der beiden nahm wortlos ihre Tasche und deutete auf den offenen Fahrstuhl. Sie folgten ihr hinein und der Mann mit der Tasche drückte den Knopf für die zwanzigste Etage.

Nach wenigen Sekunden Fahrt ertönte bereits eine Glocke und die Tür öffnete sich wieder. Jet betrat eine ausladende Lobby. Das bunte Logo über dem Rezeptionstresen gab vor, dass es sich um eine Importfirma handelte, doch alle Mitarbeiter wirkten wie Geheimdienstleute. Einer von Jets Begleitern deutete nun auf einen Konferenzsaal am Ende des Raumes. An der Eingangstür angekommen, reichte der Mann ihr die Tasche und richtete seine ersten und letzten Worte an sie: »Er erwartet Sie.«

Jet nickte und ging durch die Tür in den Besprechungsraum hinein, der durch ein riesiges Panoramafenster einen atemberaubenden Blick auf das Mittelmeer bot. Die Tür schloss sich hinter ihr und eine Gestalt am Ende des großen Konferenztisches machte eine einladende Geste.

»Komm, setz dich hin. Ich beiße nicht.«

Es war ein älterer Herr, vielleicht Ende sechzig oder Anfang siebzig. Graue Locken umrahmten sein verwittertes Gesicht, Ausdruck für ein Leben voller Stress und schwerer Entscheidungen. Hinter seinen haselnussbraunen Augen brannte jedoch ein Feuer, das ihn hellwach und höchst intelligent erscheinen ließ. Seine schwere, schwarz umrandete Brille betonte diese Wirkung noch und verlieh ihm außerdem eine imposante Ausstrahlung, die den gesamten Raum erfüllte.

»Bitte, setz dich. Ich hoffe, der Flug war nicht zu anstrengend«, sagte er mit tiefer, ernster Stimme, die durch das Rauchen von zwei Schachteln Zigaretten täglich sehr rau geworden war.

Jet setzte sich auf einen der Stühle und drehte sich dann in seine Richtung. »Egal, jetzt bin ich hier.«

»In der Tat. Ich werde mich auch nicht großartig dafür bedanken, dass du hergekommen bist, denn wir wissen ja beide, dass dies nicht ganz freiwillig war. Aber ich möchte, dass du dennoch weißt, dass ich es sehr zu schätzen weiß.«

»Es ist, wie es ist. Haben Ihre Leute schon irgendwelche Fortschritte gemacht, seit unserem letzten Gespräch?«

»Leider gibt es immer noch keine konkreten Neuigkeiten, aber ich werde dir genauere Informationen darüber geben, was passiert ist und welche nächsten Schritte wir jetzt planen. Bitte unterbrich mich jederzeit, falls du eine Frage hast. Möchtest du vorher vielleicht noch etwas trinken? Wasser?«

»Nein, danke.«

Der Direktor lehnte sich in seinem Stuhl zurück. »Unsere Leute konnten bestätigen, dass die Bombe, die in Somalia hochgegangen ist, tatsächlich russischen Ursprungs war. Mit den Details, wie sie das herausgefunden haben, will ich dich jetzt nicht langweilen. Natürlich dementieren die Russen das Ganze energisch, aber das war ja nicht anders zu erwarten. Glauben tut ihnen natürlich niemand. Was uns angeht, spielt es eigentlich auch keine Rolle, außer dass es bestätigt, was wir schon seit Langem vermutet oder besser gesagt, befürchtet haben. Die zwei russischen Geräte vom Typ RA-115, die sich unserem Wissen nach in irakischer Hand befanden, sind endlich wieder aufgetaucht, und trotz aller Beschwichtigungen von Experten funktionieren sie noch immer. Zumindest eine von ihnen, was uns jedoch zu der Annahme zwingt, dass es bei der zweiten genauso ist. Eigentlich galt es als unmöglich, dass sie noch eine Gefahr darstellen, aber bei unserem Glück war das wohl ein bisschen zu optimistisch gedacht.«

»Was bedeutet, dass noch eine weitere Kofferbombe im Umlauf ist«, erwiderte Jet lakonisch.

»Ganz genau. Ich würde sagen, die einzige gute Nachricht ist, dass sie sich wenigstens nicht in den Händen von Al-Qaida oder der Hamas befindet.«

»Trotzdem scheinen Sie nicht gerade erleichtert zu sein.«

»Das stimmt. Weil ich glaube, dass die Organisation, in dessen Besitz sie sich befindet, ebenso gefährlich ist – wenn nicht sogar noch schlimmer. Hast du jemals vom *Hohen Rat* gehört?«

»Nein.«

»Das ist eine verdeckte Gruppe von sehr reichen, sehr mächtigen Ultra-Nationalisten, deren politische Ideologie sich leider überhaupt nicht mit der Realität vereinbaren lässt. Wir hören schon seit zwanzig Jahren Gerüchte über ihre Identität, und wenn ich ehrlich sein soll, fallen sie in die gleiche Kategorie wie die Illuminaten oder die Templer. Dummerweise sind sie allerdings weitaus realer. Ich werde hier nicht ausführen, wie wir zu unserem jetzigen Wissen gekommen sind, aber diese Gruppe existiert auf jeden Fall und sie ist sehr aktiv. Diese Gruppe arbeitet mit den Agenten zusammen, die in den Irak geschickt wurden, um die Waffen zu finden, und dann mit leeren Händen zurückgekehrt sind. Jetzt sind wir sicher, dass sie uns angelogen haben. Stattdessen müssen sie die Bomben im Chaos der Invasion außer Landes geschafft haben.«

»Aber das war vor zehn Jahren. Warum sollten sie so lange warten, um eine davon hochgehen zu lassen, und das auch noch am entlegensten Winkel der Welt?«

»Diesbezüglich können wir nur indirekte Schlüsse ziehen, aber nach unserem Wissen muss es technische Hürden gegeben haben, die Bomben einzusetzen. Sie wurden bereits Mitte der Achtzigerjahre gebaut, also sind sie gemessen an heutigen Standards recht primitiv. Doch das radioaktive Material darin – das Uran – hat nichts von seinem Potenzial eingebüßt. Von daher sind eher der Zünder und die Elektronik – das Gehirn der Bombe – der Schwachpunkt. Im Prinzip ist das Innenleben nicht sehr kompliziert. Eine Explosivladung schießt eine Urankugel auf eine größere Masse Uran, und wenn sie sich treffen … na ja, dann knallt es. Vom Konzept her ganz einfach. Doch der Teufel steckt wie immer in den Details.«

»Also glauben Sie, dass diese Gruppe den Computer oder was auch immer da drin ist, entweder ausgetauscht oder repariert hat, sodass die Bombe wieder funktionstüchtig ist?«

»Ganz genau. Unsere Experten halten es durchaus für möglich, obwohl es Jahre dauern könnte. Die Teile gibt es ja nicht einfach im Elektronikladen zu kaufen und man darf sich auch keinerlei Fehlversuche erlauben. Die technischen Einzelheiten sind gar nicht so interessant. Viel wichtiger ist die Frage nach dem Warum.«

»Und nach dem Wer! Erzählen Sie mir noch mehr über diese Männer … die Agenten.«

Der Direktor schob ihr daraufhin drei Aktenordner entgegen. Sie öffnete den obersten und betrachtete einen gut aussehenden, dunkelhaarigen Mann mit kantigem Gesicht, der etwa Ende zwanzig war.

»Dies ist Solomon Horowitz. Er ist der ältere der beiden Brüder. Sechzehn Monate, um genau zu sein. Der Jüngere heißt Peter. Beide hatten bereits sechs Jahre gedient, als man sie in den Irak schickte. Wir haben ihre kompletten Dossiers hier, allerdings sind die Bilder schon zehn Jahre alt, was bedeutet, dass sie inzwischen anders aussehen. Du kannst dir gern alle Informationen über sie durchlesen. Der dritte Mann, Joseph Aloni, war in der gleichen Klasse wie Peter. Er hat sich jedoch auf Sprengwaffen spezialisiert, inklusive älterer Gattungen, deshalb gehörte er zum Team.«

»Ich dachte, der Mossad rekrutiert niemals mehrere Familienmitglieder?«

»Wir haben damit aufgehört, nachdem diese beiden unseren Dienst verlassen haben. Doch das ist jetzt nicht wichtig. Sie waren ein Teil von uns, und wir haben sie in den Irak geschickt, um die Bomben zu finden.«

»Und sie sind zurückgekommen, und haben angegeben, nichts gefunden zu haben. Was ist dann geschehen?«

»Der jüngere der Brüder beantragte sechs Monate später seine Entlassung. Ihr Vater war gerade erst gestorben, daher wirkte es unverdächtig. Laut ihrer Kollegen hatte sein Tod die beiden schwer getroffen. Vier Monate später war dann Solomon an der

Reihe. Er gab an, etwas Neues ausprobieren zu wollen, und sagte etwas von Reisen.«

»Und ihr habt sie tatsächlich ziehen lassen?«

»Das Ganze war ja kein Experiment wie bei deinem Team. Es war ein Sonderfall. Wenn ein Agent wirklich gehen will, zwingen wir ihn nicht dazu, zu bleiben. Das würde nichts bringen. Wenn er die Belastung nicht mehr aushält, ist es besser, ihn ziehen zu lassen.«

»Anscheinend nicht immer«, meinte Jet, biss sich aber gleich darauf auf die Zunge, als sie den bösen Blick des Direktors sah. Sie war zwar sauer, dass er sie zurückgeholt hatte, aber er war eine Autoritätsperson, die Respekt verdiente. Den hatte er sich durch Jahrzehnte entbehrungsreichen Dienstes mehr als verdient.

»Ignorieren wir das zunächst. Der dritte Agent, Joseph, hat uns dreizehn Monate nach dem Einsatz im Irak verlassen. Danach sind alle drei komplett von unserem Radar verschwunden.«

»Wie kann so etwas denn in Israel passieren? Das Land ist ja nicht gerade groß. Jeder weiß doch, was die anderen machen. Wie konnten sie da einfach verschwinden?«

»Unter normalen Umständen würde ich dir recht geben. Aber hier ist gar nichts normal. Die Drei haben Israel offenbar verlassen und soweit wir wissen, sind sie nie wieder zurückgekehrt. Sie müssen Decknamen und gefälschte Papiere benutzen, denn sonst wüssten wir inzwischen, wo sie sind.«

»Also sind sie untergetaucht.«

»Wir glauben, dass die Absicht, mit den Bomben abzuhauen, schon vor dem Einsatz bestanden hat. Das Ganze war ein abgekartetes Spiel, und das bedeutet eine vorherige nicht zu unterschätzende Planung.«

»Und Ressourcen.«

»Richtig. Deswegen glauben wir, dass der Rat seine Finger im Spiel hat. Geld bedeutet dieser Gruppe gar nichts. Es ist zwar spekulativ, würde aber zumindest erklären, wie drei junge Männer für zehn Jahre mit zwei Atombomben im Gepäck vom Erdboden verschluckt werden konnten.«

»Aber was ist ihr Motiv? Geld?«

»Das ist eine gute Frage. Geld regiert die Welt, das steht außer Frage. Es könnte aber noch mehr dahinterstecken. Nachdem ihr Verschwinden die Alarmglocken hat klingeln lassen, haben wir einige ihrer Kameraden befragt. Einer von ihnen hat erwähnt, dass Solomon in seinen politischen Ansichten immer streng konservativ war – was seiner Karriere natürlich dienlich war. Bei genauerem Hinsehen war er aber anscheinend nicht bloß konservativ, sondern radikal. Offenbar war er der Meinung, dass wir viel zu wenig tun, um den Terrorismus auszulöschen, der unser Land seit Jahren plagt. Sein Kamerad sagte, dass er mal erwähnt hat, für eine Politik der verbrannten Erde einzustehen, denn seiner Meinung nach müsse es einen Krieg bis zum letzten Mann geben. Das war sein exakter Wortlaut. Doch damals wurde das noch als genau die Art von Patriotismus angesehen, die wir hier brauchen. Solche Gedanken galten zwar schon damals als simplifizierend, aber junge Menschen brauchen nun mal große Ziele, wenn man von ihnen verlangt, alles zu opfern ...«

»Ich erinnere mich.«

»Das stimmt. Ich vergesse immer, dass du das alles ja ganz genau weißt.«

»Kann man die Bomben nicht verfolgen? Strahlen sie keine radioaktiven Spurenelemente ab?«, fragte Jet, um wieder auf die praxisgerichteten Themen zu kommen. Am Ende des Tages war es schließlich egal, *warum* ein Selbstmordattentäter seinen Sprengstoffgürtel inmitten einer Menschenmasse gezündet hatte.

»Negativ. Sie sind abgeschirmt. Wenn diese Geräte denen ähneln, die wir untersuchen konnten, befinden sie sich in bleiummantelten Koffern. Deshalb sind sie auch so schwer. Das Blei und zusätzlich noch das Uran.«

»Und Sie sind auch noch nicht weiter damit gekommen, einen der Agenten zu lokalisieren?«

»Es ist so, als hätten sie sich in Luft aufgelöst.« Der Direktor dachte kurz nach. »Bis auf einen möglichen Sichtkontakt in Genua vor Kurzem, der dazu geführt hat, dass unser Überwachungsteam niedergemetzelt wurde. Wir hatten einige vielversprechende Gespräche aufgeschnappt, doch die Operation endete in einem kompletten Desaster. Um es kurzzumachen, wir waren hinterher nicht schlauer als vorher. Mehr Informationen, als hier auf dem Tisch liegen, haben wir leider nicht.«

Jet dachte über die Tragweite des Gesagten nach und fing dann an, die Akten in aller Ruhe durchzulesen. Sie prägte sich dabei jedes noch so kleine Detail genau ein.

»Haben beide Geräte die gleiche Sprengkraft?«

»Ja, es sind pro Bombe etwa fünf Kilotonnen. Ich könnte dir jetzt die genauen physischen Eigenschaften von Feuerball, Druckwelle und Strahlung vorbeten, aber unterm Strich wird dabei jedes menschliche Wesen innerhalb von einem Kilometer Umkreis sofort tot sein. Wenn sie es in der Luft zünden, ist das Ganze noch schlimmer. Ein Kleinflugzeug mit so einer Bombe könnte etwa den doppelten Schaden ausrichten wie eine Detonation am Boden.«

»Halten Sie das für denkbar?«

»Im Moment halte ich alles für möglich. Die wichtigste Frage ist eher, welches Ziel sie sich aussuchen werden.«

Jet schloss die Aktenmappen und schob sie zur Seite. »Darüber haben Sie bestimmt schon nachgedacht, oder vielleicht sogar eine erste Spur, nehme ich an?«

»Ich wünschte, wir hätten eine Spur, doch wir können nur raten. Iran, Syrien … die meisten unserer Nachbarn könnten das

Ziel sein, wenn man bedenkt, wie radikal die Ideologien des Rats sind. Vielleicht wollen sie ein Heiligtum sprengen. Es ist ihnen sogar zuzutrauen, dass sie eine Explosion unter falscher Flagge in Israel herbeiführen, die sie dann einem islamischen Land in die Schuhe schieben. Ich hoffe, dass sie nicht so weit gehen werden, aber in unserer jetzigen Situation ist Hoffnung leider ein Luxus, den wir nicht haben.«

»Absolut nicht. Stellen Sie sich mal die Folgen vor, wenn eine Bombe in Mekka hochginge. Das würde doch sofort zu einem offenen Heiligen Krieg führen. Keiner würde mehr wissen wollen, ob das nur ein paar durchgeknallte Rechtsterroristen waren. Es würde nur zählen, dass es Israelis waren.«

»Jegliche Art von Erklärung wäre dann sinnlos. Wir haben alle Worst-Case-Szenarios in Betracht gezogen, und sie sind grausamer, als man es sich als vernünftiger Mensch vorstellen kann.«

»Aber die Mitglieder von diesem Rat ... meinen Sie, die sind wahnsinnig? Wer sind sie überhaupt? Gibt es da schon irgendwelche Vermutungen?«

»Sie sind wahrscheinlich nicht wahnsinnig nicht im eigentlichen Sinne, sondern eher fanatisch und rücksichtslos. Sie sind willens, den gesamten Weltfrieden aufs Spiel zu setzen, nur um ihre Ziele zu erreichen, und das ist genauso schlimm. Vielleicht sogar noch schlimmer.«

Der Direktor wischte sich mit der Hand über sein lederiges Gesicht und fixierte Jet dann mit einem starren Blick. »Im Moment sind unsere Chancen, die drei Ex-Agenten zu finden, bei null. Es bleibt uns also nur der Rat – und der einzige Mann, bei dem wir fast sicher sind, dass er ein Mitglied ist. Wenn wir irgendwie an sie herankommen, können wir vielleicht den Aufenthaltsort der Bombe erfahren. Das ist alles, was wir zurzeit haben.«

Jet hielt seinem Blick stand. »Und wie soll das genau funktionieren?«

Zum ersten Mal, seit das Meeting begonnen hatte, lächelte der Direktor. Doch es war mehr eine Grimasse, denn seine Gesichtsmuskulatur war diese Bewegungen nicht gewohnt.

»Du warst damals unser bestes Teammitglied. Ich weiß noch was in den Berichten stand. Du warst die Klügste. Du warst furchtlos, effektiv, aber auch genial. Du hast sämtliche Erwartungen übertroffen …«

Vom Direktor persönlich gelobt zu werden, verunsicherte Jet mehr als jede Drohung oder versuchte Erpressung, doch irgendwo tief in ihrem Inneren entfachten seine unerwarteten Worte auch ein Leuchten. Offenbar hatte sie ihr altes Leben doch noch nicht vollständig hinter sich gelassen. Egal wie sehr sie es sich auch einredete.

»Ich höre. Aber denken Sie daran, die Uhr tickt.«

»Allerdings, das tut sie«, stimmte er ihr zu, und dann erzählte er ihr, wie er vorhatte, die Ränge des geheimen Rates zu infiltrieren – eine Organisation, die nicht mehr war als ein Flüstern in den Wirkungsstätten der Mächtigen. Als er zu Ende gesprochen hatte, nickte sie. Das könnte tatsächlich funktionieren.

KAPITEL 14

JERUSALEM, ISRAEL

»Sir, da sind zwei Herren, die Sie sprechen möchten.« Die Stimme von Jacobs Sekretärin klang angespannt, was selbst unter den schwierigsten Umständen, sehr untypisch für sie war. Er legte seinen Stift beiseite und starrte die Gegensprechanlage an. »Was denn für Herren? Ich habe gar keinen Termin in meinem Kalender stehen.«

»Sie sind von der Regierung, Sir.«

»Von der Regierung? Sagen Sie Ihnen, sie sollen einen Termin machen, so wie jeder andere auch. Ich bin gerade beschäftigt.«

»Sie bestehen aber darauf.«

»Das können sie gern tun, aber es ist mir egal. Wenn sie ohne Termin mit jemanden sprechen möchten, dann schicken Sie sie eben zu Howard. Dafür haben wir ja schließlich einen Firmenberater.«

»Sir, ich denke, Sie sollten vielleicht persönlich mit Ihnen sprechen. Das scheint mir kein Routinebesuch zu sein. Sie lassen nur wenig Zweifel daran, dass es extrem wichtig ist.«

Jacob hielt inne. Ein nervöses Kribbeln breitete sich in seiner Magengegend aus. »Na gut, dann schicken Sie sie in Konferenzraum B. Ich bin gleich da. Und schauen Sie, ob Sie David finden können«, antwortete er barsch und schaltete die Sprechanlage mit einer wütenden Bewegung aus.

Er war ein äußerst mächtiger Mann und war es nicht gewohnt, dass man ihm widersprach. Ungebetene Besucher konnte er am allerwenigsten ausstehen. Was immer diese Männer auch wollten, sie würden den Tag noch verfluchen, an dem sie versucht hatten, sich ihren Weg in sein Büro zu bahnen. Er war schon viel zu weit gekommen, um vor irgendwelchen Bürokraten Angst zu haben, doch ebenso gut wusste er, dass es manchmal zielführender war, gute Miene zum bösen Spiel zu machen.

Mit einem letzten Blick auf die Unterlagen, die er bis gerade durchgesehen hatte, stand er auf, richtete seine Krawatte und zog sich seine marineblaue Anzugjacke an, deren makellosen Sitz er jedes Mal bewunderte, wenn er hineinschlüpfte. Einmal im Jahr reiste Jacob nach Hongkong, um sich dort von seinem Lieblingsschneider zehn Anzüge anfertigen zu lassen. Das war ein bescheidener Luxus für einen der reichsten Männer Israels, doch es verschaffte ihm immer noch eine große Befriedigung.

Er marschierte jetzt von seiner Bürosuite zu den Konferenzräumen. Der Raum B war mit dunklem Holz vertäfelt und mit jahrhundertealten Gemälden geschmückt, was eine eindrucksvolle Aura erzeugte, die zugleich Tradition als auch Reichtum suggerierte. Als er die Tür aufstieß, wurde er von zwei abgehärtet wirkenden, ernst aussehenden Männern in billigen grauen Anzügen erwartet. Beide starrten ihn an, als hätte er ihnen die Brieftaschen geklaut, und das merkwürdige Pulsieren in seinem Bauch steigerte sich daraufhin zu einem Trommelfeuer.

»Meine Herren! Ich bin Jacob Weinstein. Sie wollten mit mir reden?«

»Herr Weinstein, setzen Sie sich.« Die Worte des Älteren waren ein Befehl, keine Bitte.

»Einen Moment mal. Wer sind Sie, dass Sie es wagen, einfach so in mein Büro zu stürmen und so mit mir zu reden? Zeigen Sie mir erst einmal Ihre Ausw…«

»Hinsetzen, Weinstein! Ich sage das nicht noch einmal!«

Jacob war von diesem frevelhaften Verhalten so überrascht, dass es ihm erst einmal die Sprache verschlug.

Er griff zu einem der teuren Stühle und zog ihn zu sich heran. Dann ließ er sich mit einem Grunzen auf das weinrote Leder fallen.

»Jetzt erkläre ich Ihnen mal, wie das Ganze hier laufen wird: Ich rede, Sie hören zu! Wenn ich Fragen stelle, beantworten Sie diese. Sie selbst werden keine Fragen stellen. Zu dem Thema, wer wir sind, sage ich Ihnen nur folgendes: Wir sind vom Mossad, und dies ist kein Höflichkeitsbesuch. Es geht dabei um die nationale Sicherheit, was bedeutet, dass es todernst ist, und deshalb werden wir auch keine Zeit verschwenden.«

»Der Mossad? Warum zur Hölle will der Mossad mit mir reden?«, platzte es aus Jacob hervor.

»Um Sie zu warnen.«

»Mich zu warnen …«, echote Jacob verblüfft.

»Vor etwas mehr als zwei Tagen gab es an der afrikanischen Küste eine Atomexplosion. Genauer gesagt, in Somalia. Bestimmt haben Sie davon gehört – es ist ja schließlich überall in den Nachrichten. Was allerdings nicht jeder weiß, ist, dass eines Ihrer Schiffe vor ein paar Monaten entführt wurde … und zwar von somalischen Piraten.«

»Woher wissen Sie …«

»Wir haben uns Satellitenaufnahmen vom Bereich der Explosion angeschaut, und raten Sie mal, was da in der Bucht schwamm, dort, wo die Bombe hochging? Ein Schiff. Natürlich getarnt, aber dennoch deutlich als Schiff erkennbar. Eines, das verdächtig nach Ihrem verschwundenen Frachtschiff, der *Salome* aussah.«

»Sie haben sie also gefunden?«, fragte Jacob und täuschte Erleichterung vor.

»Hören Sie gefälligst auf mit der Scheiße. Die Explosion hat das Boot komplett in Stücke gerissen, und alles, was davon übrig war, ist untergegangen.«

Jacob stellte sich dumm. »Ich … ich verstehe das nicht. Warum sind Sie dann hier?«

»Weil wir glauben, dass Sie etwas mit der Explosion zu tun haben!«

»*Was*? Das ist ja unerhört! Wie könnte ich denn etwas damit zu tun haben? Haben Sie den Verstand verloren?«

»Herr Weinstein, ich warne Sie erneut. Ich bin hier, um Ihnen eine Chance zu bieten, Ihren Kurs noch zu ändern. Denn er führt in eine Katastrophe, das schwöre ich Ihnen. Sie sind ein reicher und mächtiger Mann, und Sie werden für Ihre Leistungen bewundert und respektiert. Aber das alles wird egal sein, wenn ich Sie wegen Hochverrats verhafte. Sie wissen bestimmt genau, wozu wir in der Lage sind. Sie könnten einfach so verschwinden.« Der Mann stand auf. »Es geht hier um die nationale Sicherheit. Wir glauben, dass Sie in eine Bedrohung für Israel verwickelt sind, und wenn das wirklich stimmen sollte, gibt es keine Gnade für Sie. Sie haben jetzt nur noch eine einzige Chance: Sagen Sie mir alles, was Sie über die Explosion wissen. Keine Lügen, kein Leugnen, nur die Wahrheit.«

Jacob schluckte trocken, dann verengte sich sein Blick. »Meine Herren, ich bin mir nicht sicher, was Sie zu wissen glauben, aber Sie sind auf der falschen Fährte. Wir haben ein Schiff verloren, das stimmt. Wir befanden uns gerade in Verhandlungen, um es zurückzubekommen, und diese hatten sich einem Abschluss genähert – einem erfolgreichen Abschluss. Ich weiß ja nicht, was sie denken, wie man mit Transportschiffen Geld verdient, aber sie in die Luft zu sprengen, ist nicht der richtige Weg, das kann ich Ihnen versichern. Erst recht nicht, wenn es dabei nur um ein paar lausige Millionen Dollar geht. Ganz zu schweigen davon, dass ich kein Atomwissenschaftler bin und auch keinen Haufen Atombomben im Keller habe. Das müssten Sie ja eigentlich wissen, wenn Sie wirklich Nachforschungen angestellt haben.« Er bemühte sich, seinen Tonfall zu mäßigen. »Das besagte Schiff ist voll versichert. Jegliches Lösegeld wäre für uns also ein durchlaufender Posten. Von daher liegen Sie vollkommen falsch.«

»Vollkommen falsch, aha. Und warum ist dann eine Atombombe direkt neben Ihrem Schiff hochgegangen?«

»Sind Sie überhaupt sicher, dass es tatsächlich eines von unseren Schiffen war?« Jacob sah einen aufflammenden Zweifel im Blick des Agenten und nutzte dieses Signal sofort aus. »Woher soll ich denn wissen, wieso irgendwo eine Atombombe hochgegangen ist? Vielleicht gehörte das Schiff ja Waffenhändlern. Ich kann da nur raten. Sie wissen genauso gut wie ich, dass die Welt mittlerweile vollkommen außer Kontrolle geraten ist. Sie ist voller Gesetzloser und alles ist möglich. Vielleicht wollten die eine Bombe bauen, oder sie scharf stellen, und haben es versaut? Ich habe keine Ahnung, mir fallen aus dem Stegreif allerdings Dutzende von Möglichkeiten ein, mit denen ich und meine Firma rein gar nichts zu tun haben.«

»Ich glaube Ihnen nicht«, sagte der Agent knapp, sein Tonfall war unverhohlen feindselig.

»Es ist mir vollkommen egal, was Sie glauben oder nicht. Ich sage Ihnen die Wahrheit. Sie fischen hier doch nur im Trüben und sind irgendwie vom Kurs abgekommen. Wer hat Ihnen diesen Floh denn überhaupt ins Ohr gesetzt? Einer meiner Mitbewerber? So muss es gewesen sein. Und Sie sind prompt drauf reingefallen!«

Jacob lehnte sich nach vorn und nahm jetzt eine ebenso aggressive Haltung an wie der Agent. »Ich mache Ihnen einen Vorschlag: Belästigen Sie jemand anderen. Hier gibt es für Sie nichts zu finden. Ich habe nie etwas mit Waffengeschäften zu tun gehabt, oder mit irgendetwas, das auch nur in diese Richtung geht. Das kann ich ganz leicht beweisen. Suchen Sie woanders, denn das hier ist eine Sackgasse. Und wenn Sie noch einmal hier aufkreuzen und sich Zugang verschaffen, dann reden Sie als Nächstes mit meinen Anwälten. Dieses Gespräch ist jetzt beendet, und wenn Sie nicht sofort still und leise hier abziehen, werde ich meine Kontakte in der Regierung anrufen. Was auch immer Sie zu wissen glauben, wird Sie nicht von dem Donnerwetter schützen, das dann auf Sie zukommt.« Jacob hielt eine Hand in die Höhe. »Ich weiß, dass Sie einen schwierigen Job haben. Ich kann mich absolut in Sie hineinversetzen, aber ich bin ein Patriot … eine tragende Stütze unserer Gesellschaft … und die Behauptung, dass ich irgendetwas mit dieser Explosion zu tun habe, ist einfach nur eine bodenlose Frechheit.«

Die beiden Agenten starrten ihn regungslos an.

Jacob stand nun auf, inzwischen deutlich selbstbewusster als vor ein paar Minuten. »Ich habe dieser Sache jetzt schon mehr Zeit eingeräumt, als man verlangen kann. Sie begehen gerade einen großen Fehler. Machen Sie ihn nicht noch größer. Ich bin gern bereit, zu vergessen, dass Sie hier waren, aber nur dieses eine Mal. Wenn Sie noch einmal hier hereinplatzen und haltlose Anschuldigungen aussprechen, dann knallt es und zwar gewaltig.«

Der jüngere Agent platzierte seinen Stift sorgfältig auf dem Schreibtisch und schaute Jacob fest in die Augen.

»Der einzige Fehler ist der, den Sie gerade machen. Wenn wir wiederkommen, und das werden wir, werden Sie wie ein Baby heulen, weil wir Sie dann in Handschellen abführen. Das wird passieren, und zwar schon bald. Wahrscheinlich sogar sehr bald.«

Der andere Agent nickte und hielt Jacobs aggressiver Pose breitschultrig stand. »Sie müssen uns für sehr dumm halten, aber auf eine Art macht es das, was wir tun müssen, sogar angenehmer.

Herr Weinstein, das ist Ihre letzte Chance. Was haben Sie mit der Explosion zu tun?«

»Ich sage gar nichts mehr. Soll ich meinen Anwalt holen und den Premierminister anrufen?«

Die beiden Agenten tauschten einen kurzen Seitenblick aus und der Ältere schüttelte den Kopf. »Weinstein, Sie sollten definitiv mit Ihrem Anwalt reden, denn wenn wir das nächste Mal vorbeikommen, nehmen wir Sie mit, um Sie zu verhören, und das wird garantiert kein angenehmes Verhör. Doch dann wird es zu spät sein, und alle Reichtümer und Kontakte können Sie nicht mehr retten«, drohte er, und stürmte dann an Jacob vorbei zur Tür. Der Jüngere musterte Jacob noch einmal von oben bis unten, als wäre er ein leckerer Mittagssnack, und grinste ihn dann hämisch an, als er seinem Partner nach draußen folgte.

»Haben Sie einen schönen Tag, und vielen Dank für Ihre ach so wertvolle Zeit«, sagte er mit einem bösartigen Kichern, das Jacobs Blut in den Adern gefrieren ließ, auch wenn der alte Mann versuchte, es sich nicht anmerken zu lassen.

Dann waren sie verschwunden.

Jacob musste sich erst einmal setzen. Es dauerte fast eine Minute, bis er die Kraft fand, sich wieder zu erheben, aber seine Hände zitterten immer noch von dem Adrenalinrausch und von etwas anderem. Trotz all seiner Tapferkeit, und zum ersten Mal seit vielen, vielen Jahren, hatte Jacob wirklich Angst.

KAPITEL 15

»Jetzt reiß dich bitte zusammen! Wenn die irgendetwas beweisen könnten, wären sie nicht einfach nur vorbeigekommen, um dir Angst zu machen. So arbeiten diese Kerle nicht«, sagte David und versuchte Jacob Mut zu machen, wobei das Zittern in seiner Stimme ihn jedoch Lügen strafte.

»Ach wirklich, und woher weißt du so genau, wie diese Kerle arbeiten? Abgesehen von deiner Einbildung? Ich weiß nur, dass mein Arsch auf der Abschussliste steht, und zwar aufgrund einer ganzen Reihe von schlechten Entscheidungen, die *du* mir aufgeschwatzt hast! *Die Bombe könnte so viele unserer Probleme lösen!* Wirklich? Hat es so funktioniert, wie du es dir vorgestellt hast? Denn soweit ich weiß, ist es ein ziemlich großes Problem, wenn man auf einmal den Mossad im Nacken hat!«

Jacob lief ruhelos vor Davids Schreibtisch auf und ab, und seine letzten Worte klangen immer noch nach.

»Jacob, bitte denk doch einfach mal ein paar Minuten nach. Was wissen die denn schon? Nichts. Höchstens, dass eines von den Hunderten von Schiffen, die wir betreiben, zufällig in der Gegend war, als ein somalischer Warlord sich in Stücke gesprengt hat, als er versucht hat, mit illegalen Waffen zu dealen. Oder habe ich da etwas verpasst? Haben sie irgendetwas anderes als grobe Vermutungen eingesetzt, um etwas aus dir herauszubekommen?«

»Du hast leicht reden, dir haben sie ja auch nicht angedroht, dich in Handschellen abzuführen und dich verschwinden zu lassen!«

»Jacob, so läuft das nicht. Du stehst viel zu sehr im Rampenlicht. Ernsthaft. Das war eine reine Verzweiflungstat von denen. Die wissen einfach nicht mehr weiter. Hätten sie handfeste Beweise, dann wüssten wir das jetzt schon. So wie die Dinge stehen, haben sie einfach nur einen Schuss ins Blaue gewagt, aber ohne Erfolg. Du hast sie in die Wüste geschickt, Ende der Geschichte«, sagte David, als ob Wünsche in Erfüllung gingen, wenn man sie einfach nur laut aussprach.

»Ich sehe das anders. Wir müssen das Ganze unbedingt beschleunigen. Sobald wir in Phase zwei sind, interessiert sich niemand mehr für Somalia. Dann haben sie nämlich ganz andere Probleme.«

»Nein, Jacob, wir dürfen das Ganze nicht halbherzig angehen. Wir liegen momentan genau im Zeitplan. Lass uns jetzt nichts Unüberlegtes tun.«

»Unüberlegt? Ich gebe dir gleich Unüberlegt! Du bist ja nicht derjenige, dem sie in irgendeiner Folterkammer die Fingerkuppen abschneiden wollen!«

David schüttelte resignierend den Kopf. »Wie gesagt, das wird nicht passieren. Das Beste, was du jetzt tun kannst, ist einfach weiterzumachen, als wäre nichts gewesen. Solange du ihnen keinen Ansatzpunkt lieferst, kann dir auch nichts passieren.«

Jacob starrte einen Moment lang durch das Fenster auf die Skyline der Stadt, bevor er antwortete: »Ich weiß, was du meinst, aber es ist immer einfach, mutig zu sein, wenn es nicht der eigene Kopf ist, der in der Guillotine steckt.«

David seufzte laut, so langsam verlor er die Geduld. »Bitte, gib mir einfach noch etwas Zeit. Du wirst sehen, dass ich recht habe. Sie haben dir Angst eingejagt, und mich hätten sie damit genauso gekriegt. Wenn der Mossad zu Besuch kommt, ist das kein Witz. Aber sie haben trotzdem nichts in der Hand. Wenn wir jetzt allerdings einen Fehler machen, werden wir zu unserem eigenen größten Feind. Bleib einfach cool, halte dich an den

Plan, und alles wird gut. Wir nähern uns gerade einem Ziel, in das wir bereits fünfzehn Jahre investiert haben. Wir sind *so* nah dran. Lass uns das jetzt nicht in den Sand setzen.«

»Ich weiß, was du meinst, David, aber mir gefällt das nicht und ich mache mir Sorgen. Und wenn *ich* mir Sorgen mache, solltest du das auch tun. Der Einsatz ist riesig und dem Gewinner wird alles gehören. Ich kann mir nicht vorstellen, dass die einfach aufhören werden.«

»Ich sage ja nicht, dass sie einfach aufhören. Natürlich werden sie weiter herumschnüffeln, doch schon bald wird das alles egal sein. Im schlimmsten Fall fliegst du einfach nach Zürich oder auf die Fijis und schaust dir im Fernsehen an, wie das Ganze ausgeht. Wir haben diese Sache in Gang gebracht und jetzt ist sie viel größer als du oder ich. Also verliere jetzt bitte nicht die Nerven.«

»Du hast gut reden«, murmelte Jacob, doch er verließ Davids Büro und kehrte in sein eigenes zurück.

***

Die Techniker saßen an einer Steuerkonsole und verfolgten alles über Kopfhörer, während Jet und der Direktor in der Nähe standen und der Übertragung über Lautsprecher folgten, wobei sie auf jedes noch so kleine Detail achteten. Es waren jetzt Schritte zu hören und dann eine Tür, die sich schloss.

Der Direktor wandte sich Jet zu. »Nette Technik, oder? Wir haben das Mikrofon an seinem Telefon angeschaltet, ohne dass er es bemerkt hat. Dieses kleine Gespräch reicht uns schon aus, um ihn verhaften zu lassen und ihn so lange durch die Mangel zu drehen, bis er auspackt.«

»Das Problem ist nur, dass wir keine Informationen darüber haben, was er genau weiß, und wie lange es dauern wird, es aus ihm herauszubekommen«, antwortete sie.

»Stimmt«, murmelte er nachdenklich. Dann hörten sie ein Rascheln und ein Knallen aus den Lautsprechern. »Jetzt kommt ein Anruf.«

Sie konnte kaum sagen, was sie da hörte, dann legte Jacob auch schon wieder auf. Der Techniker stoppte die Aufnahme. »Wir arbeiten daran, die Hintergrundgeräusche herauszufiltern, Sir. Wir glauben, dass wir innerhalb der nächsten dreißig Minuten sagen können, welche Nummer er gewählt hat.«

»Geben Sie sich Mühe, und dann rufen Sie mich sofort an, wenn Sie etwas haben. Ich bin in meinem Büro«, verkündete der Direktor und gebot Jet mit einer Geste, ihm zu folgen.

»Er hat ein anderes Telefon benutzt, um diesen Anruf zu machen. Wir glauben, dass er ein Mitglied des Rates anrufen wollte, es sich dann aber plötzlich doch anders überlegt hat«, sagte der Direktor.

»Wie stehen denn die Chancen, dass wir herausbekommen, wo sich der Empfänger aufhält?«

»Das kommt ganz darauf an, wo er ist. Das beste Equipment in diesem Bereich hat die amerikanische NSA, und wir haben ein gutes Verhältnis zu ihnen. Sobald wir die Nummer haben, werde ich ein paar Fäden hinter den Kulissen ziehen. Wenn es irgendeinen Weg gibt, den Standort ausfindig zu machen, werden sie es schaffen«, meinte der Direktor zuversichtlich, während sie auf sein Büro zugingen. Jet wusste, dass das Hochhaus keine dauerhafte Niederlassung des Mossad war. Genau wie ihr früherer Vorgesetzter und Liebhaber, David, verlegte der Direktor seine Wirkungsstätte je nach Mission. Er und seine Mitarbeiter blieben nie besonders lange an einem Ort.

»Sie hatten noch etwas über das Satellitenmaterial gesagt. Da war ein Flugzeug zu sehen?«, erinnerte sie sich.

»Ja, aber das hat uns nicht weitergebracht. Es gehörte einer Firma, die in Nigeria zugelassen ist, sich aber erwartungsgemäß als Tarnung herausgestellt hat. Wir haben Nachforschungen angestellt und herausgefunden, dass der Pilot ein irrer Franzose war, den man in der Region gut kannte, aber dieser ist höchstwahrscheinlich tot.«

»Tot?«

»Der gleiche Satellit hat später am Tag eine Explosion in der Nähe des Jemen festgestellt. Das Flugzeug wurde komplett zerstört.«

»Wie gut ist denn die Auflösung des Satelliten?«

»Das ist eines der Probleme, die wir haben, denn sie ist leider nicht besonders gut. Wenn du Aufnahmen von irgendeiner Straße in Jerusalem bräuchtest, hätten wir diese innerhalb von Sekunden. Aber niemand beobachtet Ostafrika. Das Material, was wir haben, stellt daher leider nur die Randbereiche der eigentlichen Ziele des Satelliten dar, also Iran, Irak, Syrien und uns.«

»Es gibt also keine Möglichkeit, das Bild für Bild zu analysieren?«

»Nein. Vielleicht hat die NSA etwas, aber sie werden es bestimmt nicht mit uns teilen, bevor sie es fertig analysiert und mit der CIA abgeglichen haben. Von daher können wir nicht viel machen. Inzwischen haben wir aber diverse Maschinen reserviert, die wir exklusiv nutzen können. Ab sofort haben wir also eine exzellente Abdeckung.«

»Hoffentlich wird uns das einen Vorteil bringen«, antwortete Jet, als sie sich vor dem Schreibtisch des Direktors niederließ.

»Bis jetzt läuft es auf jeden Fall besser, als wir gedacht haben. Dieser Weinstein hat einen Fehler gemacht, der uns mit etwas Glück auf direktem Wege zur Bombe führt. Das ist ein Volltreffer. Wir haben es hier also offenbar mit Amateuren zu tun. So einen Anruf hätte ein gut ausgebildeter Agent niemals gemacht«, erklärte der Direktor und steckte sich seine zehnte Zigarette des Tages an. »Wenn wir den Empfänger des Anrufs herausbekommen, schnappen wir ihn uns und werden ihn zu einer Aussage zwingen. Ich kann mir nämlich keinen anderen Grund vorstellen, warum er diesen Anruf angefangen und dann aufgelegt hat, wenn nicht aus reiner Panik. Und genau das war ja unser Ziel. Entweder hat er jemanden vom hohen Rat angerufen, oder einen seiner Handlanger, um ihn zu warnen. Doch dann hat er sich umentschieden und hastig aufgelegt. So oder so bringt es uns einen Schritt näher an die Bombe heran.«

»Und dann?«

»Je nachdem, wo sich die Zielperson befindet, bekommst du freie Hand. Wenn ein Wunder geschieht, und sich das Ganze in Israel abspielt, können wir uns selbst darum kümmern, und du bist ruckzuck wieder auf dem Weg nach Hause. Falls nicht, wovon ich ausgehe, werden wir gemeinsam einen Plan entwickeln müssen. Aber in diesem speziellen Bereich verfügt niemand über deine Erfahrung. Jedenfalls nicht, seit das ursprüngliche Team ausgelöscht wurde.«

Als sich der Interkom-Lautsprecher mit einem aggressiven Schnarren zu Wort meldete, zuckten beide unwillkürlich zusammen. Der Direktor nahm den Hörer ab und hörte angespannt zu. »Sind Sie wirklich absolut sicher? In Ordnung. Gut. Wir sind gleich da«, entgegnete er barsch und sprang auf. »Sieht ganz so aus, als würde dein Einsatz jetzt beginnen, denn wir haben ein Land!«

Jet studierte seine Gesichtszüge und erhob sich dann ebenfalls, um dem Direktor zur Tür zu folgen.

»Welches?«

Er verlangsamte seinen Schritt kurz und drehte sich zu ihr um: »Libyen.«

KAPITEL 16

BANGKOK, THAILAND

Matt brachte die Einreiseformalitäten am Flughafen schnell hinter sich, wobei es sicher half, dass er die Landessprache fließend beherrschte. Die Beamten warfen nur einen kurzen Blick in sein Handgepäck und winkten ihn dann sofort durch. Als er das Terminal verließ, wirkte die schwüle, heiße Luft wie ein Angriff auf seine Sinne – ein typisches Phänomen für diese Hauptstadt. Ankommende Touristen strömten über den Gehweg auf die Taxistände zu und wie immer herrschte ein reges Durcheinander, was auf Matt eine merkwürdig beruhigende Wirkung hatte. Auf einige Dinge konnte man sich eben verlassen, und das alltägliche Chaos in Bangkok gehörte für ihn dazu.

Er suchte sich eines der schickeren Hotels in der Innenstadt aus, wobei der entscheidende Faktor bei seiner Wahl die Nähe zu der Bank war, in der er seine Diamanten aufbewahrte. Morgen würde er dann unangekündigt dort aufkreuzen und sich eine Handvoll mitnehmen, um mit einem der Händler, denen er vertraute, einen Deal einzufädeln. Er würde sie allerdings nicht alle auf einmal verkaufen, eine Million Dollar sollte erst einmal reichen, um seine Bedürfnisse der nächsten Zeit zu decken. Die übrigen Steine im Wert von circa neun Millionen Dollar, die er mitnehmen wollte, würden in seine Hosentasche passen. Anschließend hätte er immer noch an die zweihundert Millionen in Form von Edelsteinen, wenn man die fünfzig mitzählte, die Jet treuhänderisch für ihn aufbewahrte. Das war eine wahrlich fürstliche Summe, die für zehn Lebenszeiten reichen sollte.

Seine Gedanken schweiften automatisch wieder zu Jet, ungefähr zum hundertsten Mal, seit er Mexico City verlassen hatte. Sie hatte in den letzten Wochen so viel durchgemacht, ganz zu schweigen vom Rest ihres Lebens, und dennoch war sie jetzt wieder im Einsatz, und zwar für einen Geheimdienst, der ihr derart zuwider war, dass sie sogar ihren eigenen Tod vorgetäuscht hatte, um dessen Fängen zu entkommen. Er hatte keine Ahnung, wie sie unter diesen Umständen bei Verstand bleiben konnte, doch sie hatte nicht einmal aufgeregt gewirkt. Unter all diesem Druck war sie weiterhin rational geblieben und hatte wohlüberlegt gehandelt.

Kein Wunder, dass er sich so sehr zu ihr hingezogen fühlte. Abgesehen von ihrer äußeren Schönheit waren es ihre inneren Werte, die ihre Anziehungskraft auf ihn exponentiell steigen ließen. Es war eine Kombination aus Stärke und Verletzlichkeit, die er zuvor noch bei keiner anderen Person erlebt hatte. Diese Frau wollte er ganz genau kennenlernen, koste es, was es wollte.

Matt war, was seine Libido anging, bei Weitem kein Teenager mehr, doch zum ersten Mal seit Jahren war sein Feuer wieder voll entfacht, und ihr schien es ähnlich zu gehen, von daher ging es hier nicht um unerwiderte Liebe. Nur die Umstände machten ihnen einen empfindlichen Strich durch die Rechnung. Deshalb konnte er im Moment nichts anderes tun, als sich um seine eigenen Angelegenheiten zu kümmern und zu hoffen, dass Jet nichts zustieß.

Als er im Hotel angekommen war, verstaute er schnell seine Kleidung und legte alle Wertgegenstände in den Zimmersafe. Dann ging er nach unten in die Lobby und von dort aus auf die Straße. Es war früher Nachmittag und ihm wurde plötzlich bewusst, dass er am Verhungern war. Zum Glück war Bangkok eine Stadt, die ein mehr als üppiges Essensangebot hatte, und nachdem er hier jahrelang unterwegs gewesen war, kannte er die besten Quellen. Er schlenderte langsam und entspannt vor sich hin und ließ die Gerüche und Geräusche der Metropole dabei auf sich wirken. Ganze Heerscharen von Fußgängern strömten über die Gehwege, wie Blutkörperchen in den Adern eines gigantischen Organismus.

Vier Blocks später kam er an einem seiner liebsten Thai-Restaurants an und nahm sich einen Platz am Fenster, von wo aus er seine Angewohnheit des Menschen-Beobachtens ungestört ausüben konnte. Seine Wahl fiel auf ein eiskaltes Bier und ein herrlich scharfes Essen, dessen Gewürze ihm das Wasser in die Augen trieben. Diese Erfahrung hatte er so sehr vermisst, seit er Thailand verlassen hatte, auch wenn sein Magen eigentlich ganz dankbar dafür gewesen war.

Matt machte sich keine Sorgen, auf jemanden zu treffen, der ihn kannte, doch die Möglichkeit bestand natürlich. Sein Ziel war es, während seines Aufenthalts so wenig Aufmerksamkeit wie nur möglich auf sich zu ziehen. Das Drogennetzwerk, das mit seiner Hilfe zerschlagen worden war, stellte zum Glück keine wirkliche Bedrohung mehr dar, doch seinen früheren Kollegen vom CIA über den Weg zu laufen, würde ihn in unangenehme Erklärungsnot bringen. Deshalb war es das Beste, sich unauffällig zu verhalten und gerade nachts seinen üblichen Lieblingsorten aus dem Weg gehen. Restaurants waren weniger problematisch, aber in den etwas raueren Kneipen könnte ihn ein geschäftstüchtiger Spitzel durchaus erkennen und damit für Ärger sorgen.

Er glaubte zwar nicht, dass die örtlichen CIA-Mitarbeiter von Arthur und seiner Gruppe unterwandert worden waren, doch er würde sein Leben nicht darauf verwetten wollen. Eigentlich sollte die Bedrohung seit des unsanften Ablebens des narbengesichtigen Schurken passé sein, aber die gestohlenen Diamanten hatten offenbar eine enorme Anziehungskraft und in einem so kleinen Land machten Gerüchte nun mal schnell die Runde. Von daher machte er sich keine falschen Hoffnungen, dass er jemals vollkommen sicher sein würde. Die aufmerksamen Sinne, die er als Agent brauchte, waren immer noch voll im Einsatz und er hatte, während er kaute, jeden Fußgänger genau im Blick und achtete auf Anzeichen einer Überwachung.

Als er fertig war, zahlte er und machte sich dann auf den Weg, um ein Mobiltelefon und einige andere Kleinigkeiten zu besorgen. In einem Elektronikladen bekam er ein billiges Nokia. Er überprüfte den Akku und wählte dann eine Nummer aus dem Telefonbuch seines anderen Handys.

»Hallo, ist Niran da?«, fragte er auf Thai. Nach einer kurzen Pause meldete sich eine männliche Stimme.

»Ja?«

»Niran, hier ist Ralph. Ich habe hier noch ein paar Steine, die ein Zuhause suchen. Wie flüssig bist du im Moment?«, fragte Matt, wobei er seinen üblichen Decknamen im Umgang mit den Diamanthändlern nutzte.

»Ah, mein Freund, es ist viel zu lange her, dass ich von dir gehört habe! Das Geschäft läuft wie immer schleppend, aber irgendwie schlage ich mich durch. Welche Größenordnung schwebt dir denn vor?«, fragte Niran vorsichtig. Der Thailänder tat immer so, als käme er kaum über die Runden, dabei hatte er Matt im Verlauf der Jahre bereits Steine im Wert zweistelliger Millionenbeträge abgekauft.

»Nichts übermäßig Großes, ich hatte an etwa eine Million Dollar gedacht. Es sei denn, du bist im Moment nicht in der Lage, Geschäfte in dieser Größenordnung zu machen. Wenn man sich die Märkte im Moment so anschaut, könnte ich dir keinen Vorwurf daraus machen. Ich habe ja noch einige andere potenzielle Abnehmer, aber natürlich denke ich immer zuerst an dich …«

»Das ist eine gute Idee, und ich werde das Geld schon irgendwie zusammenkratzen, auch wenn ich dafür ein paar meiner Ehefrauen verkaufen muss. Hast du schon einen Termin im Kopf?«

»Ich dachte an morgen Nachmittag. Vielleicht gegen drei? Es wird auch nicht lange dauern. Ich möchte das Geld danach direkt auf die Bank bringen.«

»Drei ist perfekt. Ich erwarte dich dann.«

Als Matt das Telefon in seine Brusttasche gleiten ließ, fiel ihm plötzlich auf, wie müde er war. Kein Wunder, nach so vielen Stunden in der Luft. Die Kombination aus dem Essen und dem Alkohol entfaltete nun ihre Wirkung, und mehr als in sein Hotelzimmer zu gehen und sich hinzulegen, konnte er eigentlich sowieso nicht tun.

Kaum hatte er das Bett erreicht, driftete er auch schon in einen tiefen Schlaf und war für den Rest der Welt nicht mehr vorhanden.

MOSKAU, RUSSISCHE FÖDERATION

Zwischen den grauen Betonwänden des stickigen Raumes hallten die Schreie eines nackten Mannes wider, der an den Handgelenken an die Wand gekettet war, genau über einem Abfluss im angeschrägten Boden. So konnte die Sauerei eines typischen Verhörs im Anschluss ganz einfach mit einem Wasserschlauch beseitigt werden. Oleg Illyowitsch ging vor der hängenden Gestalt auf und ab, wobei er darauf achtete, nicht in die sich langsam ausbreitenden Pfützen zu treten. Rauch stieg aus seiner siebenundvierzigsten Zigarette des Tages nach oben, sein Anzug war verknittert, weil er stundenlang vor einem Einwegspiegel gesessen hatte, um dem Verhör beizuwohnen.

Sein Verhörspezialist, Ivan Makarev, machte gerade eine Pause und rauchte ebenfalls eine Zigarette, nachdem er sich die Hände an einem Waschbecken in der Zimmerecke gesäubert hatte. Nun lehnte er an der Wand und las ein Herrenmagazin, wobei er ab und zu über die Anekdoten in den Leserbriefen schmunzelte, die teilweise äußerst übertrieben klangen – auch, wenn sie witzig waren.

Der Körper des Nackten zitterte aufgrund der eisigen Temperaturen, und die Brandwunden an seinem Oberkörper und den Beinen machten ihn nur noch empfindlicher für die Kälte. Illyowitsch blieb in einem Abstand von etwa einem Meter vor ihm stehen und spuckte ein Stück Tabak auf den Boden. Er bevorzugte filterlose, französische Zigaretten, schön rau und schön stark, nicht diesen weichgespülten amerikanischen Mist, den es heutzutage an jeder Straßenecke zu kaufen gab. Die französischen Zigaretten waren hingegen eine schöne Erinnerung an die gute, alte Zeit, als es in der Sowjetunion nur die landeseigenen Zigaretten gegeben hatte. Übelriechende Kreationen, die stark genug gewesen waren, um Stahl zu verätzen. An einen derartigen Geschmack musste man sich erst gewöhnen, aber er liebte ihn einfach.

»Also, bleiben Sie bei dieser absurden Geschichte, lediglich beim Verkauf an eine Gruppe aus Kuwait geholfen zu haben? Wenn diese Geräte tatsächlich nach Kuwait gingen, warum sind sie dann nicht mehr dort? Warum wurde eines davon jetzt in Ostafrika eingesetzt?«

Der Gefangene öffnete sein verbleibendes Auge, das so blutunterlaufen war, dass es einer Tomate ähnelte. Er blinzelte ein paar Mal mit seinem zerstörten Augenlid und versuchte seinen Blick zu fokussieren, während er eine Antwort hinauspresste.

»Bitte, hören Sie auf. Ich habe Ihnen doch schon alles gesagt, was ich weiß.«

Seine Worte waren kaum noch verständlich, da die meisten seiner Zähne um den Abfluss herum verteilt lagen. Nach dem letzten Wort überkamen ihn Magenkrämpfe und er würgte gequält. Ein Rinnsal aus Galle lief von seinem aufgerissenen Mundwinkel aus den Hals hinunter, bis es an seiner Brust von einer der geschwollenen Wunden aufgehalten wurde, die der Lötkolben hinterlassen hatte.

»Ich glaube Ihnen nicht. Sie lügen! Sie schützen irgendjemanden oder irgendetwas, in der Hoffnung, dass Sie Hilfe bekommen werden. Sie haben sich über die letzten zwanzig Jahre hinweg ein hübsches Netzwerk aufgebaut. Sie sind jetzt eine große Nummer in der Ukraine. Ein dicker, pulsierender Schwanz in der neuen Regierung, nicht wahr? Ich wette, Sie glauben immer noch, dass jede Minute einer ihrer Handlanger genug Strippen zieht oder die richtigen Leute bezahlt, damit Sie hier rauskommen. Tja, da muss ich Sie leider enttäuschen, denn das wird nicht passieren. Sie gehören jetzt mir, ich besitze Sie, und ich werde diese unaussprechlichen Qualen noch über Tage hinweg ausdehnen – sogar über Wochen, wenn es sein muss. Sie werden mir sowieso alles sagen, es ist nur eine Frage der Zeit«, sagte Illyowitsch, seine Stimme rau von vierzig Jahren Nikotin- und Alkoholgenuss.

»Nein, ich schwöre, es ist die Wahrheit.«

Illyowitsch blies eine blaue Rauchwolke in Richtung der Raumdecke, die bereits durch das Nikotin unzähliger ähnlicher Verhöre gelb gefärbt war. Dann schüttelte er den Kopf; seine wolfsähnlichen Züge wirkten unnatürlich blass im kalten Neonlicht.

»Sie müssen mir schon entgegenkommen. Sagen Sie mir etwas Neues. Ich habe diese Geschichte in meinem Leben schon oft genug gehört. Das ist wie bei einer kaputten Schallplatte«, beschwerte er sich, als ob die Geständnisse seines Gefangenen ein persönlicher Affront wären … eine Beleidigung an seinen Intellekt.

»Aber es ist … die … Wahrheit.«

»Genug davon. Probieren wir jetzt die Elektroden. Vielleicht wird unser Freund hier ja nach ein paar Stunden Schockbehandlung etwas gesprächiger«, meinte Illyowitsch mit einem reptiliengleichen Grinsen zu Makarev. Dieser legte seine Zeitschrift zögerlich auf einen stählernen Rolltisch, direkt neben seine Sammlung aus Sägen, Messern und Bohrern, dann rollte er das Möbelstück näher an sein Opfer heran. Auf der unteren Ablage befand sich direkt neben einem Schleifapparat ein beeindruckend großer Transformator mit zwei dicken, gummiummantelten Kabeln, an deren Enden einige Zentimeter abisoliert waren.

Das Auge des Nackten fixierte das Gerät und er schrie entsetzt auf, während Illyowitsch gelangweilt den Raum verließ, wobei er eine stinkende Rauchwolke hinterließ. Zurück im Beobachtungsraum nahm er neben zwei ranghohen Offizieren Platz und drückte seine Zigarette aus.

»Meinen Sie, er hat uns schon alles gestanden?«, fragte der Ältere der beiden, dessen graue Haare zu einem militärischen Bürstenschnitt frisiert waren.

»Wahrscheinlich. Aber das, was wir bis jetzt wissen, hilft uns ja nicht wirklich weiter.«

»Vielleicht ist es aber die ganze Geschichte, die er kennt. Sie haben einen Deal mit Kuwait gemacht, ihnen die Bomben verkauft, und sechs Monate später kam dann plötzlich die Invasion des Iraks. Das klingt für mich so, als hätte jemand den Irakern gesteckt, dass Kuwait die Bomben hatte, und die wollten sie entweder selbst haben, oder vielleicht auch nur die Bedrohung eliminieren, die von ihnen ausging. Irgendwann sind dann die Amis auf die ganze Sache aufgesprungen. Jahrelang haben sie die Iraker gefördert, doch dann haben sie auf einmal Kuwait verteidigt. Aber zu diesem Zeitpunkt war es schon zu spät. Also hatte Saddam die Bomben, doch die Amis konnten nicht sagen, woher sie es wussten, weil sie garantiert selbst die Finger im Spiel hatten.«

Sein Kollege nickte und der Mann fuhr fort: »Zehn Jahre später wurden die Amerikaner dann immer nervöser, weil Saddam versucht hat, den Ölpreis an den Goldwert zu koppeln, statt an den Dollar. Zusätzlich hat er noch die Förderquoten der OPEC ignoriert und die Exporte des Landes verdreifacht. Das hat den Ölpreis gedrückt und damit dem Saudi-Kartell geschadet, was sich natürlich direkt auf die Profite der US-Firmen ausgewirkt hat. Also haben sie kurzerhand die Geschichte mit den Massenvernichtungswaffen erfunden, um eine Berechtigung zu haben, dort einzufallen. Damit sie nicht mit den Fingern in der Keksdose erwischt werden, haben sie für diese spezielle Sache aber nicht ihre eigenen Jungs losgeschickt, sondern die Mission ausgelagert, und an den Mossad vergeben.«

»Aber ab da verliert sich unsere Spur. Wir haben exzellente Quellen in dieser Gruppe, und dennoch haben sie den Aufenthaltsort der Bomben niemals herausfinden können. Das Ganze ist eine Sackgasse«, knurrte Illyowitsch, wobei er sich eine weitere Zigarette aus der verbeulten Packung zog. Ein grässlicher Schrei hallte jetzt durch den Verhörraum, als die erste Ladung Elektrizität in eine besonders schmerzempfindliche Körperregion des Gefangenen schoss.

Illyowitsch drehte die Lautsprecher herunter. »Ich denke, wir können davon ausgehen, dass in näherer Zukunft keine relevanten Informationen von dort drüben kommen. Was meinen Sie, wie wir weiter verfahren sollten?«, fragte er.

»Lassen Sie uns schauen, was wir über den Mossad herausbekommen können. Im Moment sieht es ganz so aus, als ob alle Spuren dort enden«, sagte der Ältere, als er aufstand. Seine Toleranzschwelle für die nicht enden wollenden Rauschwaden in diesem kleinen Raum war anscheinend überschritten. »Rufen Sie uns, wenn Sie etwas herausbekommen.«

Illyowitsch sah zu, wie die beiden Männer gingen, dann entzündete er eine neue Zigarette, machte es sich in seinem Stuhl bequem und bemerkte dabei eine anschwellende Erregung. Die letzten fünf Jahre war es nun schon so, dass ihn nichts so sehr in Stimmung brachte, wie eine anständige Folterung. Er stand auf und verriegelte sorgfältig die Tür, denn so eine Gelegenheit wollte er nicht ungenutzt verstreichen lassen. Er drehte die Lautstärke wieder voll auf, um seinen Genuss noch weiter zu steigern, denn die Qualen des Gefangenen, der vor Schmerzen bereits durchdrehte, waren der reinste Treibstoff für seine perverse Lust.

KAPITEL 17

Am nächsten Tag kehrte Jet zum Büro des Mossad zurück, denn sie wollte endlich loslegen. Der Direktor hatte bereits ein internes Produktionsteam damit beauftragt, gefälschte Papiere für Jet herzustellen, die auch in einem paranoiden Land wie Libyen einer Überprüfung standhalten würden. Seit dem Fall Gaddafis befand sich das Land in Aufruhr, denn verschiedene Fraktionen kämpften jetzt um die Vorherrschaft, während die neue Regierung immer mehr Schwierigkeiten hatte, für Recht und Ordnung zu sorgen. Durch religiöse Dispute und Feindschaften zwischen einzelnen Stämmen hatte der Wegfall einer harten Hand vielerorts für reinste Anarchie gesorgt. Wieder einmal war eine ölreiche Nation *befreit worden, was letztendlich zum Tode Abertausender Zivilisten geführt hatte.*

Als Jet in den Konferenzraum stürmte, wartete die Sekretärin des Direktors bereits mit einem ganzen Stapel von Dokumenten auf sie. Mit knappen Worten entschuldigte sie sich für die Verspätung ihres Chefs, übergab Jet die Akten und ließ sie dann allein, damit sie alles in Ruhe studieren konnte.

Eine halbe Stunde verging, dann noch eine weitere, und Jet wurde immer ungeduldiger. Endlich öffnete sich die Tür und der Direktor kam mit einigen Untergebenen im Schlepptau herein. Er machte sie kurz alle miteinander bekannt und nahm dann seinen Stammplatz am Kopf des Tisches ein. Nach einem kurzen Räuspern begann er seine Ansprache: »Die NSA konnte den Aufenthaltsort auf eine Adresse in Benghazi einengen. Wir versuchen gerade, ein Team aus Tripolis zur Überwachung hinzuschicken, aber die Kollegen sind auf diesem Gebiet leider nicht gerade die besten. Ich hätte lieber richtige Spezialisten vor Ort, aber mit der komplizierten Lage, die zurzeit dort herrscht, können wir leider nicht allzu wählerisch sein, denn es wird immer schwieriger, Leute ins Land zu bringen, und die Anforderungen ändern sich beinahe jeden Tag. Im Moment ist die einzige Möglichkeit, am Flughafen von Tripolis sofort ein Visum zu beantragen, sobald man dort angekommen ist. Das ist natürlich ein Problem, doch wir arbeiten gerade daran, einen Kontakt zum Einreisebüro herzustellen … zu einem Mitarbeiter, der einigermaßen *flexibel* ist, wenn Sie verstehen, was ich meine.«

»Bis morgen sollten wir einen überzeugenden Ausweis für Sie hergestellt haben«, sagte einer der Mitarbeiter. »Es wird wegen der guten politischen Verbindungen der beiden Länder, ein italienischer Reisepass sein. Unsere Hoffnung ist es, dass wir anschließend die Einreise organisieren können, damit Sie unsere Kontakte vor Ort direkt aufsuchen können.«

Jet verzog das Gesicht. »Mit diesem Punkt habe ich ehrlich gesagt ein Problem, denn Kontakt mit einheimischen Stellen aufzunehmen, führt meiner Erfahrung nach, unweigerlich zu einer Katastrophe. Es existieren kaum gute Leute, und wenn es irgendwelche Schwierigkeiten während einer Mission gibt, liegt das meistens an Amateuren vor Ort. Auf so etwas kann ich gut verzichten, da mache ich die Überwachung lieber gleich selbst. Wahrscheinlich lässt es sich nicht verhindern, erst einmal Leute auf die Sache ansetzen zu müssen, bis ich dort ankomme, aber ich möchte, dass deren Einfluss wirklich nur auf eine rein unterstützende Rolle begrenzt wird. Es sei denn, wir haben das große Glück, irgendeinen Top-Agenten in der Region zu haben.«

»Ich verstehe Ihre Denkweise durchaus, aber Sie müssen Ihre Erwartungen anpassen. Wir arbeiten hier mit einem extrem engen Zeitfenster und können es uns deshalb nicht erlauben, so wählerisch zu sein«, gab der zweite Untergebene zu bedenken.

Jet lehnte sich zurück und betrachtete den Mann argwöhnisch.

»Diese Männer, die wir suchen, *unsere Ziele*, sind allesamt Ex-Mossad-Agenten. Sie haben ein hervorragendes Training in den Bereichen Infiltration, Sprengstoff, Überwachung und Gegen-Überwachung und einer Liste von anderen Dingen absolviert, die so lang ist wie mein Arm. Wenn Sie Amateure auf diese Leute ansetzen wollen, dann bin ich raus, denn ich kann Ihnen garantieren, dass das ein Desaster wird. Umso mehr übermotivierte, aber unterqualifizierte Leute Sie einsetzen, desto größer wird die Gefahr sein, dass wir scheitern.«

Der Direktor hob eine Hand, da dieses Wortgefecht langsam zu eskalieren drohte. »Das ist ein gutes Argument, eines, das wir auf jeden Fall im Kopf behalten werden, während wir unsere Strategie ausarbeiten, aber ich will keinen Streit darüber. Der Sinn dieses Meetings ist es lediglich, dich auf den neuesten Stand zu bringen, über das, was wir wissen, und was wir bisher schon angeleiert haben. Wir haben ein Agenten-Duo, das bereits auf dem Weg ist. Sie reisen über Tripolis nach Benghazi. Wir haben Satellitenfotos der genauen Umgebung zusammengestellt, die wir später noch genauer analysieren werden. Momentan stellen wir vor Ort Waffen und Equipment zusammen, damit du sofort loslegen kannst. Kurz gesagt machen wir alles, was wir können. Das Gebäude haben wir allerdings noch nicht unter Beobachtung. Das bedeutet, die Zielperson könnte schon wieder verschwunden sein, bis du dort ankommst.«

»Das würde ich doch mal als ziemlich großes Problem bezeichnen, oder?«, fragte Jet schnippisch.

»Absolut. Aber die Dinge sind nun mal, wie sie sind, und wir tun angesichts unserer Möglichkeiten das Beste.«

»Sie schicken mich also vollkommen blind in ein instabiles Land, das sich gerade quasi im Bürgerkrieg befindet. Unterstützt werde ich von Dilettanten mit fragwürdiger Kompetenz und mein Ziel sind extrem gut ausgebildete Zielpersonen, die vielleicht schon wieder auf der Flucht sind, wenn ich dort ankomme? Habe ich soweit alles richtig verstanden?«, fragte sie, wobei sie sich bemühte, ihren Tonfall neutral zu halten. »Das wird auf jeden Fall Tote geben.«

»Es ist keine perfekte Ausgangslage, das gebe ich zu, aber aus genau diesem Grund habe ich für heute Nachmittag unsere erfahrensten Einsatzanalysten und Missionsplaner einberufen. Sobald unsere Leute in Position sind und uns vor Ort genauere Daten übermitteln können, werden wir eine Strategie entwickeln, um das Haus einzunehmen. Wir werden dabei auch mit einberechnen, dass es nur limitierte Unterstützung geben wird, und dass wir in feindlichem Gebiet agieren. Ich möchte, dass du an diesem Meeting teilnimmst, denn dort werden wir unser genaues Vorgehen festlegen.«

»Ich sehe es aber richtig, dass unsere Ziele genau jetzt, in diesem Moment, mit der Kofferbombe zur Vordertür rausmarschieren könnten, ohne dass wir davon erfahren?«, fragte sie, wodurch sie die Aussage des Direktors provokant ignorierte.

»Wir bringen gerade einen Satelliten in Stellung. Innerhalb einiger Minuten sollten wir ein Live-Bild haben«, antwortete der erste Untergebene.

»Das heißt aber trotzdem, alles seit dem Telefonanruf – bis, sagen wir mal, jetzt gleich – liegt vollkommen im Dunklen. Oder übersehe ich da etwas?«

Jet schaute den Direktor enttäuscht an. »Meine Herren, bei allem Respekt, wenn Sie diese Kerle wirklich fangen wollen, dann müssen Sie sich ein bisschen mehr Mühe geben. Wenn ich sagen würde, dass Ihre bisherige Leistung zu wünschen übrig lässt, wäre das sogar noch geschmeichelt. Jeglicher Vorteil, den wir kurzfristig hatten, ist bereits verpufft. Soweit ich das beurteilen kann, hängt jetzt alles von reinem Glück ab, und das ist ja wohl das genaue Gegenteil von einem Plan.«

»Jetzt warten Sie mal einen Mo…«, fing der zweite Mitarbeiter an.

»Nein, *Sie* warten mal einen Moment. Dieses Kammerspiel hier ist doch die reinste Tragikkomödie. Wir haben eine Atombombe, wir haben einen Ort, und trotzdem haben wir es nicht geschafft, irgendetwas aus diesen Informationen zu machen. Ich soll mit nichts weiter als frommen Wünschen bewaffnet dort hineinmarschieren und einfach hoffen, dass unsere Zielpersonen genauso lahmarschig sind, wie Sie! Konnten Sie wenigstens die Telefonnummer nachverfolgen?«, fragte Jet.

»Ja. Es ist ein Mobiltelefon, und es befindet sich immer noch in dem Haus. Das ist also schon einmal eine gute Nachricht«, bestätigte der Direktor.

»Das könnte bedeuten, dass sie noch dort sind, oder aber auch einfach, dass sie das Telefon dort zurückgelassen haben, als sie sich aus dem Staub gemacht haben.«

Der Direktor schob seinen Stuhl zurück. Dieses Meeting lief absolut nicht so, wie er sich das vorgestellt hatte. »Wir lassen Weinstein für den Augenblick auf freiem Fuß. Sollte Benghazi uns keine Ergebnisse bringen, ist er nämlich unsere einzige Verbindung zum hohen Rat. Ich wünschte, wir hätten weitere Informationen, aber jeder tut hier gerade, was er kann. Jet, bitte sei pünktlich zu unserer Besprechung da, sie geht um sechs Uhr los. Falls nicht noch jemand etwas Dringendes von mir möchte, werde ich jetzt gehen, denn ich muss mich noch um einige wichtige Dinge kümmern. Bitte tut mir alle einen Gefallen und benehmt euch in meiner Abwesenheit. Ich weiß, dass die Lage frustrierend ist, aber wir kämpfen hier schließlich alle auf der gleichen Seite«, sagte er mit einem warnenden Blick an Jet.

Sie nickte zwar, doch wie sich die Dinge momentan entwickelten, gefiel ihr überhaupt nicht. Um ehrlich zu sein, fand sie es sogar widerlich. Aber es half ja auch nichts, diesen Frust am Fußvolk auszulassen. Wenn man es nüchtern betrachtete, brauchte sie die Unterstützung des Mossad, egal wie dürftig diese auch ausfallen würde. Sie konnte es sich momentan nicht leisten, hohe Wellen zu schlagen, die die anderen von ihren Aufgaben ablenken würden, denn jede noch so kleine Information könnte höchst wertvoll für sie sein.

»Ich werde mich ja benehmen. Aber ich möchte bitte vermerkt haben – falls es überhaupt irgendwelche Aufzeichnungen über diesen Einsatz geben wird – dass diese Sache alles andere als gut losgeht«, sagte sie widerwillig.

»Alles klar, das merken wir uns. Doch jetzt lassen Sie uns unsere Zeit sinnvoll nutzen. Wir sehen uns dann um sechs Uhr wieder.«

Der Direktor ließ ein letztes Mal den Blick über seine versammelte Belegschaft wandern, bevor er den Raum verließ.

Jet wandte sich den beiden Mitarbeitern zu, die daraufhin weiterschwafelten und sie über die immer schlimmer werdende Situation in Benghazi informierten, wo verschiedene Gruppen von Aufständischen die Stadt gerade komplett auf den Kopf stellten. Eigentlich interessierten sie die Details gar nicht, denn das Wichtigste hatte sie schon begriffen. Das Ganze war eigentlich ein Kriegsgebiet, auch wenn noch keine Panzer dort herumfuhren. Trotzdem bereitete ihr das weniger Sorgen als das Gefühl, dass ihr die Kontrolle über den Einsatz durch die Finger glitt. Es würde an ein Wunder grenzen, wenn die Zielpersonen überhaupt noch in diesem Haus waren, bis sie dort ankam. Es gefiel ihr überhaupt nicht, dass ihr Auftrag eigentlich nur noch durch göttliche Intervention gelingen konnte. Sie lehnte sich zurück und verfiel ins Grübeln. Kurz fragte sie sich, wie es Hannah wohl gerade ging, die am anderen Ende der Welt saß und von einer Ersatzmutter betreut wurde. Als sie einen Blick auf ihre Uhr warf, nahm sie sich vor, das Meeting schnell zu verlassen und Hannah und Matt anzurufen. Der Wunsch, ab und zu die Stimme ihrer Tochter zu hören, konnte eine unglaubliche Kraft in ihr entfalten. Es war nun mal der einzige Weg, um sie daran zu erinnern, dass ein vollkommen anderes Leben auf sie wartete und ihre gegenwärtigen Qualen irgendwann vorbei sein würden.

Und dann war da noch Matt. Sie hatte in dieser Nacht schlecht geschlafen, weil er unablässig in ihren Träumen herumgespukt hatte. Die Erinnerung an ihren Abschied war wie eine kaputte Schallplatte immer wieder, in einer unendlichen Wiederholung, in ihr abgelaufen. Diese Krise hätte wirklich zu keiner ungünstigeren Zeit kommen können und ein Teil von ihr wäre insgeheim sogar bereit, eine zweite Atomexplosion in Kauf zu nehmen, wenn dann alles vorbei wäre. Die Menschen fügten einander doch sowieso ständig unaussprechliches Leid zu, so war nun einmal der Lauf der Dinge.

Als einer der Männer ihr eine Frage stellte, wurde sie abrupt aus ihren Überlegungen gerissen, und ihr wurde klar, dass sie die letzten Minuten über in komplett anderen Sphären geschwebt hatte.

»Es tut mir leid, halten wir Sie vielleicht von irgendetwas Wichtigem ab?«, fragte der Mann in einem Tonfall, der durchaus beleidigt klang.

Jet musterte ihn mit strafendem Blick, doch ihr wurde klar, dass es die Aufregung nicht wert war. Die Schergen des Direktors zu quälen, führte zu nichts. Sie setzte sich gerade hin und lächelte unsicher.

»Eigentlich schon, aber das macht nichts. Ich glaube, ich habe gerade kurz nicht zugehört, tut mir leid. Haben Sie schon herausgefunden, wo genau die Bombe ist?«, fragte sie und konzentrierte sich dann auf die aktuelle Lage, während sie Hannah und Matt krampfhaft aus ihrem Bewusstsein verbannte. Zumindest für den Augenblick.

KAPITEL 18

JERUSALEM, ISRAEL

Ben Roth verließ mit seiner jungen Freundin im Schlepptau das Restaurant. Ihr Kleid war kaum mehr als ein enges T-Shirt, das gerade so den obersten Teil ihrer langen, gebräunten Beine bedeckte und kaum etwas der Vorstellungskraft überließ. Das Lokal war absolut trendig und ebenso teuer, und zeichnete sich durch kleine Portionen und große Ambitionen aus. Es roch dort nach teurem Parfüm und edlem Aftershave; dem Geruch von Geld. Tief in seinem Inneren hasste Ben solche Läden, doch für seine Begleitung war nichts wichtiger als das Sehen und Gesehen-werden, und um sie glücklich zu machen, spielte er eben mit.

Er hatte Rachel vor zwei Monaten in einer anderen hochpreisigen Bar kennengelernt. Es hatte ihm geschmeichelt, dass sie an ihm interessiert war – was allerdings nicht zuletzt daran lag, dass er ihr und ihrer Freundin eine Flasche Champagner spendiert hatte. Der anschließende Small Talk hatte zu einem Date geführt, bei dem er sie in einem der teuersten Restaurants Jerusalems mit Delikatessen überschüttet hatte. Den Rest des Abends über hatten sie in einer Disco durchgetanzt, in die man normalerweise gar nicht hineinkam, es sei denn, man schob dem Türsteher genau die richtigen Scheine zu. Dann verwandelte sich die drohend erhobene Handfläche des Mannes nämlich zu einer unterwürfigen Geste, mit der er den samtenen Vorhang des Eingangs beiseiteschob und seine Gäste begrüßte, als wären sie adelig.

Ben war in seinen späten Dreißigern, sah durchschnittlich aus, war einigermaßen groß, litt an beginnendem Haarausfall und war lange ein ziemlich verklemmter Typ gewesen, bis er vor Kurzem durch extrem günstig verlaufende Geschäfte zu viel Geld gekommen war. Ein unerwarteter aber höchst willkommener Wink des Schicksals, den er zum Anlass genommen hatte, seine Garderobe aufzubessern und sich ins Nachtleben der Stadt zu werfen.

Rachel kicherte, denn Alkohol war ihr bevorzugter Stimmungsmacher für Abende wie diesen. Sie zog sich näher an Ben heran, während sie auf unmöglich hohen Absätzen über den Gehsteig stolperte. Ihre definierten und vom Tanzen gestählten Waden kamen dabei besonders gut zur Geltung. Normalerweise konnte sie vollkommen problemlos mit jeder Art von Schuhen laufen. Sie war dreiundzwanzig Jahre alt, hatte Haare schwarz wie Ebenholz und haselnussbraune Augen, strahlend weiße Zähne und immer ein Lächeln auf den Lippen. Sie war eine Möchtegern-Schauspielerin ohne Rollenangebote, die vor Kurzem ihren Job als Rezeptionistin verloren hatte – was sie jetzt allerdings nicht mehr störte, da Ben in ihrem Leben aufgetaucht war und ihre Rechnungen bezahlte. So hatte sie Zeit, um sich über ihre nächsten Ziele klar zu werden, und Ben machte dieses Nichtstun ebenfalls nichts aus. Er wusste besser als jeder andere, dass alles im Leben seinen Preis hatte, und dazu gehörte auf jeden Fall auch der Charme einer Frau, die fünfzehn Jahre jünger war als er. Sie verlangsamten ihre Schritte, als sie sich seinem neuen, weißen Mercedes-Coupé näherten, der an der Bordsteinkante vor sich hinstrahlte. Er öffnete die Beifahrertür für sie, was er für eine galante Geste hielt, und sah bewundernd dabei zu, wie sie in den Sitz glitt. Ihr sportlicher, schlanker Körper war anschmiegsam wie eine Schlange und er konnte sich innerlich wieder einmal nur für sein Glück bedanken.

Als ihn ein alter Bekannter von der Universität um Hilfe gebeten, und ihm eine Chance angeboten hatte, die sich einem nur einmal im Leben bieten würde, hatte er sofort zugesagt. Mit seiner Sicherheitsfirma war es zu dieser Zeit schlecht gelaufen, denn die meisten Online-Firmen schienen den Bedarf für die Abwehr von Cyber-Angriffen immer noch nicht erkannt zu haben. Das alles hatte er sich ganz anders vorgestellt, als er als Sprengstoffspezialist das Militär verlassen hatte. Niemanden auf dem freien Markt hatte es interessiert, dass er während seiner Dienstzeit der Beste auf seinem Gebiet gewesen war. Finanziell war er kaum noch über die Runden gekommen, bis er irgendwann auf diesen speziellen Kunden gestoßen war, für den Geld anscheinend überhaupt keine Rolle spielte. Sein Freund hatte angedeutet, dass die Regierung dahinterstand und das Budget deshalb quasi unendlich war. Leider konnte er nun mit niemandem über seine Arbeit sprechen, da sie streng geheim war. Nachdem er einen riesigen Stapel von Verschwiegenheitserklärungen unterzeichnet hatte, war er an ein Gerät herangeführt worden, dass er bis dahin nur von Gerüchten kannte – eine russische Kofferbombe, die die Regierung wieder einsatzfähig machen wollte.

Viele Monate hatte er in einer streng gesicherten Einrichtung daran gearbeitet und irgendwann war es ihm gelungen, ein neues Steuersystem für das Scharfstellen und die Programmierung des Timers zu entwickeln. Auch das komplizierte Problem, das Netzteil und die Batterie auszutauschen, hatte er irgendwann gelöst, und das hatte ihm ein kleines Vermögen eingebracht. Allerdings wurde er regelmäßig an die strengen Konsequenzen erinnert, die es haben würde, wenn er irgendjemandem auch nur ein Sterbenswörtchen davon erzählte. Im Anschluss daran hatte er auch noch ein zweites System fertiggestellt. Da ihm leider viele spezielle Geräte gefehlt hatten, konnte er den letzten Wunsch seiner Auftraggeber, die Bombe, um eine verstärkte Ummantelung zu ergänzen, die sie vollkommen erschütterungssicher gemacht hätte, leider nicht erfüllen.

Trotzdem war eine Million Dollar auf ein Offshore-Konto mit seinem Namen transferiert worden. Seine Auftraggeber hatten ihm allerdings geraten, seinen Lebensstil nicht zu auffällig zu ändern, um keine unerwünschte Aufmerksamkeit auf sich zu ziehen, denn die Feinde des Staates waren überall, und er war nun ein wertvoller Kollaborateur. Dementsprechend hatte Ben sein Bestes getan, seine impulsive Natur unter Kontrolle zu halten, doch am Ende hatte er diesen Kampf verloren. Er hatte sich ein Protzauto gekauft, ein Penthouse in der besten Gegend gemietet, und sich aufgemacht, ordentlich Spaß zu haben – das erste Mal in seinem Leben.

Schnell hatte er festgestellt, dass Geld eigentlich das Einzige war, was in seinem Leben bisher gefehlt hatte, und schon bald war sein Alltag genauso, wie er ihn sich immer erträumt hatte. Rachel war nur die neueste Errungenschaft in einer Liste von Verzückungen, und auch wenn sie ihn schon bei ihrem Kennenlernen fasziniert hatte, war er überrascht, wie sehr sie ihn inzwischen in ihren Bann geschlagen hatte.

Ben zwängte sich hinter das Lenkrad und startete den kräftigen Motor, dessen sattem Klang er erst einmal für einen Moment lauschte, dann legte er den ersten Gang ein und fuhr los. Den SUV dreißig Meter hinter ihm bemerkte er nicht, der jetzt ebenfalls die Parklücke verließ und ihm in unauffälligem Abstand auf dem Weg zu seiner Wohnung folgte. Dort würde er dann das andere Team ablösen, das schon seit acht Stunden im Dienst war und Bens Appartement mit Mikrofonen und Kameras bestückt hatte, während dieser in der Stadt das Tanzbein geschwungen hatte.

***

»Hey, wie geht's dir?«, fragte Jet. Sie war froh, nach dem Stunden dauernden Planungsmeeting endlich Matts Stimme zu hören.

»Gut, ich bin gerade erst aufgestanden. Ich habe zur Abwechslung mal ausgeschlafen. Wie sieht es bei dir aus?«, wollte er wissen.

»Frag lieber nicht. Was ist bei dir sonst noch so los?«

»Nichts Besonderes. Heute wird ein Tag wie jeder andere. Ich gehe in die Bank, hole gestohlene Diamanten im Wert von etwa zehn Millionen Dollar ab, und dann gehe ich vielleicht zum Mittagessen. Das Übliche halt.«

»Das dachte ich mir schon.«

»Und bei dir? Hast du die Welt schon gerettet?«

»Nein, aber ich habe vor ein paar Minuten mit Hannah gesprochen. Sie sagt, ihr ist langweilig.«

»Was macht sie denn den ganzen Tag?«

»Sie terrorisiert offenbar unsere Haushälterin. Sie gehen in den Park und spielen mit anderen Kindern. Außerdem schaut sie Zeichentrickfilme und macht irgendwelche Bastelprojekte, die Magdalena sich ausdenkt. Heute machen sie eine Collage aus Magazinen.«

»Warum schickst du sie denn nicht zu Vorbereitungskursen für das College, oder irgendwas, das sie mehr fordert?«, fragte Matt.

»Sie ist erst zweieinhalb!«, antwortete Jet entrüstet.

»Stimmt, aber andererseits ist es nie zu früh, um mit irgendwas anzufangen. Kann sie nicht auf einer Baustelle arbeiten, oder als Schweißerin, damit sie endlich mal eigenes Geld verdient?«

»Ich glaube, in Uruguay wird man nicht in die Stahlindustrie gesteckt, bevor man drei ist.«

»Dann sind die dort ja total rückständig. In Thailand können die Kids mit drei schon Taxi fahren.«

»Ich weiß. Ich kann mich noch lebhaft an die Fahrkünste dort erinnern.«

Jet und Matt flachsten weiter vor sich hin, und als sie auflegte, fühlte sie sich richtig gut. Sie hatte den Kontakt zu ihrer Tochter aufgefrischt und Matts Grinsen praktisch vor ihrem geistigen Auge sehen können, als sie ihre Späßchen mit ihm gemacht hatten.

Sie legte das Telefon auf den Nachttisch und schaltete das Licht aus, um es sich in dem breiten Bett bequem zu machen, doch der viele Platz gab ihr nur das Gefühl, einsam zu sein. Sie fing daraufhin wieder an, die Decke anzustarren, genau wie in der Nacht zuvor. Erneut machte sie sich Sorgen über das, was alles schiefgehen könnte, und über das, was schon schiefgegangen war. Zwei Stunden später war sie immer noch wach und stellte sich auf eine weitere, lange schlaflose Nacht ein. Die Anspannung und die Überlegungen bezüglich der anstehenden Mission ließen ihren Kopf brummen wie ein Wespennest. Sie konnte es kaum erwarten, mit Hannah und Matt an ihrer Seite, endlich wieder in Uruguay zu sein.

Bald war es so weit, sagte sie sich. Sie musste nur noch diese eine Sache durchstehen, dann würde ihr Leben wieder normal werden.

Was auch immer normal war.

Gegen halb drei dämmerte sie endlich weg, und ihr Atem wurde flach. Die wenigen Stunden Schlaf, die sie jetzt bekam, würden definitiv nicht für die Anstrengungen ausreichen, die auf sie zukamen.

KAPITEL 19

Jet sah zu, wie die Skyline von Nizza in ihre Richtung zu schweben schien, als sich der Privatjet vom Typ Falcon-20, den der Mossad gechartert hatte, dem Flughafen näherte. Dort angekommen, würde sie so schnell es ging, die Einreiseformalitäten hinter sich bringen und dann sofort zum Terminal für kommerzielle Flüge eilen, wo man ihr einen Linienflug nach Tunis gebucht hatte, der bereits in zwei Stunden starten sollte. Von dort aus würde es dann weiter nach Benghazi gehen.

In Nizza angekommen, warf der Beamte am Schalter kaum einen Blick auf Jets frischgedruckten Reisepass und kurze Zeit später saß sie in der nächsten Maschine, die nur halb voll war; die meisten Passagiere darin waren Geschäftsreisende.

Auch dieser Flug verlief ohne besondere Vorkommnisse und Jet nutzte ihre Umsteigezeit, um Hannah noch einmal anzurufen, denn sie wusste, ihre Mission würde schon sehr bald beginnen und dann würde sie sich ein paar Tage überhaupt nicht mehr melden können. Als Jet ihrer Tochter versicherte, dass sie sie liebte, überkam sie eine Welle der Verzweiflung, denn ihr wurde klar, dass dies vielleicht das letzte Gespräch war, dass sie beide miteinander führten, und diesen Gedanken wurde sie einfach nicht mehr los.

Die Grenzbeamten in Benghazi nahmen ihren Job deutlich ernster als die Franzosen, und insgesamt dauerte der Vorgang über eine Stunde, obwohl der Mossad Jet versichert hatte, dass sie sich um alles gekümmert hatten. Zwischenzeitlich kam Jet sogar der Gedanke, dass etwas schiefgelaufen sein könnte. Doch dann wurde ihr endlich das Dokument ausgehändigt, das ihr ein dreißigtägiges Visum bescheinigte. Trotzdem fragte sich Jet, ob die lange Wartezeit mit der Unfähigkeit der Kollegen beim Geheimdienst zusammenhing, und ob das Ganze vielleicht sogar ein schlechtes Omen für ihr gesamtes Vorhaben war. Diese auf den letzten Drücker geplanten Missionen waren für viele Agenten nämlich der Untergang. Vor allem Jet war da ganz andere Standards gewöhnt, da sie mit David einen äußerst akribisch vorgehenden Vorgesetzten gehabt hatte. Wahrscheinlich hätte dieser gar nicht erst zugelassen, Agenten auf ein derart gefährliches und unvorhersehbares Himmelfahrtskommando zu schicken.

Als Nächstes nahm sich Jet ein Taxi zu dem Hotel, wo man ihr ein Zimmer reserviert hatte. Wenigstens dieser Teil hatte offenbar geklappt. Nachdem sie ausgepackt hatte, kleidete sie sich in Abaya, Hijab und Niqab – die Robe, den Schal und den Schleier, den gläubige Frauen hier in Libyen zu tragen hatten. Dann aktivierte sie das Mobiltelefon, das ihr mitgegeben worden war, und rief ihre örtlichen Kollegen an, die ihr bestätigten, dass diese auf ihrem Posten in einer nahe gelegenen Wohngegend warteten. Sie kündigte an, dass sie bald dort sein würde, und meldete sich dann bei ihrem Kontakt, der für ihr Equipment und die lokale Unterstützung zuständig war. Er sagte ihr, dass sie in zehn Minuten an der nächsten Straßenecke abgeholt werden würde.

Mit nur fünf Minuten Verspätung tauchte dort eine verbeulte, dunkelbraune Renault-Limousine auf, die von einem dicklichen Mittvierziger gesteuert wurde, der sich als Luther vorstellte. Offensichtlich blieb er bei den abgesprochenen Codenamen. Nachdem er sich mit Jet an Bord wieder in den Verkehr eingefädelt hatte, zog er unter seinem Sitz eine halb automatische SIG Sauer hervor, die er ihr unauffällig überreichte. Sie überprüfte kurz das Magazin und schob es schwungvoll zurück, dann ließ sie die Waffe unter ihrer Robe verschwinden.

»Kein Schalldämpfer?«

»Tut mir leid, ich habe überall nachgefragt, konnte aber keinen auftreiben.«

»Wie ist denn die aktuelle Lage hier?«

»Immer noch gefährlich. Das neue Regime versucht, Ordnung herzustellen, aber es ziehen immer noch marodierende Banden umher, die zu einer Miliz gehören. In Wahrheit sind das allerdings bewaffnete Oppositionelle, die nicht mit der Marionetten-Regierung einverstanden sind, die nach der Flucht von Gaddafi eingesetzt worden ist. Obwohl sich alles mittlerweile etwas beruhigt hat, ist die Situation immer noch alles andere als ideal.«

»Was ist mit dem Team und unserem Zielort?«

»Die sind vor Ort und beobachten, aber außer, dass die Lichter an- und ausgegangen sind, ist gestern nichts passiert. Zumindest ist jemand zu Hause.«

»Außer sie haben eine Zeitschaltuhr.«

Luther antwortete nicht, aber das erwartete sie auch nicht. Seine Aufgabe war es schließlich nur, ihr ihre Ausrüstung zu besorgen, sonst nichts.

»Was ist mit der F2000?«, fragte sie in Bezug auf das Sturmgewehr, das ihr versprochen worden war.

»Das bekomme ich in einer Stunde, zusammen mit ein paar Ersatzmagazinen.«

»Und das Nachtsichtgerät?«

»Daran arbeite ich noch, aber wenn alles glattläuft, habe ich es bis heute Abend. Es ist viel einfacher, ein paar Kalaschnikows und Handgranaten zu bekommen, als so eine Brille. Die sind einfach nicht so gefragt wie Waffen. Wenn du hingegen einen Raketenwerfer bräuchtest, hätte ich sofort zehn Stück an der Hand. Willkommen in Afrika.«

Je weiter sie sich vom Hotel entfernten, desto übler wurde die Gegend. Als sie ihr Ziel endlich erreicht hatten, befanden sie sich in einem regelrechten Slum. Es stank nach Verzweiflung und Abfällen und die Umgebung hatte kaum noch etwas von einem Wohngebiet an sich. Halb fertiggebaute Backsteinhäuser schmiegten sich an heruntergekommene Bungalows mit zugenagelten Fenstern und Türen. Ein paar abgemagerte Hunde trieben sich auf der Suche nach Nahrung auf der Straße herum, während ein paar Waisenkinder einen uralten, platten Fußball auf einem Marktplatz herumkickten. Am schlimmsten aber war der faulige Geruch, der Jet an die grauenvollsten Gegenden im Jemen erinnerte. Das Gefühl lauernder Gefahr schien genauso zum Straßenbild zu gehören wie die vielen Schmierereien auf den grauen Betonwänden.

»Sie sitzen in dem Peugeot da links«, erklärte Luther. »Unser Ziel befindet sich etwa zwanzig Meter die Straße hinunter, auf der linken Seite. Die Umgebungsmauer ist oben braun angemalt. Du hast ja meine Nummer … ruf mich an, wenn du etwas brauchst, ich kümmere mich jetzt erst einmal um das Nachtsichtgerät.«

Jet nickte, zog ihren Schleier zurecht, stieg aus dem Fahrzeug und begann langsam in Richtung des Marktes zu gehen. Sie hatte eine Flasche Wasser und eine Packung Kekse aus lokaler Produktion mitgebracht, die sie in einer Plastiktüte mich sich herumtrug.

Als sie am Überwachungsteam vorbeischlurfte, war sie äußerst schockiert, wie auffällig die Männer waren. Der Kerl auf dem Beifahrersitz hatte sogar ein Fernglas um den Hals hängen! Das alles merkte sie sich für später, während sie weiter in geruhsamen Schritten auf das Zielgebäude zulief.

Sofort fielen ihr die kleinen Sicherheitskameras auf, die an der Vorderseite des ersten der beiden Gebäude hinter drei Meter hohen Mauern angebracht waren. Den Grundriss des Geländes kannte sie von den Satellitenaufnahmen, doch die Kameras waren ein Detail, das man nur vor Ort bemerkte. Auf dem Nebengrundstück befand sich ein halb fertiges Gebäude und Bauarbeiter waren gerade damit beschäftigt, Zement zu mischen und Kabel zu verlegen. Ihren zerbeulten Lieferwagen hatten sie vor der Tür geparkt, allerdings sah er eher wie Altmetall aus und nicht wie ein einsatzbereiter Firmenwagen.

Ihre Augen glitten mit höchster Präzision über sämtliche Gebäude, während sie weiterhin ihren schleppenden Gang vortäuschte – jedenfalls bis sie die nächste Straßenecke erreicht hatte, wo sie erst einmal stehen blieb.

Eigentlich hatte das Gemäuer keinerlei bemerkenswerte Eigenschaften. Es war eines von vielen in einer langen Reihe ungepflegter Behausungen. Sie setzte ihren Weg fort, um den gesamten Block einmal zu umrunden, wo sie herausfand, dass sich ihr Ziel mit dem Rücken zu einem weiteren ummauerten Grundstück befand. Dieses war ebenfalls stark gesichert, so wie alle Behausungen in der Gegend. Obwohl die Situation hier so heikel war, weil die Gegend einem Kriegsgebiet glich, waren alle Häuser mit Satellitenschüsseln ausgestattet. Offensichtlich gab es Wichtigeres, als in eine sicherere Gegend umzuziehen – falls es die in Libyen im Moment überhaupt gab.

Eine Gruppe Männer stand deplatziert wirkend herum. Sie verfolgten ihren Weg mit ihren Blicken und sie sah außerdem die eindeutige Form eines Gewehres, das im Schatten eines Türrahmens lehnte. Doch über Waffen musste man sich in dieser Umgebung nicht wundern, dachte sie, als sie das Mobiltelefon aus der Tasche zog und den Direktor anrief.

»Das Überwachungsteam hier ist ein absoluter Witz! Die könnten nicht mal auffälliger sein, wenn sie ihr Auto knallrot lackieren und ein paar Antennen auf das Dach packen würden!«

Der Direktor ignorierte ihre Eröffnungssalve. »In ein paar Stunden habe ich zwei erfahrene Agenten vor Ort. Auf jeden Fall noch vor Sonnenuntergang. Diese werden dann deinem direkten Befehl unterstehen und dich bei deiner weiteren Planung unterstützen.«

»Das ist schön, aber ich würde trotzdem lieber allein arbeiten, wie ich ja bereits deutlich gemacht habe.«

»In diesem Fall musst du mit deinen Vorlieben leider zurückstecken, denn ich spreche hier von wirklich guten Leuten mit viel Einsatzerfahrung. Setze sie einfach so ein, wie du es am sinnvollsten findest.«

Jet beschloss, nicht weiter zu streiten. Sie würde die Neuankömmlinge einfach aus dem Gröbsten heraushalten, egal was der Direktor sagte. Am Ende war sie es schließlich, die sich in Gefahr begeben musste und nicht er, und nachdem sie das Überwachungsteam gesehen hatte, war ihre Lust auf eine Zusammenarbeit gänzlich auf null gesunken.

»Sie sind der Boss. Ich habe sowieso noch nicht das Equipment, das ich brauche, um das Haus einzunehmen. Nur Versprechungen und eine Pistole. Ich muss wohl nicht extra betonen, dass das mein Vertrauen nicht gerade gesteigert hat.«

»Dann werde ich einen weiteren Anruf tätigen.«

»Bitte machen Sie das. Ich werde noch ein paar weitere Runden drehen, um die Lage besser einschätzen zu können, aber ich denke, Sie wissen schon, wie ich das Ganze angehen möchte. Wenn Ihr Lieferant die nötigen Waffen endlich herangeschafft hat, könnte ich heute spät in der Nacht loslegen. Ich sehe keinen Grund, zu warten, oder übersehe ich da etwas?«

Normalerweise würde sie sich zuerst mehrere Tage auf die Lauer legen, um das Gebäude zu beobachten, doch da es angeblich niemand verlassen oder betreten hatte, ging sie davon aus, dass das nichts bringen würde. Es würde nur Zeit kosten, und die hatten sie nun mal nicht.

»Nein, ich gebe dir recht. Jede Minute zählt.«

»Das dachte ich mir. Hoffentlich hat das Überwachungsteam unsere Zielpersonen noch nicht aufgeschreckt, aber dann könnten wir sowieso nichts mehr daran ändern. Trotzdem würde ich sie weiter vom Gebäude entfernt positionieren und sie in einen Lieferwagen setzen, damit sie nicht jeder Passant sofort sieht. Zum Glück sind hier kaum Leute unterwegs, aber das Ganze hier ist bestenfalls *Jugend forscht. Ich kann kaum glauben, dass das wirklich einsatzfähige Agenten sein sollen.«*

»Die haben bis jetzt eigentlich andere Dinge in Tripolis gemacht. Eher behördliche Spionage. Daten- und Netzwerkentwicklung … solche Dinge.«

»Na super. Also habe ich hier ein paar Bürohengste, die gerade James Bond spielen.«

»In der Gegend haben wir normalerweise nicht viel zu tun und seit die Kämpfe in letzter Zeit so eskaliert sind, haben die meisten Botschaften ihr gesamtes Personal abgezogen. Es gibt über zwei Dutzend terroristische Gruppierungen, die aktuell im Land arbeiten. Da ist es reiner Selbstmord, länger Personal vor Ort zu haben.«

»Wenn wir die Bombe nicht finden, ist es mehr als Selbstmord.«

Der Direktor antwortete gar nicht erst auf ihre Feststellung, sondern fuhr fort: »Tu einfach dein Bestes. Eine bewaffnete Infiltration sollte für eine Agentin mit deinen Fähigkeiten doch kein Problem sein. Tu, was du tun musst, und erstatte mir anschließend Bericht. Ich telefoniere noch mal wegen des Equipments. Gibt es sonst noch etwas?«

»Falls es irgendjemanden interessiert: Ich habe kein gutes Gefühl bei der Sache.«

»Ist notiert. Aber wir müssen dieses Haus einnehmen. Wenn du es nicht machen willst, schicke ich die beiden neuen Agenten, sobald sie da sind. Die sind dafür auch qualifiziert.«

»Wenn du Leute hast, die das machen können, warum zur Hölle bin ich dann hier?«, feuerte sie zurück.

»Weil ich ebenso wie du kein gutes Gefühl bei der ganzen Sache habe. Ich brauche die Beste. Ich bin ja kein Idiot, ich weiß, dass die Chance klein ist, dass sich die Bombe noch in dem Gebäude befindet. Doch wir brauchen Sicherheit, und ich möchte nicht, dass das Ganze schiefgeht.«

Jet atmete tief durch und zwang sich, gute Miene zum bösen Spiel zu machen. »Ich mache es ja, aber nichts an dieser Mission erscheint mir bisher positiv, nicht mal annähernd. Wir haben unterqualifizierte Agenten, quasi nicht-existente Logistik und so gut wie gar kein Equipment. Das muss sich unbedingt ändern, und zwar schnell, sonst geht das Ganze schief.«

»Ich verstehe dich ja. Ich kümmere mich darum. Die Agenten müssten bald da sein und melden sich dann bei dir.«

Jet legte auf und suchte mit ihren Augen die Umgebung ab und fand die Rückseite des im Bau befindlichen Hauses. Die Arbeiter würden vermutlich innerhalb der nächsten Stunde Feierabend machen, und dann wäre das Grundstück wahrscheinlich verlassen.

Dann würde sie von dort aus starten.

Sie hoffte nur, dass sie wenigstens das Überraschungsmoment auf ihrer Seite hatte, aber sie machte sich nicht allzu viele Hoffnungen. Doch unterm Strich hatte sie einen Job zu erledigen, und auf die eine oder andere Art mussten sie bis zum Morgengrauen herausfinden, ob sich die Bombe im Gebäude befand, oder ob die ganze Aktion sinnlos war.

Inzwischen war sie fast sicher, dass Letzteres der Fall sein würde.

KAPITEL 20

BANGKOK, THAILAND

Der morgendliche Berufsverkehr quälte sich immer noch durch die Innenstadt. Ein typisches Bild für eine Stadt, die an einer Straßenplanung litt, die einfach nicht für die rapide anwachsende Anzahl von Autos ausgelegt war. Es war eine endlose Prozession aus lebensmüden Rollerfahrern, die blitzschnell zwischen den vielen Autos ein- und ausscherten, wobei ihre Motoren summten wie wütende Hornissen und es mehr Beinahe-Kollisionen gab, als man zählen konnte.

Matt quittierte das hektische Treiben lediglich mit einem Lächeln. Einige wenige Konstanten gab es wenigstens in seinem Leben, und der irre Verkehr in Bangkok war eine davon. Die Kakofonie aus Hupen begleitete seine Schritte auf dem Weg über die Straße, die er gut gelaunt bei Rot überquerte, so wie zahllose andere Fußgänger auch. Dann bog er um eine Ecke und sah die riesige Bank, die sich vor ihm auftürmte. Es war eines der zahllosen neuen Gebäude aus Stahl und Glas, die in den letzten zwanzig Jahren in Bangkok aus dem Boden geschossen waren. Inzwischen drohte die Stadt aus allen Nähten zu platzen, denn überall wurde nonstop gebaut und Tausende von Arbeitern strömten täglich aus dem Umland in die Innenstadt. Matt sah auf die Uhr. Er hatte es zwar nicht eilig, aber in Thailand wusste man nie, was als Nächstes geschehen würde. Eine Routineaufgabe, wie das

Aufsuchen eines Bankschließfaches, konnte manchmal Stunden dauern, anstatt wenige Minuten.

Nachdem er das Gebäude betreten hatte, wandte er sich an einen der Mitarbeiter an ihren Schreibtischen und kündigte an, dass er in den Tresorraum musste. Eine ältere Dame bediente ihn daraufhin höflich und effizient, und nachdem ein an der Wand angebrachter Scanner seine Handfläche überprüft hatte, begleitete sie ihn zu den Schließfächern und versicherte ihm, dass er nur den grünen Knopf an der Gegensprechanlage zu drücken brauchte, falls er weitere Unterstützung benötige.

Matt ging an den kleinen Schließfächern vorbei und hielt bei den größeren an, zog einen Schlüssel aus seinem Portemonnaie und schob ihn in das Schloss. Dieses öffnete sich nun mit einem leisen Klicken. Er zog die lange Schublade heraus und schloss sie wieder, nachdem er die darin befindliche Metallbox herausgenommen hatte. Anschließend begab er sich in einen der angrenzenden Räume, zog die Tür hinter sich zu und platzierte die Schatulle auf dem Tisch. Nachdem er sich davon überzeugt hatte, dass die glatt verputzten Wände keinerlei Möglichkeiten boten, Kameras zu verstecken, zog er sich einen Stuhl heran und öffnete den Deckel der Metallkassette. Lächelnd betrachtete er die zwölf samtenen Beutel darin und zog dann ein Damenportemonnaie aus seiner Hosentasche. Er öffnete es und richtete seine Aufmerksamkeit dann auf die schwarzen Samtbeutel. Nachdem er einen von ihnen ergriffen hatte, zog er an der Kordel, mit der er zusammengebunden war und schüttete vorsichtig insgesamt fünfundfünfzig Diamanten auf den Tisch, von denen jeder vier bis sechs Karat besaß. Inzwischen war er ein regelrechter Experte in den Bewertungskriterien von Edelsteinen geworden und wusste deshalb, dass diese Exemplare die Farbe D und eine Klarheitsstufe zwischen VVS1 und IF hatten – sie waren also beinahe lupenrein. Nachdem er den Wert kurz im Kopf überschlagen hatte, schüttelte er noch weitere sechs Steine heraus und platzierte sie dann alle in einem Umschlag, den er auf dem Weg gekauft hatte.

Das immer noch pralle Säckchen legte er zurück in die Metallkassette und verstaute das Damenportemonnaie und den Umschlag in seinen vorderen Hosentaschen. Danach stand er auf, um den Rest seines Schatzes sicher zu verstauen.

Zwei Minuten später befand er sich schon wieder auf der Straße, und war einfach nur ein weiteres Gesicht in der anonymen Masse. Nichts deutete darauf hin, dass er Edelsteine im Wert von zehn Millionen Dollar bei sich trug. Ein Blick auf die Uhr verriet ihm, dass er noch Zeit für ein entspanntes Mittagessen hatte, allerdings erst nach einem Umweg zu seinem Hotelsafe, wo er alle Steine sicher verstauen würde, die er nicht sofort verkaufen wollte. Nachdem er das erledigt hatte, machte er sich auf den Weg zu einem chinesischen Restaurant in der Nähe seines Käufers, wo er schon einige Male gespeist hatte.

Sich in den Straßen Bangkoks zurechtzufinden war für Matt überhaupt kein Problem. Als er sich traumwandlerisch durch das Gewirr von Menschen und Fahrzeugen schlängelte, fragte er sich, ob er sich wohl jemals irgendwo so zu Hause fühlen würde wie in Thailand. Nachdem er Jahrzehnte hier verbracht hatte, waren ihm die lokalen Gepflogenheiten in Fleisch und Blut übergegangen. Eine hübsche junge Frau stieß beinahe mit ihm zusammen, und das brachte Matts Gedanken unweigerlich zu Jet. Er stellte sich vor, wie es wäre, mit ihr in Südamerika zu leben. Vielleicht konnte er sich ja auch an Argentinien gewöhnen, er war ja noch nie dort gewesen. Es würde auf einen Versuch ankommen. Auf jeden Fall würde er nicht davor zurückschrecken, es zu probieren.

Als er das Schild des *Golden Moon Restaurants* erblickte, wurde Matt plötzlich bewusst, dass er überhaupt keine Ahnung hatte, wie sein Leben in Zukunft aussehen würde, doch das machte ihm nichts aus, solange er es nur mit Jet verbringen würde. Auf eine Art waren sie schon ein komisches Paar, aber er hatte sich fest vorgenommen, nicht mehr ständig alles zu hinterfragen. Er wollte einfach nur noch seinem Bauchgefühl folgen und schauen, wo es ihn hinführte. Schließlich hatte er mehr als genug Geld, und seine Feinde waren entweder tot oder hatten mittlerweile ganz andere Probleme als ihn. Von daher konnte er es sich durchaus erlauben, sich eine Zeit lang einfach nur treiben zu lassen.

Er betrat jetzt das Restaurant und ließ den Blick gerade durch den großen Speisesaal schweifen, als ein Kellner auf ihn zukam. Die üblichen Massen von Angestellten, die zu jeder Mittagspause hier auftauchten, waren noch nicht da, also nahm er sich einen kleinen Tisch in einer gemütlichen Ecke. Die Zubereitung seiner Bestellung dauerte länger als üblich, was ihn mal wieder daran erinnerte, wo er sich befand. Bangkok brachte ein ganz eigenes Zeitempfinden mit sich und man tat deshalb gut daran, überall Geduld mitzubringen. Dieser Charme machte die Stadt zu etwas ganz Besonderem.

Nach dem Essen rief er den Käufer an, um zu klären, ob sie sich vielleicht auch schon eine Stunde früher treffen konnten, denn er hatte immer noch viel Zeit. Niran schien übertrieben fröhlich zu sein, als er abnahm, und gegen die Vorverlegung des Termins hatte er auch nichts. Er versicherte Matt, dass er das Geld in bar zur Hand hatte und deshalb jederzeit vorbeikommen konnte. Also machten sie ab, sich in einer Stunde zu treffen, und Matt legte auf. Er war froh, dass er seine Tagesaufgaben danach abgehakt hätte. Vielleicht könnte er anschließend ja einfach mal nach Phuket fliegen und dort ein paar Tage am Strand verbringen. Schließlich hatte er es nicht eilig, und etwas Entspannung fernab von allen Verpflichtungen würde ihm sicher guttun.

Ein Taxi setzte Matt vor dem Laden des Juweliers ab. Es war eine der prestigeträchtigsten Boutiquen der ganzen Stadt, die dementsprechend extrem reiche Kunden anzog. Matt betrat den stark heruntergekühlten Ausstellungsraum und nickte den edel gestylten Angestellten zu, an denen er vorbeikam. Sein Weg führte ihn direkt in den hinteren Bereich des Ladens, wo ihn eine äußerst gut aussehende junge Frau abfing. »Brauchen Sie vielleicht etwas Besonderes für die Frau in Ihrem Leben?«, fragte sie in perfektem Englisch, wobei sie ihm ein Lächeln zuwarf, das mehr Strahlkraft als eine Sonneneruption hatte.

Matt schüttelte den Kopf, während er den Blick über ihre teure Bluse und den eng anliegenden schwarzen Rock schweifen ließ.

»Nein, ich bin hier, um Niran zu treffen. Ich habe einen Termin mit ihm. Könnten Sie ihm ausrichten, dass Ralph da ist?«, fragte er in ebenso perfektem Thai zurück. Sie warf ihm einen anerkennenden Blick zu und schnappte sich dann einen Telefonhörer, der in die Wand eingelassen war. Sie drückte zwei Tasten und flüsterte anschließend etwas in die Sprechmuschel.

»Niran ist jetzt bereit, Sie zu empfangen. Bitte folgen Sie mir«, wies sie ihn an, und lief dann mit Matt im Schlepptau durch eine hüfthohe Tür in den Verwaltungsbereich.

Sie gingen durch einen Flur, der mit poliertem, dunklem Marmor ausgelegt war und sie warf ihm ein weiteres Lächeln mit noch mehr Gigawatt Energie zu, als sie ihn an den beiden bewaffneten Sicherheitsmännern vorbeiführte, die den Eingang zu Nirans Büro bewachten.

»Ab hier kenne ich den Weg, vielen Dank«, sagte er, griff nach der Türklinke und drückte sie hinunter. Seine Begleiterin machte auf dem Absatz kehrt und eilte mit dem gleichen, geschmeidigen Gang wieder in Richtung der Verkaufsräume. Matt betrat jetzt das ausladende Büro, wo ein übergewichtiger Thailänder saß, der ein grässliches orange-rotes Hawaiihemd trug und trotz der voll aufgedrehten Klimaanlage gehörig schwitzte.

»Mein Freund, es ist viel zu lange her. Darf ich dir vielleicht eine Erfrischung anbieten? Eine Limo oder ein Wasser ... oder auch etwas Stärkeres, wenn du möchtest?«, fragte Niran, der Matt mit einem Blick betrachtete, wie ihn sonst nur ein Wolf für ein Lamm übrighatte.

»Nein, ich bin nicht durstig. Danke, dass ich früher kommen konnte. Ich habe heute noch wirklich viel zu erledigen. Das Geld hast du hier?«, fragte er in der typischen brüsken Art, in der er diese Art von Geschäften normalerweise regelte.

»Aber natürlich! Es ist im Safe.« Niran deutete auf einen riesigen Tisch, der mit einer Glasplatte, diversen Lupen und Mikroskopen sowie einer Waage ausgestattet war. »Aber lass uns doch zuerst einmal schauen, was du uns mitgebracht hast.«

Matt nickte und zog den Umschlag aus der Tasche, dann schob er ihn Niran entgegen.

»Wie immer absolute Spitzenware was die Farbe und Reinheit angeht. Ich denke mal, selbst mit Mengenrabatt wären sie etwas um die eins Komma zwei Millionen wert, aber wir wollen ja alle etwas daran verdienen, nicht wahr?«, sagte Matt.

Niran betrachtete die Steine gierig und versuchte halbherzig, seine Begeisterung zu verbergen. Nach ein paar Minuten hatte er jeden von ihnen buchstäblich unter die Lupe genommen und nickte dann. »Es ist wirklich schade, dass die Märkte im Moment so wenig hergeben. Diese Steine sind wirklich wunderschön, aber ich bin mir nicht sicher, ob sie wirklich so viel einbringen können, wie du denkst.«

Matt lehnte sich zurück und lächelte entspannt. »Das ist natürlich schade für dich, mein Freund. Wie gesagt, ich habe noch andere Interessenten an der Hand, die sie mir mit Kusshand zu meinem Preis abnehmen würden. Vielleicht nimmst du erst einmal nur die Hälfte, und ich schaue, wem ich den Rest anvertraue? Dann hast du weniger Risiko.«

Nirans Gesichtszüge verspannten sich. »Ich habe nicht gesagt, dass ich sie nicht nehme. Es ist nur eine Frage des Preises …«

»Wie immer. Ich weiß genau, dass sie mindestens zwanzig bis dreißig Prozent mehr wert sind, als ich verlange. Das weiß ich, weil das mein Geschäft ist. Ich bin nicht dumm. Wenn es dir der Gewinn nicht wert ist, und wenn du sie einfach nur an einen Großhändler weiterreichen und du sie nicht für das zwei bis dreifache im Einzelhandel verkaufen willst, dann ist das kein Problem. Doch dann ist es Zeit für mich, zu gehen.«

Niran seufzte laut. »Du bist wirklich hart im Verhandeln, mein Freund, und für dich zahle ich gern auch mehr, als ich sollte. Neunhundertfünfzig. Mehr gibt der Markt wirklich nicht her. Du weißt ja, seit der Finanzkrise …«

»Neunfünfundsiebzig, oder ich bin raus, du alter Gauner.« Matt war schon klar gewesen, dass er etwas heruntergehen musste, und ehrlich gesagt interessierte ihn die genaue Endsumme eigentlich auch gar nicht. Es würde so oder so ein Riesenhaufen Geld sein.

Beide Männer grinsten und Niran überlegte, ob er den Preis noch weiter runterdrücken sollte, doch nachdem er Matt einmal von oben bis unten gemustert hatte, gab er auf.

»Na gut. Dann raub mich doch am helllichten Tag aus. Nimm mein Geld und lasse mich als gebrochenen Mann zurück. Es ist mir egal, ich mache das hier aus reiner Freundschaft. Neunfünfundsiebzig«, sagte Niran mit einem übertriebenen Augenrollen.

Matt sah aufmerksam dabei zu, wie sein Gegenüber die Steine wieder in dem Umschlag platzierte und auf den Safe zuwatschelte. Es dauerte weniger als fünf Minuten, um die Anzahl der Hundertdollarscheine mithilfe eines Zählautomaten zu bestätigen. Als Matt zufrieden war, legte er die mit Gummibändern fixierten Bündel zurück in den schokoladenfarbenen Lederrucksack, in dem Niran sie gebracht hatte, und stand auf. Das Geschäft war abgeschlossen. Matt sah kurz auf die Uhr, um sicherzugehen, dass er noch genug Zeit hatte, das Geld bei seiner anderen Bank einzuzahlen, und verabschiedete sich dann. Niran benachrichtigte sofort das Verkaufspersonal und die gleiche junge Frau wie zuvor eskortierte Matt zum Ausgang, wobei sie ihm wieder ein blendendes Lächeln zuwarf.

Zurück auf dem Gehweg überquerte er die Straße und lief auf die nächste Kreuzung zu. Dreißig Sekunden später schnappte er sich ein Taxi, und nachdem er dem Fahrer die Adresse der Bank mitgeteilt hatte, lehnte er sich in dem Sitz zurück und schloss für einen Moment seine Augen. Er hatte gerade einen weiteren wichtigen Schritt erledigt.

Ein rotes Motorrad von Yamaha verließ dreißig Meter von dem Juwelier entfernt seinen Parkplatz. Der Fahrer reihte seine kraftvolle Maschine in den Verkehr ein, wobei das verspiegelte Visier seines Helmes ihn vor neugierigen Blicken schützte. Er folgte dem Taxi in gebührendem Abstand auf den Weg ins Bankenviertel.

»Ich habe ihn«, sagte der Fahrer auf Thai, als er in ein kleines Helmmikrofon sprach und einer bremsenden Limousine auswich.

»Sehr gut. Du weißt ja, was du zu tun hast.«

KAPITEL 21

BENGHAZI, LIBYEN

Jet führte den letzten Check ihres Equipments durch. Inzwischen hatte sie ihr gewünschtes Sturmgewehr erhalten, ein F2000 der belgischen Firma Fabrique Nationale Herstal. Seine kurze, gedrungene Form gab diesem Hinterschaftlader ein äußerst futuristisches Aussehen. Die Waffe war durchgeladen und bereit zum Einsatz, auch das Nachtsichtgerät schien einigermaßen vernünftig zu funktionieren. Die beiden Mossad-Agenten, die mittlerweile ebenfalls eingetroffen waren, schienen tatsächlich durchaus kompetent zu sein. Ihre jungen Gesichter waren bereits durch hartes Training und Undercover-Einsätze gezeichnet.

Es war Mitternacht, und die Lichter im Haus waren vor zwei Stunden ausgegangen. Ihr Beobachtungsposten befand sich nun am Ende der Straße in einem geklauten, grünen Lieferwagen. Bis auf vereinzelte Fahrzeuge oder den einen oder anderen Passanten auf dem Weg nach Hause war die Straße komplett verwaist, und auch die umliegenden Gebäude waren dunkel. Eine ausgemergelte schwarz-weiße Katze schoss jetzt aus den Bergen von frischem Abfall hervor, der an einem hölzernen Laternenmast abgeladen worden war.

Jet verfolgte ihren Weg durch das Nachtsichtgerät und klappte das Visier dann nach oben, um sich an die beiden Männer zu wenden.

»Okay. Wir machen es genauso, wie ich es vorhin erklärt habe. Ich schleiche mich auf die Baustelle und schalte dort den Nachtwächter aus, dann melde ich mich über Funk bei euch. Adam, du wartest am Vordereingang, und Levi, du lässt den Motor laufen, für den Fall, dass wir schnell flüchten müssen. Ihr solltet es auf jeden Fall vermeiden, zu schießen, es sei denn, es gibt wirklich keine Alternative. Denn selbst mit Schalldämpfern sind diese Dinger verdammt laut, und wir befinden uns hier quasi in einem Kriegsgebiet.« Luther hatte ihnen nämlich nicht nur die F2000-Gewehre besorgt, sondern tatsächlich auch passende Schalldämpfer.

»Du gehst also auf die Baustelle, und wenn du das Signal gibst, sprenge ich die Vordertür auf und gebe dir Deckung. Aber bist du dir sicher, dass es nicht besser wäre, wenn ich dich begleite? Levi kann ja den Motor trotzdem laufen lassen und kurz rausspringen, um die Tür aufzusprengen, wenn wir ihm das Zeichen geben«, schlug Adam vor.

»Negativ. Ich will allein da reingehen. Mit etwas Glück kann ich das ganze Haus befrieden, bevor die überhaupt mitbekommen, was los ist. Dann bist du von der Straße aus in einer viel besseren Position, um mir zu helfen. Wir müssen so schnell wie möglich rein und wieder raus. Diese Gegend hier wird von der Miliz kontrolliert, und wir dürfen nicht riskieren, dass die sich einmischen. Deshalb haltet euch an den Plan, und zwar ohne Abweichung, verstanden?«, fragte Jet in strengem Tonfall.

Die beiden Männer nickten. Adam war ganz offensichtlich nicht besonders glücklich mit seiner Rolle, doch er war angewiesen worden, alle Befehle von Jet zu befolgen. Da seine Instruktionen von ganz oben kamen, widersprach er ihr auch nicht.

Jet studierte die Gesichtszüge der beiden. »Gebt mir drei Minuten, um mich zu orientieren. Ich melde mich noch mal, bevor ich reingehe. Erst dann gehst du auf deine Position, Adam, und es muss schnell gehen. Noch Fragen?«

»Nein, ich spiele den Chauffeur, Adam hält dir die Tür auf, und du wirst den ganzen Spaß haben«, sagte Levi, der lässig zu klingen versuchte, doch es war eine deutliche Anspannung in seiner Stimme zu hören.

»Genau so sieht es aus. Ladies first«, sagte Jet mit einem Blick auf die Uhr. »Alles klar, los geht's. Bis gleich«, sagte Jet, dann klappte sie ihr Visier herunter, öffnete die Hecktür des Wagens und verließ ihn nach einem kurzen Kontrollblick. In ihrer schwarzen Kleidung war sie beinahe unsichtbar. Sie lauschte in die Stille, doch bis auf sporadische Motorengeräusche von der Hauptstraße in der Nähe war nichts zu hören. Zufrieden lief Jet auf die Baustelle zu, die von einem Zaun und einem Tor mit einem uralten Vorhängeschloss umgeben war. Sie wollte nicht mehr Lärm als nötig machen und entschloss sich daher, es nicht wegzuschießen. Stattdessen nahm sie Anlauf und warf sich so hoch es ging gegen das Tor. Sie bekam die obere Kante zu fassen und zog sich daran hoch. Sekunden später landete sie auf den Knien und lauschte nach Anzeichen, ob sie bemerkt worden war.

Tatsächlich hörte sie jetzt Geräusche aus dem ersten Stock des im Bau befindlichen Gebäudes und eine zittrige Stimme rief auf Arabisch: »Hier gibt es nichts zu klauen! Außerdem habe ich ein Gewehr, also legt euch nicht mit mir an.« Jet war schon wieder in Bewegung, seit das erste Wort gefallen war. Mit katzengleicher Eleganz kroch sie auf die nächstgelegene tragende Mauer zu. Sie hielt den Atem an und wartete darauf, dass der Wachmann in ihre Richtung kam. Er war ein Amateur, wahrscheinlich nur ein Bauarbeiter, der sich etwas dazuverdiente, indem er nachts auf der Baustelle blieb. Sie war sich sicher, dass er irgendwann einen Fehler machen würde, der sein Ende besiegelte.

Ihre Gelegenheit kam sogar früher, als sie gedacht hatte, denn der Wachmann tastete sich vorsichtig den Weg die dunkle Treppe hinunter, wobei er den Gewehrlauf vor sich hielt. Sein Gesicht war von Angst gezeichnet und er konnte sie in der Finsternis nicht sehen. Als er die letzte Stufe erreichte, sprang sie auf ihn zu und bearbeitete ihn mit einer Reihe schneller brutaler Schläge. Der Letzte traf ihn direkt unterhalb des Ohres und er ging ohnmächtig zu Boden. Schnell griff Jet in eine ihrer Taschen und zog eine Spritze hervor, deren Inhalt sie in seinen Oberschenkel entleerte. Sie hatte noch drei weitere Ladungen des Betäubungsmittels dabei und Luther hatte ihr garantiert, dass eine Dosis mindestens sechs Stunden Bewusstlosigkeit auslöste.

Jet nahm jetzt zwei Stufen auf einmal und schaute dann aus einem der im Rohbau befindlichen Fenster. Das Zielgebäude lag im Dunklen, und es gab keinerlei Anzeichen, dass dort jemand auf den Beinen war. Nachdem sie das umliegende Grundstück und die Straße dahinter sorgfältig kontrolliert hatte, zog sie das Funkgerät von ihrem Gürtel und murmelte hinein.

»Ich gehe jetzt rein. Begebt euch in Position, ich müsste in einer Minute drin sein, maximal zwei. Denkt dran: Keine Heldentaten, haltet euch streng an den Plan!«

Jet wartete nicht auf eine Antwort, sondern drehte die Lautstärke auf null und steckte das Funkgerät wieder ein. Durch ihr Nachtsicht-Gerät wirkte der Hof taghell, wenn auch in das gespenstische Grün getaucht, das sie nur allzu gut kannte. Mit scharfem Blick schätzte sie den Abstand zur Mauer ihres Zieles ab, dann ließ sie sich so weit aus dem Fenster herab, dass ihre Füße über der Umgebungsmauer hingen, schwang sie dann abrupt zur Seite, und stieß sich ab. Sie segelte durch die Luft und griff hastig nach der Oberkante der Mauer, um ihren Fall zu stoppen. Die Energie des Aufpralls nutzte sie, um sich nach oben zu katapultieren, ein Bein über die Mauer zu werfen und sich dann hochzuziehen. Von dieser Position aus beobachtete sie das Grundstück.

In diesem Moment teilten sich die Wolken über ihr und der Mond kam hervor, sodass sein Licht direkt auf sie herabschien.

Jet kniff die Augen zusammen, um die unerwartete Helligkeit zu kompensieren. Mit einem letzten Kontrollblick erfasste sie die Strecke, die sie bis zum Haus überwinden musste, sobald sie festen Boden unter den Füßen hatte. Sie atmete noch zweimal tief durch, dann spannte sie ihre Muskeln an, um sich für den heikelsten Teil ihrer Mission bereitzumachen.

***

Adam näherte sich dem eisernen Tor des Grundstücks, eine Waffe dicht an den Körper gepresst. Er hielt sich im Schatten der Mauern, die fast alle Häuser in dieser Gegend umgaben und passte auf, dass er außerhalb der Sichtfelder der billigen Kameras blieb. Als er das Tor fast erreicht hatte, ließ ihn der Klang eines aufheulenden Motors zusammenzucken. Kurz darauf wurde er von den Scheinwerfern eines Pick-ups geblendet, der mit fünf Milizionären auf der Ladefläche um die Ecke geschossen kam und genau auf ihn zuhielt. Er warf sich zur Seite und duckte sich hinter dem Wrack eines alten Nissans, von dem die meisten brauchbaren Teile bereits abmontiert worden waren.

Adam war schon fast sicher, dass er nicht entdeckt worden war, als plötzlich eine laute Stimme aus dem Truck ertönte: »Du da hinter dem Auto! Komm sofort mit erhobenen Händen raus, oder wir schießen!«

Der Wagen rollte jetzt im Schneckentempo heran, und als er nicht einmal mehr zehn Meter entfernt war, erklang die Stimme erneut: »Rauskommen, oder wir schießen!«

Die Berichte über die verfeindeten Milizen in Benghazi hatte er gelesen. In einigen Gegenden verstanden sie sich offenbar als Gesetzeshüter. Im Stillen verfluchte er den Analysten, der ihm versichert hatte, das Zielgrundstück läge dicht genug am Stadtkern, sodass sie hier keinen Einfluss hatten. Einen Moment lang überlegte er, ob er sich irgendwie aus der Sache herausreden könnte, doch dann wurde ihm klar, dass dies nichts bringen würde, immerhin trug er ein Nachtsichtgerät und hatte ein hochmodernes Sturmgewehr bei sich.

Die Nacht explodierte förmlich, als die Männer in dem Fahrzeug ihre Drohung wahr machten. Das Mündungsfeuer ihrer Kalaschnikows erhellte die Dunkelheit und die Kugeln schlugen in das Metallgerippe und die Wand hinter Adam ein. Damit war jeder Gedanke an eine lautlose Vorgehensweise dahin und er schoss zurück, wobei das hochfrequente Knattern seines schlaggedämpften F2000 in dem Getöse der russischen Gewehre praktisch unterging. Zwei seiner Kugeln trafen einen der Gegner, der über das Dach des Pick-ups gefeuert hatte und nun auf seine Kollegen fiel. Die nächste Salve aus Adams Waffe tötete den Fahrer, dessen Kopf auf dem Lenkrad landete, sodass die Hupe jetzt einen lauten Dauerton von sich gab.

Weitere Schüsse kamen nun aus Richtung des grünen Lieferwagens, denn Levi hatte nach kurzem Zögern die Entscheidung getroffen, dass er in das Gefecht einsteigen musste, um die Überlebenschancen seines Kollegen zu erhöhen. Das Kreuzfeuer der beiden hochspezialisierten Mossad-Agenten machte kurzen Prozess mit den Amateursoldaten und zehn Sekunden später war das Gefecht vorbei. Die Gegner waren entweder tot oder lagen im Sterben.

Adam lief zu dem durchlöcherten Truck, zog den Fahrer heraus und ließ ihn auf den Boden fallen. Endlich hörte das Gejaule der Hupe auf und die Nachtruhe kehrte wieder zurück, doch in den umliegenden Gebäuden gingen jetzt überall die Lichter an.

***

Jet hatte sich gerade an das Haus herangeschlichen, als sie das Rumpeln des näherkommenden Fahrzeugs vernahm. Als die Schießerei anfing, wusste sie, dass ihr wohlüberlegter Plan hinfällig war. Sie zog ein zusammenklappbares Kampfmesser aus ihrer Tasche und eilte zu der nächstgelegenen Kamera, während ihr das Herz bis zum Hals schlug. Im Knien schnitt sie das Kabel durch, und warf sich zur Seite, als die Tür aufflog und der hässliche Lauf eines Sturmgewehrs erschien.

Nach einer kurzen Schrecksekunde wurde ihr aber klar, dass der Schütze in der Dunkelheit gar nichts sehen konnte. Sie konnte die nächsten Schritte ihrer Gegner bereits ahnen und schaltete ihr Nachtsichtgerät deshalb genau in dem Moment aus, in dem die Außenbeleuchtung anging. Überall um sie herum schlugen jetzt Kugeln ein, weshalb sie eine Vorwärtsrolle machte und direkt danach auf den Eingang feuerte. Sie hatte jetzt Deckung hinter einem riesigen Tontopf genommen, wurde aber kurz darauf mit roten Scherben überschüttet, als das Gefäß in Stücke geschossen wurde. In der ersten Feuerpause schoss sie auf die beiden Scheinwerfer des Wagens, die daraufhin in einem Regen aus Glas und Funken zersprangen. Von der Vorderseite des Hauses aus erklang nun ebenfalls schallgedämpftes Feuer, was äußerst willkommene Unterstützung verhieß. Adam hatte die Schießerei vom Grundstück offenbar gehört und war sofort herbeigeeilt. Als seine Projektile überall einschlugen, wurde die Vordertür des Gebäudes sofort verbarrikadiert.

Nachdem Jet die Außenbeleuchtung zerstört hatte, klappte sie ihr Nachtsichtgerät herunter, und hoffte, dass die Dunkelheit ihr einen minimalen Vorteil verschaffte. Das Fenster, das der Hintertür am nächsten lag, wurde nun zerschlagen und weitere Schüsse wirbelten den Erdboden auf, zum Glück in sicherer Entfernung von Jet. Der Schütze feuerte offenbar einfach blindlings drauflos in der Hoffnung, irgendetwas zu treffen. Jet erkannte den typischen Lauf eines M4-Gewehrs und sah den Umriss des Angreifers im grünen Schein ihrer Nachtsicht-Optik. Sie feuerte eine Salve ab und die Gestalt verschwand. Kurz darauf kündigte eine Explosion an der Vorderseite an, dass Adam die Tür aufgesprengt hatte und auf dem Weg ins Innere war. Als erneut Schüsse aus dem Haus kamen – dieses Mal von einer Kalaschnikow, hörte sie plötzlich hinter sich Schritte. Während Adam zurückfeuerte rannte Jet los, in der Hoffnung, an der Ecke des Gebäudes eine bessere Deckung zu finden.

Eine weitere Salve ertönte jetzt aus Richtung des Fensters und sie hörte die Kugeln irgendwo abprallen. Geduckt umrundete sie das Gebäude, dann rannte sie feuernd auf die Vordertür zu, wo Adam die gesamte Front mit Blei eindeckte. Jet ließ sich mit dem Rücken gegen die Mauer fallen und wartete darauf, dass erneut ein Gewehrlauf zum Vorschein kam, doch dieses Mal fielen keine weiteren Schüsse. Sie warf Adam einen kurzen Blick zu und sah, dass er gerade ein frisches Magazin in seine Waffe rammte. Sie war dankbar, dass er auch unter Feuer ruhig geblieben war und offensichtlich über gute Kampftaktiken verfügte. Er hatte keine Zeit verschwendet, war ihr sofort zu Hilfe geeilt und schoss auch nicht ziellos durch die Gegend, wie Anfänger es oft in ihren ersten Feuergefechten taten.

Ein dumpfer, metallischer Klang ertönte jetzt aus dem Inneren des Hauses, jedoch eher von der Rückseite. Adam lief geduckt auf sie zu, und als sie beide seitlich der Tür standen, nickte Jet ihm zu. Er atmete schwer, als Jet nach dem Türknauf griff, die F2000 fest mit ihrer rechten Hand umklammert. Sie drehte den Knauf, doch die Tür war verschlossen.

Adam sah, dass sie einen Schritt zurück machte, also schoss er kurzerhand auf das Schloss und trat dann mit dem Stiefel dagegen. Die Tür brach krachend auf und sie hielten beide gespannt den Atem an, in der Erwartung generischen Feuers.

Doch stattdessen wurden sie von Stille begrüßt. Jet kniete sich hin und spähte hinein, um ein Ziel zu finden, doch es bewegte sich nichts. Neben dem Fenster lag ein regungsloser Körper in einer Blutlache und die Schränke in der Küche waren von Kugeln durchlöchert, doch es war keine Spur von dem zweiten Schützen zu sehen. Sie war gerade auf den Weg den Flur hinunter, als sie plötzlich ein Klacken von Metall auf Stein hörte, und sie hatte kaum genug Zeit, um herumzuwirbeln und nach draußen zu stürzen, bevor eine Granate losging und den Raum, in dem sie eben noch gestanden hatte, komplett dem Erdboden gleichmachte.

Adam grunzte vor Schmerzen, denn rasiermesserscharfe Splitter waren durch die Tür geschossen und hatten ihn an der Schulter erwischt. Seine Kevlar-Weste hatte zwar das meiste abgehalten, doch an den Rändern war trotzdem einiges hindurchgekommen. Auf dem Boden liegend sah Jet, wie er nach hinten kippte. Ihre Gedanken rasten, während sie sich zu orientieren versuchte. Es gab keine Hintertür oder einen anderen Ausgang, also war jeder, der sich noch im Haus befand, eingeschlossen und hatte keine Chance, zu entkommen. Das war bislang ihr einziges Glück an diesem Abend. Die Schattenseite war allerdings, dass die Schießerei garantiert jeden Milizionär im Umkreis von fünf Kilometern angelockt hatte, sodass es sich nur noch um Minuten, oder vielleicht sogar Sekunden handeln konnte, bis sie es mit einem ausgewachsenen Kleinkrieg zu tun bekamen.

Jet kämpfte sich in den Stand hoch und wollte gerade wieder auf die Haustür zugehen, als sie von der Druckwelle einer riesigen Explosion nach hinten geschleudert wurde. Die Wand vor ihr verwandelte sich auf einmal in eine glühend heiße Feuerfront und das Gemäuer in eine skurrile Vision der Hölle. Schwarzer Qualm quoll kurz darauf aus jeder Öffnung und Jet drehte sich stöhnend um, damit sie einen Blick auf Adam werfen konnte.

Dieser lag ein paar Meter von ihr entfernt und Blut lief ihm aus den Ohren, sein Gewehr befand sich auf dem Boden neben ihm. Jet kroch dichter an ihn heran und gab ihm per Handzeichen zu verstehen, dass sie die Umgebung kontrollieren würde, doch eigentlich war sowieso klar, dass im Inneren des Hauses kein Stein mehr auf dem anderen stand. Sie rappelte sich hoch und wirbelte herum, als sie plötzlich eine Bewegung hinter sich wahrnahm, doch es war nur Levi, den sie beinahe in Stücke geschossen hätte, als er um die Ecke der Mauer geschossen kam.

»Bring Adam in den Wagen«, rief sie ihm zu. »Ich komme in einer Minute nach. Falls die Miliz aufkreuzt, haut sofort ab. Ich komme schon allein klar«, zischte sie, ihr Gesicht schwarz von Ruß, die Haarspitzen versengt.

Levi nickte und eilte zu Adam hinüber, der in einer Mischung aus Schock und Schmerzen das Gesicht verzog. Jet wartete nicht, ob Levi ihre Instruktionen ausführte, sie rannte sofort zum Haus hinüber, und dieses Mal machte sie sich keine Gedanken über ein diskretes Vorgehen. Sie rannte an der Seite des Gebäudes vorbei, bis sie an die Hinterseite kam, wo ebenfalls alles brannte. Schnell eilte sie weiter bis zur hinteren Mauer.

Der gesamte Bau war bereits in eine Feuerwand gehüllt und es gab kein Anzeichen von Leben. Wer auch immer sich noch im Gebäude aufgehalten haben könnte, würde jetzt längst verbrannt sein. Ein qualmender Holzbalken stürzte tief im Inneren des Gebäudes um, was zu einem Funkenregen führte. Dann hörte sie einen schweren Motor aufjaulen – mit Sicherheit noch mehr Milizionäre. Sie zog ihr Funkgerät vom Gürtel und drückte auf den Sendeknopf.

»Los, los, los! Wir treffen uns später am Hotel. Ich melde mich in ein bis zwei Stunden bei euch«, verkündete sie, während sie weiter wie gebannt auf das Inferno starrte. Die Motorengeräusche kamen jetzt immer näher und Jet warf sich den Nylongurt ihrer

Waffe über die Schulter und sprintete auf die nächste Mauerecke zu. Sie stieß sich von den Wänden ab und katapultierte sich, scheinbar der Schwerkraft trotzend, nach oben, dann führte sie eine Bewegung aus, die sie schon Hunderte Male gemacht hatte – sie zog sich an der Kante hoch und sprang auf das Gebäude neben sich zu, wobei sie sich an einen der Fensterrahmen im ersten Stock festkrallte. Ihre Füße fanden sofort Halt an einem Vorsprung und sie schob sich ins Innere des Rohbaus. Jetzt hörte sie, wie der Lieferwagen von Adam und Levi davonraste. Langsam tänzelte sie durch das leere Gebäude, das Nachtsichtgerät wieder im Einsatz, und die Rufe von Soldaten, die an der Straße aus einem Fahrzeug sprangen, drangen bis ins Innere.

Jet begab sich ans abgelegene Ende der Etage und nachdem sie die Entfernung abgeschätzt hatte, nahm sie Anlauf und sprang durch das offene Fenster ins Nichts. Ihre Füße landeten punktgenau auf der Umgebungsmauer, während ihre Hände in der Luft ruderten, um Gleichgewicht zu finden. Nachdem sie sich stabilisiert hatte, rannte sie auf der Mauer entlang, denn sie wusste, dass sie auf diese Weise eine andere Straße erreichen würde, die um diese Zeit garantiert vollkommen menschenleer war. Die Einwohner würden sich bestimmt nicht vor die Tür begeben, um dort zu einem Kollateralschäden irgendeiner Schießerei zu werden.

Als sie das nächste Grundstück erreichte, wiederholte sie ihren Hochseilakt und ließ sich zehn Sekunden später auf eine im Dunklen liegende Straße fallen. Sie zögerte einen Moment und verfiel dann in einen Sprint, der sie direkt in die Dunkelheit hineinführte. Das Hämmern ihrer Stiefel auf dem harten Erdboden wirkte wie ein Echo ihres Pulses, der den Tinnitus in ihren Ohren sogar noch übertönte. Innerhalb von Sekunden war ihre schwarze Silhouette in der tintengleichen Finsternis der libyschen Nacht verschwunden.

KAPITEL 22

Drei Stunden später saß Jet in einer Limousine in der Nähe ihres Hotels und studierte Adams angespannte Gesichtszüge, während Levis Augen hektisch die Straße zu beiden Seiten im Blick behielten. Das Morgengrauen war immer noch einige Stunden entfernt und Jet befand sich gerade in einem verschlüsselten Telefongespräch mit dem Direktor, der, soweit sie das beurteilen konnte, anscheinend niemals schlief.

»Das ist richtig. Einen Abschuss können wir bestätigen, die anderen sind höchstwahrscheinlich in der Explosion umgekommen. Das ganze Haus stand in Flammen, als wir verschwunden sind. Da kann nichts überlebt haben«, berichtete sie angespannt.

»Aber kein Anzeichen des Geräts?«

»Nein, und wenn der Satellit keine Spuren von Strahlung in den Ruinen messen kann, war die Bombe auch niemals da, und dann würden unsere schlimmsten Befürchtungen wahr werden.«

Der Direktor hielt inne und atmete schwer, während er sich eine Zigarette ansteckte. »Also, wo stehen wir jetzt?«

»Im besten Fall haben wir alle drei Agenten getötet und das Gerät ist irgendwo versteckt, wo es keinen Schaden anrichten kann. Aber irgendwie halte ich dieses Szenario für unwahrscheinlich. Ich glaube eher, dass mindestens eine unserer Zielpersonen verschwunden ist und mit der Bombe auf dem Weg zu ihrem geplanten Einsatzort unterwegs ist … wo auch immer das ist.«

Jets Konzentration wurde jetzt auf einen schwarzen SUV gelenkt, der soeben um die Ecke gebogen war und sich ihnen näherte, und zwar als einziges anderes Fahrzeug auf der Straße. Der Koloss zog an ihnen vorbei und Jet beobachtete im Rückspiegel, wie der Wagen an der nächsten Kreuzung kurz bremste und dann seinen Weg in Richtung Hafengebiet fortsetzte.

»Ich fürchte, ich muss dir zustimmen. Aber bitte erkläre mir doch, wie das alles so furchtbar schiefgehen konnte«, verlangte der Direktor. Jet wandte sich von Adam ab und senkte ihre Stimme.

»Sie bekommen nachher meinen kompletten Bericht. Für den Moment kann ich Ihnen aber schon mal sagen, dass unsere Geheiminformationen falsch waren. Diese Gegend steht sehr wohl unter der Kontrolle der Milizen und ist alles andere als gastfreundlich.« Sie führte das Ganze nicht weiter aus, denn sie wollte jetzt keine Diskussion darüber anfangen, dass die Agenten, die ihr aufgezwungen worden waren, letzten Endes eine Schießerei angefangen hatten, während sie gerade dabei gewesen war, lautlos in das Gebäude einzudringen. Sie würde es allerdings in den Bericht mit aufnehmen und dann konnte ja jeder seine eigenen Schlussfolgerungen ziehen.

»Alles klar. Unsere Männer werden dortbleiben. Dich brauche ich aber so schnell wie möglich wieder hier im Hauptquartier. Schnapp dir morgen früh direkt die erste Maschine. Wir haben nämlich noch eine weitere Spur, die wir verfolgen können. Es ist ein Techniker, bei dem wir uns fragen, wie er plötzlich so schnell an Reichtum gelangen konnte. Sein Geprasse hat den Argwohn einiger Kollegen erregt, die uns daraufhin auf ihn aufmerksam gemacht haben.«

»Werden Sie ihn verhaften lassen?«

»Das machen wir morgen früh gleich als Erstes.«

»Und was ist mit Weinstein?«

»Das wollte ich mit dir besprechen, sobald wir wissen, was wir aus dem Techniker herausbekommen können. Ich zögere immer noch, mir Weinstein vorzuknöpfen, denn sobald wir das tun, haben wir kein Ass mehr im Ärmel. Denn wenn er verschwindet, wird das die anderen Mitglieder des hohen Rates garantiert alarmieren.«

»Richtig, aber wir nähern uns rapide dem Zeitpunkt, an dem wir keine andere Wahl mehr haben. Denn wir wissen nicht, wann die Deadline ist, wie genau der Anschlag ausgeführt werden soll, oder was überhaupt das Ziel ist. Das lässt uns nicht gerade viele Möglichkeiten, abgesehen davon, den nächsten Atombunker aufzusuchen und zu beten ...«

»Danke für deine spitzfindige Zusammenfassung«, zischte der Direktor. »Komm einfach so schnell hierher, wie es geht.«

»Ab dem Zeitpunkt, wo ich eine Maschine besteige, dauert es aber noch mindestens acht Stunden, bis ich bei Ihnen bin, denn alle Verbindungen gehen über Europa.«

»Das ist mir bewusst. Lass mich einfach nur wissen, wann du ankommst«, sagte er. Kurz danach war die Leitung tot.

Jet ließ das Handy in ihre Tasche fallen und wandte sich dann an Levi und Adam.

»Ihr sollt weiterhin in Libyen bleiben. Adam, du besorgst dir ärztliche Hilfe und wartest dann auf weitere Befehle. Ich würde mich an deiner Stelle allerdings von Krankenhäusern oder Kliniken fernhalten, mir die Granatsplitter selbst rausziehen und die Wunde gegebenenfalls nähen. Ich würde nicht mal dem unverdächtigsten Arzt hier in der Gegend trauen, aber das ist deine Entscheidung. Ich fliege morgen früh von hier weg.«

Die beiden Männer nickten, wobei Adam das Gesicht verzog. Ihre Rollen in diesem Drama waren anscheinend beendet.

Jet öffnete ihre Tür und verließ den Wagen, als der schwarze SUV erneut um die Ecke kam und in ihre Richtung beschleunigte. Ganz automatisch griff Jet nach ihrer Pistole, die unter ihrer Robe versteckt war, als der Wagen sein Tempo wieder verlangsamte, hielt sie aber weiterhin verdeckt. Ein kleiner Suchscheinwerfer, der an der Tür montiert war, schwenkte nun in ihre Richtung. Die hintere Scheibe wurde heruntergelassen und sie erkannte die typische Kappe eines Soldaten der neuen Regierung. Der Mann betrachtete sie von oben bis unten, bevor er sich zu seinen Kollegen wandte und ihnen etwas sagte. Jet entspannte sich und schloss in aller Ruhe die Tür, dann drehte sie sich neugierig in Richtung des SUVs, wie es jeder unschuldige Bürger machen würde. Ihr Mut wurde damit belohnt, dass die Scheibe wieder hochfuhr und der schwere Wagen losfuhr und seine Patrouille fortsetzte, um nach Widerständlern oder Milizionären zu suchen.

Jet atmete tief durch, als sie langsam zum Eingang des Hotels ging. Sie war immer noch angespannt und das Adrenalin, das durch den katastrophal verlaufenen Einsatz in ihr ausgeschüttet worden war, tobte immer noch durch ihre Blutbahnen. Als sie im Fahrstuhl stand, sah sie auf die Uhr. Bis sie online nach Flügen geschaut und einen gebucht haben würde, wäre es wahrscheinlich auch schon Zeit, zu packen und zum Flughafen zu fahren. Als sie in ihrem Zimmer ankam und die Flugpläne studierte, schwand jegliche Hoffnung auf irgendeine Form von Schlaf. Sie gab ihre Daten ein, um eine Reservierung zu machen, und ging dann ins Bad. Sie konnte es kaum erwarten, den Schweiß und den Ruß abzuwaschen, der überall an ihrem Körper klebte. Ihre Nase verzog sich, als sie den Gestank von Rauch wahrnahm, der aus ihrer Kleidung strömte. Sie beschloss daher, voll bekleidet unter die Dusche zu gehen, damit ihr Gepäck später nicht verdächtig roch.

Es dauerte ewig, bis das Wasser endlich warm war, doch die Zeit bis dahin nutzte sie, um ihre Hose und das Hemd zu schrubben, sie immer wieder einzuseifen und abzuspülen. Als sie mit der Kleidung fertig war, zog sie sich aus und ließ sich von dem heißen Wasser verwöhnen. Ihre Ohren klingelten immer noch von der Explosion, und sie wusste aus Erfahrung, dass dieser Tinnitus etwa zwei Tage brauchen würde, bis er wieder verschwand. Ihr Glück war es, dass sie keine Trümmer abbekommen hatte, und abgesehen von ein paar blauen Flecken von ihren Parcour-Manövern war ihr Körper unversehrt.

Als sie fertig war, bürstete sie sich die Haare und zog sich neue Sachen an, dann wrang sie ihr Hemd und ihre Hose aus, bevor sie diese in einen Plastikbeutel steckte. Nachdem sie einen Blick auf die Wanduhr geworfen hatte, packte sie ihren Koffer und war kurz darauf fertig zur Abreise. Ihre Waffen und das Equipment hatte sie im Auto zurückgelassen. Während sie in der Lobby auf ihr Taxi wartete, breiteten sich die ersten Sonnenstrahlen eines neuen Tages am Himmel aus. Das machte ihr einmal mehr bewusst, dass ihr die Zeit durch die Finger rann, bis die Bombe irgendwo detonierte, denn soweit sie wusste, war der geplante Einsatzzeitpunkt genau an diesem Morgen. Wenn sie doch bloß den Hauch einer Ahnung hätten, wo sie hochgehen sollte, dann könnten sie wenigstens Leute dort hinschicken. Dies war definitiv das Schlimmste aller möglichen Szenarien … das Haus hatte sich als Sackgasse herausgestellt, die Bombe war immer noch dort draußen und es war so gut wie sicher, dass sie in Kürze eingesetzt werden würde.

Endlich kam das Taxi an. Der Chefportier brachte ihre Tasche nach draußen und informierte den Fahrer dann in gestelzten Worten über das Fahrtziel. Jet ließ sich auf den Rücksitz gleiten und rieb sich die brennenden Augen, während sie sich fragte, wie das alles nur enden sollte.

Auf jeden Fall geht es nicht gut aus, dachte sie. Dann ließ der Fahrer die Kupplung krachen und gab Gas, um sie zu einem

Flugzeug zu bringen, das sie in Richtung Norden befördern würde, weg von der Zerstörung, die sie hier angerichtet hatte, und ohne ihrem Ziel auch nur einen Schritt näher gekommen zu sein.

KAPITEL 23

JERUSALEM, ISRAEL

Ben stand, noch gar nicht richtig wach, am Tresen seiner Wohnküche. Die Haare waren auf der einen Seite platt gedrückt und Bartstoppeln säumten sein Gesicht. Er zog den Gürtel seines Bademantels fester, während er seinen Kaffee aus einer übergroßen Tasse schlürfte und Pläne für den neuen Tag schmiedete. Rachel schlummerte immer noch friedlich, nachdem sie die halbe Nacht herumgetollt und getrunken hatten. Er wusste, dass sie noch stundenlang schlafen würde, solange, bis sie irgendwann in irgendeinem richtig teuren Laden essen gehen würden. Das war wohl der Preis dafür, dass sie mit ihm zusammen war, da machte er sich gar keine Illusion, aber sie war es ihm trotzdem wert. Mit ihrer Energie hatte sie sein zuvor so langweiliges Leben komplett auf den Kopf gestellt und aus ihm einen ganz neuen Menschen gemacht.

Er schlurfte ins Wohnzimmer und drückte einen Knopf auf der Fernbedienung, die auf dem eleganten Kaffeetisch aus Glas lag. Der Fünfzig-Zoll-Fernseher an der Wand sprang an und er schaltete sich durch die Kanäle, bis er die Wirtschaftsnachrichten erreicht hatte, dann ließ er sich auf einen der schwarzen italienischen Ledersessel fallen und senkte die Lautstärke zu einem sanften Murmeln. Sein Kopf dröhnte nämlich immer noch und er spürte, dass er einen ordentlichen Kater bekommen würde.

Deshalb wollte er gleich eine Stunde im Fitnessstudio verbringen, damit konnte er den Schaden hoffentlich deutlich begrenzen. Beim Brunch mit Rachel würde er sich dann ein bisschen Konter-Alkohol in Form leckerer Cocktails gönnen, das würde ihn schon wieder fit machen.

Als es an der Tür klopfte, zuckte er schmerzerfüllt zusammen. Seine Wohnung war eigentlich extrem gut abgeschirmt, denn in der Lobby saß rund um die Uhr ein Pförtner und normalerweise wurde niemand hochgelassen, ohne zuerst die Erlaubnis des betreffenden Mieters zu erhalten. Ben stand auf, nahm seine Tasse mit zur Wohnungstür, und spähte durch den Spion. Drei Männer in Anzügen standen mit finsteren Mienen im Flur.

»Wer ist da?«, rief er mit einem deutlichen Zittern in der Stimme, verunsichert wegen des ungebetenen Besuchs.

»Ben Roth?«

»Wer will das wissen, und wie sind Sie überhaupt hier reingekommen?«

»Der Mossad, Mister Roth. Wir müssen mit Ihnen reden. Machen Sie sofort auf!« Der Mann klang genervt, so als sei er es nicht gewohnt, Fragen gestellt zu bekommen.

»Der Mossad? Aber … können Sie sich ausweisen?« Bens Gedanken fingen sofort an zu rasen. *Was wollte denn der Mossad von ihm? Hatte es vielleicht etwas mit den Geräten zu tun? Oder wollten Sie ihn auffordern, nicht so viel Geld auszugeben?*

Einer von ihnen hielt jetzt einen Ausweis hoch und Ben studierte das Foto und das offizielle Wappen aufmerksam. Er hatte nicht die leiseste Ahnung, wie ein echter Mossad-Dienstausweis aussah, doch diese Kerle wirkten alles andere als geduldig und Ben ahnte, dass er es sich mit weiterem Zögern nur schwerer machen würde.

»Okay. Eine Sekunde«, sagte er, als er einen letzten Schluck Kaffee nahm und das Schloss öffnete. Sofort wurde die Tür schwungvoll aufgestoßen und die Männer stürmten regelrecht in die Wohnung hinein, sodass Ben sein Gleichgewicht verlor.

»Was zum …«

Einer der Männer schlug ihm ohne Vorwarnung in den Magen, was ihm die Luft aus den Lungen trieb. Der ganze Raum schien sich plötzlich um ihn zu drehen, während er um Atem rang. Dann wurde alles um ihn herum schwarz und er verlor das Bewusstsein.

Als Ben wieder zu sich kam, war er in einem kleinen Raum an einen Stuhl gefesselt. Sein Kopf fühlte sich an, als hätte jemand Fußball damit gespielt und sein Mund war so trocken, dass er kaum schlucken konnte. Ihm wurde schnell klar, dass er sich nicht mehr in seiner Wohnung befand, und das Herz rutschte ihm augenblicklich in die Hose.

»Er ist wach«, sagte eine Stimme hinter ihm, dann erklangen Schritte in seine Richtung und schließlich tauchte eine Silhouette im Gegenlicht der grellen Deckenlampen auf.

»Das ist er«, sagte die Gestalt.

In Ben zog sich alles zusammen, als er die fiese Grimasse sah, die sein Gegenüber anscheinend für ein Lächeln zu halten schien.

»Wenn es darum geht, wie ich das Geld ausgegeben habe, dann tut es mir leid, und ich werde …«

Der Mann schien sich kaum zu bewegen, und doch wirkte sein Schlag wie ein Peitschenhieb. Schmerzen flammten in Bens Körpermitte auf, und zwar in einer Intensität, die er niemals für möglich gehalten hätte. Er schnappte nach Luft und Tränen sammelten sich in seinen Augen. Die Schmerzen waren schlimmer, als wäre er angeschossen worden.

»Über deine Ausgaben wissen wir gut genug Bescheid, Ben, das ist nicht das Problem. Das Problem ist, was du getan hast, um dieses Geld zu bekommen. Genau darüber wollen wir mit dir reden. Aber erst einmal die Regeln: Ich stelle Fragen, und du antwortest, und zwar sofort und wahrheitsgemäß. Wenn du das nicht tust, tja, dann wird es hier ganz schnell ungemütlich für dich werden. Ist das klar?«, erkundigte sich der Mann.

»Wie, das hier war noch gar nicht ungemütlich?«, fragte Ben wie aus einem Affekt heraus.

Die darauffolgende Backpfeife schleuderte seinen Kopf zur Seite und seine Wange fing sofort an, wie Feuer zu brennen.

»Du verstehst es nicht, oder? Wir wissen ganz genau, was du getan hast! Also noch ein schlauer Spruch und es wird noch schlimmer. *Viel* schlimmer«, drohte sein Peiniger.

Ben versuchte die Tränen wegzublinzeln und sah den Mann verwundert an.

»Was ich getan habe? Das wisst ihr doch! Was ist denn das Besondere daran?«, presste Ben hervor, dann verkrampfte er sich, als würde er einen weiteren Schlag erwarten, doch der kam nicht.

Für einen Sekundenbruchteil sah der Mann unsicher aus, doch dann nahm er wieder seine gletscherhafte Kälte an. »Du weißt, was wir wissen?«, fragte er, die Stimme absolut neutral.

»Natürlich. Ich meine, immerhin habt ihr mir doch selbst den Auftrag gegeben ...«, stammelte Ben verwirrt.

»Den Auftrag gegeben?«, wiederholte der Mann, auf einmal in einem deutlich verständigeren Tonfall.

»Ich meine, ich weiß ja, dass es ein Staatsgeheimnis ist und alles, aber Ihr seid doch vom Mossad, also ist diese Information ja wohl bestimmt weiter gestreut worden.«

»Die Information?«, echote der Mann.

»Ihr wisst doch offenbar alles. Dann wisst ihr auch, dass ich nicht darüber reden darf«, meinte Ben, in der Annahme, dass dies die richtige Antwort war.

Der zweite Schlag überraschte ihn genauso wie der erste.

»Du wirst reden! Denn genau dafür bist du hier. Du kommst hier nicht eher raus, bevor du uns alles gesagt hast! Ich verliere langsam meine Geduld … und glaube mir, wenn das der Fall ist, werde ich unausstehlich!«

Ben sah ihn verwirrt an und unterdrückte ein Schluchzen. »Ist das irgendeine Art Test, um sicherzugehen, dass ich nicht darüber reden werde? Das werde ich nicht tun, ich schwöre es! Ich habe mit niemandem darüber geredet«, sprudelte es aus ihm heraus.

Der Mann trat zurück und kramte in seiner Tasche herum, bis er ein winziges Handy zutage förderte. Er drückte einen Knopf, hielt es sich ans Ohr und hörte dann angespannt zu. Schließlich richtete er seine Aufmerksamkeit wieder auf Ben.

»Was meinst du mit Test? Hast du überhaupt eine Ahnung, was du gerade am Hals hast? Fangen wir mal mit Hochverrat an, und als Nächstes dann mit Terrorismus!«

»Aber ich habe wirklich keiner Menschenseele davon erzählt! Wie kann das dann Hochverrat sein? Wovon zum Henker redet ihr denn bloß?«, fragte Ben, während sich ein Hornissenschwarm aus reiner Panik in seiner Magengegend ausbreitete.

Der Mann starrte Ben mit stählernem Blick an. »Wie wäre es damit: Erzähle uns in deinen eigenen Worten mal ganz genau, was vorgefallen ist, denn du scheinst irgendwie überhaupt nichts zu begreifen.«

»Schlagen Sie mich dann auch nicht mehr?«

»Rede einfach«, forderte ihn der Mann auf.

»Bedeutet das, Sie entbinden mich ganz offiziell von meiner Schweigepflicht?«, fragte Ben.

»Ja«, antwortete der Verhörende, obwohl er keine Ahnung hatte, wovon Ben redete.

»Muss ich denn dann nichts unterschreiben? Damit ich es auch schwarz auf weiß habe?«

»Wie kommst du darauf?«

»Weil ich immerhin einen ganzen Berg von Papierkram unterzeichnen musste, in dem ich mich zu absoluter Verschwiegenheit verpflichtet habe«, stammelte Ben, inzwischen in absoluter Panik.

»Erzählen Sie mir mehr. Was haben Sie genau unterschrieben?«

»Alles Mögliche. Staatliche Verschwiegenheitsklauseln bis hin zur Androhung der Todesstrafe, das volle Programm!«

Der Mann musterte Bens schwitzendes Antlitz. »Was Sie für uns getan haben …«, sagte er beinahe tonlos.

Bens Pupillen weiteten sich, als er langsam zu verstehen begann. Er schüttelte den Kopf. »Nein … Nein …«

»Ich glaube, es wäre am besten, wenn Sie ganz von vorn anfangen würden, Ben, denn Sie stecken gerade in der schlimmsten Situation, in der man nur stecken kann, aber vielleicht können Sie sich noch retten, wenn Sie vollkommen ehrlich zu uns sind und uns nichts verschweigen. Berichten Sie uns alles, und zwar eins nach dem anderen.«

Ben fing stammelnd an, seine Geschichte zu erzählen, und der Mann ließ ihn reden. Nur gelegentlich unterbrach er ihn mit Detailfragen, doch im Großen und Ganzen mischte er sich nicht ein und folgte den Ausführungen leidenschaftslos.

»Diese neue Konfiguration, die Sie hergestellt haben, ist absolut narrensicher?«, fragte er, als ob er gedanklich gerade eine Checkliste abhaken würde.

»Absolut. Ich habe den gesamten Zünder mit sämtlicher Elektronik von Grund auf neu konstruiert. Das alte Zeug war ja komplett hinüber. Uralte Technik mit halb garem Design. Quasi Steinzeit.«

Der Mann ging vor Ben auf und ab und ließ sich die Details scheinbar auf der Zunge zergehen, dann vibrierte sein Telefon erneut. Er murmelte etwas in das Mikrofon und wandte sich dann erneut an Ben.

»Ich werde jetzt mit ein paar Kollegen Rücksprache über Ihre Geschichte halten. Falls Sie irgendwelche Details zurückgehalten haben, wäre jetzt der richtige Zeitpunkt, es mir zu beichten. Ab jetzt gibt es kein Zurück mehr. Eine einzige Lüge und Sie sind erledigt, Ben. Also, wenn es noch etwas gibt, das Sie mir sagen wollen …«

Ben schüttelte den Kopf. »Das ist alles, ich schwöre es. Wenn ich Ihre Reaktion richtig deute, bin ich offenbar hereingelegt worden und diese Leute waren gar nicht von der Regierung. In diesem Fall hätte ich doch gar nichts zu verbergen. Ich bin hereingelegt worden, was bedeutet, dass ich ebenso viel Interesse daran habe, alles richtigzustellen, wie jeder andere. Ich meine, da draußen sind jetzt Atombomben unterwegs, die ich scharf gestellt habe! Das ist ein Albtraum! Deswegen habe ich auch nichts verschwiegen, zumindest nicht willentlich. Fragen Sie mich alles, was Sie wollen, und ich werde wahrheitsgemäß antworten, denn ich habe nichts zu verbergen.«

Der Mann musterte ihn kritisch, nickte dann aber. »Ich hoffe zu Ihrem Wohl, dass das alles wahr ist. Ich werde wiederkommen und Sie rühren sich in der Zwischenzeit nicht vom Fleck«, sagte er und trat dann aus Bens Blickfeld.

Im hinteren Teil des Raumes hörte er nun die Schritte von zwei Menschen, die sich entfernten. Kurz darauf wurde eine Tür geöffnet und wieder geschlossen, und dann war Ben allein. Die Stille in dem Raum wirkte plötzlich tosend laut, als Ben mit der Wucht eines Meteoriteneinschlags klar wurde, was er getan hatte.

KAPITEL 24

TEL AVIV, ISRAEL

Jet landete um vier Uhr nachmittags am Ben-Gurion-Flughafen und wurde dort von einem Mossad-Agenten empfangen, der sie durch die Zollabfertigung geleitete. Die Fahrt in die Stadt dauerte aufgrund des Berufsverkehrs länger als gewohnt, und Jet war überrascht, als sie an den Wolkenkratzern vorbeifuhren und ihre Reise bis zu einem Industriegebiet am Stadtrand fortsetzten. Als der Wagen hinter einem der anonym aussehenden Gebäude zum Stehen kam, erspähte sie an der Tür einer großen Lagerhalle zwei Männer, deren Anzüge in dieser Umgebung reichlich deplatziert wirkten.

Der Direktor erwartete sie in einem großen Büro in einem der Gebäude. Als sie eingetreten war, schloss er die Tür hinter ihr. Nachdem sie sich beide an einen kleinen, runden Tisch gesetzt hatten, drückte er die Wiedergabetaste eines kleinen Recorders, sodass sie Bens Geständnis ebenfalls hören konnte. Als die Aufnahme zu Ende war, lehnte sie sich zurück und starrte an die Decke. Der Direktor räusperte sich.

»Wir glauben ihm, denn wir haben ihm anschließend eine für unsere Zwecke recht wirksame Droge eingeflößt, und seine Geschichte hat sich keinen Deut verändert. Unsere Ex-Agenten müssen offenbar ihre Expertise genutzt haben, um ihn aufzuspüren und haben ihn glauben lassen, sie würden immer noch für den

Staat arbeiten. Eigentlich ein brillanter Plan. Leider weiß er kaum etwas, bis auf das, was er selbst getan hat. Du hast es ja gehört. Sie haben ihm einen Sack über den Kopf gezogen, wenn sie ihn in das Labor gebracht haben, wo er dann fast ein Jahr lang daran gearbeitet hat, und das unter pausenloser Überwachung. Nach seiner Beschreibung war es ein abgelegener Komplex, den jemand mit viel Liebe zum Detail so ausgestattet hat, als wäre er staatlich geführt. Das Ganze muss ein Heidengeld gekostet haben. Aber er hat keine Idee, wo es gewesen sein könnte. Sie sind angeblich stundenlang gefahren, wobei es natürlich genauso gut sein kann, dass sie ihn einfach nur im Kreis herumkutschiert haben und es gar nicht weit weg war. Theoretisch könnte es aber auch in einer anderen Stadt gewesen sein. Nicht, dass uns das jetzt irgendetwas nützen würde. Unterm Strich haben wir jetzt immerhin aktuelle Beschreibungen, wie unsere Ex-Mitarbeiter aussehen, sowie die Bestätigung, dass beide Bomben mit einer vollkommen neuen Steuertechnik einsatzbereit gemacht worden sind. Zu guter Letzt können wir außerdem daraus ableiten, dass die Drahtzieher mindestens ebenso gut ausgestattet sind wie wir. Kein Wunder, dass der arme Bastard geglaubt hat, dass er für uns arbeitet.«

»Sie hatten ja auch den passenden Background, um vorzutäuschen, dass sie in offizieller Funktion unterwegs sind. Ich meine, bis sie den Dienst quittiert hatten, waren sie das ja tatsächlich. Dadurch wussten sie ganz genau, was sie taten. Haben Sie schon versucht, der Spur des Geldes zu folgen?«, fragte sie.

»Natürlich sind wir dran, aber es sieht nach einer Sackgasse aus. Das Geld kam über Luxemburg aus Österreich, und die Quelle scheint Hongkong gewesen zu sein. Doch dort verliert sich die Spur. Alle Konten wurden über Scheinfirmen abgewickelt und soweit wir es nachvollziehen konnten, sind sie alle bereits wieder aufgelöst worden. Wir haben es hier also mit höchst aufwendigen Verschleierungstechniken zu tun.«

»Nicht zu vergessen, dass jemand erst einmal eine Million Dollar auf den Tisch legen musste.«

»Für die Leute, die da mit drinstecken, sind das doch bloß Peanuts. Die werden mindestens zehnmal so viel ausgegeben haben, um unsere drei Männer anzuwerben und sie mit allem Nötigen auszustatten.«

Jet verzog das Gesicht. »Was ich nicht verstehe, ist, warum sie ihn nicht einfach liquidiert haben, nachdem er seinen Zweck erfüllt hatte. Das erscheint mir mit diesem Hintergrund beinahe nachlässig.«

»Wahrscheinlich wollten sie ihn auf der Ersatzbank behalten, um gegebenenfalls in Zukunft weitere Geräte startklar machen oder Modifikationen vornehmen zu können. Immerhin ist er vermutlich der Einzige, der weiß, wie seine neuen Schaltungen funktionieren.«

Jet spulte die Aufnahme zurück und drückte erneut auf Wiedergabe. Dann stand sie auf, ging zu einem Sideboard und holte sich eine Flasche Wasser, bevor sie zu ihrem Platz zurückkehrte. Sie nahm einen großen Schluck und starrte den Direktor dann unverhohlen an.

»Was genau ist in Libyen passiert?«, fragte er mit sanfter Stimme.

»Die Kurzfassung ist, dass die Miliz zufällig über uns gestolpert ist und sofort aus allen Rohren angefangen hat, zu feuern. Wir mussten sie zwangsläufig ausschalten, und das hat unsere Zielpersonen alarmiert. Als ihnen klar wurde, dass sie in der Falle sitzen, haben sie kurzerhand das gesamte Haus abgefackelt.«

»Glaubst du wirklich, dass sie dabei umgekommen sind?«

»Schwer zu sagen. Es war auf jeden Fall ein richtiges Inferno. Schwer vorstellbar, dass das jemand überlebt haben könnte.«

Der Direktor nickte. »Und die lange Fassung?«

»Die Leute, die Sie mir geschickt haben, haben es irgendwie geschafft, sich von einem patrouillierenden Militärfahrzeug entdecken zu lassen. Laut unseren Analysten hätte die Miliz in dieser Gegend gar nicht unterwegs sein dürfen. Hätte ich das gewusst, hätte ich natürlich ganz andere Befehle gegeben. Jedenfalls blieb den beiden gar nichts anderes übrig, als zurückzuschießen, und dadurch ist das Ganze letzten Endes in einem Desaster geendet. Ich hatte das Grundstück bereits infiltriert und die Kabel der Kameras durchgeschnitten, als auf der Straße plötzlich die Hölle losgebrochen ist. Dann haben unsere Zielpersonen ebenfalls angefangen, aus dem Haus zu feuern. Ich habe das Feuer natürlich erwidert und von da ab eskalierte irgendwie alles. Ich konnte einen Abschuss bestätigen, doch dann haben sie mit einer Granate nach mir geworfen. Ich bin ausgewichen und wollte gerade wieder rein, als auf einmal das ganze Haus in die Luft geflogen ist. Ich habe das gesamte Grundstück anschließend noch einmal untersucht, aber da war nichts mehr. Wer auch immer in dem Haus war, muss bereit dazu gewesen sein, dort zu sterben, um nicht gefangen genommen zu werden.«

»Aber du weißt nicht, wie viele drin waren?«

»Negativ. Aber mindestens noch eine weitere Person, neben dem Toten. Ich kann allerdings unmöglich sagen, ob darüber hinaus noch mehr Menschen dort waren.«

Einen Moment lang saßen sie schweigend da, während der Direktor über ihre Schilderung nachdachte. Er stieß eine Zigarette aus einer beinahe leeren Packung und steckte sie sich in den Mund. Eine alltägliche Geste, die er jedoch sehr zu genießen schien. Er zündete sie an und blies dann in Gedanken versunken Rauch an die Decke. Schließlich wandte er sich wieder Jet zu.

»Wir haben leider nicht mehr viele Möglichkeiten. Wir müssen davon ausgehen, dass noch mindestens einer der Drei auf freiem Fuß ist und dass er die Bombe bei sich hat«, sagte er.

»Das sehe ich auch so. Deshalb sollten wir Weinstein herbringen lassen und ihm endgültig Daumenschrauben anlegen. In der

Zwischenzeit möchte ich aber auch mal mit diesem Ben reden. Die Aufnahme macht nicht wirklich den Eindruck, dass er etwas verschweigt, aber vielleicht hat er ja etwas vergessen, das ich aus ihm rauskitzeln kann. Wir brauchen jeden Vorteil, den wir kriegen können. Die Chance ist nicht groß, aber hey …«

»Natürlich. Er ist hier, in einem Raum am Ende des Flures. Mach mit ihm, was immer du willst, und ich gebe in der Zwischenzeit den Befehl, Weinstein verhaften zu lassen. Falls ich nicht etwas Gravierendes übersehe, haben wir keine weiteren Alternativen mehr.«

Jet stand auf. »Nein, die haben wir nicht. Wo ist der Gefangene?«

»Ich bringe dich hin.«

***

Fünfundvierzig Minuten später kam Jet müde und demoralisiert aus dem Verhörraum. An Bens Geschichte hatte sich nichts geändert, auch wenn ihm ein paar weitere kleine Details eingefallen waren. Doch nichts davon schien eine zweite Detonation verhindern zu können. Er wusste einfach nicht mehr als das, was er schon gesagt hatte, und Jet hatte es eher auf die nette Tour versucht. Sie war sozusagen der gute Cop gewesen, nachdem die Männer des Direktors mit Sicherheit die harte Schiene gewählt hatten. Es war ihm wichtig gewesen, ihr ganz genau zu erklären, wie es zu alledem gekommen war, und einem Teil von Jet tat er sogar leid. Der dumme Trottel hatte wirklich geglaubt, für die Regierung an einem extrem geheimen Projekt zu arbeiten.

Das einzig Positive war, dass er das Gerät wirklich in- und auswendig kannte. Sollte es ihnen also gelingen, die Bombe in ihre Gewalt zu bringen, würde er sie auch deaktivieren können. Dementsprechend hatten sich die meisten ihrer Fragen darum gedreht, wie man die Bombe entschärfen konnte, nachdem sie sichergestellt hatte, dass er abgesehen von der technischen Seite kaum etwas wusste. Streckenweise schien seine Erinnerung sogar etwas lückenhaft zu sein, doch das konnten Nachwirkungen von der Droge sein. Auf alle Fälle war er sich sicher, dass die Bombe voll einsatzbereit war.

Das Auffälligste an der ganzen Scharade war vermutlich, dass sie ihn alle möglichen Verschwiegenheitsverträge hatten unterzeichnen lassen, bevor er seine Bezahlung bekommen hatte. Dabei hatte er gar keine Wahl gehabt. Es hätte wohl kaum jemand so einen offiziellen Auftrag verweigert, wenn glaubhaft der Eindruck erweckt worden war, dass es darum ging, das eigene Land vor ausländischen Aggressoren zu beschützen.

Als sie in das Büro zurückkehrte, telefonierte der Direktor gerade. Er deutete auf einen Stuhl, während er das Gespräch beendete. Als er aufgelegt hatte, griff er automatisch nach seinen Zigaretten, bevor er sich selbst dabei ertappte und innehielt. Dann hob er eine Augenbraue und musterte Jet schweigend.

»Er weiß tatsächlich nichts«, begann sie, »aber wir sollten ihn trotzdem in Haft behalten, damit wir einen Experten griffbereit haben, falls wir das Gerät doch noch in die Finger bekommen. Abgesehen davon, glaube ich, weiß er nichts, was uns helfen könnte. Der Einsatzzweck oder der Zeitplan sind niemals mit ihm besprochen worden. Was ich allerdings ganz interessant fand, war, dass seiner Meinung nach vor ihm bereits jemand versucht hatte, die Bombe scharfzukriegen, aber daran gescheitert ist. Das bedeutet, diese Hintermänner sind schon wirklich lange an dieser Sache dran, und sie sind sehr hartnäckig. Das ist gar nicht gut für die Kerle mit den weißen Westen.«

»Nein, ist es nicht. Wir sollten Weinstein innerhalb der nächsten Stunde hier haben, und dann wird das Interrogationsteam sofort loslegen. Wann hast du zuletzt geschlafen?«, fragte er sie mit einem skeptischen Seitenblick.

»Ich habe im Flugzeug versucht zu schlafen, aber die Flüge waren leider alles andere als ruhig.«

»Dann lege dich zwei Stunden hin. Ich lasse dich wecken, sobald wir etwas wissen.«

»Ich könnte Weinstein auch persönlich verhören – das wissen Sie, oder?«

»Natürlich. Aber das ist nicht nötig. Ich habe einen Experten hier, der vermutlich der überzeugendste unserer gesamten Vereinigung ist. Dieser wird seine Sache sehr gut machen, und je nachdem, was Weinstein weiß, habe ich auch schon eine Idee, wie wir ihn benutzen können, um ihre Pläne aufzudecken. Für all das brauche ich dich erst mal nicht, auch wenn ich das Angebot natürlich sehr zu schätzen weiß.«

»Sind Sie sicher? Ich habe ein paar Tricks auf Lager, die Sie vielleicht noch nicht kennen, und offiziell arbeite ich ja gar nicht mehr hier … von daher könnte man hinterher perfekt alles leugnen.«

»Ein wirklich verlockendes Angebot, aber ich muss es dennoch ausschlagen. Ruh dich lieber aus und ich melde mich, sobald es etwas Neues gibt«, sagte der Direktor, womit er das Thema endgültig beendete. Jet nickte und ging zur Tür. »Viel Glück.«

»Danke. Ich hoffe, dass wir kein Glück brauchen, aber sicher ist sicher.«

KAPITEL 25

DOHA, KATAR

Solomon Horowitz lief vorsichtig den Verbindungsgang zum Zollbereich hinunter, nachdem sein Flug von Tripolis über Kairo gefühlt ewig gedauert hatte. Ein genervter Geschäftsmann rempelte ihn jetzt an, als er sich in dem schmalen Flur an ihm vorbeidrängte, und in Solomon verkrampfte sich alles vor Schmerzen. Beinahe wäre er sogar ohnmächtig geworden. Die Schusswunde in seiner Schulter war zwar bei Weitem nicht lebensgefährlich, aber nichtsdestotrotz extrem schmerzhaft. Die amateurhaften Bemühungen eines angeblichen Arztes, die Kugel herauszuoperieren, hatten das Ganze nur noch schlimmer gemacht.

Rückblickend betrachtet war der Angriff auf das Haus vollkommen aus dem Nichts gekommen. Es war mitten in der Nacht gewesen und er und sein Bruder hatten tief und fest geschlafen. Der Gedanke an Peter, der von einer Kugel der Angreifer aus dem Leben gerissen worden war, ließ ihn beinahe erstarren, doch er zwang sich, weiter einen Fuß vor den anderen zu setzen. Schließlich konnte er es sich nicht erlauben, irgendwelche Aufmerksamkeit auf sich zu ziehen. Nicht jetzt, wo sie sich in der letzten Phase einer Operation befanden, die sich seit über zehn Jahren in der Planung befand. Er beschleunigte seine Schritte und kam jetzt im Passagierbereich an, von wo aus er zum Einreiseschalter weiterging. Dort wurde sein ägyptischer Reisepass gelangweilt von einem Beamten gestempelt, der offensichtlich mit den Gedanken ganz woanders war, und ihn, ohne zu schauen, in die Ankunftshalle durchwinkte.

Er ließ sich Zeit und zog seinen Koffer langsam hinter sich her, bis er das auffällig modern gestaltete Terminal verließ und sich den gnadenlosen Strahlen der tief stehenden Nachmittagssonne aussetzte. Er blieb kurz auf dem Gehweg stehen und schirmte mit der gesunden Hand seine Augen ab. Wenige Minuten später hielt ein gemieteter Fiat vor ihm an und er ging zum Kofferraum, den der Fahrer von innen für ihn geöffnet hatte. Nachdem er seinen Koffer sorgfältig verstaut hatte, umrundete er den Wagen, ging zum Beifahrersitz, glitt hinein und zog die Tür hinter sich zu.

Der Fahrer war ein Mittdreißiger mit einem Ziegenbart und rasiertem Schädel, der Solomon zunickte, bevor er den ersten Gang einlegte und sich in den Verkehr einfädelte.

»Das mit Peter tut mir leid. Er wird uns fehlen«, sagte der Fahrer jetzt mit gedämpfter Stimme.

»Danke. Er war ein guter Mann.«

Der Fahrer schaltete und gab abrupt Gas, um einen überladenen Reisebus zu überholen, der gerade auf der rechten Spur entlangschlich. »Was ist passiert?«, fragte er. »Wir schliefen, als auf der Straße plötzlich eine Schießerei losging. Bis wir aus dem Bett waren und unsere Waffen ergriffen hatten, waren die Angreifer schon bei uns auf dem Hof. Es ging alles verdammt schnell. Peter ist innerhalb der ersten zwei Minuten niedergeschossen worden, also habe ich eine Granate geworfen und bin durch den Tunnel abgehauen. Ich habe das ganze Haus hochgehen lassen … hoffentlich habe ich dabei ein paar dieser Bastarde mitgenommen!«

»War es denn ein gezielter Angriff auf uns, oder einfach nur Pech?«

»Darüber habe ich mir auch schon Gedanken gemacht. Ich weiß es wirklich nicht. Mein Bauchgefühl sagt mir, dass das Ganze kein Zufall war, aber warum dann vorher die Schießerei auf der Straße? Hätten sie es wirklich auf uns abgesehen, wären sie doch viel gezielter und lautloser vorgegangen. Aber ich kann auch nur spekulieren. Unterm Strich sollten wir, schon rein, um auf Nummer sicherzugehen, davon ausgehen, dass es ein geplanter Angriff war. So oder so mussten sie mit leeren Händen abziehen, und die Spur, die sie vielleicht gehabt haben, endet an dem Haus.«

Die Männer schwiegen ein paar Minuten, während der Wagen sich durch den dichten Verkehr schlängelte.

»Tja, jetzt bist du auf jeden Fall hier. Bist du verletzt worden?«

»Ja, aber ein Arzt hat mich zusammengeflickt. Alles in Ordnung«, sagte Solomon. »Wie sieht es hier aus?«

»Es ist alles bereit. Morgen Abend müssen wir reingehen und das Gerät holen, aber davon einmal abgesehen ist alles vorbereitet und wir warten nur noch darauf, dass unsere Ziele ankommen. Ich habe bereits die perfekte Stelle ausgesucht und mir einen Mechanismus überlegt, mit dem wir maximale Zerstörung erreichen können, und zwar in einer Größenordnung, die niemals vergessen werden wird.«

»Exzellent. Schon bald wird die Welt, wie wir sie kennen, vergangen sein. Es ist wirklich viel Zeit vergangen, mein Freund, und ich wünschte mein Bruder könnte das alles noch miterleben, aber es hat nicht sollen sein. Erzähle mir jetzt alles, was ich über den Frachtcontainer, die Location, die Sicherheit und den Plan für den Transport der Bombe wissen muss.«

BANGKOK, THAILAND

Matt stieg in das Flugzeug nach Phuket und lief gemeinsam mit den anderen Passagieren den Mittelgang der Maschine hinunter, bis er seinen Sitz erreichte. Dann verstaute er sein Handgepäck über dem Sitz und dachte an die letzten Ereignisse zurück. Sein Ausflug zur Bank, wo er das Geld eingezahlt hatte, war ohne besondere Vorkommnisse verlaufen, und er hatte daraufhin beschlossen, den Rest des Tages in seinem Hotel zu verbringen. Das Abendessen hatte er auf seinem Zimmer eingenommen, und dem Ruf des Hauses entsprechend, war es wirklich erstklassig gewesen. Den Rest des Abends hatte er dann damit verbracht, nach Flügen zu exotischen Zielen zu suchen, hatte sich aber schließlich doch für das typische Touristenprogramm entschieden, um unerkannt in den Massen untertauchen zu können.

Als er in Phuket ankam, nahm er ein Taxi nach Süden zu seinem Hotel, einem typischen Fünf-Sterne-Resort direkt am Strand und checkte ein. Sein Bungalow war geräumig, aber nicht zu protzig, so wie es dem umweltbewussten Stil der gesamten Gegend entsprach. Schon wenige Minuten nach seiner Ankunft fühlte er sich entspannt, denn das Rauschen des Meeres direkt vor seiner Veranda hatte irgendwie eine beinahe hypnotische Wirkung. Er verstaute die Diamanten in seinem Zimmersafe und schlüpfte dann in sein Strandoutfit. Wenige Minuten später verschloss er die Tür von außen und schlenderte über den Sand zu einem der drei Restaurants, da sein Magen bereits lautstark darüber klagte, dass er sein Frühstück zugunsten einer frühen Abreise hatte ausfallen lassen.

Der Tag verlief äußerst entspannt. Matt aalte sich im Schatten eines riesigen Sonnenschirms auf einer geräumigen Liege, ohne irgendwelche Aufgaben oder Druck, irgendetwas anderes zu tun als seinen Bauchnabel zu betrachten. Die sanfte Brise von der Meeresseite trug all die exotischen Gerüche zu seiner Nase, die er an Thailand so liebte ... Blumen, Meersalz, Dschungel und Sonnenöl ... und während er sich in die weichen Kissen sinken ließ, fühlte er sich wunderbar entspannt. Das war wahrscheinlich das Gefühl, das ihm am meisten gefehlt hatte. Tags zuvor hatte er sich in Bangkok ein Buch gekauft, das er bereits halb durchgelesen hatte, als die Dämmerung einsetzte. Beim Lesen hatte er immer mal wieder Pausen für kleine Nickerchen gemacht, und als er aufstand und sein weißes Leinenhemd überzog, fühlte er sich bereits zehn Jahre jünger. Er war jetzt bereit für eine Dusche und anschließend einen Ausflug ins Nachtleben des Ortes.

Ein thailändisches Liebespaar schlenderte über den Sand – sie war eine Schönheit, die ihn auf dem gesamten Weg zurück in sein Zimmer beobachtete, doch Matt registrierte sie kaum, als er hineinging und sein Buch auf das Bett warf. Die beiden Fremden tauschten kurz Blicke aus, dann zog der Mann ein Handy aus seiner Hemdtasche und wählte eine Nummer. Anschließend gingen sie weiter den Strand hinunter und genossen offenbar die natürliche Schönheit der berühmten Meeresküste der Insel und das Wunder der jungen Liebe.

Matt duschte und trocknete sich ab, und nachdem er sich die Haare mit den Fingern zurückgebürstet hatte, zog er sich frische Shorts und ein cremefarbenes Leinenhemd an. Er fuhr sich mit der Hand über die zwei Tage alten Stoppeln in seinem Gesicht und überlegte, ob er sich rasieren sollte, doch als er sich im Spiegel betrachtete, gefiel er sich eigentlich ganz gut und so beschloss er, diesen Look fürs Erste beizubehalten. Er ließ seinen Blick kurz durch den Raum wandern, steckte seine Brieftasche und seinen Pass in seine Hemdtasche, schloss die Terrassentür ab und verließ den Raum dann durch den Haupteingang. In aller Ruhe schlenderte er auf einem gepflasterten Pfad zur Hauptlobby, wo er bestimmt leicht ein Taxi finden würde. Der Komplex war nur halb belegt, da die Saison noch nicht begonnen hatte, und er hatte das seltsame Gefühl, ein besonderes Privileg zu genießen, das ihm fast schon verschwenderisch vorkam. Besonders, nachdem er sich so sehr an das Leben im Dschungel gewöhnt hatte.

Vielleicht war die Zivilisation ja doch nicht so schlimm, dachte er, als er das Hauptgebäude des Hotels erreichte. Zwei Musiker klimperten in der Lobby eine Melodie, zur Freude eines Trios von Gästen, die an ihren Cocktails nippten, während sie auf Freunde warteten. Er hörte einige Minuten lang zu, lehnte das Angebot des Barkeepers auf einen eigenen Drink jedoch ab, und fluchte schweigend, als er bemerkte, dass er sein Handy im Bungalow vergessen hatte. Er schaute sich in der Lobby um und überlegte, ob er zurückgehen und es holen sollte, doch dann dachte er an Jet, denn er wollte es um keinen Preis verpassen, wenn sie anrief. Matt begann daher widerwillig den langen Rückweg zu seinem Bungalow. Inzwischen erhellten Tiki-Fackeln den Pfad und ein köstlicher Duft erreichte ihn aus Richtung des gehobenen Restaurants, in dem eine Band gerade einige Jazz-Klassiker mit asiatischen Klängen auf eine Art und Weise aufpeppte, die man garantiert nur in Thailand zu hören bekam.

Matt erreichte jetzt die Zimmertür und wollte gerade den Kartenschlüssel ins Schloss stecken, als er ein unerwartetes Geräusch von innen hörte … das gedämpfte Surren eines Akkubohrers. Er hielt abrupt inne und legte den Kopf schief, um genauer hinzuhören. Dann vernahm er es wieder, zusammen mit dem unverwechselbaren Geräusch von Metall, das auf Metall kratzte. Seine Gedanken rasten, als er sich umdrehte und nach irgendetwas suchte, was er als Waffe benutzen konnte, bis er schließlich einen Haufen Sonnenschirme erspähte, die ein paar Meter entfernt auf dem Boden lagen. Schnell suchte Matt mit seinen Blicken die Umgebung ab, für den Fall, dass der Eindringling einen Komplizen hatte, dann lief er zu den Schirmen, griff nach einem der hölzernen Ständer und riss den Schirm aus dem Stapel heraus. Er klemmte ihn zwischen einem Pflanzenkübel und der dahinterliegenden Mauer ein und riss ihn dann mit einem Ruck nach vorn. Die Holzstange brach ab, sodass er nun einen etwas mehr als einen Meter langen Abschnitt in der Hand hatte. Er kehrte nun zur Tür zurück, wo er die Geräusche auf der anderen Seite immer noch hören konnte.

Der Kartenschlüssel rutschte mit einem leisen Klicken an seinen vorgesehenen Platz, und Matt drehte mit der freien Hand vorsichtig den Türgriff, bevor er in das Zimmer platzte und den mit einem Industriebohrer vor dem Zimmersafe knienden Mann überraschte. Bevor der Eindringling überhaupt auf die Beine kam, hatte Matt die Distanz zu ihm schon überbrückt. Der Mann wirbelte herum und riss den Bohrer nach oben, um die in Richtung seines Kopfes heruntersausende Stange abzuwehren. Er parierte den Angriff erfolgreich, doch Matt holte sofort wieder aus, um dem Mann den Bohrer aus der Hand zu schlagen, den er nun wie eine Waffe benutzte. Der Kerl stürzte jetzt mit dem bedrohlich herumwirbelnden Metallschaft nach vorn, um Matt im wahrsten Sinne des Wortes zu durchbohren, doch der wich dem Angriff blitzschnell aus und schlug mit voller Wucht gegen die Schulter des Mannes. Dieser grunzte vor Schmerz, ließ den Bohrer aber nicht fallen, sondern täuschte stattdessen eine Finte nach links vor und warf das Gerät dann mit aller Kraft in Matts Richtung. Das schwere Stahlwerkzeug traf Matt mitten in der Magengrube, was ihn kurzzeitig ins Taumeln brachte und dem Einbrecher genau die Sekunden verschaffte, die er brauchte. Mit einem gekonnten Tritt riss er Matt die Beine weg, sodass dieser nach hinten stürzte und gegen das Sofa krachte. Der Mann sprang auf und rannte auf die Tür zu. Bis Matt sich aufgerappelt hatte, war er schon in der Dunkelheit verschwunden. Matt überlegte, ob er die Verfolgung aufnehmen sollte, besann sich dann aber darauf, dass Vorsicht die Mutter der Porzellankiste ist. Also ging er stattdessen zur Tür, zog sie zu und schloss sie von innen ab. Anschließend untersuchte er die gläserne Terrassenschiebetür und entdeckte dort eine dünne Stahlklinge, mit der der Dieb das Schloss aufgehebelt hatte. Matt schob auch diese zu und verriegelte sie sorgfältig, dann klemmte er die Holzstange in die Gleitschiene, wodurch die Tür wirksam blockiert war. Schwer atmend zog er die Vorhänge zu und ging dann zu dem Zimmersafe. Der Bohrer hatte den Stahl bereits schwer deformiert, war aber zum Glück noch nicht bis zum Schließmechanismus vorgedrungen. Nach einem Blick auf die Tastatur, die noch zu funktionieren schien, gab er die gewählte Kombination ein und nahm die Diamanten aus dem Safe. Er schob das Velours-Säckchen in eine der Seitentaschen seiner Shorts, bevor er wieder in den Safe hineingriff und seinen zweiten Pass und ein Bündel Hundert-Dollar-Scheine herausholte. Während er die Tür im Auge behielt, zog er alle Hemden aus dem Schrank, packte seine Tasche und war nach zwei Minuten bereit zum Aufbruch.

Ein längerer Aufenthalt im Hotel kam nun nicht mehr infrage, denn er konnte sich die Aufmerksamkeit, die eine Beschwerde auf sich ziehen würde, momentan einfach nicht leisten. Noch alarmierender war allerdings, dass eine seiner Identitäten offenbar kompromittiert worden war, und wer auch immer diesen Übergriff geplant hatte, hatte seine Hausaufgaben gemacht, was nichts Gutes bedeutete. Er zerbrach sich den Kopf über eine mögliche Fahrlässigkeit seinerseits, kam aber zu dem Schluss, dass eigentlich nur Niran als Hintermann infrage kommen würde. Dieser musste vermutet haben, dass Matt noch weitere Diamanten bei sich trug, und hatte deshalb jemanden auf ihn angesetzt. Das gierige Arschloch war mit dem übergroßen Gewinn, den er gemacht hatte, wohl noch nicht glücklich gewesen und hatte anscheinend beschlossen, seinen Anteil mit einem kleinen Diebstahl noch zu erhöhen. Das war leider immer eine Gefahr, wenn es um derart große Geschäfte ging. Doch Matt hatte gedacht, dass Niran über diese Art von Hinterhältigkeit erhaben sei.

Offensichtlich nicht.

Eine deutlich entferntere Möglichkeit war, dass es sich dabei um einen reinen Zufall handelte, aber daran glaubte Matt nicht. Der Dieb hatte darauf gewartet, dass er sein Zimmer verließ, was absolut nicht typisch für die einfachen Gauner war, die gern Touristen ausraubten. Denn so etwas, wie das hier, erforderte Geduld und Planung, während die meisten Zimmerdiebstähle, mithilfe eines Komplizen im Hotel stattfanden und nur auf wohlbetuchte Gäste abzielten. Nichts, was Matt getan hatte, hätte den Eindruck erweckt haben können, dass es bei ihm Geld zu holen gab.

Doch was auch immer es gewesen war, er hatte kein Interesse daran, hierzubleiben und auf einen zweiten Versuch zu warten. Es konnte natürlich sein, dass das Ganze abgehakt war, oder der Dieb würde zurückkommen … dieses Mal jedoch mit einer Pistole, einem Freund, oder vielleicht sogar beidem. Matt hatte keine Lust, es herauszufinden, also nahm er das Zimmertelefon zur Hand, rief die Rezeption an und bat einen Pagen, sofort zu seinem Bungalow zu kommen, um ihm mit seiner Tasche zu helfen, und erklärte, dass er einen Notruf erhalten habe und daher leider auschecken müsse. Der Concierge war entsprechend beunruhigt und versicherte ihm, dass in Kürze ein Mitarbeiter bei ihm sein würde. Matt nutzte die Zeit, um den Bohrer zu verstecken und die hölzernen Schranktüren zu schließen, um den Safe dahinter zu verbergen.

Kurz darauf ertönte ein höfliches Klopfen von der Tür her. Matt griff nach seiner Tasche, ging zu dem kleinen Foyer des Bungalows und vergewisserte sich durch das Guckloch, dass es sich wirklich um ein Mitglied des Hotelpersonals handelte. Drei

Minuten später meldete er sich an der Rezeption ab, während der Page seine Sachen schon einmal zu einem wartenden Taxi trug. Als Matt sich umdrehte, um ihm zu folgen, wurde ihm bewusst, dass er gar keine Ahnung hatte, wohin er überhaupt fahren sollte. Der Fahrer verstaute Matts Tasche im Kofferraum und rutschte dann hinter das Steuer, während Matt es sich auf dem Rücksitz bequem machte und den Namen eines berühmten Urlaubsortes nannte, der mehrere Kilometer entfernt war. Der Fahrer nickte und grinste, wobei ein spektakuläres Set von verfaulenden Zähnen zum Vorschein kam, und verließ dann mit einem kurzen Winken in Richtung des Pagen die Einfahrt.

Matt behielt die ganze Zeit den Seitenspiegel im Auge und achtete auf Hinweise, dass er verfolgt wurde, aber das Taxi war das einzige Fahrzeug auf dem privaten Zugang des Hotels. Als sie sich an der Hauptstraße in den dichten Verkehrsstrom einreihten, atmete Matt erleichtert aus. Er war glücklich, dass er problemlos davongekommen war.

Als sie auf halbem Weg zu dem neuen Resort waren, änderte er impulsiv seine Meinung und sagte dem Fahrer, er solle ihn stattdessen doch lieber in die Stadt fahren, und wog dann seine Optionen erneut ab. Wäre es vielleicht doch schlauer, ganz aus der Stadt zu verschwinden? Ein Teil von ihm machte sich immer noch Sorgen und fragte sich, ob es wirklich klug wäre, in Phuket zu bleiben, denn neben der Abgebrühtheit und dem Kampfgeschick hatte es noch ein weiteres beunruhigendes Merkmal an dem Dieb gegeben:

Er war weiß gewesen.

Natürlich gab es genug abgebrannte Weiße, die in Thailand in einem stetigen Drogennebel lebten, denn das Gift ihrer Wahl bekamen sie hier viel billiger als zu Hause, und indem sie den einen oder anderen Touristen seiner Wertsachen entledigten, konnten sie die eigene Lebenszeit sehr angenehm gestalten.

Allerdings hatte der Eindringling einen ganz anderen Eindruck gemacht. Zum einen war der Bohrer nicht billig gewesen, und ein Junkie hätte ihn daher längst verkauft. Zum anderen hatte er keinerlei Anzeichen einer mentalen oder physischen Beeinträchtigung gezeigt – ganz im Gegenteil, seine Reaktionen waren beinahe katzenartig schnell gewesen.

Das konnte nur eines bedeuten: Es war ein Profi gewesen, und wenn ein Profi Matt beschattete, gab es auf jeden Fall mehr als nur einen. Egal, wie Matt die Sache betrachtete, das Ganze bedeutete Gefahr.

Von daher war es dringend an der Zeit, zu verschwinden und nichts als eine kalte Spur zu hinterlassen. Matt hatte ein paar Ideen, wie man das am besten bewerkstelligen könnte, vor allem nach Einbruch der Dunkelheit im Nachtleben von Thailand. Immerhin hatte er das schon unzählige Male zuvor getan.

KAPITEL 26

TEL AVIV, ISRAEL

Die Zellentür öffnete sich und zwei Männer in Anzügen traten ein. Ben schaute hoch und zuckte innerlich zusammen, weil er eine weitere Verhörrunde befürchtete. Er war überrascht, als der Größere der beiden Besucher vor ihm stehen blieb und ihn mit einem kalten Blick fixierte.

»Ich habe gute und schlechte Nachrichten für Sie. Die gute Nachricht ist, dass wir beschlossen haben, Ihrem Bericht zu glauben … dass Sie tatsächlich in gutem Glauben gehandelt haben, als Sie die Bomben umgebaut haben.«

Ben stieß einen lauten Seufzer der Erleichterung aus. »Gott sei Dank. Sie haben ja keine Ahnung, wie leid es mir tut, dass ich das getan habe.« Er hielt kurz inne. »Und was ist die schlechte Nachricht?«

»Dass Sie eine Zeit lang Gast des Mossad bleiben werden, denn wir könnten Ihr Fachwissen benötigen, wenn wir das Gerät ausfindig gemacht haben, und wir dürfen außerdem nicht riskieren, dass Sie in der Zwischenzeit von einem Bus überfahren werden. Sie müssen also für eine Weile auf Ihren Playboy-Lebensstil verzichten.«

Ben überlegte kurz, was das für ihn bedeutete. »Wollen Sie mich etwa in dieser verdammten Zelle eingesperrt lassen?«

»Nein, wir werden Sie an einen deutlich bequemeren Ort verlegen, aber Sie werden bis zum Ende der Krise unter bewachtem Hausarrest stehen.«

»Hausarrest?«

»Das ist immer noch wesentlich besser, als wegen Verrats angeklagt zu werden, finden Sie nicht auch?«

»Da haben Sie wohl recht«, räumte Ben verdrießlich ein. »Wie lange wird das Ihrer Meinung nach denn dauern?«

»Ich wünschte, wir wüssten es. Hoffentlich nicht all zu lange. Aber das hier ist keine Verhandlung. Ironischerweise müssen Sie außerdem alle Geheimhaltungsdokumente, die Sie vorher schon unterschrieben haben, nun noch einmal unterzeichnen – nur, dass sie dieses Mal echt sind. Sie dürfen über diese ganze Angelegenheit niemals ein Sterbenswörtchen sagen, und zwar zu niemandem.«

Ben nickte. »Ich verstehe. Kein Wort darüber. Auch wenn es ja nicht so ist, dass ich es bisher im Internet oder sonst wo veröffentlicht hätte. Wann kann ich hier raus?«

»Wie wäre es mit jetzt sofort?«

Zum ersten Mal seit seiner Festnahme grinste Ben.

»Das wird ja auch Zeit!«

***

Jacob Weinstein war gerade dabei, sich bettfertig zu machen, als ein Klopfen an der Haustür durch sein prunkvolles Haus hallte. Seine Haushälterin öffnete, und wenige Augenblicke später standen drei Männer in seinem Schlafzimmer, deren Mienen überdeutlich signalisierten, in was für einem Drama er steckte. Ihr Anführer war der ältere Agent des ersten Besuchs. Sein eisiges Lächeln ließ Jacob unwillkürlich einen kalten Schauer über den Rücken laufen.

»Wir hatten Sie gewarnt. Ziehen Sie sich schnell etwas an, Sie haben dreißig Sekunden Zeit. Danach schleifen wir Sie von mir aus in Unterwäsche hier raus. Irgendwie wünschte ich sogar, Sie würden es darauf ankommen lassen«, sagte der Agent, und Jacob wusste, dass er verloren war.

»Das ist eine unver…«, setzte er an, aber der Mossad-Mann schnitt ihm das Wort ab.

»Jetzt haben Sie nur noch sechsundzwanzig Sekunden«, meinte er und schaute auf seine Uhr.

»Ich möchte zuerst mit meinem Anwalt sprechen«, versuchte Jacob es ein letztes Mal, wobei er versuchte, so selbstbewusst wie nur möglich zu klingen, während er drei erfahrenen Mossad-Agenten in seinem Seidenpyjama gegenüberstand.

»Zwanzig. In so einem Pyjama werden Sie in einer Zelle mit anderen schweren Jungs bestimmt viel Spaß haben, also lassen Sie sich ruhig Zeit.«

Jetzt hatte Jacob genug gehört. Er warf die Bettdecke beiseite und machte sich auf den Weg zum Schrank. Er hatte gerade ein Hemd angezogen und schlüpfte in eine blaue Anzughose, als der Agent mit den Fingern schnippte.

»Die Zeit ist um. Packt ihn«, befahl der Agent, und seine beiden Kollegen stürzten sich auf Jacob.

»Bitte, ich brauche doch noch meine Schuhe«, flehte Jacob.

»Das hätten Sie sich überlegen sollen, als Sie die Klappe so weit aufgerissen haben.« Die Augen des Agenten wanderten zu den Pantoffeln, die Jacob zuvor getragen hatte. »Ziehen Sie die an. Sie haben Glück, dass ich gerade gute Laune habe.«

Jacob war entsetzt über die Aussicht, in der Öffentlichkeit in seinen Hausschuhen erscheinen zu müssen, dazu nicht einmal vollständig bekleidet und mit in alle Richtungen abstehenden Haaren, aber ein Blick auf den Agenten ließ jeden Gedanken an Protest erlöschen. Er stapfte also zu seinen Hausschuhen und rammte seine Füße hinein, dann packte ein Agent seine Handgelenke und hielt sie fest, während sein Kollege ein Paar Handschellen zuschnappen ließ. Das Knacken des Schließmechanismus wirkte auf Jacob so laut wie ein Gewehrschuss. Die ganze Tragweite seiner Situation wurde durch dieses Geräusch irgendwie überdeutlich, und Jacobs Herz sank ihm in die Hose, als ihm klar wurde, dass sein Lebenswerk, sein Imperium und all sein Geld, plötzlich nichts mehr wert waren.

»Ich will immer noch meinen Anwalt«, presste er mühsam hervor, doch dann erstarrte er vollends, weil der Mossad-Agent nun wieder lächelte … dieses Mal offenbar mit echter Fröhlichkeit.

»Jacob Weinstein, Sie sind des Hochverrats angeklagt! Das ist in Kriegszeiten ein Kapitalverbrechen, und wir werden uns im Krieg befinden, wenn Ihre Bombe hochgeht. Sie haben demnach also keine Rechte mehr und können nichts anderes erwarten als den Tod durch ein Erschießungskommando. Wenn es nach mir ginge, würde ich Sie wie in den alten Tagen steinigen lassen, aber leider wird das wohl nicht mehr möglich sein. Andererseits habe ich vor, extra für Sie eine Ausnahme zu beantragen, und man weiß ja nie … angesichts der abscheulichen Art und Weise Ihrer Verbrechen könnte es durchaus sein, dass mein Antrag bewilligt wird. Also halten Sie besser den Mund und hören Sie auf zu jammern. Sie ekeln mich schon mehr als genug an.«

Die Männer führten ihn daraufhin nach unten, wo die Haushälterin mit einem vierten Agenten stand, der sie gerade ebenfalls in Gewahrsam nahm, denn der Mossad wollte es nicht riskieren, dass Jacobs Notlage früher als nötig publik wurde. Die arme Frau würde bis zum Ende der Krise inhaftiert bleiben müssen, wobei kein Kontakt mit der Außenwelt erlaubt war.

Das Team führte Jacob jetzt zu einem schwarzen Lieferwagen, der am Dienstboteneingang parkte, und schoben ihn in den Gefangenenbereich. Die beiden schweigenden Agenten nahmen auf der Bank neben ihm Platz, ihr Chef setzte sich direkt vor ihn.

»Haben Sie wirklich geglaubt, Sie kämen damit durch? Ich habe Ihnen eine Chance gegeben und Sie haben mir sprichwörtlich ins Gesicht gespuckt. Wir werden mal sehen, ob Sie morgen früh immer noch so hochnäsig sind. Glauben Sie mir, ich war schon dabei, als kampfgestählte, religiöse Fanatiker unter unserer Behandlung zu heulenden Babys geworden sind. Bei Ihnen ist allerdings eher die Frage, ob Sie unsere Verhörmethoden überhaupt überleben. Sie sind schließlich alt, schwach und verweichlicht. Ich vermute, Sie werden schon auspacken, bevor wir damit fertig sind, Ihre Eier mit dem Elektroschocker zu bearbeiten. Ganz zu schweigen von dem Rest.«

Der Agent sah die Reaktion, die er erhofft hatte, in Jacobs Augen: Reine, unverfälschte Panik. Das war gut, denn das war die gewünschte Resonanz. Es würde viel schneller gehen, ihn zu brechen, wenn sein Verstand gegen ihn arbeitete und die schrecklichsten Szenarien bereits in seinem Kopf abgespult wurden, bevor es überhaupt losging. Das alles war Teil der Verhörmethode, aber seine Rolle darin genoss er ganz besonders, in diesem speziellen Fall vielleicht sogar noch mehr als bei anderen. Dass dieser wohlhabende Industrielle, der ein größeres Vermögen angehäuft hatte, als man es sich vorstellen konnte, einen terroristischen Anschlag geplant hatte, der das Land an den Rand einer Katastrophe bringen könnte, war abscheulicher als jeder Selbstmordattentäter und jeder tollwütige Geistliche, der Hass und Intoleranz säte. Dieser Mann hatte in jeder Hinsicht von seinen Verbindungen und seiner Position profitiert, und alle verraten.

Der Lieferwagen machte sich jetzt auf den Weg und schlängelte sich von Jerusalem nach Tel Aviv, und Jacob wurde im Laufe der Fahrt immer blasser im Gesicht. Der Gefangene war eindeutig in Panik, was genau der Sinn und Zweck dieser Übung war, denn er sollte bereits schön weich gekocht sein, wenn das Verhör begann.

Endlich hielten sie vor dem abgedunkelten Lagerhaus, in dem auch schon Ben verhört worden war, und die hinteren Türen wurden von zwei finster aussehenden Agenten aufgerissen, deren

Anzugjacken von ihren verborgenen Waffen ausgewölbt waren. Einer von ihnen murmelte kurz etwas in das an seiner Manschette befestigte Mikrofon, dann zogen sie Jacob brutal aus dem Lieferwagen und die Agenten machten sich gemeinsam auf den Weg, ihn zum Hintereingang der Lagerhalle zu begleiten.

Doch plötzlich ertönten aus der Dunkelheit heraus Schüsse, und der Mann, der Jacobs rechten Arm hielt, ging mit einem Stöhnen zu Boden. Eine weitere Salve hallte aus den Zwischenräumen der Gebäude wider, und der Agent wurde regelrecht in Stücke gerissen. Sein Kollege, der Jacob auf der anderen Seite festhielt, ließ ihn sofort los und zog seine Pistole. Das schnelle Rattern einer automatischen Waffe durchbrach jetzt erneut die Stille der Nacht, und er schoss in Richtung des Mündungsfeuers, bevor er ebenfalls getroffen wurde und wie ein nasser Sack vor Jacobs Füße fiel. Das weiße Hemd unter seinem Anzug war jetzt blutgetränkt. Die beiden verbliebenen Agenten warfen sich blitzschnell zu Boden und schossen auf den oder die Angreifer, doch der Feuerkraft ihrer Gegner hatten sie kaum etwas entgegenzusetzen. Innerhalb weniger Augenblicke waren auch sie tot.

Jacob wirbelte herum und seine Augen suchten fieberhaft nach dem unbekannten Schützen. Dann kam ein schwarz gekleideter Mann auf ihn zugerannt, der ein MTAR-21-Sturmgewehr bei sich trug. Ein Blutstropfen lief ihm über die rechte Wange, wo ihn eine Kugel gestreift haben musste. Jacob erstarrte und wartete auf den Todesschuss, doch der Mann flüsterte: »Kommen Sie! Können Sie rennen?«

»Was?«

»Ob Sie rennen können, verdammt noch mal! Wir werden jede Sekunde von Agenten überrannt, also ... kommen Sie jetzt mit?«

Wie um ihre missliche Lage zu verdeutlichen, erschienen auf einmal zwei Männer in der Tür des Gebäudes, und der schwarz gekleidete Mann ging in die Hocke und entleerte den Rest seines

Magazins auf sie. Er traf sie mit tödlicher Präzision und lud danach schnell nach. Sein Blick schweifte über den Parkplatz, bevor er zu Jacob zurückkehrte.

»Ich frage jetzt zum letzten Mal!«

»Ja, ich … ich glaube schon.«

»Gut. Dann nichts wie los«, sagte der Mann. Er zerrte an Jacobs Arm und verschwand dann in die Schatten hinter einem der riesigen Gebäude. Jacob zögerte eine Sekunde lang und folgte ihm schließlich, in der Sorge, sonst zurückgelassen zu werden. Nach einem letzten Blick auf die Leichen, die überall auf dem Gelände verteilt waren, rannte er seinem Retter schneller hinterher. Die schummrigen Lichter hinter ihm verblassten, als er seine Schritte beschleunigte.

»Hier drüben«, rief der Mann, und Jacob sah ihn neben einem schwarzen Mercedes G550 ohne Kennzeichen anhalten. »Beeilung. Wir haben keine Zeit mehr. Bald werden sie mit Hubschraubern kommen, und dann sind wir tot.«

Jacob näherte sich dem Fahrzeug, als der Mann den schweren Motor anspringen ließ, bevor er sich zur Seite lehnte und die Beifahrertür öffnete. »Sofort, und zwar schnell! Oder wollen Sie unbedingt gefoltert und getötet werden?«, zischte er.

Jacob stieg hastig ein und schloss die Tür, was mit gefesselten Händen gar nicht so leicht zu bewerkstelligen war, aber er schaffte es trotzdem. Sein Retter drückte das Gaspedal beinahe bis ins Bodenblech durch, und der Wagen machte einen gewaltigen Satz nach vorn. Sie fegten über einen schmutzigen Acker, wobei sie ordentlich durchgeschüttelt worden, durchbrachen dann das Tor eines Maschendrahtzauns und kamen so auf eine leere Zufahrtsstraße, die parallel zur Autobahn auf ihrer linken Seite verlief.

»Sind Sie in Ordnung?«, fragte der Fahrer, die Augen starr auf die in fast vollkommener Dunkelheit liegende Straße geheftet.

Da er mit ausgeschalteten Scheinwerfern fuhr, konnte er sich nur an dem schwachen Schein des Mondes orientieren.

»Ja … ich denke schon.« Jacob hielt inne und betrachtete ehrfurchtsvoll das blutende Profil des Mannes. »Wer sind Sie?«

»Ein Freund. Die Gruppe hat mich beauftragt, Sie dort rauszuholen. Sie haben den Tipp bekommen, dass Sie heute Abend vom Mossad abgeholt werden sollten, aber es war leider nicht mehr genug Zeit, Sie zu warnen. Entschuldigen Sie bitte. Aber immerhin haben Sie das Glück, dass ich es rechtzeitig geschafft habe, bevor Sie reingebracht worden sind. Denn da kommt niemand jemals lebend wieder raus. Wirklich niemand. Dann wäre es unmöglich gewesen, Sie noch zu retten, von daher kann man sagen, dass dies Ihr Glückstag ist, oder besser gesagt, Ihre Glücksnacht.«

»Nach Glück fühlt sich das aber ganz und gar nicht an.«

»Das kommt Ihnen nur so vor, aber ich habe Sie davor bewahrt, die Verhörmethoden des Mossad kennenzulernen. Vertrauen Sie mir, Sie haben einen leibhaftigen Albtraum in der Hölle nur knapp verpasst, denn ich habe früher für die gearbeitet, ich weiß deshalb ganz genau Bescheid.«

»Sie waren früher beim Mossad?«

»Nein, ich bin Zahnarzt, und Sie kommen gerade zu spät zur Prophylaxe! Was zum Teufel ist denn bloß los mit Ihnen? Was denken Sie sich denn?«

Jacob wurde durchgeschüttelt, als sie ein besonders fieses Schlagloch erwischten. Seine Gedanken rasten. »Wo fahren wir denn hin?«

»An einen sicheren Ort, danach müssen wir Sie allerdings schnellstmöglich aus dem Land bringen, denn die werden garantiert die ganze Stadt durchkämmen, um Sie zu finden – früher oder später sogar den ganzen Planeten.«

»Aber …«

»Kein Aber! Wollen Sie etwa sterben? Wenn nicht, werden Sie jetzt genau das tun, was ich Ihnen sage. Also benehmen Sie sich nicht mehr wie ein Idiot und hören Sie zu. Was haben die Ihnen genau gesagt?«

»Nicht viel. Nur, dass ich wegen Hochverrats angeklagt wurde.«

»Das ist alles? Was haben Sie geantwortet?«, fragte er mit schroffem Tonfall, als er nach links abbog.

»Nichts. Ich habe denen gar nichts gesagt.«

»Jacob, konzentrieren Sie sich! Das ist extrem wichtig. Sie haben Ihnen nichts von der Bombe erzählt? Nicht einmal einen kleinen Hinweis, damit die Sie nicht so hart rannehmen? Sie können ehrlich zu mir sein. Wirklich. Ich weiß besser als die meisten anderen, für welche Opfer man in einer Krisensituation bereit sein muss. Was haben Sie denen wirklich gesagt?«

»Das habe ich Ihnen doch schon erzählt: Nichts!«

»Sie erwarten ernsthaft, dass ich Ihnen das glaube? Meine Anweisungen sind sehr deutlich. Ich soll Sie aus diesem Schlamassel herausholen und überprüfen, wie viel Sie denen verraten haben, damit wir passende Ausweichmaßnahmen ergreifen können, aber Sie müssen mir schon helfen, Jacob!«

»Woher wissen *Sie* denn überhaupt von der Bombe?«, fragte Jacob nun argwöhnisch.

»Ich gehöre zu dem Team, das sie zum Einsatz bringen wird, Sie dummer Bastard! Jetzt beantworten Sie endlich meine Frage … haben Sie denen gesagt, wo sie hochgehen wird oder wann?«

»Nein, verdammt noch mal. Wie zum Teufel sollte ich denn dazu in der Lage sein? Ich habe doch gar keine Ahnung, wo sie eingesetzt wird. Ich weiß nur, dass es *bald* passiert. Was sollten die denn schon mit dieser Information anfangen?«, zischte Jacob, erbost über den Tonfall des Mannes.

Sie trafen nun auf ein weiteres schlimmes Schlagloch und zuckten beide zusammen.

»Sie werden uns bis ans Ende der Welt verfolgen, Jacob, deshalb muss ich Ihnen vertrauen können und wissen, woran ich bin. Wagen Sie es also ja nicht, mich zu belügen, denn irgendwann werde ich es herausfinden und wenn Sie mir nicht die Wahrheit gesagt haben, sind Sie nirgendwo mehr sicher. Niemals mehr!«

»Ich schwöre, dass ich die Wahrheit sage! Wie könnte ich denen denn etwas sagen, was ich selbst nicht einmal weiß.«

»Das behaupten Sie jetzt! Sie müssen doch zumindest eine grobe Ahnung haben. Was haben Sie ihnen gesagt, Jacob? Scheiße, sofort runter mit Ihnen!«, befahl der Fahrer, die Stirn in Falten gelegt. Jacob gehorchte und rutschte augenblicklich in seinem Sitz nach unten, sodass sein Kopf kaum noch über die Türverkleidung hinausragte.

»Können Sie den Hebel an der rechten Unterseite Ihres Sitzes erreichen? Wenn ja, lassen Sie die Rückenlehne so weit wie möglich runter und bleiben Sie unten.«

Jacob verkrampfte sich, als seine gefesselten Hände nach dem Hebel tasteten und das unwegsame Gelände das Fahrzeug besorgniserregend durchschüttelte. Doch schließlich fand er den Griff und riss ihn nach oben, woraufhin er ruckartig nach unten befördert wurde, in eine beinahe liegende Position. Der Fahrer nickte, wobei seine Augen immer noch starr auf ein entferntes Objekt gerichtet waren.

»Zum letzten Mal, Jacob: Was haben Sie denen gesagt? Schauen Sie sich doch mal an. Sie bluten ja nicht mal. Warum haben die Sie nicht schon auf dem Weg hart rangenommen, so wie sie es sonst immer tun? Weil Sie geredet haben! Jetzt helfen Sie mir und sagen Sie mir, was Sie denen erzählt haben, oder ich schmeiße Sie raus, und Sie können Ihr Glück mit den Spürhunden und Suchtrupps allein probieren!«

»Verdammt noch mal! Ich habe Ihnen doch schon gesagt, dass ich denen gar nichts verraten habe. Wenn ich etwas gesagt *hätte*, wäre es sowieso nur reine Spekulation gewesen. Eine bloße Erfindung! Denn niemand weiß, wo die Bombe hochgeht, außer dem inneren Kreis des hohen Rates. Hat man Sie denn nicht darüber informiert?« Jacob war jetzt vollkommen außer sich.

»Sie verschweigen mir doch etwas, und zwar genau das, was ich wissen muss«, knurrte der Fahrer und riss dann am Steuer. Sie stießen auf einige weitere Spurrillen, dann erreichten sie endlich einen ebeneren Untergrund.

»Wie lange noch, bis ich mich wieder hinsetzen kann?«, fragte Jacob, dessen Rücken sich bereits durch die unnatürliche Position verkrampfte.

»Ein paar Minuten noch. Hören Sie auf, sich zu beschweren! Ich werde jetzt einen Anruf tätigen, dem Rat verklickern, was Sie mir gesagt haben, und dann überprüfen, ob Sie die Einzelheiten der Operation wirklich nicht kennen. Sind Sie sicher, dass Sie Ihre Geschichte nicht noch mal ändern wollen?«, fragte der Fahrer und fischte ein Handy aus seiner Tasche, sodass nur noch seine linke Hand das Lenkrad umklammerte.

»Absolut. Die werden meine Angaben bestätigen. Da mache ich mir keine Sorgen«, sagte Jacob.

»In Ordnung, ist Ihre Beerdigung«, sagte der Fahrer trocken. Dann weiteten sich plötzlich seine Augen und er ließ das Telefon in seine Tasche zurückfallen. »Oh, Scheiße. Halten Sie sich fest«, rief er warnend.

Kurz darauf wurde das Auto wieder mächtig durchgeschüttelt, als würde er gerade querfeldein fahren. Der Fahrer spielte vorsichtiger mit dem Gaspedal, um die Räder vor dem Durchdrehen zu bewahren. Endlich wurde das Fahrzeug etwas langsamer, und als die Reifen wieder auf festen Asphalt trafen, drang auch wieder Licht in die Fahrerkabine.

»Sind wir endlich in Sicherheit?«, fragte Jacob, doch der Fahrer antwortete nicht … seine Aufmerksamkeit lag gerade ganz woanders. Jacob überlegte gerade, ob er seine Frage wiederholen sollte, doch dann trat sein Retter auf die Bremse.

»Okay, Sie können sich jetzt hinsetzen«, sagte er, und Jacob tastete gerade nach der Klinke, als seine Tür plötzlich aufflog und starke Hände ihn vom Sitz zogen. Er hatte kaum Zeit zu reagieren, als er sah, dass sie wieder an dem Industriegebäude angekommen waren, wo die vermeintlich toten Agenten auf wundersame Weise quicklebendig herumstanden. »Erstaunlich, was man mit ein paar Blutbeuteln aus einem Filmstudio alles anstellen kann, nicht wahr?«, meinte der Fahrer kichernd, als er den schockierten Gesichtsausdruck von Jacob sah.

»Er weiß tatsächlich nichts. Ich glaube, er sagt die Wahrheit«, sagte der Mann am Steuer zu dem Agenten, dessen Hemd immer noch scharlachrot gefärbt war. Spritzer von Theaterblut waren auf seinem Gesicht verkrustet. »Aber bringen Sie ihn trotzdem in die Verhörzelle. Ich werde zuerst mit einem Drogencocktail beginnen und dann zur Folter übergehen, denn wir müssen auf Nummer sichergehen.«

Jacobs Augen weiteten sich erschrocken, als er diese Worte hörte, und er versuchte nun sich in panischer Raserei von den Agenten loszureißen, als ihm bewusstwurde, was ihm bevorstand. Der Fahrer schüttelte mitleidslos den Kopf, als zwei Agenten den wild strampelnden Jacob halb zur Tür trugen, dann wandte er sich an den Agenten.

»Das Ganze könnte sich als große Zeitverschwendung erweisen. Ich hoffe, der alte Mann hat einen Plan B, denn ich würde kein Geld darauf verwetten, dass der mehr weiß als wir.«

»Es gibt nur eine Art, das herauszufinden«, antwortete der Agent.

Der Fahrer blickte nachdenklich auf die entfernten Lichter der Autobahn.

»Da haben Sie wohl recht.«

KAPITEL 27

Acht Stunden später war das Verhör beendet. Jacob hatte im Wagen tatsächlich die Wahrheit gesagt. Er wusste nur, dass es eine Bombe gab und dass sie eher früher als später eingesetzt werden würde, doch zu welchem Zweck oder wo genau, war außerhalb seines Kenntnisstands. Ihm war lediglich gesagt worden, dass es in Kürze passieren würde.

Der Direktor sah sich gerade das letzte Video der Befragung noch einmal an, lehnte sich dann niedergeschlagen in seinem Stuhl zurück und dachte nach.

Ein paar Minuten später rief er Jet an, erklärte ihr die Situation und kündigte an, sie in einer halben Stunde von einem Auto abholen zu lassen. Als sie eintraf, sah sie wesentlich ausgeruhter aus, der lange Schlaf hatte seine Wirkung also nicht verfehlt. Der Direktor informierte sie darüber, was sie jetzt tun sollte und sie nickte.

»Meinen Sie das mit dem Deal wirklich ernst?«

»Nein, deshalb möchte ich ja, dass du ihm das Angebot unterbreitest. Dann können wir im schlimmsten Fall die Verantwortung einfach von uns weisen, so etwas in der Richtung hattest du doch auch schon erwähnt.«

»Ah, wie raffiniert. Das gefällt mir. Normalerweise hätte ich gesagt, dass er keine Gnade verdient, aber wenn es nur so aussieht, gebe ich Ihnen recht«, sagte sie, wobei eine gewisse Härte in ihrer ansonsten ruhigen Stimme mitschwang.

Der Direktor zeigte auf die Tür. »Wir sind eben aus ähnlichem Holz geschnitzt. Bring ihn einfach nur dazu, mitzuspielen.«

»Das ist meine Spezialität. Betrachten Sie es als erledigt«, sagte sie, während sie aufstand.

»Ich werde aber zuhören.«

»Das hätte ich auch nicht anders erwartet«, sagte Jet, verließ das Büro und ging den Gang hinunter, wo zwei Mitarbeiter eine Stahltür bewachten. Sie blieb davor stehen und wartete, während der Größere der beiden das Schloss öffnete und sie angrinste. Sie erwiderte es nicht, sondern starrte stur geradeaus, während sie sich geistig bereits auf das vorbereitete, was nun kommen würde.

Jet betrat die Zelle und lief um einen leeren Stuhl herum direkt auf den Gefangenen zu, bis sie nur noch wenige Meter von Jacob entfernt war und betrachtete ihn dann ausdruckslos. Er hob den Kopf und schaute sie erschöpft an. Er war blass und schien von den Drogen immer noch leicht benommen zu sein. Seine Augen ließen eine gewisse Überraschung über das plötzliche Auftauchen einer erstaunlich schönen Frau erkennen, doch der Funke Interesse verblasste schnell wieder.

»Jacob Weinstein, ich bin hier, um Ihnen ein Angebot zu unterbreiten, und ich möchte, dass Sie ganz genau zuhören, damit Sie sofort beim ersten Mal alles mitbekommen. Verstehen Sie das? Kann ich Ihnen vielleicht etwas anbieten … Wasser … einen Ausflug auf die Toilette?«, fragte sie und sofort wurde er aufmerksamer.

»Um ehrlich zu sein, könnte ich beides gut gebrauchen«, sagte er und klang dabei äußerst niedergeschlagen.

Sie lief um ihn herum und klopfte dann an die Tür. Wenige Augenblicke später wurde sie entriegelt, und sie befahl einer der Wachen, dem Gefangenen die Handschellen zu öffnen, ihn zur Toilette zu bringen und ihm anschließend eine Literflasche Wasser auszuhändigen.

Als Jacob zurückkehrte, sah er besser aus, obwohl er immer noch kaum mehr als ein blasses Abbild des mächtigen Mannes war, der vor wenigen Stunden ins Bett hatte gehen wollen. Er ergriff die Wasserflasche mit zitternden Händen und trank gierig daraus, da er von den Drogen und dem quasi pausenlos herunterlaufenden Angstschweiß vollkommen ausgetrocknet war. Die Wache ließ ihn trinken und setzte ihn dann wieder auf den Stuhl. Der Uniformierte wollte Jacob gerade die Handschellen wieder anlegen, als Jet leicht den Kopf schüttelte.

»Ich glaube nicht, dass wir die brauchen werden. Das war genug Barbarei für eine Nacht«, sagte sie und hob eine Augenbraue, als sich Jacobs und ihre Blicke trafen.

Die Wache zögerte kurz, zuckte dann aber mit den Achseln, statt mit Jet eine Diskussion anzufangen. Er reichte ihr kurzerhand die Handschellen, kehrte dann zur Tür zurück und verließ den Raum.

»Herr Weinstein, ich möchte, dass Sie sich jetzt sorgfältig bewusst machen, in welcher Lage Sie sich gerade befinden – und dass Sie ebenso sorgfältig mein Angebot abwägen, wie Sie sich aus dieser Lage wieder befreien können. Sie haben sich des Hochverrats schuldig gemacht. Das haben Sie zugegeben, wir haben es auf Band. Ihre Schuld steht also nicht zur Debatte, sie ist erwiesen. Die Strafe für Hochverrat ist normalerweise lebenslange Haft, in diesem Fall, da wir von einer höchst wahrscheinlichen Kriegsfolge sprechen, würde allerdings eher die Todesstrafe ausgesprochen werden. Es gibt leider keine Möglichkeit, diesem Schicksal zu entgehen, denn keine Anwaltskanzlei, kein Geld und keine Verbindungen können Ihnen noch helfen. Verstehen Sie das? Die Kollegen vom Mossad werden Sie wahrscheinlich einfach auf das nächstgelegene Feld schleppen und Ihnen dann eine Kugel in den Kopf jagen, anstatt der Politik die öffentliche Demütigung aufhalsen zu müssen, einen der angesehensten Bürger unseres Landes als Verräter brandmarken zu müssen.«

Jacob nickte schweigend.

»Die einzige Art, wie Sie für Ihre Sünden Abbitte leisten könnten, wäre es, uns zu helfen, diesen schrecklichen Terroranschlag, den Sie selbst mit in Gang gesetzt haben, zu verhindern. Doch Sie wissen nicht genug, um das zu tun. Das bedeutet, dass es nur eine Möglichkeit gäbe, uns zu helfen. Sie müssen eine Sitzung des Rates einberufen und dabei herausfinden, was genau geplant ist, und vor allem wann. Wenn Sic sich weigern, es zu tun, werden Sie sterben … wahrscheinlich noch vor dem Ende des Tages. Niemand wird um Sie trauern oder Ihr Ableben bemerken, Sie werden einfach aufhören zu existieren. Ihr Vermächtnis wird für immer verloren gehen, und Sie werden nur ein weiterer unbedeutender Geschäftsmann sein, der ein paar Dollar verdient hat und es nicht wert war, zur Fußnote der Menschheitsgeschichte zu werden. Sie werden frierend und allein in einem Abflussgraben auf dem Acker, über den Sie vorhin gefahren sind, sterben und Ihre Überreste werden langsam unter einer dünnen Schlammdecke verrotten. Aber bevor all das passiert, werden Sie eine Folter über sich ergehen lassen müssen, die Sie sich nicht einmal in Ihren schlimmsten Albträumen vorstellen können. Sie werden irgendwann anfangen, um den Tod betteln. Kommt das alles bei Ihnen an?«, fragte sie. Der Tonfall ihrer Stimme kam ihm äußerst melodiös vor und ihr Sprechrhythmus war fast hypnotisch.

Jacob nickte erneut und antwortete dann: »Ja.«

»Sie müssen einen oder mehrere Anrufe tätigen und ein Treffen einberufen. Sie werden dabei verkabelt sein, damit wir alles mithören können, was Sie sagen. Sie müssen unbedingt herausfinden, was geplant ist. Sobald Sie das getan haben, nehmen wir die übrigen Mitglieder in Gewahrsam, und Sie werden als freier Mann zurückbleiben. Das ist der einzige Deal, den ich Ihnen anbieten kann.«

Er blickte sie entsetzt an. »Sie wollen, dass ich die Männer verrate, mit denen ich jahrzehntelang eng zusammengearbeitet habe, um unsere Nation aufzubauen und zu etwas Besserem zu machen? Denn genau darum geht es nämlich bei unserem Plan. Wir wollen ein stärkeres Land aufbauen. Ein Land, das nicht geteilt ist, das nicht voller Schuldzuweisungen, Elend und Selbstzweifel ist. Deshalb habe ich all das doch überhaupt nur getan.«

»Herr Weinstein, sparen Sie sich diese Verschleppungstaktik für jemanden, der sich dafür interessiert. Sie wissen ja nicht einmal, was Sie angerichtet haben. Sie sind so verblendet, dass Sie sich auf eine Verschwörung eingelassen haben, ohne überhaupt genau zu wissen, was das Ziel ist. Der Plan könnte beispielsweise lauten, die Bombe mitten in der Innenstadt von Jerusalem zu zünden, um die Tat muslimischen Extremisten in die Schuhe zu schieben und die Regierung auf diese Weise dazu zu bringen, als Vergeltungsmaßnahme Millionen von Unschuldigen zu töten. Sie stecken gerade bis über beide Ohren in der Scheiße und im Moment sind Sie auf dem besten Wege, Ihr Leben noch vor Einbruch der Dunkelheit auszuhauchen, und das erst nach Stunden unsäglicher Qualen. Ich biete Ihnen hier gerade einen Ausweg an. Helfen Sie uns, die Gräueltaten, die diese Verrückten planen, zu stoppen, dann sind Sie raus, dann sind Sie ein freier Mann. Unser Land braucht weder geistesgestörte Machtmenschen noch Atomexplosionen, um zu gedeihen. Dieser Plan ist nichts anderes als absoluter Wahnsinn und ich denke, ein Teil von Ihnen weiß das bereits.«

Jacob schien tatsächlich über ihre Worte nachzudenken, und Jet ließ ihm Zeit. Er musste selbst zu den richtigen Schlussfolgerungen kommen, ohne allzu sehr dazu gedrängt zu werden. Sie entfernte sich absichtlich einige Schritte von ihm, um ihm etwas Selbstachtung zurückzugeben.

Zuckerbrot und Peitsche. Verraten Sie Ihre Freunde, so wie Sie bereits Ihr Land verraten haben, oder lassen Sie sich hinrichten und in einem anonymen Grab verscharren. Eine kurze Unannehmlichkeit in Form eines kleinen Verrats, im Tausch gegen das eigene Überleben. Eigentlich ein unwiderstehliches Angebot.

Jet war zwar noch nicht ganz am Ziel, aber sie sah in seinen Augen, dass ihre Saat langsam aufging – da war ein Hoffnungsschimmer und ein wohlüberlegtes Abwägen. Sie ging ein paar Minuten lang auf und ab, dann hielt sie inne und stellte sich direkt vor ihn. Wieder sprach sie ihn mit seinem Nachnamen an, das war ein Teil ihrer Taktik.

»Herr Weinstein, die Zeit verrinnt langsam. Ihr Büro wird sich bald fragen, wo Sie stecken, und das könnte eine Abwehrreaktion in Ihrer Gruppe auslösen. Es ist sehr gut möglich, dass sie Sie sogar überwachen lassen. Es ist also dringend Zeit für eine Entscheidung. Helfen Sie uns, diesem Wahnsinn ein Ende zu bereiten, oder wollen Sie stattdessen lieber ein absolut bedeutungsloses Opfer bringen und einen sinnlosen Tod sterben? Oh, und nur für den Fall, dass Ihnen lediglich Ihre Loyalität im Wege steht, sollten Sie wissen, dass Sie unter der Wirkung unserer Drogen die Namen der anderen Mitglieder Ihres engsten Kreises bereits preisgegeben haben. Wenn Sie sich also dazu entscheiden, nicht mitspielen zu wollen, werden wir uns einfach an den Nächsten in der Reihe wenden und ihm das gleiche Angebot machen und Sie bekommen eine Kugel in den Kopf. Von unserer Warte aus betrachtet, geht es momentan nur darum, Zeit sparen. Für das Endergebnis macht es überhaupt keinen Unterschied, denn einer von ihnen wird garantiert reden. Für Sie ist es allerdings die einzige Chance. Also wählen Sie mit Bedacht.« Sie fixierte ihn mit einem unerschütterlichen Blick. »Treffen Sie jetzt Ihre Entscheidung! Wollen Sie uns helfen, oder lieber sterben?«

Jacob schloss seine Augen, als wenn er beten wollte, und blickte dann zu ihr auf. Er hatte jetzt den Blick eines ewig Verdammten … den gespenstischen Gesichtsausdruck eines gebrochenen Mannes.

»Wie genau soll das Ganze denn funktionieren?«

KAPITEL 28

Das Restaurant war wegen einer privaten Veranstaltung geschlossen. Der Besitzer hatte dem Personal den Abend frei gegeben, als er am späten Vormittag den Anruf erhalten hatte, dass die Räumlichkeiten für ein Treffen angefordert worden waren. Die eiserne Regel besagte nämlich: Sobald eines der neun Ratsmitglieder ein Treffen wünschte, mussten die anderen so schnell wie möglich Zeit dafür finden. In dem Moment, als Jacob die Anrufe getätigt hatte, war es also nur noch eine Frage des genauen Termins gewesen. Die Veranstaltung war auf fünf Uhr abends angesetzt worden, und als die besagte Stunde nahte, kam ein stetiger Strom teurer Fahrzeuge an der Hintertür an, die ihre Insassen absetzten und dann so schnell wie möglich wieder verschwanden, um keine Aufmerksamkeit zu erregen.

Jacob tauchte als Letzter auf, und hatte sich zuvor mit mehreren Whiskeys und einer Beruhigungstablette gestärkt, bevor er sich von seinem Fahrer zum Restaurant bringen ließ ... eines von Dutzenden, die einem prominenten Ratsmitglied gehörten, das auch einen bedeutenden Teil der örtlichen kommerziellen Fischereiflotte kontrollierte. Jacob ging genauso wie die anderen zielstrebig zum Dienstboteneingang, und das Überwachungsteam, das einen Block entfernt in einem hastig beschlagnahmten Büro Stellung bezogen hatte, konnte glasklar das Klacken seiner Absätze hören, als er sich durch die engen Flure des Backsteingebäudes zu einem privaten Esszimmer im zweiten Stock begab. Dort angekommen, nickte Jacob den versammelten Männern zu und nahm dann an dem großen, runden Tisch Platz. Er betrachtete aufmerksam ihre Gesichter, und sah dabei sowohl Entschlossenheit als auch eine gewisse Erschöpfung. Es waren allesamt Männer, deren Leben aus ewigen Kämpfen bestanden hatte, ohne dass ihnen je etwas geschenkt worden war. Die Runde war quasi ein *Who's who der finanziellen Macht des Landes. David gehörte nicht dazu. Jacob hatte ihn zwar vor vielen Jahren in die Handlungsebene eingebracht, aber er war kein offizielles Mitglied des Rates. Um ein gleichwertiges Mitglied zu sein, fehlten ihm sowohl die Erfahrung als auch die Geldmittel.*

»Meine Herren, diese Sitzung wurde auf besonderen Wunsch eines Mitglieds unserer Gruppe einberufen. Als Mitglied, das die Versammlung einberufen hat, wird Jacob nun zu uns allen sprechen«, sagte das älteste Mitglied, Eli, mit einer schroffen Stimme, die durch eine illustre Karriere als einer der berühmtesten Anwälte des Landes von großer Autorität geprägt war.

»Ich danke Ihnen allen für Ihr Kommen. Ich musste dieses Treffen anberaumen, weil mir klar geworden ist, dass wir nun sehr nahe an der Verwirklichung unserer Ziele sind, und doch habe ich keine Ahnung, was wir genau vorhaben. Ich weiß, wie Sie alle, dass die zweite Detonation jetzt unmittelbar bevorsteht, aber darüber hinaus tappe ich vollkommen im Dunkeln, abgesehen von der Zusicherung, dass die Operation zu unser aller Wohl verlaufen wird. Ich bin heute mitten in der Nacht aufgewacht, und war sehr unsicher, weil ich nicht weiß, was geplant ist. Deshalb schlage ich vor, dass der Sicherheitsausschuss uns alle – heute, auf dieser Sitzung – im Detail informiert, damit wir wissen, was uns erwartet und wie unser Geld genau ausgegeben wurde. Da uns letzte Woche gesagt wurde, dass das Ereignis, was auch immer es ist, nun unmittelbar bevorsteht, sehe ich keinen Grund dafür, den inneren Kreis noch länger unwissend zu lassen.

Deshalb schlage ich eine Abstimmung durch Handzeichen vor. Ich für meinen Teil will wissen, was in meinem Namen getan wird.«

»Bevor Sie alle abstimmen, wollte ich Ihnen mitteilen, dass unsere ausführenden Kräfte, oder besser gesagt, unsere Partner in dieser Angelegenheit, vor wenigen Stunden in Libyen angegriffen wurden«, berichtete Saul, der Leiter des Sicherheitsausschusses, in gedämpftem Tonfall.

»Angegriffen? In Bezug auf unsere Sache?«, bohrte Jacob aufgeregt nach. »Und wann sollten wir bitteschön darüber informiert werden?«

»Jacob, entspannen Sie sich. Noch wissen wir nicht, ob es tatsächlich etwas mit uns zu tun hatte. Erste Berichte deuten eher darauf hin, dass es sich dabei um Aufständische gehandelt hat, denn das Haus liegt in Benghazi, wo es in den letzten Monaten verstärkt bewaffnete Auseinandersetzungen gab«, versicherte Saul den Männern beruhigend. »Es gibt bislang keine Hinweise darauf, dass es dabei um einen gezielten Angriff ging. Aber es ist dennoch eine Erinnerung daran, wie verwundbar wir alle sind, selbst jetzt, zu dieser vorgerückten Stunde.«

»Mir sagt das eher, dass diese Männer sich nicht in einem Kriegsgebiet hätten verstecken sollen«, gab Jacob in einem harschen Tonfall zurück. »Das ist noch ein weiterer Aspekt, über den wir nichts gewusst haben. Ich hatte eine Telefonnummer, über die ich unsere Männer hätte erreichen können, aber wenn der Sicherheitsausschuss mir gesagt hätte, dass sie in Benghazi sind, hätte ich ihnen sofort gesagt, dass sie einen anderen Standort wählen sollen. Saul, ich verlange, dass die Zeit des Schweigens nun vorbei ist.«

»Bis zur Detonation halte ich es für eine schlechte Idee, wenn jemand mehr weiß, als er unbedingt wissen muss«, meinte Bernard, ein weiteres Mitglied des Sicherheitsausschusses. Bernard war ein ewiger Griesgram, deshalb nahm auch niemand seinen murrenden Tonfall persönlich. »Wir haben schon so lange gewartet. Was sind da noch ein paar Tage mehr?«

»Bernard, es kann doch nicht schaden, wenn Sie den Mitgliedern mitteilen, wann und wo die Detonation genau stattfinden soll, jetzt, wo es praktisch schon passiert ist. Trauen Sie uns etwa nicht? Gibt es hier jemanden, dessen Loyalität oder Fähigkeit, ein Geheimnis zu bewahren, Sie infrage stellen?«, fragte Rubin, eines der anderen Mitglieder.

»Es geht dabei gar nicht unbedingt um Geheimhaltung. Aber sagen wir mal, ein Mitglied könnte sich nicht zurückhalten, und würde beispielsweise in Erwartung einer größeren Unterbrechung der Öllieferungen entsprechende Optionsscheine kaufen … dann könnte man es zu ihm zurückverfolgen, und das würde unsere Existenz gefährden … und das zu einer Zeit, in der unser absoluter Zusammenhalt noch entscheidender sein wird als jemals zuvor«, erklärte Saul.

»Dann lasst uns doch eine Resolution verabschieden, die es jedem unserer Mitglieder verbietet, auf der Grundlage unseres Wissens Geld zu investieren. Das ist doch ganz einfach. Ich bin mir sicher, dass meine Ratskollegen eine solche Abmachung honorieren werden. Die Frage ist, ob Sie das auch tun, und wenn nicht, warum nicht?«, antwortete Jacob und stellte Saul damit in ein schlechtes Licht. Er spürte, dass die Stimmung im Saal langsam in seine Richtung tendierte, und diese Chance wollte er nicht ungenutzt verstreichen lassen. Also beschloss er, nun sein stärkstes Argument einzusetzen: »Ich bin seit über zwanzig Jahren Mitglied des Rates. Wir hatten in dieser Zeit noch niemals ein Sicherheitsleck, und damit sind doch wohl alle Mitglieder über jeglichen Vorwurf erhaben. Ich jedenfalls bin zuversichtlich, dass jeder in diesem Raum unser Geheimnis bewahren wird. Deshalb gefällt es mir ganz und gar nicht, wie ein dummes Kind behandelt zu werden, dem man angeblich die Wahrheit nicht anvertrauen kann. Vor allem, nachdem ich Millionen meines eigenen Geldes in dieses Projekt gesteckt habe. Früher habe ich die Notwendigkeit einer Informationsbarriere durchaus verstanden, aber in der jetzigen Situation finde ich es einfach nur noch beleidigend.«

Nachdem er seinen Standpunkt klargemacht hatte, setzte er sich wieder hin, räusperte sich und klopfte mit seinem Stift gegen die Seite seiner Flasche Perrier-Wasser, um sich weitere Aufmerksamkeit zu verschaffen.

»Ich schlage deshalb eine Abstimmung vor. Erstens, wir verbieten jegliche Investitionen, die auf etwaigem Wissen über unsere Vorhaben basieren. Wer ist dafür?«

Das Votum fiel einstimmig aus.

»Bevor wir über die Sicherheitsfrage abstimmen, möchte ich alle noch einmal daran erinnern, wie nahe wir dem Erfolg sind, auf den wir alle seit über dreizehn Jahren hinarbeiten. Warum sollten wir das jetzt gefährden? Seien Sie einfach noch ein wenig geduldig. Ich fordere Sie hiermit alle auf, Vernunft walten zu lassen«, sagte Saul und versuchte, das Blatt zu wenden.

»Richtig, denn nur Saul, Bernard und Russ kann man vertrauen«, entgegnete Jacob lakonisch und benannte damit die drei einzigen Mitglieder, die alle Details kannten. Damit trieb er einen Keil zwischen sie und die anderen Mitglieder. Denn wie könnten die anderen nicht beleidigt sein, nachdem sie jahrelang großzügig ihr Geld hatten fließen lassen, ohne jemals Rückfragen zu stellen oder Gegenwerte dafür zu erhalten? Jacob spürte seinen Sieg bereits und brachte seine Flasche daher erneut zum Klingen.

»Nun bitte ich um weitere Handzeichen. Wer ist dafür, dass der Sicherheitsausschuss uns über die genauen Einzelheiten der bevorstehenden Detonation informiert?«

Sechs Hände schossen daraufhin in die Höhe, wobei sich die drei Mitglieder des Sicherheitsausschusses enthielten. Nach den Regeln des Rates wäre allerdings eine Siebener-Mehrheit erforderlich, und einen Moment lang sank Jacob das Herz in die Hose, doch dann hob Russ langsam die Hand und verhalf Jacob damit zur notwendigen Mehrheit.

»Jetzt ist es beschlossene Sache! Saul, es ist an der Zeit, die Wahrheit zu sagen. Was genau haben Sie geplant?«, fragte Jacob, in dem Wissen, das jetzt der Moment seines endgültigen Verrats gekommen war.

Saul schüttelte niedergeschlagen den Kopf. »Ich halte es wirklich für eine schreckliche Idee, Ihnen das jetzt mitzuteilen«, protestierte er noch einmal.

»Wir verstehen das, aber die Wahl ist rechtskräftig, also sagen Sie es uns jetzt«, drängte ihn Jacob.

»Nun gut, auf Ihre Verantwortung hin.« Er räusperte sich und fuhr fort: »Morgen um 10.30 Uhr Ortszeit wird in Katar der Sprengsatz bei einem Brunch gezündet, der den Auftakt zur Jahrestagung der Arabischen Liga bildet. Einer Sonderversammlung, an der nicht nur die Delegierten, sondern auch die Leiter vieler Länder, darunter Saudi-Arabien und Iran, teilnehmen. Die Führer praktisch aller muslimischen Länder werden dort versammelt sein, sodass mit einem Schlag sämtliche Geldgeber des globalen Terrorismus vernichtet werden. Damit werden zugleich zwei Dinge erreicht ... erstens wird der Geldfluss zu denen unterbrochen werden, die seit Jahrzehnten unermüdlich an unserer Zerstörung arbeiten ... Hamas, Hisbollah und alle anderen ... zweitens wird eine Situation geschaffen, in der uns die Schuld dafür gegeben wird ... natürlich ohne jegliche Beweise. Dadurch wird es schließlich zu einem bewaffneten Konflikt mit unseren kriegslüsternen Nachbarn kommen, in dem wir notwendiges Territorium erobern und schnell und endgültig kurzen Prozess mit denen machen können, die unser geliebtes Land am Boden sehen wollen. So wird eine neue Ordnung für die gesamte Region geschaffen werden, in der wir dann natürlich eine Führungsrolle übernehmen werden.«

Der ganze Saal war angesichts der Kühnheit dieses Vorhabens mucksmäuschenstill. Die meisten von ihnen hatten sich einen gezielten, strategischen Schlag gegen einen bestimmten Gegner vorgestellt, etwa gegen den Iran. Aber die Aussicht, all ihre Gegner auf einen Schlag zu vernichten, hatte sie verstummen lassen. Der Rat bestand aus bekennenden Hardlinern, für die es in dieser Frage keinen Mittelweg gab. Die meisten von ihnen waren in ihrer Wehrdienstzeit in Kampfeinsätzen gewesen, hatten ihr Land mit Waffengewalt verteidigt und daher nur wenig Geduld für Diplomatie übrig, die ihrer Ansicht nach die Entschlossenheit der Nation ausgelöscht hatte. Der Plan war absolut genial, jedenfalls, wenn man die Ermordung von Zehntausenden Zivilisten sowie die Ermordung der Staatsoberhäupter praktisch aller anderen Länder in der Region in Kauf nehmen wollte.

»Wie genau wird das geschehen? Wo und wie wird die Bombe gezündet werden?«, fragte Jacob mit gedämpfter Stimme.

»Das weiß ich nicht. Niemand von uns tut das. Unsere ausführenden Partner haben darauf bestanden, dass sie den Einsatz unter vollkommener Geheimhaltung durchführen. Wir haben uns lediglich auf das Ziel geeinigt und sie finanziert, doch darüber hinaus sind sie die alleinige Exekutive, und je weniger wir wissen, desto besser«, erklärte Saul und Bernard nickte bestätigend.

Jacob drehte sich der Magen um. Also wusste niemand, wie man die Bombe aufhalten konnte, und bereits morgen früh würde sie hochgehen.

***

Der Direktor keuchte erschrocken auf, als er Saul diesen wahnsinnigen Plan beschreiben hörte, der den Nahen Osten in komplettes Chaos stürzen würde. Er drehte sich zu Jet um, hörte aber weiter angespannt zu, da er Angst hatte, auch nur eine einzige Silbe zu verpassen. Als er vernahm, dass die tatsächlichen Einzelheiten des Einsatzes niemandem im Raum bekannt waren, wich ihm augenblicklich alle Farbe aus dem Gesicht.

»Die sind verrückt. Vollkommen verrückt. Wenn sie das machen, wird es die gesamte Region entflammen und in einen Krieg stürzen, der sich zum Dritten Weltkrieg entwickeln kann«, flüsterte er fassungslos.

»Das Gefährlichste auf der Welt sind ein Haufen reicher alter Männer, die das Gefühl haben, dass das Sterben unzähliger Menschen ein akzeptabler Kompromiss ist, wenn sie dadurch ihre Ziele erreichen.«

»Wir müssen diese Irren stoppen!«

Jet nickte. »Absolut. Aber ist Ihnen aufgefallen, dass immer alle Befürworter des Tötens glauben, dass Gott auf ihrer Seite ist, und dass sie lediglich das tun, was getan werden muss, um ein noch größeres Übel abzuwenden?«

»Bei allem Respekt, erspar mir jetzt bitte die Philosophiestunde. Wir müssen das verhindern, was immer es auch kostet. Mein Gott ... das Ganze soll schon morgen stattfinden. Du musst dich bereit machen, nach Katar zu fliegen. Ich werde sofort ein Unterstützungsteam zusammenstellen. Lou, bereiten Sie den Lagebericht vor und finden Sie heraus, welche Möglichkeiten wir in Katar haben und wie wir am besten ein Team dort hineinbringen können, ohne die Einheimischen zu alarmieren«, forderte der Direktor seinen Stellvertreter auf.

»Sie müssen Katar einweihen«, sagte Jet geradeheraus. »Wir reden hier immerhin von vollkommen ungekannten Dimensionen.«

»Ich werde das Kabinett innerhalb einer Stunde informieren. Grundsätzlich bin ich deiner Meinung, aber es ist leichter gesagt als getan, Katar zu warnen. Zum einen hassen sie uns, und zum anderen wird es fast denselben Effekt erzielen, wenn sie den Gipfel abbrechen – wir werden wie Monster aussehen, obwohl es sich bei dem hohen Rat quasi um eine Terrorgruppe handelt, die auf keinen Fall von der Regierung unterstützt wird. Trotzdem werden wir automatisch mit denen in einen Topf geworfen werden und von einem Großteil der Welt verteufelt werden. Es gibt eine Menge Dinge zu bedenken, bevor wir handeln …«

»Moment mal, wollen Sie mir etwa sagen, dass irgendwelche politischen Auswirkungen wichtiger sein könnten, als das Zünden einer Atombombe zu stoppen, die die gesamte Führung der arabischen Welt auslöschen könnte? Sagen Sie mir inwiefern das weniger verrückt ist als der Plan der Terroristen«, schoss sie zurück und vergaß in ihrer Empörung kurzzeitig, mit wem sie da gerade sprach.

Der Direktor sah aus, als hätte man ihm in den Magen geboxt und er antwortete unterkühlt: »Vielen Dank für deine Gedanken zur geopolitischen Weltlage. Ich werde sie gern an das Kabinett weiterleiten. Darf ich trotzdem vorschlagen, dass du deine Gefühle unter Kontrolle bringst und dich stattdessen lieber auf die Mission konzentrierst? Wir müssen nämlich verhindern, dass diese Detonation überhaupt stattfindet. Das ist die einfachste Lösung.«

»Im Moment wissen wir aber nur, dass es eine Bombe gibt, die morgen früh explodieren und die Führer des Nahen Ostens auslöschen soll. Doch wir wissen nichts anderes darüber. Wie sollen wir denn bitteschön etwas stoppen, das wir gar nicht finden können?«, gab sie patzig zurück, und war unfassbar wütend über seine Arroganz.

»Ich würde sagen, dann musst du dich wohl mal etwas beeilen, einen Plan auszuhecken, denn wir haben nicht mehr viel Zeit.

Du hast alle Ressourcen zur Verfügung, die du dir vorstellen kannst, also leg los!«

Sie schluckte ihren Zorn herunter und nickte. »In Ordnung. Als Erstes müssen wir jeden verfügbaren Satelliten unter unsere Kontrolle bringen und sie auf Katar richten. Haben wir auch welche, die Strahlung aufspüren können?«, fragte sie.

»Das ist eigentlich ein Staatsgeheimnis. Aber ja, haben wir.«

»Dann sollten wir diese ebenfalls auf Katar konzentrieren. Je mehr Augen wir zur Verfügung haben, desto besser sind unsere Chancen, etwas zu entdecken, und wenn wir zufällig irgendwelche Agenten in der Hauptstadt haben, sollten sie alles, was sie hören, weiterleiten, egal wie unbedeutend es ihnen vorkommt. Wir haben etwa zwanzig Stunden Zeit, um eine Spur zu entdecken und etwas daraus zu machen.«

Sie warf ihm einen finsteren Blick zu. »Ihnen ist schon klar, dass ich so gut wie tot bin, wenn ich dort hinreise und die Explosion nicht stoppen kann, oder? Aber für eine Selbstmord-Mission habe ich mich nicht freiwillig gemeldet!«

Er studierte ihr Gesicht und nickte dann. »Wie ich gehört habe, hast du eine Tochter. Frag mich nicht, woher ich das weiß. Es ist einfach meine Aufgabe, Dinge zu wissen. Ich kann natürlich verstehen, dass du für sie da sein willst, aber ich muss leider darauf bestehen, dass du diese Sache zu Ende bringst. Ich werde mich persönlich dazu verpflichten, dich aus Katar herauszuholen, egal was es kostet, falls der schlimmste Fall eintreten sollte. Vielleicht musst du dich dort für eine Weile verstecken, aber ich werde dich rausholen, darauf gebe ich dir mein Wort.«

»Und was ist, wenn ich von der Explosion erwischt werde?«

»Sieh einfach zu, dass das nicht passiert. Wenn du das Gerät nicht bis zehn Uhr fünfzehn gestoppt hast, entfernst du dich verdammt noch mal so schnell du kannst, vom Ort des Treffens!«

»Das wird aber ganz schön knapp.«

Er sah auf die Uhr. »Ich muss jetzt weitermachen. Meine Männer werden die gesamte verräterische Bande des Rates jetzt festnehmen und verhören. Du brauchst keinen Gedanken mehr an sie zu verschwenden. Bereite dich lieber darauf vor, dass du sofort ausgeflogen wirst, nachdem du dich mit dem Einsatzteam besprochen hast … in zwei Stunden etwa, geht es los. Ich brauche eine Stunde mit dem Kabinett, dann komme ich zurück. Fangt ruhig schon ohne mich an, wenn ich nicht pünktlich da bin. Lou, sie hat absolute Kommandogewalt. Was auch immer sie sagt, wird gemacht. In Ordnung?«

Lou versteifte sich, als würde er salutieren wollen. »Ja, Sir!«

»Schicken Sie die Männer jetzt rein und bringen Sie den sogenannten Rat in eine unserer größeren Einrichtungen. Ich will aber nicht, dass sie bis dahin miteinander reden. Setzen Sie die Vernehmungsbeamten zuerst auf die drei Mitglieder des Sicherheitsausschusses an und finden Sie dann alles heraus, was diese Männer wissen. Setzen Sie dazu alle notwendigen Mittel ein. Es ist mir vollkommen egal, was Sie tun müssen, denn es ist sehr gut vorstellbar, dass dieser Saul, oder einer der beiden anderen, etwas Entscheidendes zurückgehalten hat. Finden Sie es heraus. Wenn Sie mich jetzt bitte entschuldigen würden, ich brauche etwas Privatsphäre, denn ich muss einige heikle Anrufe tätigen«, sagte der Direktor und ging zur Tür. »Ich bin in meinem Büro, falls sich etwas Neues ergibt.«

»Was ist mit Jacob?«, fragte Jet.

»Was soll mit ihm sein? Ich habe niemals ein Geschäft mit ihm gemacht. Das warst du. Von mir aus kann er den Rest seines Lebens mit den anderen in einer feuchten Zelle verrotten. Ich würde sagen, er hat es mehr als verdient«, knurrte der Direktor und stürmte aus dem Raum. Eine Wolke von Zigarettenrauch blieb zurück, als er sich auf den Weg machte, die Regierung darüber zu informieren, dass in weniger als vierundzwanzig Stunden das Undenkbare geschehen würde.

KAPITEL 29

DOHA, KATAR

Die trockene Luft stand praktisch still, nachdem ein nachmittäglicher Sandsturm einen dünnen Dreckfilm auf allem hinterlassen hatte, was sich in seinem Weg befunden hatte. Die hoch aufragenden Gebäude drängten sich unerbittlich in den nächtlichen Sternenhimmel, und der Schein ihrer Lichter erhellte den Finanzbezirk in einem Glanz, der es mit Las Vegas in seiner schrillsten Form aufnehmen konnte. Die Stadt ruhte um ein Uhr morgens, und selbst die normalerweise endlosen Bauarbeiten hatten eine kleine Verschnaufpause eingelegt. Die massiven Kräne, die über die lange Reihe von Wolkenkratzern ragten, waren bewegungslos und warteten auf den Anbruch eines neuen Tages.

Das nahe gelegene Dubai war für seine erstklassige Stadtentwicklung bekannt, aber Doha hatte ähnliche Ambitionen und holte den verspäteten Start immer schneller auf. Als idyllische Hafenstadt mit seinen weißen Sandstränden, dem ruhigen türkisfarbenem Wasser am Persischen Golf und nahezu unbegrenzten Öleinnahmen war das kleine Land mit dem Beginn des 21. Jahrhunderts auf direktem Weg an die Weltspitze.

Solomon und Joseph hatten mehrere Meilen entfernt geparkt und ein Schlauchboot mit Außenbordmotor gestohlen, um sich dem verdunkelten Hafen nähern zu können. Unzählige Frachtschiffe und Hilfsschiffe für die Ölplattformen im Golf schmiegten sich an die Betonmauern im Wasser, und ihre schweren Hüllen aus Stahl zogen sanft an den Leinen, während schwache Wellen im Hafenbecken ausliefen. Das Pochen des Außenborders klang in Solomons Ohren laut wie ein startender Jet, aber er wusste, dass es nur daran lag, dass seine Nerven fast bis zum Zerreißen gespannt waren, und dass in Wahrheit wahrscheinlich niemand darauf achten würde.

Als sie sich ihrem Ziel näherten, schaltete Joseph den Motor aus, ließ dann ein Paddel ins Wasser gleiten und begann auf die riesigen Schiffe zuzurudern. Einige Minuten später kam das kleine Boot am Fuß einer korrodierten Stahlleiter, die aus dem Wasser ragte, zum Stillstand. Solomon band die Bugleine daran fest, sodass ihnen das Fahrzeug für eine schnelle Flucht bereitstehen würde. Sie hatten zuerst andere Wege in Betracht gezogen, um in den Containerbereich des geschäftigen Hafens zu gelangen, aber sämtliche Alternativen waren als zu riskant verworfen worden. Eine Annäherung auf dem Seeweg bot ihrer Meinung nach die besten Chancen, unentdeckt zu bleiben.

Solomon zog sich die Sprossen hoch und verzog vor Schmerz das Gesicht, als sich seine verwundete Schulter wieder bemerkbar machte. Joseph blieb ihm dicht auf den Fersen. Beide Männer trugen Schwarz und waren in dem abgedunkelten Hof, in dem Hunderte von Schiffscontainern gelagert wurden, so gut wie unsichtbar. Joseph zog jetzt ein kleines Gerät aus seiner Tasche und schaltete es ein, wobei er einige Sekunden wartete, bis der Bildschirm aufleuchtete. Dann zoomte er einen blinkenden Punkt auf dem Display heran und studierte die Koordinaten direkt darunter.

»Wir sind noch etwa zweihundert Meter entfernt. Folge mir«, flüsterte er und verfiel dann in einen vorsichtigen Laufschritt in Richtung des Zielcontainers. Solomon hatte volles Vertrauen in Joseph, der das Technik-Genie im Team war, und war sich sicher, dass dieser das Funksignal korrekt interpretieren und sie an ihr Ziel bringen würde.

Wenig später hielt Joseph an einer Reihe von drei hoch gestapelten 12-Meter-Containern an, leuchtete mit seinem kleinen Taschenlampenstrahl auf die Identifizierungsnummer des unteren Containers und nickte Solomon dann stumm zu, der daraufhin einen Bolzenschneider zum Öffnen der Versiegelung hervorholte. Der Kopf des gehärteten Sicherheitsstifts sprang einen Augenblick später mit einem leisen Knacken ab. Er zog das Metallstück heraus, hob den Verschlussgriff des Containers an und öffnete dann schwungvoll die Tür.

Im Inneren befanden sich Dutzende von Holzkisten mit Klimakompressoren und Leistungstransformatoren sowie Ersatzteile für die Wartung der Kräne, die die wachsende Skyline der Stadt prägten. Joseph richtete den Strahl seiner Lampe genau auf die Kisten und kletterte dann in den Container hinein, um nach dem ganz speziellen Gerät zu suchen. Auf halbem Weg blieb er stehen und lächelte selbstgefällig. Die rote, handgeschriebene Beschriftung eines Fünf-Tonnen-Kompressors hatte den genauen Wortlaut, der ihm angekündigt worden war; vollkommen harmlos, wenn man nicht gezielt danach suchte. Wenige Augenblicke später hatte er den Deckel hochgestemmt und ihn zur Seite geschoben. Er holte nun einen Schraubenzieher hervor und begann mit der Demontage des Kompressor-Gehäuses. Als es endlich offen war, hob er die grauen äußeren Metallgitter an, stellte sie neben die Kiste und schraubte anschließend den oberen Teil des Kühlventilators ab. Nach einigen weiteren Sekunden hob er vorsichtig den Koffer heraus, wobei seine Armmuskeln wegen des immensen Gewichts deutlich hervortraten. Er stellte das klobige Behältnis neben den Deckel und schaltete seine Taschenlampe aus, als Joseph sich den Griff des Koffers schnappte. Dabei streifte er allerdings den Deckel der

Frachtkiste, die daraufhin umkippte und mit einem ohrenbetäubenden Knall gegen die Stahlbehälterwand fiel … der Aufprall klang wie ein hundertfünfzig Kilo schwerer Gong. Er erstarrte, doch da begann auch schon ein Hund zu bellen … ein großer Hund … ganz in der Nähe.

Blitzschnell schaffte er den Koffer nach draußen und Solomon schloss die Tür hinter ihnen, während er seinen Blick misstrauisch über die Reihe der Container schweifen ließ. Josephs Blick traf ihn und drückte eine Form von stiller Entschuldigung aus. Er übergab den Koffer nun an Solomon und zog eine schallgedämpfte Pistole aus seinem Rucksack.

»Geh du zurück zum Boot. Ich halte in der Zeit jeden auf, der uns gehört hat. Kannst du das Ding allein tragen?«, flüsterte er, besorgt über Solomons Verletzung.

»Das schaffe ich schon«, antwortete dieser, während er die Zähne zusammenbiss und den Gurt über seinen gesunden Arm hob. »Wir teilen uns auf. Mach am besten ordentlich Krach, denn dann werden sie vielleicht nur hinter dir her sein.«

Joseph nickte. »Ich bin in fünf Minuten am Boot. Wenn nicht, mach dich bitte sofort aus dem Staub, und wir treffen uns dann später am Haus. Wenn du irgendwelche Sirenen hörst oder sich Fremde nähern, verschwinde einfach, denn das Gerät ist wichtiger als alles andere.«

»Ich weiß. Aber ohne dich nützt es mir nicht viel, also sei gefälligst vorsichtig!«

»Findest du den Weg zurück zum Boot?«

»Ich denke schon. Ich laufe einfach weiter, bis ich am Wasser ankomme und dann suche ich nach dem Beiboot. Und jetzt raus hier!«

Joseph lud seine Pistole durch und ging zu der nächsten Reihe Container. Er warf noch einmal einen Blick zurück auf Solomon, dann schlich er um die Ecke und war verschwunden.

Der Schein einer Taschenlampe leuchtete jetzt in der Ferne auf und glitt die von den gestapelten Containern gebildeten Gänge hinunter. Solomon nahm das als Zeichen, sich endlich in Bewegung zu setzen. Er hörte jetzt ein Rumpeln ganz in der Nähe. Das musste Josephs Ablenkungsmanöver sein, mit dem er die Verfolger auf seine Fährte bringen wollte. Er kniff die Augen zusammen, als er in der Dunkelheit auf das Wasser zueilte. Auf ein weiteres Geräusch, dieses Mal weiter entfernt, folgte ein Schrei. Er beschleunigte seine Schritte, was ihm unter dem immensen Gewicht der Bombe allerdings schwerer fiel, als ihm lieb war.

Plötzlich hörte er hinter sich ganz in seiner Nähe extrem schnelle Bewegungen, dann traf ihn eine Masse aus fellbedeckten Muskeln in den Rücken und er fiel vorüber. Die Kiste prallte auf den Beton und überschlug sich zweimal, bevor sie fünf Meter entfernt zum Stehen kam. Solomon hätte es fast nicht geschafft, seinen eigenen Sturz mit den Händen abzufedern, und ein Stich überwältigenden Schmerzes peitschte durch seine Schulter, begleitet von einem tiefen Knurren, als der große Deutsche Schäferhund seine Zähne genau in die verletzte Stelle versenkte. Solomon rollte zur Seite und stieß den Hund weg, dann schwang er seine Faust durch die Luft und landete einen Schlag auf den Kopf des Tieres, der allerdings nichts anderes bewirkte, als das Tier noch mehr in Rage zu bringen, sodass es nun auf seine Beine losging. Solomon unterdrückte einen Schmerzensschrei, als der Hund seine Reißzähne in seine linke Wade grub. Er trat mit dem freien Stiefel auf das sabbernde Tier ein, bis es endlich mit einem leisen Grunzen seine Wade losließ. Stattdessen sprang der Hund sofort in Richtung seiner Kehle und Solomon riss zur Verteidigung seine Arme hoch. Plötzlich ertönte aus der Dunkelheit ein Knall, und der Hund stieß ein Winseln aus, als sich eine Kugel durch seinen Rücken bohrte. Das gelähmte Tier landete ein paar Zentimeter von Solomons blutendem Körper entfernt. Solomon rollte sich zur Seite und blickte auf, als er Joseph mit der schallgedämpften Pistole in der Hand, aus den Schatten auftauchen sah.

Ein Licht erschien jetzt hinter Joseph. Er wirbelte herum und schoss dreimal auf die Wache, die ihn verfolgt hatte. Eine Taschenlampe fiel daraufhin krachend zu Boden, dicht gefolgt von einem verletzten Sicherheitsmann, dessen Revolver harmlos in seiner Nähe landete. Als Solomon sich bemühte, auf die Beine zu kommen, half ihm Joseph, indem er ihn hochzog, dabei lauschte er unentwegt in die Stille, um weitere Verfolger sofort ausmachen zu können.

»So eine Scheiße. Der verdammte Hund hat mich echt heftig erwischt«, zischte Solomon, als er sich humpelnd auf den Koffer zu bewegte und sich dabei die Schulter hielt, aus der das Blut aus der Bisswunde strömte.

»Bleib in Bewegung. Ich nehme die Bombe. Geh du zum Wasser – das Boot ist gleich rechts hinter der nächsten Reihe. Los!«, wies Joseph ihn an, nachdem er Solomons Zustand für äußerst kritisch befunden und deshalb sofort eine Entscheidung getroffen hatte.

Solomon fing gar nicht erst an zu diskutieren, sondern schwankte in die von Joseph angegebene Richtung. Dieser wartete mit schräggelegtem Kopf in Erwartung weiterer Wachen, hörte aber nichts, und näherte sich deshalb nach einigen Augenblicken dem zerbeulten Gehäuse. Er packte den Griff und setzte sich hastig in Bewegung, die Waffe fest in der einen Hand, während er die tödliche Vorrichtung in der anderen trug. Er erhöhte seine Geschwindigkeit zu einem Laufschritt und war gerade um die Ecke gebogen, als sein Blick am Ende des Ganges einen Lichtschimmer wahrnahm – weitere Wachen, und sie waren nicht mehr weit entfernt. Seine einzige Hoffnung war es, dass sie nicht noch mehr Hunde dabeihatten, und dass der Fund des Verletzten sie so lange aufhalten würde, dass er es bis zum Boot schaffen und sie das Gelände verlassen konnten, bevor die Wachen einen Großalarm auslösen würden.

Am Wasser angekommen, rannte er so schnell, wie ihn seine Beine mit dem zusätzlichen Gewicht, mit dem er zu kämpfen hatte, tragen konnten, und schaffte es tatsächlich bis zum Boot, wo Solomon gerade ein Stück Schnur um sein Bein band, um die Blutung zu stoppen.

Joseph steckte die Pistole in seinen Rucksack und schwang sich über das Geländer, während er die Leiter mit eisernem Griff umklammerte, und ließ sich dann zu seinem Kollegen hinab. Aus dem Containerbereich waren nun Stimmen zu hören. Er verstaute die Kiste im Bug, löste die Leine von der Leiter und stieß das Boot hastig ab.

»Setz dich nach hinten! Ich muss auf der Mittelbank sitzen, damit ich rudern kann«, befahl er und Solomon schob sich daraufhin auf einen Platz neben dem Außenborder. Joseph tauchte die Ruder ins Wasser und drehte das kleine Boot um, dann ruderte er mit aller Kraft auf das tintenschwarze offene Meer jenseits der großen Frachtschiffe zu.

Zwei Lichter rasten jetzt am Ufer entlang, wo die verbliebenen Wachen nach den Eindringlingen suchten, aber bis sie an der Leiter angekommen waren, hatte das Schlauchboot bereits die andere Seite eines zweihundert Meter langen Frachtschiffes erreicht, dessen rostiger Rumpf eine gute Deckung abgab.

Joseph wartete, bis sie fast an der Hafenmündung waren, bevor er den Motor startete, doch dann gab er Vollgas. Bald darauf peitschten sie über die ruhige See auf die Lichter des Hotels zu, vor dem sie ihr Auto abgestellt hatten.

An Land angekommen, verschwendeten sie keine Zeit, sondern schleppten den Koffer sofort zum Fahrzeug und legten ihn behutsam in den Kofferraum.

»Verdammt. Das Ding sieht aus, als wäre es von einem Lastwagen gefallen«, sagte Solomon bedauernd. »Es tut mir echt leid. Der Hund …«

»Das können wir jetzt nicht mehr ändern. Ich werde mir das genauer ansehen, wenn wir wieder im Haus sind. Jetzt kümmere ich mich erst mal um das Boot. Ich bin gleich wieder da«, antwortete Joseph. Er schloss den Kofferraumdeckel und kehrte dann zu dem Beiboot am Wasser zurück, wo er die Klinge seines zusammenklappbaren Kampfmessers mit einem Zischen in den aufblasbaren Rumpf stach. Er sah einige Sekunden lang dabei zu, wie es immer mehr Luft verlor, und schob das Boot dann mit seinem Fuß vom Ufer weg. Hoffentlich würde es bald untergehen. Andererseits würde das ab morgen früh wahrscheinlich sowieso keine Rolle mehr spielen, ging es ihm durch den Kopf.

Er kehrte zum Auto zurück und setzte sich ans Steuer, dann wandte er sich an Solomon. »Du siehst echt übel aus. Ich würde sagen, dass der Hund die Runde fast gewonnen hätte.«

»Da hast du leider recht.«

»Wie geht's der Schulter?«

»Ich werde es überleben, aber ich brauche eventuell einen Arzt für mein Bein, mal sehen. Vielleicht können wir es aber auch selbst nähen. Hoffentlich hat der Köter keine Arterie erwischt. Es tut auf jeden Fall weh wie Sau.«

Das Boot blubberte hinter ihnen leise und sank langsam, denn Motor und Treibstofftank waren zu schwer, als dass es sich über Wasser hätte halten können. Joseph murmelte eine Antwort und verließ dann die Parklücke. Schweigend überquerten sie den dunklen Asphalt, bevor er die Scheinwerfer anschaltete und auf die Uferstraße abbog, die zu ihrem Unterschlupf führte. Jacobs Gedanken kreisten bereits um die Konsequenzen, die es haben würde, falls die Bombe beschädigt sein sollte, und das wenige Stunden vor der geplanten Detonation.

KAPITEL 30

Der Citation Business-Jet, der unter französischer Flagge unterwegs war, landete jetzt in Nikosia, Zypern, und raste nach dem Auftanken sowie der Aufnahme von drei Passagieren wieder die Startbahn hinunter und stieg in den Sternenhimmel auf. Jet beobachtete, wie die flimmernden Lichter der Insel unter ihr verschwanden, bevor sie die Jalousie herunterzog und die Augen schloss, in der Hoffnung, noch ein paar Stunden Schlaf zu kriegen, bevor sie in den frühen Morgenstunden in Katar ankommen würde.

Die Mossad-Kontakte in der Hauptstadt hatten sich sofort an die Arbeit gemacht, als der Direktor sich mit der Nachricht bei ihnen gemeldet hatte, dass er ein paar Agenten einschleusen müsse. Die Summe, die erforderlich gewesen war, um die Einwanderungsbeamten dazu zu bringen, ein Auge zuzudrücken, war schwindelerregend hoch gewesen, aber angesichts der ernsten Lage war gerade niemand in Verhandlungsstimmung. In Erwartung der Ankunft der Staatschefs zum Treffen der Arabischen Liga war die Sicherheitsstufe so hoch wie noch nie zuvor, und selbst mit dem bereits existierenden italienischen Pass von Jet und den gefälschten Papieren der beiden anderen Spezialisten war die Beschaffung der nötigen Visa mit einer derart kurzen Vorlaufzeit beinahe unmöglich gewesen.

Am Ende hatte das Geld gesiegt, und der Flug war für die Ankunft um vier Uhr morgens freigegeben worden, und die einwöchigen Visa für Jet und ihre beiden Begleiter – die besten Außendienstmitarbeiter des Mossad – warteten am Zielflughafen auf sie. Jets damaliges Einsatzteam war längst Geschichte, doch die Dossiers der aktuellen Männer hatten sie ermutigt. Natürlich hatten sie nicht annähernd die Qualifikationen der Mitglieder ihrer alten Gruppe, doch sie waren beide an genügend erfolgreichen Operationen beteiligt gewesen, um ein gewisses Grundvertrauen in sie zu rechtfertigen.

Die Planungssitzung hatte sich endlos hingezogen, und zu vorgerückter Stunde hatten sich die Teilnehmer schließlich darauf geeinigt, dass sie Jet mitten ins Einsatzgebiet bringen mussten, während die Satelliten neu positioniert wurden, und sie ihr die aktuellen Informationen direkt vor Ort weitergeben würden. Bis zu ihrer Landung beschränkte sich die Präsenz des Mossad in Katar auf ein paar Maulwürfe, die nachrichtendienstliche Informationen sammelten, und auf einen Stationsleiter, der ihnen die benötigte Ausrüstung vor Ort besorgen würde. Denn sie konnten es nicht riskieren, etwas im Flugzeug mitbringen. Nicht angesichts der erhöhten Sicherheitsstufe im Rahmen der Konferenz.

Jet war unglaublich frustriert über den Mangel an verlässlichen Fakten, mit denen sie arbeiten musste. Abgesehen von der Gewissheit, dass die Bombe um 10.30 Uhr explodieren würde, hatte sie praktisch nichts, worauf sie aufbauen konnte. Ein Kontakt in den Regierungsbüros hatte sich einen finanziell gut gepolsterten Ruhestand gesichert, indem er sich dazu bereit erklärt hatte, den Hackern des Mossad eine Hintertür zur Verfügung zu stellen, durch die sie in die Einwanderungsdatenbank gelangen konnten, um diese nach den Einreiseaufzeichnungen der abtrünnigen Agenten zu durchsuchen. Die Mitglieder des Rates waren mittlerweile vollständig in Gewahrsam genommen worden und wurden aktuell wahrscheinlich brutal verhört, doch bis jetzt gab es keine neuen Informationen. Jets einzige Hoffnung war es, dass einer der Sicherheitsbeauftragten mehr wusste, als er zugab, und dass die Kombination von extremer Folter und Drogen irgendetwas ans Licht bringen würde, was sie gebrauchen könnte. Der Direktor hatte mehr als deutlich gemacht, dass es ihn nicht im Geringsten interessierte, wie viele der Männer bei Sonnenaufgang noch am Leben waren, sodass die Befragungsteams über unbegrenzte Handlungsfreiheit verfügten. Jets Erfahrung sagte ihr, dass diese deshalb alle ihnen zur Verfügung stehenden Mittel einsetzen würden.

Die Citation geriet in Turbulenzen, als sie die Küste Libanons erreichte, und der Pilot stieg deshalb in eine ruhigere Höhenlage auf. Natürlich wäre es einfacher gewesen, von Tel Aviv aus zu fliegen, doch ein aus Israel ankommender Privatjet wäre ein rotes Tuch für Katar gewesen, und egal wie viel Geld den Besitzer gewechselt hätte, jeder an Bord wäre erst einmal festgehalten und verhört worden. Zypern hingegen war unverdächtig, und da das Flugzeug noch dazu unter französischer Flagge unterwegs war, gab es keinerlei Verbindungen nach Israel. Jet war eine Stunde früher mit einer Lear 35 eingeflogen, deren Crew sie, ohne Fragen zu stellen, in der privaten Ankunftshalle in Nikosia abgesetzt hatte. Dort hatte sie ihre Wartezeit, bis das französische Charterflugzeug ankam, um sie an ihren endgültigen Bestimmungsort zu bringen, online verbracht.

Denn das Einzige, was sie außer einem Bademantel, einem Schleier und einem Satz Wechselkleidung mitgenommen hatte, war ein Notebook, und darin verborgen ein Ohrstöpsel mit der dazugehörigen Kommunikationsausrüstung. Sie hoffte, dass ihr Kontakt vor Ort in der Lage sein würde, sie mit allem zu versorgen, was sie brauchte, obwohl das zu diesem Zeitpunkt doch sehr infrage stand, denn sie hatten noch kein konkretes Ziel, keine Strategie und keinen Plan. Im Moment lautete ihre Mission nur, in Doha in Position zu gehen und dort für ein Wunder zu beten.

Zwei Stunden später begannen sie den Sinkflug, und Jet kam wieder zu vollem Bewusstsein. Ihre Bemühungen, ein Nickerchen zu machen, waren mehr oder weniger erfolgreich verlaufen, nachdem sie die Turbulenzen endlich hinter sich gelassen hatten. Die Stimme des Piloten dröhnte jetzt über Lautsprecher und informierte sie darüber, dass sie in einer Viertelstunde landen würden. Dann legte sich eine unangenehme Stille über die Kabine und das dumpfe Dröhnen der Turbinen war das einzige Geräusch, das sie hörten, während sie weiter auf den Persischen Golf zurasten.

Am Flughafen wurden sie von einem großen, würdevollen, aber schläfrig aussehenden Mann in Militäruniform durch den Zoll begleitet, der ihnen die Einreiseformalitäten ersparte, indem er dem zuständigen Beamten einen ganzen Stapel von Visadokumenten überreichte, die von seinem Büro für die geschätzten Gäste aus Zypern vorbereitet worden waren. Nachdem ihre Pässe abgestempelt worden waren, verabschiedete sich der Mann und verschwand wieder, und ließ sie vor dem privaten Flugzeugterminal stehen, wo sie auf eine leere Zufahrtsstraße starrten.

Jet schaltete ihr Handy an, und sofort vibrierte das Gerät. Sie hörte die eingegangene Sprachnachricht ab und drückte dann auf die Wahlwiederholung. Sofort wurde sie von der tiefen und markanten Stimme des Direktors begrüßt.

»Unser Mann wird jeden Augenblick bei euch sein. Er wird euch zuerst in einen sicheren Unterschlupf bringen und euch außerdem mit allem Nötigen ausrüsten. Ich hoffe, dass wir bis dahin mehr Informationen haben. Einer der Vernehmungsbeamten rief mich vor einigen Minuten an, um mir zu sagen, dass seine Zielperson offenbar mehr weiß, als sie zugibt … etwas darüber, wie die Bombe ins Land gekommen ist. Vielleicht ist es nichts Wichtiges, doch genauso gut könnte es auch entscheidend sein. Ich rufe dich sofort an, wenn ich die Einzelheiten kenne«, sagte er.

»In Ordnung. Im Moment stehen wir außerhalb des Terminals, sind vollkommen ungeschützt und können nichts machen, außer Däumchen zu drehen. Hoffen wir mal, dass Ihr Mann hier nur mit dem Verkehr zu kämpfen hat, denn bisher fängt das alles andere als gut an.«

Jet beendete den Anruf, und war verärgert darüber, dass ihr Kontaktmann unpünktlich war. Aber sie hatte die Hoffnung, dass das Verhör ihnen einen entscheidenden Hinweis liefern würde. Die beiden Agenten, die sie auf dem Flug begleitet hatten, Aaron und Eric, sahen sie erwartungsvoll an, und sie gab ihnen gerade die Informationen weiter, als ein Paar Scheinwerfer die lange Kurve, die zum Terminal führte, beleuchteten. Ein silberner Honda Mini-Van hielt jetzt am Bordstein an und der Fahrer ließ das Beifahrerfenster herunter.

»Öffnen Sie die Schiebetür, steigen Sie ein und packen Sie Ihre Taschen einfach neben sich. Es tut mir leid, dass ich zu spät komme«, sagte er auf Arabisch. Jet warf ihm einen finsteren Blick zu und rutschte dann auf den Sitz hinter ihm. Die anderen beiden Agenten quetschten sich auf die hintere Bank, und einen Augenblick später fuhren sie bereits die Straße hinunter und verließen den Flughafen.

»Was war denn so wichtig, dass Sie uns warten lassen mussten?«, fragte Jet gereizt.

Der Fahrer sah sie im Rückspiegel an. »Die Polizei hat einen Kontrollpunkt drüben am Hafen eingerichtet. Sie sagten, es hätte eine Schießerei dort gegeben. Aber sie schienen nicht mal wirklich zu wissen, was sie überhaupt suchten. Doch es war eindeutig kein Einheimischer auf dem Weg zur Arbeit«, erklärte er. Sein Tonfall war äußerst ruhig und vernünftig, und Jet schämte sich mittlerweile etwas für ihre aggressive Grundhaltung.

»Ich bin übrigens Isaac. Wir werden in einer Viertelstunde am Haus ankommen, da könnt ihr euch ein wenig ausstrecken und eure Ausrüstung überprüfen. So kurzfristig konnte ich allerdings leider nicht viel auftreiben. Ich habe nur ein paar Pistolen und eine Kalaschnikow bekommen können.«

»Was ist mit den Papieren?«

»Ich habe wie gewünscht einige offizielle Ausweise gefälscht, die euch als Polizisten ausgeben. Die reichen auf jeden Fall für Situationen, wo nicht allzu genau kontrolliert wird, aber falls jemand über Funk eure Dienstnummern abfragt, seid ihr erledigt.«

Isaac blickte über den Rückspiegel in die finsteren Mienen seiner Fahrgäste. »Wie lange werdet ihr mich ungefähr brauchen?«

»Den ganzen Tag«, sagte Jet knapp, denn sie wollte nicht mehr Informationen mit ihm teilen als nötig. Je weniger er wusste, desto besser, falls die Bombe tatsächlich explodieren würde, was zu diesem Zeitpunkt leider ziemlich wahrscheinlich war.

»Ich habe auch ein paar Autos, die ihr benutzen könnt. In dem Kommuniqué hieß es, ich solle euch jeden erdenklichen Wunsch erfüllen, und dass ihr Waffen, Ausweise und Fahrzeuge braucht. Gibt es sonst noch etwas?«

»Wie sind Sie computertechnisch ausgestattet?«, fragte Aaron.

»Ich habe einen Laptop und eine Workstation mit zwei zweiunddreißig-Zoll-Monitoren. Alles neuester Stand der Technik.«

Zu ihrer Rechten sahen Sie jetzt die blinkenden Lichter der Straßensperre. Isaac machte einen großen Bogen darum, indem er ausschließlich Nebenstraßen wählte, bis sie am Haus ankamen. Es war ein bescheidenes Anwesen in einem Arbeiterviertel am südlichen Ende der Stadt. Isaac griff nach einer Fernbedienung für das Tor, und die schweren Türflügel aus Eisenblech schwangen auf, sodass er den Wagen in den Hof fahren konnte, der von hohen Mauern umgeben war, durch die das Haus wirksam vor jeglicher Einsicht geschützt war.

Es war fünf Uhr morgens, bis sie alles ausgepackt und sich eingerichtet hatten, und Jet wollte am liebsten sofort loslegen.

Als ihr Telefon plötzlich vibrierte, zuckte sie erschrocken zusammen. Sie nahm schnell ab und ging dann in die Küche, um etwas Privatsphäre zu haben, während die Männer sich zu Isaac an den Computer gesellten.

»Die Bombe wurde per Frachtschiff ins Land gebracht. Der Container wurde vorgestern vom Schiff geholt. Wenigstens wissen wir jetzt, wie sie das Gerät reingebracht haben«, berichtete der Direktor ohne jegliche Einleitung.

»Werden sie es an diesem Standort zur Explosion bringen?«, fragte sie.

»Negativ. Offenbar kam das bei einer oberflächlichen Diskussion über die Planung zur Sprache, doch der Hafen ist zu weit vom Ort des Zusammentreffens entfernt.«

»Dann sind wir ja schon mal einen Schritt weiter, wenn wir wissen, dass sich die Bombe in der Nähe der Veranstaltung befinden muss.«

»Nicht unbedingt, denn sie könnten die Detonation genauso gut in einem Flugzeug, einer Drohne, oder einem Auto in der Nähe planen …«

»Dann sind wir also immer noch keinen einzigen Schritt weiter?«

»Korrekt.«

»Ist es möglich, dass die Bombe noch im Container ist?«

»Mit ziemlicher Sicherheit nicht. Der Gefangene hat ausgesagt, dass sie entweder gestern Abend oder vielleicht sogar schon am Abend zuvor geholt worden ist.«

»So eine Scheiße.« Plötzlich fiel Jet etwas ein. »Auf dem Weg vom Flughafen hierher, hat uns unser Kontaktmann erzählt, dass es wegen einer Schießerei eine Art Straßensperre am Hafen gegeben hat. Was wollen wir wetten, dass diese mit unserer Sache zu tun hatte?«

»Mir ist im Moment nicht so sehr nach Wetten zumute. Ich lasse die Techniker mal schauen, was sie den Polizeiservern entnehmen können. Jetzt, wo wir im Einwanderungssystem sind, sollte das ein Kinderspiel sein. Oh, und wir haben ein Foto des Technikers – Joseph. Er ist vor drei Wochen mit einem Arbeitsvisum eingereist, gesponsert von einem Unternehmen, das mit einem der Ratsmitglieder verbunden ist, sowie von der Reederei, die den Container hergebracht hat. Zweifellos ist die Adresse auf dem Antrag falsch, aber trotzdem ist es eine Spur, der wir nachgehen sollten.«

»Senden Sie das Foto und die Adresse bitte an unsere E-Mail-Adresse für den Einsatz. Wir haben hier nämlich zum Glück einen guten Zugang.«

»Es gibt noch eine Sache. Die Gesichtserkennungssoftware hat einen Neuankömmling erkannt. Er kam vorgestern mit einem Touristenvisum ins Land und reiste mit einem ägyptischen Reisepass ein. Ich schicke Ihnen auch sein Foto mit.«

»Wer ist es?«, fragte Jet.

»Solomon. Der ältere der beiden Brüder. Ich vermute, dass Sie den jüngeren in Libyen während des Angriffs getötet haben.«

Ihre Gedanken rasten, als sie diese Nachricht verarbeitete. »Von wo aus ist er eingeflogen?«

»Aus Kairo.«

»Das wäre einer der Knotenpunkte, wenn er während des Angriffs im Haus gewesen sein sollte. Das heißt, er ist entweder aus Tripolis oder Benghazi gestartet ...«

»Genau das haben wir uns auch gedacht. Wir überprüfen bereits die Passagierlisten, aber ich bin mir nicht sicher, wie viel das bringen wird. Dennoch bedeutet das, dass sich zwei der Zielpersonen jetzt in Katar befinden. Als ob wir eine weitere Bestätigung dafür gebraucht hätten, dass der Anschlag stattfinden wird.«

»Wie läuft denn die Befragung?«

»Ich mache mir da ehrlich gesagt keine besonderen Hoffnungen, denn einer der drei ist bereits wegen eines bestehenden

Herzleidens verstorben. Ich habe die Anweisung gegeben, die beiden anderen trotzdem bis an die Grenze zu treiben, denn wir haben nur noch ein paar Stunden Zeit. Glaub mir, wenn wir etwas hören, bist du die erste Person, die ich anrufen werde.«

Dann war die Leitung tot. Der Direktor hatte, wie es seine Gewohnheit war, einfach aufgelegt, nachdem er alles gesagt hatte, was zu sagen war. Jet wog die jüngsten Entwicklungen ab. Sie musste jetzt also zwei Ex-Mossad-Agenten aufzuspüren, statt nur einen.

Sie ging zurück ins Wohnzimmer, wo die Computer aufgestellt waren, und wies Isaac an, das verschlüsselte E-Mail-Postfach zu öffnen und die Fotos auszudrucken. Als sie zusah, wie die Bilder Stück für Stück aus dem hochauflösenden Drucker kamen, hatte sie ein mulmiges Gefühl im Bauch. Sie hatten einfach nicht genug Zeit, nur anhand ein paar lausiger Einreisefotos die Bombe zu finden.

Das bedeutete, dass sich die Geschicke der Welt in kurzer Zeit für immer ändern würden, es sei denn, sie hätten sehr, sehr viel Glück, und zu den vielen Dingen, die sie seit der Annahme dieser Mission erlebt hatte, gehörte Glück leider nicht dazu.

KAPITEL 31

PHUKET, THAILAND

Das Dröhnen des Nachtbusses vor der Bar klang für Matt wie eine außer Kontrolle geratene Dampflokomotive, und er duckte sich unwillkürlich. Nach reiflicher Überlegung hatte er sich schließlich dazu entschieden, die Nacht wach zu bleiben, sich von einer düsteren Spelunke zur nächsten zu bewegen und nie lange an einem Ort zu verweilen. Zweimal hatte er bereits mögliche Verfolger entdeckt, und beide Male war er ihnen entkommen, indem er sich durch die Hinterausgänge geschlichen hatte, obwohl er wusste, dass er wahrscheinlich einfach nur paranoid war.

Wie dem auch sei, die Woche der Entspannung am Strand von Phuket hatte sich von einem idyllischen Faulenzen zu einem angespannten Katz-und-Maus-Spiel entwickelt, bei dem er von vollkommen unbekannten Gegnern verfolgt wurde. Die wahrscheinlichste Erklärung für den Einbruch war, dass Niran ihn an eine Gangsterbande verraten hatte, die den Gewinn mit ihm teilen würde. Natürlich könnte das Ganze auch reiner Zufall sein, aber das bezweifelte Matt. Die unwahrscheinlichste, aber bei Weitem beunruhigendste Möglichkeit wäre es, dass sein alter Erzfeind, der drogenschmuggelnde Unterarm der CIA, auf seine Fährte gesetzt worden war … entweder durch Niran oder von jemandem in der Bank.

Aber Matt war nicht so lange am Leben geblieben, weil er unvorsichtig war oder auf sein Glück vertraute. In einem Zustand höchster Wachsamkeit hielt er hinter jedem Baum und jedem Getränkeautomaten nach echten oder eingebildeten Bedrohungen Ausschau. Zum Glück kannte das Nachtleben in Phuket keine Sperrstunde, und das Gelage dauerte hier stets bis zum Morgengrauen an, wobei ganze Schwärme betrunkener Australier und Amerikaner auf der Suche nach heißen Abenteuern mit einheimischen Frauen unterwegs waren.

In der letzten Bar des Abends war er seiner unerbittlichen Vorsicht schließlich überdrüssig geworden, und begab sich in die Gesellschaft einer zierlichen Schönheit im karierten Schulmädchenrock, deren weiße Seidenbluse knapp unter ihren Brüsten zusammengebunden war, um ihren flachen, braun gebrannten Bauch besser zur Geltung zu bringen. Nachdem er ihr mehrere Biere ausgegeben hatte, willigte er ein, sie in ein nahe gelegenes Hotel zu begleiten, das keine Fragen stellte und stundenweise Zimmer vermietete.

Matt gab vor, die Sprache nicht zu sprechen, und lächelte innerlich, als seine neue Verabredung der Barkeeperin erzählte, dass sie einen Volltreffer gelandet hatte, und er zahlte fröhlich den Verdienstausfall – eine Entschädigung für das Geld, das der Club mutmaßlich an Getränken verdient hätte, wenn das Mädchen dortgeblieben wäre, anstatt mit ihm wegzugehen. Sie nahm seine Hand und führte ihn in die schwüle Nacht hinaus, wobei sie trotz ihrer scheinbar jungen Jahre selbstbewusst auf eine Reise ging, die sie zweifellos schon unzählige Male zuvor gemacht hatte. Er wusste, dass sie wahrscheinlich schon seit mehreren Jahren in der Branche tätig war, und da sie wirklich äußerst attraktiv war, bediente sie an einem arbeitsreichen Wochenende bestimmt zwei bis drei Gäste pro Nacht. Aber ihr jugendlich wirkendes Gesicht und ihre gespielte Naivität wirkten überzeugend auf ihn, und er war sich sicher, dass schon so mancher berauschte junge Mann mit ihr mitgegangen war, ohne zu ahnen, dass sie eine Professionelle war.

Sie führte ihn nun in ein schäbiges, einstöckiges Motel namens *Paradise Palms, und er bezahlte zuvorkommend für das Zimmer und nickte freundlich, als der alte Mann hinter dem Tresen ihm in gebrochenem Englisch mitteilte, dass er spätestens um acht Uhr morgens draußen sein müsse – als ob es dann einen Ansturm von Gästen auf das Frühstücksbuffet geben würde.*

Der Raum hielt das, was er von außen versprach. Alles war noch relativ neu durch den Wiederaufbau nach dem Tsunami, der das Resort beinahe komplett weggefegt hatte, trotzdem zeigten sich bereits erste Anzeichen des Verfalls, wie bei so vielen anderen Dingen in Thailand. Er stellte seine Tasche auf den einzigen Stuhl, ein vernarbtes Holzgebilde, das sich in noch üblerem Zustand befand als die Fischschuppen am Strand. Dann wandte er sich an seine Begleiterin, die leise vor sich hin summte, als sie ihre Bluse auszog, und dabei frech ihre mädchenhaften Brüste entblößte, auf denen ein kleiner Skorpion tätowiert war. Vielleicht war das ein Hinweis darauf, wie sie sich selbst sah, oder aber es war einfach nur ihr Sternzeichen, wer wusste das schon. Sie schenkte ihm ein strahlendes Lächeln und huschte dann, bevor er etwas sagen konnte, ins Badezimmer. Matt entspannte sich, als er hörte, wie die Dusche ansprang. Ganz offensichtlich war seine neue Schulfreundin wirklich äußerst wohlerzogen.

Er blickte zwischen den Vorhängen hindurch auf den abgedunkelten Hof und fing plötzlich im Augenwinkel den Hauch einer Bewegung auf. Er bemühte sich, einen besseren Blick auf denjenigen zu werfen, der dort draußen war, aber es war einfach zu dunkel, um etwas zu erkennen. Ein Teil von ihm sagte sich, dass es angesichts des Geschäftsmodells dieses Motels zu erwarten sei, dass auf dem Gelände ständig Betrieb herrschte, ein anderer Teil mahnte ihn jedoch zur Vorsicht. Es konnte sich dabei genauso gut um eine Bedrohung handeln, um jemanden, der ihm von der Bar aus gefolgt war, auch wenn ihm das unwahrscheinlich erschien.

Matt schlug sich allerdings lieber auf die Seite der Vorsicht und schaltete das Licht aus, bevor er einen weiteren Blick nach draußen warf. Da war er! Ein Mann stand vielleicht fünfzehn Meter entfernt da und schien Matts Zimmertür zu beobachten, während er sein Mobiltelefon ans Ohr hielt. Vielleicht war das alles reiner Zufall, und es war nur ein zufriedener Motelgast, der gerade zu Hause anrief, oder jemand, der beim Sicherheitsdienst arbeitete, doch Matt war nicht daran interessiert, auf die harte Tour herausfinden zu müssen, dass er sich geirrt hatte.

Die Badezimmertür öffnete sich jetzt, und seine neue Freundin stolzierte nur mit hohen Absätzen und einem Lächeln bewaffnet aus dem Badezimmer. Sie zögerte kurz, als sie sah, dass das Licht ausgeschaltet war und Matt immer noch vollständig angezogen war.

»Komm schon, sexy Mann, lass mich nicht warten …«, schnurrte sie in einem samtenen Singsang, wobei sie ihren wohl üblichen Text mit einer leicht gelangweilten Professionalität vortrug. Doch sie blieb abrupt stehen, als sie sah, wie Matt den Kopf schüttelte, ein Bündel Baht aus seiner Tasche holte, mehrere große Scheine herauspickte und sie ihr übergab.

»Was ist denn los, sexy Lover-Mann? Ich brauche dich, Baby«, versuchte sie es erneut, unsicher, was los war.

»Nein, danke. Ich fürchte, ich fühle mich plötzlich nicht mehr so gut«, antwortete Matt, dieses Mal auf Thai, und ihre Augen verengten sich angesichts seiner überraschend guten Sprachkenntnisse.

»Sie wollen gar kein Mädchen? Vielleicht kann ich stattdessen etwas anderes für Sie besorgen, damit es Ihnen besser geht?«, erkundigte sie sich und tänzelte auf ihn zu, doch sein Gesichtsausdruck ließ sie innehalten.

»Nein, ich glaube, das Ganze war eine schlechte Idee. Es tut mir leid. Es liegt nicht an Ihnen, sondern an mir. Ich habe zu viel getrunken, und außerdem schon viel zu viele Jahre auf dem Buckel. Ziehen Sie sich bitte wieder an, denn ich will schnell hier raus. Dieses Zimmer stinkt«, sagte Matt, wobei er sich bemühte, betrunkener zu klingen, als er war.

Das Mädchen überschlug nach einem kurzen Blick die Höhe des Geldbetrags in ihrer Hand und entschied, dass sie wohl das beste Geschäft machte, wenn sie jetzt einfach ging. Trotzdem blieb sie professionell und warf ihm ein weiteres blendendes Lächeln zu.

»Okay, sexy Mann, vielleicht kommst du heute Abend ja noch mal zurück, dann zeige ich dir das Paradies, ja?«, säuselte sie, in der Hoffnung, doch noch ein weiteres Geschäft machen zu können, besonders angesichts seiner Großzügigkeit, für die sie noch nicht einmal etwas hatte tun müssen. Er nickte und zeigte ihr ein müdes Lächeln, dann ging sie zurück ins Badezimmer und war nach dreißig Sekunden angezogen.

Matt brachte sie zur Tür, sie hauchte ihm ein zartes Küsschen auf die Wange und ging. Nun war sie wieder voll in der Rolle des unschuldigen Schulmädchens, obwohl sie wenige Augenblicke zuvor wie eine erfahrene Stripperin splitterfasernackt vor ihm herumstolziert war. Matt beobachtete, wie sie in der Dunkelheit verschwand und schloss dann die Tür, wobei er das billige Schloss verfluchte, das garantiert bereits beim ersten beherzten Tritt nachgeben würde. Er trat auf die andere Seite des durchhängenden Bettes, um das rückwärtige Fenster zu überprüfen, dann zog er den Vorhang beiseite und erhielt einen schönen Blick auf Eisenstangen, und das gedämpfte Licht einer Gasse, die vor Dreck nur so starrte. Hier kam er schon mal nicht hinaus.

Als Nächstes schlich er in das kleine Badezimmer, wo er leider ebenso wenig Glück hatte, denn es gab nur ein winziges, ebenfalls vergittertes Lüftungsfenster, das noch dazu in Richtung der Gasse ging.

Als er in das Zimmer zurückkehrte, begutachtete er die spärlichen Möbel. Eine alte Kommode, ein Bett, eine Nachttischlampe und ein Stuhl. Es war nicht viel, aber vielleicht genug, um sich eine Waffe daraus zu basteln, vorausgesetzt, er hatte recht damit, dass seine Verfolger – wer auch immer sie waren – noch vor dem Sonnenaufgang kommen würden, um ihn zu holen.

Er musste gar nicht so lange warten. Eine halbe Stunde nach dem Abschied des Barmädchens, wackelte das instabile Schloss ein paar Mal und wurde dann mit einem leisen Klicken geöffnet. Eine unsichtbare Hand drehte den Knauf, und dann öffnete sich die Tür. Der Raum war pechschwarz und der dunkle Umriss auf dem Bett bewegte sich nicht einen Millimeter.

Eine schlanke Gestalt schlich jetzt herein, angeführt vom markanten Umriss einer Pistole, doch Matt wartete noch eine weitere Sekunde, um zu sehen, ob es mehr als einen Angreifer gab, bevor er das Stuhlbein auf den Kopf des Eindringlings niedersausen ließ. Die Pistole fiel auf den Fliesenboden, und Matt gab einen weiteren verheerenden Schlag auf seinen Gegner ab. Die Gestalt brach daraufhin bewusstlos zusammen.

Matt blieb zunächst, wo er war, und lauschte in Erwartung eines weiteren Angreifers, dann schnappte er sich die Pistole und studierte sie. Er kannte dieses Modell sehr gut. Es war eine Ed Brown Custom Classic 1911 mit 45er Kaliber. Sie war in Thailand bei wohlhabenden Kriminellen sehr beliebt. Nachdem er sich vergewissert hatte, dass das Magazin noch voll war, warf er die im Lauf befindliche Kugel aus, drückte das Geschoss wieder in das Magazin hinein, steckte es dann in die Waffe und lud diese durch. Diese Handgriffe, die sicherstellen würden, dass es nicht zu einer Ladehemmung kam, führte er ganz automatisch aus, während seine Gedanken um den Besitzer der Waffe kreisten. Das Ding kostete mindestens viertausend Dollar, was endgültig die Möglichkeit ausschloss, dass es sich hierbei um einen zufälligen Raubüberfall handelte, denn Gelegenheitsdiebe konnten sich so einen Luxus schlichtweg nicht leisten.

Matt blieb regungslos stehen und wartete auf Schritte oder andere verräterische Geräusche, aber nach dreißig Sekunden war immer noch nichts geschehen. Zuversichtlich, dass niemand dem ersten Angreifer folgen würde, kniete er sich hin und betrachtete das Gesicht des bewusstlosen Eindringlings. Es war ein junger asiatischer Mann, wahrscheinlich ein Einheimischer. Dem Blut zufolge, das aus seiner Kopfwunde strömte, würde er ihm in nächster Zukunft nicht mehr folgen. Nachdem er den Mann fachkundig durchsucht und nur ein kleines Bündel in der Landeswährung und ein billiges Mobiltelefon gefunden hatte, erhob sich Matt. Als Nächstes schnappte er sich seine Tasche und steckte die Pistole in den Bund seiner Shorts, wobei er die verräterische Ausbeulung zu verdecken versuchte, indem er die Tasche darüber hängen ließ.

Dann schlüpfte er durch die Tür, und ließ seine bereits an die Dunkelheit gewöhnten Augen akribisch über die Umgebung schweiften, um jedes noch so verräterische Detail sofort zu entdecken. Als er nichts von Bedeutung sah, machte er sich auf den Weg zum hinteren Ende des Hofes, wo sich der Ausgang befand, der direkt auf die Straße hinausführte. Dort angekommen, huschte er nach draußen und zog das Eisentor leise hinter sich zu, als er plötzlich spürte, wie sich ihm jemand von der rechten Seite her näherte. Er wirbelte herum, entspannte sich dann aber, als er sah, dass es nur ein Mädchen aus der Gegend war, das von der Hauptstraße kam. Sie lächelte ihn freundlich an, als sie sich näherte, und um ein Haar hätte er das verräterische Glitzern des blanken Stahls gar nicht mitbekommen. Jetzt stürzte sie auf ihn zu und versuchte, ihm die rasiermesserscharfe Klinge in den Körper zu rammen. Doch er machte wie im Reflex einen Schritt zurück und drehte sich dabei zur Seite, um ein möglichst kleines Ziel zu bieten. Das Messer schlitzte sein Hemd auf, als er mit links ihr Handgelenk umklammerte, während er gleichzeitig mit der freien Hand die Pistole aus seiner Hose riss und sie gegen ihre Schläfe schlug.

Sie stolperte und ließ das Messer fallen, überraschte ihn dann aber mit einem blitzschnellen Tritt gegen den Kopf. Und das, während ihr aus der frischen Kopfplatzwunde Blut ins Gesicht lief. Obwohl er sich instinktiv wegduckte, traf der Tritt Matt im Nacken, und er sah Sterne. Sie hatte es geschafft, ihn nahe genug an der Halsschlagader zu erwischen, sodass er kurzzeitig betäubt war. Er schüttelte die Benommenheit gerade krampfhaft ab, als ihre linke Hand zu Boden sauste und das Messer wieder aufhob. Sie war kurz davor, ihn aufzuspießen, als er ihr mit einer kurzen Geraden ins Gesicht schlug und ihr so die Nase brach. Tränen der Schmerzen und der Wut schossen in ihre Augen, und Matt wirbelte herum und versetzte ihr einen brutalen Tritt gegen die Brust, der sie nach hinten schleuderte. Sie verlor daraufhin das Gleichgewicht, stolperte und fiel hart zu Boden. Er hörte, wie ihr Schädel knackte, als ihr Hinterkopf ungebremst auf den Bürgersteig schlug.

Sie zuckte jetzt mehrere Male wie ein Fisch auf dem Trocknen zusammen, doch Matt hatte keine Lust darauf zu warten, was als Nächstes passieren würde. Die beiden Angreifer hatten ganz offensichtlich als Team gearbeitet, und er konnte nicht sicher sein, dass es nicht noch mehr von ihnen gab, oder ob diese beiden, die einzigen Komplizen des Safeknackers waren.

Das Mädchen war wirklich gut … fast zu gut, dachte er, als er sich auf die Straße zubewegte. Auf jeden Fall viel besser als irgendein

Amateur, denn sie hatte die thailändischen Kampfkünste versiert beherrscht und war dabei unerwartet hartnäckig gewesen.

Wer auch immer sie auf ihn gehetzt hatte, hatte zwar viel Geld bezahlt, Matts Fähigkeiten und seine Instinkte allerdings massiv unterschätzt. Selbst, wenn der Mann aus seinem Zimmer die Schläge überlebt haben sollte, würde er die nächsten Wochen keine Bedrohung mehr darstellen. Das Mädchen hingegen war leider Geschichte, so leid es ihm tat. Diese Art von Krämpfen hatte er schon oft genug gesehen, um zu wissen, was sie bedeuteten.

Matt verlangsamte sein Tempo, als er sich der nächsten Straßenecke näherte und auf die Uhr schaute. Es war jetzt fünf Uhr dreißig, also dauerte es vielleicht noch vierzig Minuten bis zum Morgengrauen. Die unvermeidlich anrückende Polizei würde sich zu dieser Stunde garantiert Zeit lassen, aber es wäre trotzdem klug, etwas Abstand zwischen sich und Phuket zu bringen. Es bestand immerhin eine gute Chance, dass der Motel-Angestellte ihnen eine anständige Beschreibung liefern würde, und selbst wenn jede andere Person in der Stadt ein Kaukasier mittleren Alters zu sein schien, wollte er sein Glück nicht noch mehr strapazieren.

Er spähte um den Rand des nächsten Gebäudes herum, und da er auf der angrenzenden Straße niemanden sah, öffnete er schnell seine Tasche, um ein Hemd hervorzuholen. Es war ein hellgrünes, kurzärmeliges, das er in Bangkok erworben hatte. Er zog es an und stopfte das alte in den Rucksack, dann machte er sich mit dieser minimalistischen Verkleidung auf den Weg zu den Bars, wo er hoffte, ein Taxi zum Flughafen zu bekommen, und von dort aus dann ein weiteres in Richtung Norden. Er kannte das Land gut genug, um zu wissen, dass der Versuch, in Phuket ein Flugzeug zu besteigen, eine äußerst schlechte Idee war. Aber wenn er es bis zum Festland – einer Stadt mit einem Flughafen, wie Krabi – schaffen würde, könnte er die Gegend komplett verlassen und sich an einem abgelegeneren Ort niederlassen.

Er rieb sich den Nacken, da die Stelle, an der ihn der Schuh der Frau erwischt hatte, immer noch heftig schmerzte. Bisher war sein Versuch, einen entspannten Strandurlaub zu erleben, alles andere als gut verlaufen.

Als er sich den Nachtklubs näherte, lächelte er unwillkürlich, da die unsäglich schlechte Discomusik immer noch unermüdlich aus den Lautsprechern dröhnte. Das letzte Mal, als er einen Strand in Thailand für ein gutes Versteck gehalten hatte, war sein Haus niedergebrannt und alle um ihn herum getötet worden. Auch dieses Mal hatte er ein schlechtes, wenn auch nicht ganz so dramatisches Erlebnis gehabt. Vielleicht sollte er nächstes Mal einfach im Dschungel bleiben, das hatte sich bisher immer noch als die sicherste Wahl erwiesen, und Sicherheit war etwas, das er im Moment schmerzlich vermisste.

KAPITEL 32

DOHA, KATAR

In dem heruntergekommenen Unterschlupf der Mossad-Agenten machte sich inzwischen Verzweiflung breit, denn sie waren der Bombe innerhalb der letzten zwei Stunden keinen Schritt nähergekommen. Jet ging unentwegt auf und ab und ihre normalerweise so entspannte Grundhaltung war einer nervenzerfetzenden Anspannung gewichen, die man fast greifen konnte. Minute um Minute verging, ohne dass es weiteren Kontakt mit dem Hauptquartier gab.

Als das Telefon endlich klingelte, hechtete Jet förmlich auf den Esstisch zu, der ihnen als mobile Einsatzzentrale diente und nahm das Gespräch an.

»Ich habe Neuigkeiten! Am Hafen wurde ein Strahlungssensor ausgelöst, und zwar ungefähr um die Zeit, als eine Wache niedergeschossen wurde. Das bedeutet, die Bombe ist aktiv. Wir haben leider keine Ahnung, wie viel Radioaktivität austritt, aber sie ist definitiv in der Nähe, sodass wir jetzt die Chance haben könnten, sie mithilfe unseres Satelliten zu orten. Damit haben wir nämlich die Möglichkeit, auch sehr kleine Dosen Strahlung aufzuspüren. Jedenfalls, solange wir wissen, wonach wir genau suchen. In diesem Fall konnte uns Ben, der Techniker, bestätigen, dass wir es mit Uran zu tun haben, und wir kalibrieren nun den Satelliten entsprechend, um in Doha nach weiteren Spuren zu suchen. In zwanzig Minuten wird er in Position sein und wir müssten einige Stunden Zeit haben, bis er wieder außer Reichweite ist.«

»Wie lange wird es denn dauern, bis wir ein Ergebnis haben?«, fragte Jet ungeduldig.

»*Falls* wir etwas finden, innerhalb einer Stunde. Aber es lässt sich schwer voraussagen. Die Technik ist brandneu und noch nicht hundert Prozent zuverlässig, weil wir noch nicht genug Tests durchführen konnten. Ich wollte euch nur wissen lassen, dass wir dran sind.«

»Was ist denn mit den örtlichen Behörden? Flippen die nicht gerade aus, wenn heute das Treffen der Arabischen Liga stattfindet und ein Strahlungssensor losgeht?«

»Anscheinend nicht, auch wenn das schwer zu sagen ist. Der Angriff am Hafen wird bei denen als Diebstahl gewertet. Das mit dem Strahlungssensor haben wir gerade erst erfahren, anscheinend hat noch niemand eine passende Verbindung zu dem Treffen gezogen. Man darf auch nicht vergessen, dass so ein Alarm durch alles Mögliche ausgelöst werden kann ... schlecht isolierte Behälter für medizinisch genutzte radioaktive Quellen sind dabei der häufigste Faktor. Der Hafen von Katar ist da weitaus weniger empfindlich als beispielsweise New York, und die Sensoren sind auch viel unzuverlässiger. Laut dem Bericht, der uns vorliegt, wird ein Kontrollteam heute in den Containerbereich geschickt werden, aber der Hafen ist riesig und es gibt Hunderte möglicher Quellen.«

Jet warf einen Blick auf ihre Kollegen und ging dann den Flur hinunter, auf das Badezimmer zu.

»Sie haben ihnen gar nichts gesagt, oder?«, flüsterte sie. »Ich meine, der Regierung von Katar?«

Der Direktor seufzte und überlegte, wie er diese direkte Frage am besten beantworten konnte. »Es wurde weit oberhalb meiner Entscheidungsgewalt beschlossen, dass es möglicherweise falsch ankommen könnte, wenn wir verkünden, dass eine Gruppe unserer wohlhabendsten Bürger gerade einen Komplott schmiedet, alle Führer der arabischen Welt zu ermorden. Von daher wurde ihnen nichts gesagt. Wir verlassen uns ganz auf dich und dein Team, das Ganze rechtzeitig zu stoppen. Falls nicht, wird es uns helfen, dass die Bombe ein russisches Modell ist und ihre Herkunft dementsprechend auf die Russen zurückgeführt werden wird. So bleibt uns die Möglichkeit, alles zu leugnen.«

»Aber Sie müssen doch nichts leugnen. Sie tun doch alles in Ihrer Macht Stehende, um diesen Wahnsinn zu stoppen!«

»Leider funktioniert Politik nicht immer so einfach, meine Liebe.« Der Direktor klang angestrengt, denn er war es nicht gewohnt, sich rechtfertigen zu müssen. Weder vor anderen, noch vor sich selbst. »Es gibt noch weitere Überlegungen, die ich aber nicht wiedergeben darf. Die Entscheidung wurde jedenfalls auf allerhöchster Ebene getroffen.«

»Es ist aber eine dumme, gefährliche Entscheidung!«, knurrte Jet, wütend auf all die alten Männer, die die Regierung leiteten und gerade unzählige Leben in Gefahr brachten, ganz zu schweigen von der Stabilität der gesamten Region. »Ich würde sagen, eine Atomexplosion ist definitiv schlimmer als ein kleines PR-Problem!«

»Da stimme ich dir voll und ganz zu, aber ich kann leider nichts dagegen machen. So wie es aussieht, bist du unsere einzige Hoffnung. Wenn es zum Schlimmsten kommt …«

Der Direktor räusperte sich und hielt kurz inne. »Ich kann verstehen, dass du mit dieser Entscheidung nicht glücklich bist, aber so ist nun mal die Lage. Es gibt kein Zurück mehr. Ich melde mich, falls wir eine Spur haben.«

Jet starrte das verstummte Telefon an, das über eine hardwareseitige Verschlüsselung verfügte. Die Aussichtslosigkeit ihrer Lage wurde nun zu einem tonnenschweren Gewicht, das allein auf ihren Schultern lastete. Mit dieser Idiotie hatte die Regierung ihr

Vertrauen endgültig verspielt. Sie fragte sich, wie viele Unschuldige von der Explosion wohl ausgelöscht werden würden. Menschen, die nie einen Funken Hass in ihren Herzen gehabt, und die nichts falsch gemacht hatten, außer dass sie zur falschen Zeit am falschen Ort gewesen waren. Unter ihnen würden garantiert auch viele Kinder sein, so wie ihre kleine Hannah, deren Leben doch gerade erst begonnen hatte …

Diese Gedanken brachten sie beinahe zur Weißglut, doch sie konnte nichts dagegen tun. Sie war für diese Krise nicht verantwortlich, dennoch würde sie alles dafür tun, sie abzuwenden … falls dazu überhaupt noch eine Chance bestand.

Jet konnte kaum noch atmen, so wütend war sie und so sehr kochte es in ihrem Inneren. Sie musste sich unbedingt dazu zwingen, ruhiger zu werden und sich zu entspannen. Nachdem es ihr gelungen war, einige Male tief durchzuatmen, ging sie zurück zu ihrem Team und informierte die Männer über die jüngste Entwicklung und die Strahlungssensoren.

***

»Das Ding ist zerbrochen. Man sieht es ganz deutlich an dem Haarriss in der Bleiabschirmung«, erzählte Joseph und lehnte sich in seinem Stuhl zurück, während die Bombe vor ihm auf dem Esstisch lag.

»Was ist mit der Elektronik?«

»Da scheint noch alles zu funktionieren, aber ganz sicher wissen wir das erst, wenn wir die Probe aufs Exempel machen. Wenn es so weit ist, wird die Bombe entweder hochgehen oder eben nicht.«

»Verdammt. Das ist eine absolute Katastrophe. Können wir uns wirklich nicht irgendwie vergewissern?«, fragte Solomon.

»Nein. Aber ich kann dir stattdessen sicher sagen, dass *wir* langsam verstrahlt werden, weil das Ding hier auf dem Tisch, einen

Riss hat, und ich würde gern noch ein bisschen länger leben, damit ich mich auch noch an unseren siegreichen Tag erinnern kann«, erwiderte Joseph.

»Kannst du das nicht irgendwie reparieren?«

»Eigentlich müsste das gehen. Es ist ja nur eine Sicherheitsmaßnahme für uns, mit dem Funktionieren der Bombe hat es nichts zu tun. Ob sie hochgehen wird, hängt davon ab, ob es irgendwelche Brüche oder kalte Lötstellen auf der Platine gib, und das können wir nur auf eine Art herausfinden, nämlich indem wir die Bombe zünden. Mit meinen Instrumenten habe ich soweit alles getestet, aber da sie heruntergefallen ist ...«

»Joseph, ich kann gar nicht in Worte fassen, wie leid es mir tut«, sagte Solomon. Sein Gesicht war immer noch äußerst blass, weil er eine Menge Blut verloren hatte und das Reinigen und Nähen der Wunde unglaublich schmerzhaft gewesen war.

»Hör endlich auf damit. Lass mich für eine Sekunde nachdenken. Ich muss es irgendwie mit Blei reparieren. Aber ich will nicht riskieren, die Bombe dabei zu beschädigen. Normalerweise würde ich den bestehenden Bleischild einfach einschmelzen, um ihn zu reparieren.«

Josephs Gedanken drifteten ab, als er überlegte, wo er Blei herbekommen könnte. Das war um sechs Uhr morgens in Doha gar nicht so einfach. Er konnte ja schlecht in den nächsten Baumarkt gehen und fragen, ob sie etwas Blei hätten, weil er dringend seine Atombombe reparieren musste.

»Kannst du nicht ein bisschen von der Abschirmung abkratzen, das dann schmelzen und in den Riss gießen? Es müsste doch mehr als genug Blei an dem Ding sein. Es ist ja auch nicht so, als ob die Uranabschirmung noch fünfzig Jahre halten muss ...«

Joseph dachte über Solomons Vorschlag nach, dann lehnte er sich zurück und lächelte. »Du bist also doch nicht nur ein hübsches Gesicht«, meinte er lachend. »Ich wäre bestimmt irgendwann selbst auf die Idee gekommen, aber nicht so bald, denn im Moment bin ich einfach nur saumüde.«

»Das Gefühl kenne ich. Trotzdem würde ich deine Müdigkeit, ohne mit der Wimper zu zucken, gegen meine Bisswunden tauschen.«

Joseph verzog das Gesicht. »Der arme Hund tut mir echt leid. Er hat doch nur seinen Job gemacht.«

Solomon nickte und setzte sich dann neben ihn.

»So wie wir alle, mein Freund … so wie wir alle.«

KAPITEL 33

Der versprochene Anruf kam eine halbe Stunde zu spät, aber als es um sieben Uhr vierzig morgens endlich so weit war, bekam Jet dafür wirklich gute Nachrichten zu hören. »Wir konnten die Strahlungsquelle nachverfolgen und haben jetzt einen genauen Aufenthaltsort! Es ist ein Haus im Abu-Hamour-Viertel, nahe dem großen Viehmarkt.«

Jet konnte sich nicht erinnern, jemals Aufregung in der Stimme des Direktors gehört zu haben.

»Können Sie uns bitte alles schicken, was Sie haben? Wir müssen diesen Einsatz leider komplett unvorbereitet absolvieren, aber ich sehe keine andere Möglichkeit, als so schnell wie möglich anzugreifen. Oder was meinen Sie?«, fragte Jet.

Der Gedanke, am helllichten Tag eine so gefährliche Aktion mit beinahe null Hintergrundwissen starten zu müssen, gefiel ihr ganz und gar nicht.

»Die Daten sind unterwegs, aber unterm Strich gibt es nicht viel zu sagen, außer dass die Strahlung direkt aus diesem Gebäude kommt. Falls nicht gerade irgendjemand in seiner Badewanne Uran anreichert, ist das unser Ziel.«

»Ich gehe mal davon aus, dass die komplette Hoheitsgewalt darüber, wie wir vorgehen, bei mir liegt?«

»Absolut. Das Einzige, was mich interessiert, ist, dass du verhinderst, dass die Bombe hochgeht. Wie du das anstellst, ist mir vollkommen egal.«

»Okay. Wir werden sofort aufbrechen, wenn wir alle Aufklärungsdaten haben. Haben Sie auch Satellitenfotos von dem Grundstück?«

»Die würden in diesem Fall von einem anderen Satelliten kommen. Der wird allerdings noch ein paar Minuten brauchen, um in Position zu kommen. Die Techniker tun aber, was sie können. Es kann nicht mehr lange dauern.«

»Verdammt. Kann denn nicht mal etwas einfach sein?«

»Das mit dem Strahlungssensor ist doch schon mal etwas.«

»Das stimmt. Sonst noch was?«

»Ich wünsche dir viel Glück. Du weißt, um was es geht.«

»Das habe ich nicht vergessen.«

Dieses Mal war Jet diejenige, die den Anruf beendete. Sie eilte ins Wohnzimmer, wo die Männer immer noch um die Monitore herumsaßen und die surreal aussehenden thermalen Aufnahmen der Strahlungssensoren betrachteten.

»Wir haben jetzt endlich unseren Einsatzbefehl erhalten. Was ihr da seht, ist das Ziel. Ich möchte, dass wir in fünf Minuten aufbrechen können. Isaac, was kannst du uns über diese Gegend sagen?«

Isaac schüttelte den Kopf. »Nichts besonders. Es ist ein mittelständiges Wohngebiet. Da wohnen zumeist Ladenbesitzer, Manager und Bauleiter. Ich selbst bin nur ein paar Mal da gewesen. Aber man kann nicht viel dazu sagen.«

»Ich schätze, du hast nicht zufällig noch eine große Überraschung für uns? Zum Beispiel vernünftige Sturmgewehre anstatt dieses russischen Schrottes?«, fragte Jet mit einem Blick auf die abgenutzten Kalaschnikows, die neben der Tür lehnten.

»Ihr könnt von Glück reden, dass ihr nicht mit Steinschleudern und Küchenmessern bewaffnet da reingehen müsst«, entgegnete Isaac schulterzuckend. »Ich hatte nur ein paar Stunden Zeit, und mir wurde nicht mal gesagt, worum es genau geht.«

Isaac war absichtlich im Dunklen gelassen worden, abgesehen von der Information, dass sie es bei diesem Auftrag mit Terroristen zu tun hatten. Er wusste nichts über die Bombe, oder darüber, dass ihre Gegner ehemalige Mossad-Agenten waren. Der Direktor hatte den Kreis der Eingeweihten bewusst klein gehalten, denn wenn die Bombe hochging, war es besser, wenn niemand Genaues wusste.

»Glaube mir, du willst es nicht wissen. Wie lange fahren wir dorthin?«

»Um diese Uhrzeit? Vielleicht zwanzig Minuten. Sollen wir alle zusammen mit einem Auto fahren, oder uns aufteilen?«

Jet überlegte kurz. »Du fährst den Van, wir nehmen die beiden Autos. Ich habe keine Ahnung, was uns dort erwartet, also sollten wir auf die höchstmögliche Flexibilität achten.«

Isaac nickte und stand auf, während er mit seinem Schlüssel herumspielte. »Ich habe auch eine Pistole. Ich hoffe zwar, dass ich bei der Schießerei nicht mitmachen muss, aber wenn ihr Hilfe braucht, werde ich mein Bestes geben.«

»Wenn alles gut geht, wirst du einfach nur auf der Straße aufpassen müssen, dass uns niemand stört. Aber es ist trotzdem keine schlechte Idee, bewaffnet zu sein«, sagte Jet.

Aaron und Eric überprüften nun ihre Waffen und Jet studierte die Fahrtroute. Anschließend packten sie die Sturmgewehre zusammen mit einem Bolzenschneider in einen großen Rucksack. Jet stopfte sich außerdem einen Gehörschutz in die Ohren und die anderen taten es ihr gleich. Danach gingen alle nach draußen, wo Isaac den Van bestieg, während Jet sich das eine Auto nahm und die beiden Agenten das andere.

Die Straßen waren mit Pendlern verstopft, die gerade auf dem Weg zur Arbeit waren, und Jet stellt fest, dass sie ständig von Verkehrsteilnehmern geschnitten wurde, die keine Ahnung von Verkehrsregeln zu haben schienen. Isaac schien das Ganze überhaupt nicht zu stören, er trieb seinen Van auch noch in die allerkleinsten Lücken und schlängelte sich wie ein Formel-Eins-Champion durch das Gewühl. Weiter im Norden nahm der Verkehr dann endlich ab, da die meisten Leute in die Innenstadt fuhren, in deren Hochhäusern die großen Firmen von Katar untergebracht waren. Als sie dem Ziel näherkamen, murmelte Isaac in sein In-Ear-Funkgerät: »Das Haus befindet sich auf der rechten Seite, es ist die Nummer 193. Wie willst du vorgehen?«

»Wir fahren zuerst daran vorbei und werfen ein Blick darauf, dann parken wir irgendwo in der Nähe«, sagte Jet. »Falls es nicht komisch aussieht, steigen wir etwa hundert Meter entfernt aus und fangen mit unserer Überwachung an. Dabei sollten wir aber Abstand zueinanderhalten, damit wir nicht wie eine Autokolonne aussehen. Meine Herren, seht mal zu, ob ihr einen Parkplatz um die Ecke finden könnt, am besten eine Straße weiter, damit ihr den hinteren Bereich des Grundstücks unter die Lupe nehmen könnt.«

Die Anwesen waren typisch für die Gegend. Hohe Mauern sollten Schutz vor Einbrechern bieten und verschnörkelte Eisentore verriegelten die Auffahrten und Eingänge. Ansonsten waren die Bauwerke relativ schnörkellos. Die Häuser im fraglichen Gebiet waren kleiner als ihr eigener Unterschlupf, vielleicht zwanzig mal vierzig Meter. Hier gab es keinen überflüssigen Schmuck, denn die Bewohner arbeiteten hart, um sich diesen Lebensstandard zu ermöglichen. Jet hielt etwas Abstand, als Isaac bremste und den Van in der Nähe einer Kreuzung anhielt. Dann fuhr er rückwärts in eine Parklücke zwischen zwei Schrottkarren, die so aussahen, als würden sie nicht mal mehr anspringen.

Sie behielt ihre Geschwindigkeit bei, als sie an dem Zielgebäude vorbeifuhr, wobei sie keine sichtbaren Kameras bemerkte, nur die standardmäßige Satellitenschüssel auf dem Dach war vorhanden, genau wie die sperrigen Klimaanlagen und ein Propangastank, der sich ebenfalls auf dem Dach befand, vermutlich, damit man ihn nicht so leicht stehlen konnte. Die Straße selbst war ruhig, denn die Kinder waren alle in der Schule und die Eltern auf dem Weg zur Arbeit. An der nächsten Straßenecke bog Jet rechts ab, wobei sie bemerkte, dass Isaac das Haus im Rückspiegel im Auge behielt, während er vorgab, eine Zeitung zu lesen. Jet fuhr langsam um den Block herum, um auch die Rückseite in Augenschein nehmen zu können. Als sie sich wieder ihrem Startpunkt näherte, vibrierte ihr Handy.

»Wir haben das Signal verloren«, sagte der Direktor, und seine raue Stimme klang angespannt.

»Was meinen Sie mit *verloren?*«

»Der Satellit nimmt schon seit zwanzig Minuten keine Strahlung mehr wahr. Erst dachten wir, es liegt an atmosphärischen Interferenzen, doch das scheint nicht der Fall zu sein. Die Strahlensignatur ist verschwunden, obwohl der Satellit einwandfrei funktioniert.«

»Ist das nicht unmöglich? Ich meine, wir reden hier immerhin über Radioaktivität. Wie kann man denn verhindern, dass etwas radioaktiv strahlt?«, fragte Jet, während sie den Wagen zum Stehen brachte.

»Wir messen immer noch eine minimale Dosis, eine Hintergrundstrahlung aus dem Haus, aber ansonsten nichts mehr. Ich weiß nicht, was ich sagen soll. Erst war sie noch da, dann plötzlich nicht mehr.«

»Scheiße! Was machen wir denn jetzt?«

»Das kann ich von hier aus nicht entscheiden. Du bist vor Ort, also verlasse ich mich auf deine Expertise. Mein Bauchgefühl rät mir, gewaltsam dort einzudringen, und zwar sofort. Denn die Zeit ist nicht auf unserer Seite und wir wissen, dass das Gerät bis vor ein paar Minuten definitiv noch dort war. Ben, der Techniker, vermutet, dass sie die Abschirmung vielleicht aus irgendeinem

Grund geöffnet hatten, und sie nun wieder geschlossen ist. Also gibt es immer noch eine Chance, dass die Bombe noch dort ist.«

»Was ist mit den Bildübertragungen des Satelliten?«

»Er ist der Grund, warum wir dachten, es vielleicht mit atmosphärischen Störungen zu tun zu haben, denn es dauert wesentlich länger, als wir dachten, den Satelliten online zu bringen. Die Techniker sagen, die Daten sind da, aber um den genauen Moment herunterladen zu können, in dem das Signal verschwunden ist, brauchen sie noch ein bisschen. Hoffentlich nur noch ein paar Minuten.«

»Okay, ich lege jetzt auf. Ich melde mich wieder, sobald wir das Haus eingenommen haben. Falls Sie ein paar gute Gebete kennen, sagen Sie sie jetzt bitte auf.«

»Glaub mir, ich habe mein Repertoire schon vor Stunden ausgeschöpft.«

Jet legte auf und dachte über die neuen Informationen nach. Eine sowieso schon schwierige Lage war abrupt deutlich schlimmer geworden. Bis gerade eben hatten sie wenigstens noch mit Sicherheit gewusst, dass die Bombe im Haus war, zwanzig Minuten waren in diesem Fall eine Ewigkeit und eine deutliche Angespanntheit schwang in ihrer Stimme mit, als sie auf ihre Ohrstöpsel tippte, um sie zu aktivieren.

»Wir gehen jetzt rein! Ich nehme das Haupttor. Wenn das Schloss eines der üblichen hier in der Gegend ist, brauche ich maximal eine halbe Minute, um es zu knacken. Aaron, ich möchte, dass du die Rückseite des Grundstücks im Auge behältst. Dort gibt es eine schmale Gasse für die Müllabfuhr. Du hast zwei Minuten, um dich in Position zu begeben. Eric, du folgst mir. Gib mir dreißig Sekunden Vorsprung. Isaac, du bleibst, wo du bist, wenn du irgendjemanden außer uns aus dem Haus kommen siehst, sagst du sofort über Funk in der Zentrale Bescheid und folgst demjenigen. Falls wir alle ausgeschaltet werden, bist du unser letzter Mann. Okay, Leute. In einer Minute geht's los. Es ist Showtime.«

Jet sah ihre smaragdgrünen Augen im Rückspiegel aufblitzen, als sie sich ihre verschleierte Kopfbedeckung überzog. Eine Burka und Schaila, wie es strenggläubige Frauen in Katar trugen, dazu die allgegenwärtige Abaya – eine lange, schwarze Robe, die perfekt dazu geeignet war, eine Kalaschnikow zu verstecken. Sie kontrollierte ein weiteres Mal das Magazin und lud die Waffe dann durch, das Gleiche machte sie anschließend mit ihrer schallgedämpften Pistole. Es war mehr ein Reflex als eine Notwendigkeit, da sie die einwandfreie Funktionsweise bereits dutzendfach überprüft hatte. Als sie zufrieden war, tastete sie ihre Hosentasche ab, in der sich die Dietriche befanden, die Isaac ihr besorgt hatte, dann atmete sie tief durch und verließ den Wagen. Nach einem Kontrollblick in beide Richtungen ging sie zum Kofferraum und holte eine prall gefüllte Tasche hervor. Sie enthielt Haushaltsrollen und Wasserflaschen aus ihrer Unterkunft und diente rein der Tarnung. Bei ihrer Auseinandersetzung mit ruchlosen Gegnern und einer Atombombe, von der sie wahrscheinlich nur noch wenige Meter trennten, würden sie ihr leider nicht helfen.

KAPITEL 34

Als sie um die Ecke bog, sah Jet, wie Eric am anderen Ende des Blocks auf seine Position zueilte, nachdem Aaron ihn gegenüber von Isaac abgesetzt hatte. Jet ließ sich Zeit, als sie sich dem Grundstück näherte. All ihre Sinne liefen jetzt auf Hochtouren und sie hoffte, dass sie nicht beobachtet wurde. Bisher konnte sie niemanden entdecken, trotzdem fühlte sie sich alles andere als sicher. Sie hatten praktisch überhaupt keine Zeit gehabt, die Lage zu sondieren, und deshalb war die Mission extrem gefährlich. In genau diesem Moment könnte sie sich im Visier eines Scharfschützengewehrs befinden, dessen Schütze vielleicht im Obergeschoss des Hauses versteckt war. Dann wäre ihr Tod nur noch ein nervöses Zucken eines Zeigefingers entfernt. Sie spürte, wie ihr Puls in ihrem Schädel hämmerte und wie der widerliche Geschmack aufsteigender Magensäure in ihrem Hals kratzte. Sie schluckte schwer und behielt weiter die Straße im Auge, dann musterte sie die Häuser. Langsam setzte sie einen Fuß vor den anderen, wie es sich für eine alte Frau gehörte, die ihren alltäglichen Aufgaben nachging.

Als sie sah, dass das Tor nur noch zwanzig Meter entfernt war, reduzierte sie ihr Tempo noch weiter und schlurfte nur noch vor sich hin. Eine ausgemergelte Katze, die im Schatten eines Lieferwagens im Rinnstein lag, machte einen Buckel, als ihr Blick Jets traf. Einen Moment lang schien die Zeit stillzustehen. Jet vergaß die Gedanken an den gesamten Wahnsinn der geplanten

Nuklearexplosion und ihr Geist war nur noch von der traurigen Erscheinung dieses erschrockenen Tieres erfüllt. Die glitzernden Augen der Katze schienen tief in Jets Innerstes zu blicken.

Weiter die Straße hinunter, knallte jetzt der Auspuff eines Autos durch eine Fehlzündung, was für Jet wie ein Kanonenschlag klang. Damit war der Zauber gebrochen und sie war wieder allein. Ihre linke Hand umklammerte das Gewehr, das in den Falten ihrer Robe versteckt war. Sie drückte den Lauf fest an ihren Körper, als sie ihre Einkaufstasche auf den Boden stellte.

Für einen nichts ahnenden Betrachter würde es so aussehen, als ob Jet ein kleines Päuschen einlegte und sich an die Mauer neben dem Tor lehnte, während die erbarmungslosen Strahlen der Sonne sie zum Schwitzen brachten. Kaum jemand würde die subtilen Bewegungen bemerken, mit denen sie jetzt die Dietriche aus ihrer Tasche zog und sich an dem Schloss zu schaffen machte, während sie ihren Körper als Blickschutz benutzte. Ihre gesamte Konzentration lag nun auf dem Schließmechanismus, alles andere blendete sie aus. Eine Ewigkeit schien zu vergehen, bis sich das Schloss endlich mit einem sanften Klacken entriegelte. In diesem Moment hörte sie Schritte. Es war Eric, der sich ihr, perfekt im Zeitplan, mit entspannten Schritten näherte. Jet schnappte sich daraufhin ihren Einkaufsbeutel, und als der Mann nur noch wenige Schritte von ihr entfernt war, schob sie das Tor auf und eilte hindurch, wobei Eric ihr dicht auf den Fersen blieb. Im Hof angekommen, zog er seine Pistole, und auch Jet ließ die AK-47 aus ihrem Gewand hervorschnellen. Mit einem Finger am Abzug rannte sie auf das erste Fenster zu, während Eric sich an der Eingangstür postierte. Jet spähte an den zugezogenen Vorhängen vorbei, sah aber nichts außer einem abgedunkelten, leeren Zimmer. Auch in der angrenzenden Küche war kein Anzeichen von Bewegung zu erkennen.

»Das Zimmer vorn ist sauber. Ich gehe jetzt zur Hintertür«, flüsterte sie und schob sich dicht an der Wand des Hauses entlang. »Warte auf mich. Ich bin gleich wieder da!«

Vorsichtig setzte Jet einen Fuß vor den anderen, wobei ihr Blick die ganze Zeit an den Fenstern haftete. Als sie sich dem Küchenfenster näherte, erstarrte sie abrupt, denn ihr linker Schuh war nur wenige Zentimeter von einer hauchdünnen Nylonschnur entfernt, die dicht über dem Boden gespannt war und von der Außenmauer des Grundstückes bis zu einem kleinen Verteilerkasten an der Hauswand reichte. Jets Augen verengten sich, als sie den Verteilerkasten genauer betrachtete. Danach hob sie ihre Robe ein Stück an und stieg vorsichtig über die verdächtige Schnur. Auf der anderen Seite kratzte sie mit ihren Schuhen ein großes X in die Erde. Anschließend setzte sie ihren Weg fort, nun allerdings noch aufmerksamer als zuvor. Kurz darauf fiel ihr Blick erneut auf etwas Verdächtiges: Eine leichte Erhöhung im Boden, die für ihren geübten Blick auf eine Landmine hindeute. Wahrscheinlich hatte sie einen Drucksensor oder war an den Nylonfaden gekoppelt. Zwar alles andere als elegant, aber im Dunklen wäre diese Abwehrvorrichtung extrem effektiv gewesen. Hätten sie die Infiltration ein paar Stunden früher gestartet, wäre Jet jetzt Hackfleisch, lediglich die Morgensonne hatte sie gerettet.

Sie tippte auf ihren Ohrstöpsel und murmelte: »Das Grundstück ist mit Sprengfallen bestückt! Ich habe bereits Minen und Stolperdrähte gefunden. Wir müssen davon ausgehen, dass es noch mehr gibt. Ich komme jetzt wieder nach vorn, denn die Chance ist mindestens fünfzig-fünfzig, dass sie die Hintertür und die Fenster auch verkabelt haben … ich hätte es jedenfalls so gemacht.«

»Was ist mit dem Vordereingang?«, flüsterte Eric.

»Wahrscheinlich dasselbe. Ich werde dir die AK geben, dann klettere ich an dem Haus hoch und schaue mir mal den ersten

Stock an. Im schlimmsten Fall müssen wir eine Möglichkeit finden, vom Dach aus reinzukommen.«

Vorsichtig ging sie zurück und starrte Eric mit stählernem Blick an, als sie ihm die Kalaschnikow überreichte.

»Zeit für ein paar Kletterübungen. Fass in der Zwischenzeit bloß nicht die Tür an! Ich habe ein ganz schlechtes Gefühl bei der Sache«, sagte sie und wirbelte herum. Dann nahm sie ein paar Schritte Anlauf und sprang auf die Wand zu, wo sie sich mit dem Fuß von dem rauen Putz abstieß, um sich weiter nach oben katapultieren zu können. Sie schaffte es zum Glück, mit den Fingern eine der Fensterbänke im Obergeschoss zu umklammern und hielt einen Moment lang inne. Dann zog sie sich nach oben. Ihre Armmuskeln waren zum Bersten gespannt, da ihre Kampfstiefel kaum Halt fanden. Endlich ertastete ihr linker Fuß eine leichte Einkerbung und sie konnte sich hochdrücken. Kurz darauf warf sie ihre Beine zur Seite und nutzte den Schwung, um sich auf den Balkon zu schleudern, den sie als Ziel im Auge gehabt hatte.

Eric sah ihr beeindruckt zu. Jet sah aus wie ein schwarz gekleideter Ninja, der der Schwerkraft trotzte. Als sie oben angekommen war, richtete er seine volle Aufmerksamkeit allerdings wieder auf die Tür. Die schwere Waffe in seiner Hand trug leider kaum etwas dazu bei, dass er sich sicherer fühlte, denn er hatte keine Ahnung, was ihn erwartete.

Jet kniff die Augen zusammen und spähte vorsichtig in das abgedunkelte Schlafzimmer. Es war äußerst spartanisch eingerichtet und bestand nur aus einem Bett und einer Stehlampe. Ihre Hände tasteten behutsam den gesamten Türrahmen ab, bevor sie die Klinke hinunterdrückte.

Abgeschlossen.

Immerhin war sie nicht von einer versteckten Granate geköpft worden war, wenigstens eine positive Sache.

Ihre Dietriche machten kurzen Prozess mit dem großen Schloss, das sowieso eher einen dekorativen Charakter hatte. Sekunden später schob sie die schwere Glastür auf und schlich hindurch, während sie die Pistole im Anschlag hielt.

Im Inneren wehte ihr der Geruch von frisch gekochtem Essen in die Nase. Er schien durch die halbgeöffnete Tür von unten heraufzuströmen. Wie ein Geist schlich Jet durch die Räume, doch ihre Nerven waren zum Zerreißen gespannt. Es war niemand zu sehen, das Haus schien verlassen zu sein. Jet schlich zur nächsten Tür und lauschte für ein paar Sekunden, bevor sie diese einen Spalt öffnete. Es war ein leeres Badezimmer. Die anderen beiden Räume auf der Etage waren ebenfalls verlassen.

Als sie die Treppe hinunterschlich und schnell bestätigen konnte, dass auch das Erdgeschoss menschenleer war, wenn auch noch nicht lange, denn der Geruch von Essen hing immer noch in der Luft und schien sie zu verhöhnen, begannen all ihre Hoffnungen zu schwinden. Sie waren anscheinend nur ein klein wenig zu spät hier angekommen.

Jet tippte auf ihren Ohrstöpsel. »Sie sind weg. Keine Spur. Ich komme zur Vordertür raus, aber tritt lieber ein paar Schritte zurück, denn ich sehe eine Tastatur für einen Zahlencode.« Sie näherte sich dem Gerät und verfolgte das Kabel, das daraus hervorragte und über die Decke zu einem großen Pflanzenkübel in der Zimmerecke führte. Sie warf einen genaueren Blick darauf. Die Kontakte an der Tür waren ohne jegliche Finesse angebracht worden, also zückte sie ihr Messer und schnitt sie einfach durch. Nichts passierte. Offenbar hatten sie nicht damit gerechnet, dass sich jemand dem Mechanismus von innen nähern würde. Das war auf eine Art Glück, andererseits schien es nicht angebracht zu sein, von Glück zu reden, denn schließlich hatten sie gerade ihre einzige Spur verloren, die sie zu der extrem gefährlichen Atombombe hätte führen können.

Sie entriegelte die Tür und öffnete sie, dann zog sie sofort ihr Telefon aus der Tasche und rief den Direktor an, während sie Eric mit einer Geste zu verstehen gab, sich nicht zu bewegen.

»Das Haus war leer«, sagte sie, »aber sie können noch nicht lange weg sein. Schauen Sie sich die Satellitenbilder der letzten zwanzig Minuten an.«

»Keine Idee, wo sie hingefahren sein könnten?«

»Nein, denn ungünstigerweise hatten sie keine riesige Karte dort herumstehen, wo sie ihren Zielort mit einer dicken, roten Stecknadel markiert haben. Es gab nur etwas lauwarmen Kaffee.«

»Wir haben inzwischen Zugang zum Satelliten, also schauen wir uns alles genau an.«

»Ich warte solange.«

Jet erklärte Aaron in der Zwischenzeit, was passiert war und wies ihn an, mit seinem Auto zu Isaac zu fahren. Eric kam ins Haus und sie schloss die Tür, um Aufsehen zu vermeiden, falls die Bombenleger unerwarteterweise zurückkommen sollten.

Ihr Telefon vibrierte nun wieder.

»Wir haben die Daten und schauen sie uns jetzt an.« Der Direktor hielt inne. »Moment mal … da! Vor dreiundzwanzig Minuten! Da stand ein Lieferwagen in der Einfahrt. Zwei Männer sind aus dem Haus gekommen. Einer hat etwas getragen. Dann haben sie es in den Wagen geladen. Der eine hat die Tür geschlossen, während der andere das Tor geöffnet hat. Der Lieferwagen ist herausgefahren. Verdammt, jetzt haben wir eine Bildstörung – ah, das Bild ist wieder da. Der Wagen stand auf der Straße, und der eine Mann hat das Tor geschlossen. Moment mal … frieren Sie das sofort ein!« Der Direktor verstummte kurz, dann sagte er: »Ich schicke dir dieses Bild aufs Handy, während wir ihren Weg weiter verfolgen. Warte bitte einen Moment.«

Wenige Sekunden später bekam sie eine Datei und öffnete sie. Es war ein körniges Schwarz-Weiß-Bild von einem winzig klein abgebildeten Lieferwagen. Sie zoomte das Foto heran, wobei ihr fast die Luft im Hals stecken blieb. Sie hielt Eric das Bild hin, dann brachte sie das Telefon wieder an ihr Ohr. »Können Sie das verbessern? Es ist so unscharf, dass man kaum etwas erkennen kann!«

»Wir arbeiten gerade daran. In der Zwischenzeit haben wir bereits ihre Spur aufgenommen und verfolgen sie jetzt. Sie sind auf eine der Hauptstraßen gefahren, Richtung Osten. Haloul Street. Macht euch sofort dorthin auf den Weg, bleib aber weiter am Telefon. Sie sind noch nicht allzu weit weg entfernt.«

»Weit genug, fürchte ich.«

KAPITEL 35

Jet rannte zu ihrem Wagen, Eric war ihr dicht auf den Fersen. Aaron hielt seinen Funkkanal offen und wartete auf weitere Anweisungen. Als Jet den Kofferraum aufschnappen ließ, warf Eric das Gewehr hinein, Jet startete bereits den Motor und ließ ihn aufheulen, als ihr Kollege sich auf den Beifahrersitz fallen ließ. Dann raste sie los und bediente mit der einen Hand die Gangschaltung, während die andere abwechselnd nach dem Lenkrad und dem Handy griff.

»Wir spulen uns gerade durch die Aufnahmen. Momentan fahren sie in Richtung des Bankenviertels, in der Nähe der Regierungsgebäude«, berichtete der Direktor.

»Kein Wunder. Das große Frühstücksbankett findet im *Four Seasons* statt. Für sie ist es natürlich umso besser, je näher sie dran sind, wenn sie sichergehen wollen, auch wirklich alle Teilnehmer auszulöschen.«

»Wie weit seid ihr schon gekommen?«

»Wir sind unterwegs und ich fahre so schnell ich kann. Ich will aber keine Polizisten auf uns aufmerksam machen, also kann ich kein Vollgas geben. Isaac folgt uns mit Aaron an Bord. Es würde uns aber wirklich helfen, wenn wir wüssten, wohin genau wir fahren müssen.«

»Ich weiß. Wir tun unser Bestes.«

Die Stimme des Direktors klang einen Moment lang stark gedämpft, da er sich offenbar gerade mit jemand anderem unterhielt. »Alles klar. Es sieht so aus, als hätten sie an einem Hochhaus am Rande des Diplomatenviertels angehalten.«

»Wann?«

»Vor drei Minuten.«

»Wie lautet die Adresse?«

Der Direktor gab ihr die Daten durch, die Jet laut wiederholte, damit Eric auch Bescheid wusste. »Sie sind zur Rückseite des Gebäudes gefahren. Moment, wir rufen soeben die Grundstücksdaten ab. Es befindet sich offiziell noch im Bau, sieht aber schon recht fertig aus«, erklärte der Direktor.

»Dann wollen sie die Bombe bestimmt dort hochjagen. Wie weit ist es vom Hotel entfernt?«

»Nicht mal eine halbe Meile. Das reicht locker, um alle Teilnehmer zu vaporisieren. Denk an unser Briefing.«

»Ich habe es genau vor Augen … leider.«

»Sie gehen in das Gebäude und schieben dabei einen Wagen vor sich her. Jetzt sind sie drin. Wie lange braucht ihr noch?«

»Mindestens zehn Minuten … wenn wir Glück haben. Ist sonst irgendetwas auf den Bildern zu erkennen?«

»Nein, aber wir arbeiten daran.«

Jet verstummte kurz, als sie abrupt einem LKW ausweichen musste und dabei beinahe mit einem entgegenkommenden Van zusammenstieß, der verbotenerweise ihre Spur zum Überholen benutzte. Sie trat die Bremse voll durch und hatte Mühe, den Wagen unter Kontrolle zu behalten. Während die Reifen quietschten, schaffte sie es dennoch, die Hupe zu drücken. Das andere Fahrzeug scherte gerade noch rechtzeitig in seine Spur ein, Millisekunden vor einer Kollision. Jet erhaschte aus dem Augenwinkel ein wütendes, bärtiges Gesicht hinter dem Steuer.

»Was ist los?«, fragte der Direktor angespannt.

»Verrückte Verkehrsteilnehmer. Ich muss mich jetzt konzentrieren. Wir melden uns, wenn wir in der Nähe sind!«

Sie gab jetzt Vollgas und schaltete in den vierten Gang, als sie an einem weiteren Laster vorbeizog und sich auf den unvorhersehbaren Verkehr konzentrierte. Ein paar Minuten später versperrte ihr ein Meer aus Bremslichtern den Weg. In der Nähe des Diplomatenviertels waren die Straßen komplett verstopft. Jet warf einen Blick in den Rückspiegel, um sich davon zu überzeugen, dass Isaac noch hinter ihr war. Es war fast ein Wunder, dass er es in dem klobigen Van geschafft hatte, mit ihr mitzuhalten.

Hohe Gebäude ragten in den Himmel, als sie sich der Küste näherten, und je näher sie ihrem Ziel kamen, desto langsamer wurde der Verkehr. Jet drückte die Wahlwiederholungstaste und sofort dröhnte die Stimme des Direktors in ihrem Ohr.

»Schaut ihr überhaupt auf die Uhr?«

»Öfter als jemals zuvor in meinem Leben.«

»Es wird langsam verdammt knapp!«

»Sagen Sie mir mal etwas, das ich noch nicht weiß!«

»Das Frühstück beginnt in einer Stunde.«

»Wir sind in fünf Minuten da.«

»Dann habt ihr nicht mehr viel Zeit. Wir wissen jetzt aber sicher, dass sie da drinnen sind, denn der Wagen steht immer noch an Ort und Stelle.«

»Wir werden unsere gefälschten Papiere nutzen müssen, um dorthin zu kommen. Meinen Sie, das wird klappen?«

»Die Männer müssen auf jeden Fall vorgehen. Denk daran, wo du bist. Als Frau hast du dort nichts zu suchen.«

»Wie soll ich denn dann reinkommen? Ich muss schließlich in das Gebäude, wenn ich die Bombe stoppen soll!«

»Da wirst du dir etwas einfallen lassen müssen.«

»Ich verstehe … die Bombe geht in einer Stunde hoch und der Plan lautet *improvisieren.*« Jet legte auf und schüttelte den Kopf. Dann erspähte sie endlich das Zielgebäude. Es war bestimmt dreißig Stockwerke hoch.

Sie tippte ihren Ohrhörer an. »Aaron, ihr müsst da rein, um die Sicherheitsanlagen abchecken zu können, und um einen Weg zu finden, wie ich als Frau ebenfalls reinkomme.«

Aarons Stimme ertönte klar und deutlich: »Hört sich gut an. Und wie machen wir das genau?«

»Ich habe da eine Idee …«

***

Jet folgte Aaron und Eric in die Lobby des Bürogebäudes hinein und die beiden Sicherheitsmänner hinter der Rezeption schauten sofort von ihren Mittagssnacks auf. Der Ältere der beiden stand auf und schüttelte den Kopf.

»Wir haben leider noch nicht geöffnet. Das hier ist eine Baustelle«, verkündete er in nicht unfreundlichem, aber dennoch bestimmtem Tonfall, der eine sorgfältig eingeübte Autorität mitschwingen ließ.

»Ja, ich weiß. Ich bin nur hier, um meinen Klienten die Räumlichkeiten zu zeigen. Sie suchen momentan neue Büros, und mir wurde gesagt, dass in diesem Gebäude schon einiges verkauft worden ist«, sagte Eric, während er sein bestes Verkäufergrinsen aufsetzte, das in etwa so falsch war, wie das Lächeln einer Striptease-Tänzerin.

Die beiden Sicherheitsmänner tauschten daraufhin Blicke aus. Sie waren auf nichts anderes geschult als auf das Überprüfen der Zugangsberechtigungen von Bauarbeitern.

»Ich glaube nicht, dass Sie da rauf dürfen. Wie gesagt, es ist immer noch eine Baustelle«, versuchte es der Ältere erneut.

»Für meine Augen sieht das alles schon sehr fertig aus«, erwiderte Eric und zeigte erneut seine strahlend weißen Zähne. »Wir verstehen ja, dass hier und da noch etwas zu machen ist, aber genau darum geht es ja. Meine Klienten wollen sich gern eine

Etage aussuchen, die sie dann noch selbst mitgestalten können. Es wäre doch wirklich mehr als ärgerlich, wenn den Inhabern ein bedeutender Mieter durch die Lappen gehen würde, nur aufgrund eines kleinen Missverständnisses. Wir brauchen auch nur ein paar Minuten.«

Der Jüngere stand mit einer deutlich erkennbaren Unsicherheit im Blick auf. »Uns wurde gesagt, dass wir nur Bauarbeiter hineinlassen dürfen, tut mir leid …«

»Das muss Ihnen nicht leidtun. Ich bin mir sicher, Ihre Anweisungen haben nicht explizit ausgeschlossen, dass ich potenziellen Kunden die Räumlichkeiten zeige«, antwortete Eric in zuversichtlichem Tonfall.

»Wenn Sie einen Moment warten können, rufe ich jemanden an und wir fragen nach, ob wir eine Ausnahme machen dürfen«, schlug der Ältere vor. Seine Augen weiteten sich erschrocken, als Aaron plötzlich eine Pistole aus seiner Jackentasche zog und sie ihm unter die Nase hielt.

»Wir haben es auf die nette Art versucht, aber wenn ihr lieber die harte Tour wollt, bitteschön! Wenn sich einer von euch auch nur einen Millimeter bewegt, puste ich euch die Schädel weg!«

Eric begab sich nun hinter die Wachen und zog den Revolver aus dem Gürtelholster des Älteren, dann ließ er ihn in seiner Jacke verschwinden und entwaffnete auch den Jüngeren, der seine Hände innerhalb von Sekundenbruchteilen hochgerissen hatte, als er die Waffe gesehen hatte.

»So, und jetzt noch einmal von vorn: Vor ein paar Minuten sind hier zwei Männer mit einem Wagen angekommen. Wo sind sie hingegangen?«, fragte Aaron knurrend. Die beiden Wachen antworteten nicht. Eric zog nun seine eigene Pistole aus dem Hosenbund und Jet warf ihre Robe beiseite und riss die Kalaschnikow hoch. Nun war den beiden glücklosen Sicherheitsmännern klar, dass sie es hier mit einer Situation zu tun hatten, die in ihrer vierstündigen Jobeinweisung definitiv nicht besprochen worden war.

Der jüngere Mann fing sofort an zu zittern, während der andere nur trocken schluckte. »Ich … ich weiß es nicht. Wir kontrollieren hier nur Ausweise, anschließend gehen die Bauarbeiter dorthin, wo sie hinsollen. Wir haben keine Ahnung.«

Jet machte einen Schritt auf die beiden zu, wobei der Lauf ihres Gewehres ihnen so bedrohlich nahekam wie der Kopf einer Giftschlange. »Wie viele Arbeiter befinden sich denn im Moment im Gebäude?«

Der Ältere schloss für einen Moment seine Augen. »Ich weiß es ehrlich gesagt nicht. Vielleicht vierzig? Es ist alles fast fertig, es gibt also nicht mehr viel …«

»Wie viele Sicherheitsleute außer euch beiden gibt es noch?«, unterbrach ihn Jet.

»Was? Keine, nur uns beide.«

Aaron tippte dem Mann mit dem Lauf seiner Waffe gegen die Brust. »Für heute übernehme ich euren Job. Ihr habt doch bestimmt einen Aufenthaltsraum oder wenigstens eine Toilette, oder?«

Die Augen des Jüngeren schossen zur Seite, während die Körperspannung seines Kollegen ganz zusammenbrach. »Bitte, tun Sie uns nichts! Wir arbeiten doch nur hier«, flehte er, wobei ihm eine Schweißperle über die Stirn lief.

»Wenn ihr macht, was ich euch sage, wird euch nichts passieren. Ich werde jetzt eure Hände hinter dem Rücken zusammenbinden. Und ich will mich nicht wiederholen müssen!«, befahl Eric.

Die beiden Männer zogen sofort die Handschellen von ihren Gürteln ab und kooperierten. Anschließend deutete Aaron mit seiner Waffe auf die Türen hinter ihnen. »Wohin führen die?«, fragte er und der ältere Mann nickte in Richtung der linken Tür. »Das da ist unser Büro.«

»Dann mal los.«

Dreißig Sekunden später kam Aaron wieder heraus und nickte Jet zu. »Die werden nirgendwohin gehen. Ich habe das Telefon demoliert und ihnen außerdem die Münder zugeklebt. Wie sollen wir jetzt weiter vorgehen?«

»Einer muss hier unten bleiben, während die anderen das Gebäude durchsuchen. Das machst du, Aaron. Eric und ich suchen in der Zwischenzeit die Etagen ab.«

Sie ging um den Tresen herum und legte das Gewehr kurz ab, um auf die Uhr zu sehen. »Es ist das Beste, wenn wir keine Panik unter den übrigen Arbeitern verbreiten. Aaron, du nimmst das Gewehr also lieber an dich.«

Sie ließ ihren Blick über den Tresen schweifen. »Das ist ein riesiges Gebäude und die Bombe könnte praktisch überall sein. Hast du im Sicherheitsraum irgendwelche Monitore oder Ähnliches gesehen?«

»Nein, ich glaube, so weit sind sie noch nicht mit den Sicherheitsmaßnahmen«, antwortete Aaron, während er hinter dem Tresen Platz nahm. »Soll ich mir die Papiere zeigen lassen, falls jemand kommt, oder einfach alle wegschicken?«

»Schick alle weg. Sag ihnen, dass gerade eine Kontrolle wegen irgendwelchen Giftstoffen stattfindet. Irgendwas Offizielles vom Bauamt, vollkommen egal. Ich will so wenige Menschen wie nur möglich hier drin haben.«

Aaron nickte und Jet begab sich mit Eric im Schlepptau zu den Aufzügen. »Wo willst du denn anfangen?«, fragte Eric, als er auf den Rufknopf drückte. Ihnen gegenüber befanden sich drei stählerne Türen und hinter der nächstgelegenen begann es jetzt zu summen. »Du gehst von Etage fünfzehn aus nach unten und ich nach oben. Wenn wir eine Minute pro Etage brauchen, können wir dreißig Minuten vor der Detonation bereits alles gecheckt haben. Wir bleiben über Funk in Kontakt.«

Eric schüttelte den Kopf. »Wäre es nicht besser, oben anzufangen und sich dann nach unten vorzuarbeiten, wobei ich die geraden Etagen durchsuche und du die ungeraden?«

»Ja, so haben wir es beim Mossad gelernt, doch du darfst nicht vergessen, dass diese Kerle durch die gleiche Schule gegangen sind, also erwarten sie, dass wir es genauso machen. Wenn man bedenkt, wie nah wir dem Ziel sind, könnten sie die Bombe auf jeder Etage zünden. Die Annahme, dass sie eine der oberen Etagen gewählt haben, ist deshalb nicht mehr als das – eine Annahme.«

»Wenn du recht hast, sind wir so oder so am Arsch.«

»Willkommen beim Geheimdienst! Ich sage, wir fangen genau deswegen in der Mitte an, weil es unorthodox ist. Das, ist der einzige Vorteil, den wir im Moment noch haben … unberechenbar zu agieren. Versetz dich doch mal in deren Lage. Was würdest du an ihrer Stelle machen?«

Eric nickte. »Du hast wahrscheinlich recht. Bisher haben sie sich noch keine dummen Fehler geleistet.«

»Deshalb machen wir es ja so, wie ich es gesagt habe. Bist du bereit?«

»Ich starte in der fünfzehnten Etage und gehe nach unten«, bestätigte er, als die Fahrstuhltür mit einem Zischen aufging.

»Und ich nach oben«, bestätigte sie, während sie einen letzten Kontrollblick durch die Lobby schweifen ließ. Dann betrat sie den Fahrstuhl, wobei die Sekunden, die ihr noch blieben, um eine Katastrophe abzuwenden, erbarmungslos verstrichen.

KAPITEL 36

Jet war zu allem bereit, als der Fahrstuhl im sechzehnten Stock anhielt. Zum Glück bot ihre Robe den perfekten Sichtschutz für ihre Pistole, die durch den angeschraubten Schalldämpfer leider recht klobig war. Doch den brauchte sie auf jeden Fall, wenn sie vermeiden wollte, dass sofort die Polizei auftauchte, wenn sie ihre Ziele gefunden hatte.

Als sich die Türen öffneten, bot sich ihr ein Blick weit über die Stadt und den Persischen Golf dahinter. Eine wirklich atemberaubende Aussicht. Der polierte Marmorboden funkelte im Sonnenlicht, das von außen durch die leicht getönten Fenster, die vom Boden bis zur Decke reichten, hineinströmten. Momentan war die gesamte Etage noch eine riesige Fläche, da noch keine Trennwände eingezogen worden waren. Schnell durchschritt sie den Bereich um den Fahrstuhl, um einen Blick in alle Ecken werfen zu können, und überprüfte dann die übergroßen Sicherungskästen, die möglicherweise als Versteck für die Bombe dienen könnten. Danach kehrte sie zum Lift zurück und fuhr in den siebzehnten Stock.

Dieses Mal wurde sie von drei Bauarbeitern empfangen, die gerade damit beschäftigt waren, Gipskartonwände einzuziehen. Der Anblick einer Frau auf einer Baustelle schien sie ähnlich zu verwirren, als wäre auf einmal ein Zirkusbär auf einem Einrad aufgetaucht. Sie unterbrachen ihre Tätigkeit sofort und starrten sie unverhohlen an, während sie sich rasch umschaute.

Schließlich legte der Stämmigste der Kerle seine Richtwaage beiseite und sprach Jet mit einem strengen Blick an.

»Kann ich Ihnen helfen?«

»Ich schaue mir nur die Räumlichkeiten an, denn ich möchte sie gern mieten.«

»Aber nicht auf dieser Etage! Die ist schon weg. Wir bauen sie gerade aus.«

»Oh, dann muss ich den falschen Knopf gedrückt haben.«

»Die Achtzehnte ist auch schon weg. Da arbeiten unsere Kollegen gerade. Aber ich glaube, die meisten Etagen darüber sind noch zu haben. Jedenfalls haben wir dafür noch keinen Auftrag bekommen.«

Jet nickte dankend und warf noch schnell einen Blick auf die Sicherungskästen. Es war zwar riskant, aber sie musste die Männer nach den Agenten fragen. »Sagen Sie mal, ich habe vorhin zwei sehr hilfreiche Männer getroffen, die einen Wagen vor sich hergeschoben haben. Haben Sie die vielleicht gesehen? Ich würde mich gern bei Ihnen bedanken.«

Die Arbeiter musterten sie mit leeren Blicken.

»Ein Wagen? Nein, keine Ahnung«, erwiderte der kräftige Vorarbeiter.

Sie ging zurück zum Fahrstuhl und stieg wieder ein, dann drückte sie den Knopf für den achtzehnten Stock. Sobald sich die Türen geschlossen hatten, tippte sie ihren Ohrhörer an.

»Zwei Stockwerke habe ich schon. Bisher nichts. Wie sieht es bei dir aus?«

»Absolut keine Spur. Ich habe ein paar Arbeiter getroffen, aber keiner hat etwas gesehen«, sagte Eric murmelnd. »Ich bin jetzt im Dreizehnten. Sieht ebenfalls leer aus.«

»Überprüfst du auch die Sicherungskästen?«

»Natürlich. Aber selbst da würde eine Kofferbombe auffallen, meinst du nicht?«

»Ich muss weitermachen«, sagte sie, als die Türen lautlos zur Seite glitten. Die Szene von zuvor wiederholte sich jetzt. Es gab Wände in verschiedenen Fertigungsstadien und einen Elektriker, der Kabel verlegte, während andere Arbeiter ebenfalls letzte Handgriffe machten. Jet benutzte wieder die gleiche Geschichte und bekam ähnliche Ergebnisse. Niemand hatte zwei Männer mit einem Wagen gesehen.

Nachdem sic sich davon überzeugt hatte, dass die Etage sauber war, wiederholte sie diesen Vorgang bei den nächsten drei Etagen, wobei im neunzehnten Stock noch einige Arbeiter waren, darüber dann aber zum Glück niemand mehr. Als sie ihre schnelle Überprüfung abgeschlossen hatte und wachsende Ungeduld verspürte, vibrierte plötzlich ihr Telefon. Sie hielt es sich vor ihr Gesicht und war überrascht, als auf einmal ein Foto auf dem Display erschien. Es war ein digital verbessertes Bild des Lieferwagens, zusammengesetzt aus den hochauflösenden Daten des Satelliten. Ihre Augen weiteten sich, als sie ein wichtiges Detail erkannte.

Sofort tippte sie auf ihre Ohrstöpsel.

»Ich habe das bearbeitete Bild von dem Lieferwagen bekommen. An der Seite ist das Logo eines Aufzugherstellers zu sehen! Sie tun also so, als wären sie Fahrstuhltechniker«, erklärte sie.

»Moment mal! Einer der Aufzüge steht schon die ganze Zeit im achtundzwanzigsten Stock. Also zwei Etagen unter dem Dach«, berichtete Eric, nachdem er einen Blick auf die Anzeige des Fahrstuhls geworfen hatte. »Ich sehe, dass du gerade im Einundzwanzigsten bist, und der dritte Fahrstuhl ist in der Lobby. Ich habe deshalb jetzt die Treppen genommen.«

»Dann haben wir sie endlich! Uns läuft die Zeit davon ... die Bombe muss dort oben sein!«

»Ich komme hoch und treffe dich im Treppenhaus vom siebenundzwanzigsten Stock, dann gehen wir zusammen rein.«

Jet drückte den Knopf und wartete, dass sich die Türen wieder schlossen, und merkte, wie sich ihr Puls beschleunigte. Endlich hatten sie die Information, die sie so dringend brauchten. Sie hoffte nur, dass sie die Bombe finden würden, bevor ihre Zeit für immer abgelaufen war.

***

»Wir haben ein Problem … wir kriegen Gesellschaft!« Solomons Stimme war über das Funkgerät zwar verzerrt, doch Joseph konnte seine Nervosität trotzdem deutlich hören.

»Was? Woher weißt du das? Wer ist es?«

»Der Mossad. Ich habe gesehen, dass einer der Aufzüge in jeder Etage angehalten hat und fand das verdächtig, deshalb habe ich die Sprechanlage aktiviert, um zu testen, ob ich etwas hören kann. Die wissen, dass du da oben bist, und ich gehe davon aus, dass sie vom Mossad sind, weil sie hebräisch gesprochen haben.«

»Verdammt! Wie zur Hölle …?«

»Das ist doch jetzt vollkommen egal«, unterbrach ihn Solomon ungeduldig. »Ich tue, was ich kann. Ich werde einfach den Strom für alle Aufzüge abstellen, dann sitzen sie in der Falle. Wie sieht es mit dem Timer aus?«, fragte er angespannt. Er hatte Position im Kontrollraum des Fahrstuhlsystems im Keller bezogen, genau für einen solchen Fall wie diesen. Sie hatten beschlossen, dass er, wegen seiner Schusswunde und den Hundebissen, dort besser aufgehoben sein würde.

»Ich brauche nur noch ein paar Minuten, also ist es egal, was die machen. Ich habe den Rest der Platinen bereits überprüft und es sieht alles gut aus. Ich muss nur noch einen Anschluss säubern, der ein bisschen mitgenommen aussieht, dann stelle ich den Timer und wir hauen sowieso ab.«

»Sag Bescheid, wenn du soweit bist, und ich schalte die komplette Steuerung für die Fahrstühle aus. Ich hoffe nur, es macht dir nichts aus, achtundzwanzig Etagen laufen zu müssen.«

»Runter geht es ja leichter. Außerdem werde ich ja extrem motiviert sein.«

KAPITEL 37

Das Licht im Fahrstuhl ging plötzlich aus und er kam auf halber Strecke zum siebenundzwanzigsten Stockwerk stockend zum Stehen. Der gesamte Fahrstuhlkäfig fing nun an zu vibrieren, und dann stürzte er auf einmal in freiem Fall in die Tiefe. Jets letzter Gedanke war, dass etwas schiefgelaufen sein musste, und dass sie Hannah unfassbar liebte. Zum fatalen Aufprall kam es jedoch nicht, denn jetzt aktivierten sich die Notfallbremsen des Aufzugs. Der Krach von Metall, das über Metall schleifte, war ohrenbetäubend.

Für eine kleine Ewigkeit stand Jet wie erstarrt da und hielt sich verkrampft an dem kleinen Handlauf fest, der an den Wänden entlang lief. Sie hatte Angst, dass die kleinste Bewegung sie wieder in die Tiefe stürzen lassen würde. Als sie sich sicher war, dass der Fahrstuhl sich definitiv nicht mehr bewegen würde, zog sie in der Dunkelheit vorsichtig ihr Handy aus der Tasche, um etwas sehen zu können. Mit der Taschenlampenfunktion inspizierte sie die Decke über sich und fand eine Metallabdeckung, die so aussah, als könnte sich dahinter ein Notausstieg verbergen. Sie prägte sich die genaue Position ein, steckte das Telefon wieder weg und stellte sich dann auf die Handläufe, um an der Decke nach einem Mechanismus zu tasten.

Tatsächlich ließ sich die Platte zur Seite schieben und dahinter konnte sie einen Griff ertasten. Sie drehte ihn vorsichtig zur Seite und hörte, wie sich nun mehrere Riegel lösten. Jetzt konnte sie eine Luke nach oben klappen. Als sie gerade nach den Rändern der Öffnung gegriffen hatte und sich hochziehen wollte, sackte der Aufzug wieder um ein paar Zentimeter ab. Ihre Füße rutschten weg und sie fiel in die Kabine, wobei sie hart auf dem Boden aufschlug. Jet fluchte, sprang jedoch sofort wieder auf, um es noch einmal zu versuchen. Dieses Mal achtete sie auf einen festeren Griff und drückte sich hoch, bis ihr Torso komplett aus der Luke ragte, dann setzte sie die Hände vorsichtig um und zog auch ihre Beine heraus.

Auf dem Dach des Fahrstuhlkäfigs angekommen, sah sie sich um und entdeckte über sich einen schwachen Lichtschein, der offenbar durch Lüftungsschlitze kam. Sie wartete einen Moment, bis sich ihre Augen an die Dunkelheit gewöhnt hatten. Jetzt konnte sie über sich einen Motor erkennen, der normalerweise die Schiebetüren der Etage über ihr öffnen würde. Sie griff nach den Türen und stellte fest, dass sie sich relativ leicht aufschieben ließen. Da der elektrische Öffner keinen Strom hatte, gab es kaum Widerstand. Das hatte Jet schon einmal für eine Mission in Südafrika recherchiert, wo sie eine Infiltration über einen Fahrstuhlschacht geplant hatte. Sie schob jetzt ihren Unterarm in den entstandenen Spalt und hebelte die Tür noch weiter auf, bis sie sich auf den Marmorboden des Flures ziehen konnte. Sie war noch nie so glücklich gewesen, festen Boden unter den Füßen zu spüren.

Die Etage war leer, und nach einem kurzen Kontrollblick rannte sie zum Nottreppenhaus auf der anderen Seite des Gebäudes. Sie riss die Tür auf und hörte über sich Schritte, die auf dem Weg nach oben zu sein schienen. Als sie auf ihre Ohrhörer tippte, hörte das Geräusch abrupt auf.

»Ich bin im Treppenhaus direkt unter dir … im Einundzwanzigsten«, flüsterte Jet.

»Wieso das denn? Wolltest du dir ein bisschen die Beine vertreten?«, fragte Eric erstaunt.

»Wohl kaum. Es gab ein Problem mit dem Fahrstuhl. Wahrscheinlich wissen die mittlerweile, dass wir kommen, denn der Strom ist ausgeschaltet worden. Das wird ja wohl kein Zufall sein. Ich komme jetzt zu dir hoch. In welcher Etage bist du?«

»In der fünfundzwanzigsten.«

Jet hörte auf zu sprechen und eilte die Treppe hinauf. Sie nahm mit jedem Schritt zwei Stufen, wobei ihre schwarze Robe hinter ihr herflatterte. Als sie Eric erreicht hatte, war die Haut unter ihrem Schleier mit einer dünnen Schweißschicht überzogen. Sie zog die Kopfbedeckung kurzerhand ab und stopfte sie in eine der Taschen ihrer Cargo-Hose, die sie unter der Robe trug. Dann warf sie einen Blick nach oben, in Richtung ihres Ziels.

»Der Plan ist immer noch der gleiche. Nur, dass sie uns jetzt erwarten, von daher müssen wir die Köpfe unten halten und äußerst schnell sein«, flüsterte sie.

»Willst du vorgehen, oder soll ich?«

»Egal … wie du willst.«

»Dann gehe ich vor«, beschloss Eric.

»Wir müssen uns beeilen. Wir sind schon spät dran, und vielleicht haben die bösen Jungs aufgrund ihrer Entdeckung ja jetzt beschlossen, das Ende der Welt noch ein wenig vorzuverlegen. Das könnte einer Menge Leuten den Tag ruinieren.«

Eric nickte, drehte sich um und machte sich auf den Weg nach oben, Jet blieb dicht an ihm dran. Beide hatten mittlerweile ihre Waffen gezogen, sie durchgeladen und waren bereit für ein Feuergefecht. Als sie die Plattform der achtundzwanzigsten Etage erreichten und gerade das Aufsprengen der Tür vorbereiten wollten, durchbrach auf einmal schallgedämpftes Gewehrfeuer die Stille. Das Stakkato der automatischen Waffe riss ganze Betonbrocken aus den Treppenstufen, die daraufhin auf sie herabregneten, und plötzlich riss ein Querschläger Erics Schädeldecke komplett weg, sodass die Wand neben ihm mit einem feinen Nebel aus Blut besprenkelt wurde. Jet warf sich sofort zur Seite und sein Körper fiel wie ein Sack Zement auf die Stufen vor ihr. Sie duckte sich so tief hinunter wie möglich und streckte ihre Hände aus, damit die Leiche nicht noch weiter herunterrutschte. Dann riss sie ihre Waffe hoch und feuerte in die Richtung, aus der das Mündungsfeuer zwei Etagen über ihr kam. Sie leerte fast ein halbes Magazin, weil sie hoffte, den Schützen ebenfalls mit einem Querschläger zu erwischen, doch dieser erwiderte das Feuer und Erics Körper begann wild zu zucken, als ein ganzer Kugelhagel in ihn einschlug. Aus Jets Perspektive wirkte er wie ein Schutzwall, der ihr das Leben rettete.

Ihre gesamte Konzentration fokussierte sich jetzt auf einen einzigen Punkt. Es existierte nichts anderes mehr auf der Welt außer ihr selbst und dem Angreifer. Erneut erwiderte sie das Feuer mit den restlichen Patronen in ihrem Magazin, welches sie dann sofort mit einer schon fast traumwandlerisch eingeübten Bewegung durch ein frisches austauschte. Eine weitere Salve schoss jetzt aus ihrem Lauf und der letzte Schuss ließ über ihr ein schmerzerfülltes Stöhnen ertönen, dicht gefolgt vom Quietschen einiger Scharniere und einem lauten Knall. Dann war das Treppenhaus vollkommen still und Jet stand vorsichtig auf … die Ohren auf der Suche nach jedem noch so kleinen verdächtigen Geräusch. Als sie sich sicher war, dass die Schießerei beendet war, beugte sie sich nach vorn, um in Erics Jackentaschen nach weiterer Munition zu suchen. Sie schnappte sich außerdem seine Pistole und hielt beide Waffen vor sich, bereit, sie beim kleinsten Anzeichen einer Bewegung oder eines Geräuschs zu entleeren.

Wenige Sekunden später hatte sie die oberste Etage erreicht und betrachtete die beiden Metalltüren. Eine führte zum Penthouse, die andere zum Dach. Sie verlangsamte ihre Atmung, während sie nach Anzeichen suchte, welche der beiden Türen der Schütze genommen hatte. Am Rand der Tür zum Penthouse wurde sie schließlich fündig, denn dort glänzte ein kleiner Blutstropfen auf dem Beton, direkt unterhalb der Türklinke.

Da sie nun sicher war, wo sich ihr Gegner befand, wägte sie ihre Möglichkeiten ab. Wenn sie versuchte, ihm zu folgen, würde sie wahrscheinlich in einem Kugelhagel enden, den sie nicht überleben würde. Doch die Uhr tickte unerbittlich und so ungern sie auch sterben wollte, sah sie kaum eine Alternative als ihm zu folgen.

***

»Ich bin getroffen worden«, zischte Joseph in sein Funkgerät, wobei er auf eine Holzkiste zu stolperte, die neben einer massiven Glaswand stand.

»Wie schlimm ist es?«

»Ziemlich schlimm. Ein Bauchschuss.«

»Scheiße, ich komme hoch!«

»Nein, mach dich sofort aus dem Staub. Es ist sowieso schon zu spät, die Bombe noch zu stoppen. Doch du wirst es nicht überleben, wenn du nicht wenigstens ein paar Meilen entfernt bist. Erschieß die Wachen und stifte so viel Chaos wie nur möglich und dann mach dich aus dem Staub. Ich werde auf keinen Fall dreißig Etagen Treppen bewältigen können, wenn ich eine verdammte Kugel im Bauch habe.«

»Ich kann die Fahrstühle doch wieder anschalten.«

Joseph schüttelte den Kopf, die Schmerzen machten ihn bereits ganz benommen. »Wie du meinst. Aber die sind immer noch hier oben und verfolgen mich jetzt. Ich muss sie zuerst ausschalten, bevor ich abhauen kann.«

»Dann sag Bescheid, wenn du soweit bist. Ich werde den Strom in drei Minuten wieder anschalten«, sagte Solomon. Joseph regelte die Lautstärke jetzt herunter und nahm Deckung hinter der Kiste, als er seinen Blick und das schallgedämpfte MTAR-21-Gewehr auf die Tür richtete. Während Blut an seinem Körper hinunterlief, wartete er darauf, dass sich die Tür öffnen und seine Gegner in ihren sicheren Tod laufen würden.

Er war überrascht, als er plötzlich eine Frauenstimme hörte, die durch die Stahltür zwar gedämpft klang, aber immer noch gut zu verstehen war.

»Es gibt kein Entkommen, es ist aus! Geben Sie auf und sagen Sie uns, wo die Bombe ist, sonst sind Sie so gut wie tot!«

»Ich bin sowieso schon tot! Wieso kommt ihr nicht rein und erlöst mich von meinen Schmerzen?«

»So schlimm muss es für Sie nicht enden.«

»Macht, was ihr wollt! Ihr seid sowieso zu spät dran. Die Bombe wird auf jeden Fall hochgehen. Ihr könnt nichts mehr tun, um sie aufzuhalten. Rein gar nichts. Ich werde so oder so sterben, aber die Welt wird sich für immer verändern. Mein Opfer wird eine Bedeutung haben, wohingegen eures einfach nur sinnlos ist. Ihr versucht etwas aufzuhalten, das ihr nicht einmal versteht. Also bringen wir es hinter uns. Zeigt, was ihr könnt!«

Er wartete, doch es kam keine Antwort. Aber das war ihm vollkommen egal. Wenn die Rollen vertauscht wären, würde er sich auch Zeit lassen und warten, bis sein verwundeter Gegner ausreichend geschwächt wäre, oder noch besser, er würde warten, bis dessen Nervenkostüm so ramponiert war, dass er einen Fehler machen würde. Solange er im Penthouse war, hatten sie ihn in einer kontrollierbaren Lage, und wahrscheinlich suchten die Kollegen der Frau in der Zwischenzeit bereits nach der Bombe.

Doch er würde nicht so reagieren, wie sie dachten. Er war bereit, zu sterben, und jede Sekunde, die er sie aufhalten konnte, war eine Sekunde näher an dem Punkt, an dem alles egal war. Um seinen Standpunkt zu unterstreichen, feuerte er eine kurze

Salve in die Tür, wo die Kugeln mit explosiver Wucht gegen den Stahl schlugen.

Falls jemand bereit für das Paradies war, sollte er oder sie doch hereinkommen. Er war auf jeden Fall mehr als bereit.

***

Jet zog sich im Dunklen die Leiter hoch; ihr gesamter Körper war angespannt. Sie war im neunundzwanzigsten Stockwerk gestartet, nachdem sie zuerst zwei Treppen nach unten gehetzt war, sobald der Bombenleger mit seiner Ansprache begonnen hatte. Da sie keinen anderen Weg gesehen hatte, hatte sie kurzerhand die Fahrstuhltüren aufgestemmt und sich in die Leere gestürzt, wobei sie den scheinbar bodenlosen Abgrund unter sich zu ignorieren versucht hatte. Stattdessen konzentrierte sie sich auf das Ziel über ihr und hatte schon bald das Niveau des Penthouses erreicht. Sie klemmte ihr Bein jetzt in den Rahmen der Leiter und zog mit aller Kraft an einem der Türflügel. Als das klobige Metallgebilde sich lautlos zu bewegen begann, kletterte sie durch die entstandene Öffnung und rollte sich dann auf dem Marmorboden ab. Gleichzeitig riss sie beide Pistolen aus ihrer Robe und richtete sie auf die überraschte Gestalt an der Fensterfront. Für einen Sekundenbruchteil konnte sie seinen schockierten Gesichtsausdruck wahrnehmen, denn aus diesem Winkel war er vollkommen schutzlos. Als er anfing, seine Waffe herumzureißen, feuerte Jet bereits aus beiden Pistolen auf ihn, und entleerte ihre Magazine.

Der Oberkörper des Mannes zappelte wie eine Marionette, als er rückwärts gegen die von Kugeln zerfetzte Glasscheibe taumelte. Unter seinem Gewicht brach das geschwächte Material komplett zusammen, und kurz darauf befand er sich in freiem Fall. Das Letzte, was er sah, war das Muster aus dünnen Wolkenbändern, die über den klaren, blauen Himmel drifteten, dann beendete der Aufprall auf dem kalten Beton sein Leben.

Jet rappelte sich hastig auf, ging dann zu dem gähnenden Abgrund hinter der zersplitterten Scheibenfront und schaute hinunter, wobei ihr Blick an dem blutigen Klumpen auf dem Gehweg hängen blieb, der von glitzernden Scherben umrahmt war. Mit einer Pirouette wirbelte sie anschließend herum und rannte auf die Tür zum Treppenhaus zu, während sie einen schnellen Blick auf ihre Armbanduhr warf.

Hinter ihr blinkte jetzt die Anzeige des Fahrstuhls ein paar Mal kurz auf und wanderte von 28 auf 27. Das Funkgerät, das neben der Kiste lag, war immer noch auf lautlos gestellt, doch selbst, wenn nicht, wäre niemand mehr da, der Solomons Mitteilung, dass er den Strom wieder angestellt hatte, hätte hören können. Seine angespannte Forderung nach einem Lagebericht blieb dementsprechend ebenfalls unbeantwortet.

***

Viele Etagen tiefer, im Kontrollraum der Fahrstuhlanlage, versuchte es Solomon noch einmal und sprach in sein Mikrofon. Als er immer noch keine Antwort bekam, ging er vom Schlimmsten aus und schaltete den Strom endgültig ab. Mit einem letzten Blick auf das verstummte Funkgerät begab er sich zur Rückwand des Raumes, wo sich ein Feuerlöscher und eine Axt in einer roten Metallkiste befanden. Er schnappte sich den hölzernen Griff des Werkzeugs und ließ die Axt dann mit einem schweren Schlag auf das Steuerpult niedersausen. Damit war die Elektronik vollständig zerstört und niemand wäre mehr in der Lage, die Aufzüge fernzusteuern. Er wusste, dass die geplante Notstromversorgung noch nicht angeschlossen war, deswegen musste er sich auch keine Sorgen machen, dass der Computer die Kabinen automatisch ins

Erdgeschoss zurückholte. Sie würden bleiben, wo sie waren, bis sie in Kürze aufhören würden, zu existieren.

Seine letzte Tat, bevor er den Raum für immer verließ, war es, die dicken Kabel unterhalb des Hauptstromschalters zu zerhacken. Mit zwei schweren Schwingern zerstörte er sie und betrachtete anschließend zufrieden seine Arbeit, dann ließ er die Axt fallen und eilte zum Ausgang. Seine letzte Aufgabe war es nun, die Sicherheitsleute, die ihn identifizieren konnten, zu töten und sich anschließend aus dem Staub zu machen.

KAPITEL 38

Jet tippte ihren Ohrhörer an, als sie das Treppenhaus hinunterrannte, wobei sie mit jedem Schritt mehrere Stufen auf einmal nahm. Die Bombe musste sich immer noch im achtundzwanzigsten Stock befinden, denn dort hatte der Bombenleger gearbeitet, und dort hatte auch der Fahrstuhl gehalten. Sie fluchte leise, als sie Erics Leiche umkurven musste und riss die Tür auf. Da sie kein Gewehrfeuer begrüßte, eilte sie tiefer in den Raum hinein, lud ihre Waffen nach und suchte die Umgebung ab. Teilweise fertig gebaute Bürowände boten leider eine Menge potenzielle Verstecke für die Bombe – oder auch für einen Mittäter.

Sie erwartete zwar einen Hinterhalt, konnte aber keine Bedrohung finden. Bald darauf hatte ihre systematische Suche das Ergebnis gebracht, dass sie allein war … und dass es hier keine Bombe gab.

Das war doch unmöglich, sie musste hier sein!

Ihre Blicke schnellten hektisch über die Umgebung und blieben schließlich an der Reihe von Aufzügen hängen. Die Anzeigen waren dunkel, also kniete sie sich hin und schob langsam die Türflügel des linken Fahrstuhls auf. Sie schaute in die Dunkelheit hinein und sah, dass die Kabine anderthalb Etagen unter ihr feststeckte. Also schwang sie sich in den Schacht hinein und ließ sich bis zur Wartungsleiter hinunter, die am Rand entlanglief. Als sie auf dem Dach der Kabine stand, öffnete sie den Notfallzugang und streckte ihr Telefon hinein, um etwas sehen zu können. Dabei fiel ihr auf, dass das Gerät eine kräftige Delle hatte, weil sie bei ihrer Flucht aus dem anderen Fahrstuhl darauf gefallen war.

Das schwache Licht des Displays fing sich in einem Aluminiumkörper, der auf dem Boden stand. Das war sie! Die Metallkiste, die das gesamte Gebäude und den größten Teil der Stadt in einer Supernova verglühen lassen konnte – wenn sie es nicht schaffte, das Ganze rechtzeitig aufzuhalten.

Sie schob das Telefon in ihre Tasche, schwang ihre Beine durch die Öffnung und ließ sich dann langsam hinunter. Im Kopf überschlug sie nervös, wie viel Zeit ihr noch blieb, wobei sie das Telefon wieder hervorholte und die Bombe zu untersuchen begann. Ihre Augen konzentrierten sich dabei auf die Verschlüsse und suchten nach einer offensichtlichen Sprengfalle. Da keine zu sehen war, öffnete sie zuerst die linke Metallschnalle, dann die rechte, und hob schließlich den Deckel hoch.

Eine Zeitschaltuhr blinkte ihr jetzt mit ihren roten LED-Anzeigen entgegen. Es verblieben noch viereinhalb Minuten bis zur Detonation. Jet schluckte einmal schwer, dann tippte sie eine Nummer ein und hielt sich das Telefon ans Ohr. Als der Direktor antwortete, lieferte sie ihm die Kurzfassung eines Lageberichts.

»Ich habe das Gerät jetzt vor mir. Es sind nur noch vier Minuten bis zur Detonation. Holen Sie mir sofort den Techniker in die Leitung. Das ist alles viel zu knapp«, brachte sie hektisch hervor, während eine einsame Schweißperle ihre Stirn hinunterlief.

Es vergingen zwanzig Sekunden, bis die Stimme eines Mannes ertönte: »Hi, hier ist Ben. Sagen Sie mir genau, was Sie sehen.«

Dann brach plötzlich das Signal weg … das Telefon versagte offenbar, weil es durch den Absturz beschädigt worden war. Jet verzog das Gesicht und schlug das Gerät frustriert gegen ihren Oberschenkel. Dann versuchte sie es noch einmal.

»Wiederholen Sie das Ganze bitte! Schlechter Empfang«, sagte sie.

»Was sehen Sie genau vor sich?«

»Da ist ein Countdown mit einer LED-Anzeige. Daneben ist eine … nein, zwei Platinen, aus denen vier Kabel kommen, die in dem Gerät verschwinden. Außerdem ist da noch ein Akku außerhalb eines riesigen, grauen Gehäuses … das ist wahrscheinlich die Bom…«

Ben schnitt ihr das Wort ab. »Sagten Sie Kabel? Da sollten keine sichtbaren Kabel sein! Sind Sie sicher?«

»Ja, ich sehe sie direkt vor mir.«

»Das ist unmöglich.«

»Warte, Sie, ich mache schnell ein Foto und schicke es Ihnen. Moment.« Jet richtete die Kamera auf das Gerät und schloss die Augen, um nicht vom Blitz geblendet zu werden. Sie überprüfte das Bild, machte noch eine nähere Aufnahme und drückte auf Senden.

Auf der anderen Seite kehrte kurz Schweigen ein. Als Bens Stimme wieder ertönte, klang sie weitaus weniger sicher als zuvor. »Das Ding wurde ganz offensichtlich modifiziert. Ich weiß weder warum noch wie genau. Von hier aus ist das unmöglich zu sagen, ohne alles auseinanderzubauen, und dafür haben wir leider keine Zeit.«

»Was ist, wenn ich einfach die Batterie herausziehe?«

»Nein, auf keinen Fall! Dann geht die Bombe sofort hoch! Im Inneren ist noch eine weitere Lithiumbatterie, die den Zünder speist. Die Bombe besteht aus einer Sprengladung und zwei Uranteilen. Sozusagen die Kugel und die Zielscheibe. Wenn beide aufeinandertreffen, findet innerhalb von Sekundenbruchteilen eine Kettenreaktion statt.«

»Danke für den Nachhilfeunterricht. Und wie halte ich das Ganze jetzt auf?«, zischte Jet ungeduldig durch zusammengebissene Zähne.

»Ich überlege gerade … lassen Sie mich eine Minute nachdenken.«

»Falls Ihnen das noch niemand erklärt hat, hier zählt jede Sekunde! Warum kann ich das Ding nicht einfach ins Meer schmeißen?«

Sie hörte, wie der Direktor im Hintergrund etwas murmelte.

»Weil wir dazu nicht genug Zeit haben. Die reicht nicht mal mehr, um in die Lobby zu kommen. Außerdem funktioniert das Ding auch unter Wasser. Und jetzt Ruhe, ich muss nachdenken«, sagte Ben, seine Stimme von leichter Panik erfüllt. Jet beschloss, dass jetzt nicht die Zeit für Spitzfindigkeiten war und biss sich auf die Zunge, damit er sich konzentrieren konnte.

Nach einer gefühlten Ewigkeit meldete er sich wieder zu Wort.

»Sehen Sie diesen länglichen Chip in dem Sockel neben dem Countdown? Auf dem eine Zahl mit 89-irgenwas steht? Das ist die Steuerung des Timers. Wenn Sie den herausziehen, und die Gruppe ihn nicht manipuliert hat, müsste der Countdown anhalten.«

»Und wenn sie ihn doch manipuliert haben?«

»Ich … ich weiß es nicht.«

»So eine Scheiße. Fällt Ihnen echt nichts Besseres ein, als etwas, das funktionieren *könnte*? Kann ich nicht einfach eines der Kabel durchschneiden, so wie im Film?«

»Ich weiß von hier aus nicht, welche Funktion diese Kabel haben, und leider ist das auch kein Film.«

»Geben Sie mir den Direktor«, zischte Jet.

»Ich höre sowieso alles mit, du bist auf Lautsprecher«, sagte die raue Stimme.

»Wir haben nur noch zweieinhalb Minuten, und wir wissen nicht, wie wir das verdammte Ding stoppen können. Was soll ich tun?«, fragte sie mit einer ungewohnten Härte in der Stimme.

»Erst mal tief durchatmen und dann …« Der Rest des Satzes klang abgehackt und so verzerrt, dass sie nichts mehr verstehen konnte. Frustriert schüttelte sie das Telefon – *Du verdammtes Mistding, tu mir das nicht an* – dann hielt sie es wieder ans Ohr.

»Was haben Sie gesagt?«

»Ich habe gesagt, raus mit dem Chip!«

Jet betrachtete misstrauisch die Platine und wischte sich den Schweiß von der Stirn, bevor sie in ihre Tasche griff und ihr Messer herausholte und es aufschnappen ließ. Sie schloss einen Moment lang die Augen und sprach ein stilles Gebet, bevor sie die Spitze der Klinge unter den Mikrochip schob und ihn aus dem Sockel hebelte.

»Es blinkt«, berichtete sie, doch dann verschluckte sie sich beinahe, als sie sah, dass der Countdown einfach weiterlief.

»Oh Gott! Die Bombe tickt weiter. Sieht so aus wie … weniger als zwei Minuten, bevor sie hochgeht.«

»Moment! Schneiden Sie als Nächstes den …«

»*Was?*« Das Signal war wieder weg. Sie rieb das Telefon an ihrer Hose und schaltete den Lautsprecher wieder an.

»Das habe ich nicht verstanden, was haben Sie gesagt?«, schrie sie.

»Ich sagte, schneiden Sie das Kabel an der …«

»An der *was?* Welches Kabel muss ich durchschneiden?«

»… links von …«

Jetzt hörte Jet nur noch Störgeräusche. Sie kniff die Augen zusammen, um die Bombe in der Dunkelheit besser erkennen zu können. Der rote Schimmer des Timers beleuchtete die Abschirmungen der Kabel leicht. *Links von was?*

»Bitte Wiederholen, habe den letzten Teil nicht verstanden«, sagte sie, und spürte plötzlich, wie sie eine absolute Ruhe und Gelassenheit überkam. *Die Ruhe des Todes,* dachte sie.

Bens Stimme war weiterhin verzerrt, doch sie glaubte, das Wort Timer heraushören zu können.

»Links vom Timer? Also direkt an der Batterie?«, fragte sie mit gepresster Stimme.

Nichts.

Das Telefon war stumm wie ein Stein, nur hin und wieder drang ein Zischen aus dem kleinen Lautsprecher, die Worte waren aber absolut unverständlich.

Jet sah zu, wie der Timer seinen gnadenlosen Countdown fortsetzte und betete, dass irgendetwas Verständliches aus dem Telefon kommen möge. Zehn Sekunden vergingen, dann weitere zehn. Sie schlug mehrmals auf das Handy ein, wobei das Geräusch sie an das Einhämmern von Sargnägeln erinnerte. Doch es ertönte weiterhin nur Rauschen und irgendwann gab sie auf. Sie versuchte sich zusammenzureißen und starrte die Bombe an, während das rot pulsierende Display all ihre Versuche, den Countdown zu stoppen, zu verhöhnen schien.

Sie atmete einmal tief durch und schob ihr Messer dann unter das Kabel, das Ben vielleicht gemeint haben könnte. Dann hielt sie beide Enden mit den Fingern fest und riss die Klinge nach oben, wobei sie allerdings abrutschte und deshalb nur die Isolierung zerschnitt. Sie fluchte laut, als der Timer weiter bedrohlich blinkte und auf die tödliche Null zuraste. Jet blinzelte, um den Schweiß aus ihren Augen zu bekommen. Wenn das so weiterging, war sie gleich tot und könnte nicht einmal in Ruhe ihren letzten Atem aushauchen. Sie schob die Klinge wieder zurück unter das Kabel und riss sie dann mit aller Kraft nach oben, in dem vollen Wissen, dass dies ihre letzte Bewegung auf dieser Erde wäre, wenn sie es falsch machte.

Das Kabel gab nach … der Timer blieb stehen.

Laut der Uhr waren noch zwölf Sekunden verblieben.

Kraftlos ließ sich Jet gegen die Fahrstuhlwand fallen, während ihr das Herz bis zum Hals schlug. Erschöpft starrte sie das verbeulte Telefon an.

»Haben ... es ... geschafft?«, fragte Bens Stimme abgehackt und kaum verständlich.

»Es hat geklappt«, erwiderte sie.

Sie hörte Jubel auf der anderen Seite, dann knackte es laut in der Leitung und diese war endgültig tot.

Jet stieß die angehaltene Luft aus und ließ langsam ihren Kopf kreisen, um die Anspannung in ihrer Nackenmuskulatur ein wenig zu lösen. Das Telefon begann nun wieder zu vibrieren und sie ging ran. Doch der Direktor klang immer noch abgehakt.

»Fant... Arbeit, herz... ... ...lückwunsch!«

»Danke. Mein Telefon ist leider kaputt, deshalb kann ich Sie kaum hören. Was soll ich jetzt mit dem Gerät machen?«

»Darum kann Eric sich kümmern. Deine Arbeit ist getan«, erwiderte er.

»Das geht nicht. Eric ist tot.«

Stille.

»Was ist mit sschhcccrrssschhh?«

Sie schlug das Telefon fest gegen die Fahrstuhlwand. Sie hasste dieses kleine Gerät mehr, als sie es für möglich gehalten hätte.

»*Was*?«, fragte sie zum gefühlt tausendsten Mal.

»Aaron! Was ist mit Aaron?«, brachte er hervor, bevor das Signal wieder abbrach.

»Gute Frage. Einen Moment.«

Jet tippte ihren Ohrstöpsel an und fragte leise: »Aaron, bitte kommen! Antworte bitte.«

Nichts. Nur Stille auf der Leitung.

»Er meldet sich nicht. Ich gehe deshalb vom Schlimmsten aus«, sagte sie und spürte, wie sie eine gewaltige Müdigkeit überkam.

»Verdammt. Okay ... bring ... Bombe ... Doha. Da gibt es eine Militärbasis, etwa einhundert Kilosschhhssch ... Norden, nahe ... Küste. ... Al Zubara. Es ist muschhhschh, aber es müsste schhhhsssch. Sofort schhhccrrrschh, ich kümmere mich um ...«

Jetzt erklang ein besonders lauter Schwall von Zischlauten aus dem Lautsprecher. Sie hielt das Telefon ein Stück von ihrem Ohr weg und schlug noch einmal darauf. Nun war die Leitung komplett zusammengebrochen und das Telefon reagierte auf gar nichts mehr.

Na super.

Sie tippte erneut auf ihren Ohrhörer, um Aaron zu kontaktieren, aber es kam keine Antwort.

Jet warf einen Blick nach oben auf die Notluke und ihr war sofort klar, dass die Bombe nicht dort hindurchpassen würde. Sie schloss deshalb die Klappe und verriegelte sie sorgfältig, dann suchte sie die Kabine nach einer Notfall-Vorrichtung zum Öffnen der Türen ab, wurde aber nicht fündig. Also schob sie ihr Messer kurzerhand zwischen die beiden Türflügel und stemmte diese zwei Zentimeter breit auf. Zwischen den Etagen ließen sie sich allerdings kaum bewegen. Nun schob sie ihre Finger in die Öffnung und stützte sich zusätzlich mit den Stiefeln ab, um so stark zu ziehen, wie sie konnte. Mit einem kratzenden Geräusch öffneten sie sich schließlich weit genug, dass sie den Blick auf den oberen Meter der Außentür der vierundzwanzigsten Etage freigaben. Sie kniete sich davor und musste erneut extrem viel Kraft aufbringen, um sie öffnen zu können. Nach einem kurzen Blick, mit dem sie die Entfernung zum Boden abschätzte, schob sie den schweren Bombenkoffer zur Tür und schulterte den Trageriemen. In geduckter Haltung sprang sie hinaus, wobei sie so gut es ging, versuchte, das immense Gewicht des Gerätes mit ihrer Körperspannung abzufedern … was ihre Wirbelsäule mit einem stechenden Schmerz quittierte.

Doch sie ignorierte die körperlichen Qualen und zerrte die Bombe zum Treppenhaus, wo sie sich an den mühsamen Prozess machte, den Koffer nach unten zu tragen, wobei sie sich die ganze Zeit verkrampft an den Handläufen festhielt, für den Fall, dass sie stolperte. Ihre Gedanken drehten sich dabei unentwegt um die letzte, kryptische Anweisung des Direktors, dass sie die Bombe zu einer Militärbasis in der Mitte des Nirgendwo bringen sollte.

Vielleicht hatte er ja dort einen weiteren Agenten stationiert, der das Gerät außer Landes bringen konnte. Bahrain war auf der anderen Seite des Golfs, etwa dreißig Kilometer entfernt. Es war durchaus vorstellbar, dass der Mossad auf dieser kleinen Insel ein paar Mitarbeiter hatte. Oder ging es nur darum, dass man von dort unauffälliger weiterreisen konnte als aus Katar?

Ihre Rückenmuskulatur war inzwischen so verkrampft, dass sie eine kurze Pause machen musste, die sie nutzte, um sich über die konkrete Logistik Gedanken zu machen.

Der Direktor wollte, dass sie die Bombe nach Al Zubara brachte, das schien außer Zweifel zu stehen, also würde sie das tun. Sie wusste aus dem damaligen Briefing, dass es eine Schnellstraße nach Norden gab – den Highway One. Von dort aus würde sie die Basis schon finden.

Jet ergriff den Trageriemen erneut und versuchte, die Belastung auf ihre untere Wirbelsäule so gering wie möglich zu halten, dann setzte sie ihren Abstieg fort, wobei die schweren Schritte ihrer Stiefel die einzigen Geräusche in dem verlassenen Treppenhaus waren.

KAPITEL 39

Als sie in der Lobby ankam, war diese komplett verlassen, Aaron war nirgendwo zu sehen. Sie schlich zum Rezeptionstresen, wo sich ihre schlimmsten Befürchtungen schließlich bewahrheiteten. Aaron war tot und lag in einer Lache trocknenden Blutes auf dem Boden. Jemand hatte ihm mit einer kleinkalibrigen Waffe in den Kopf geschossen.

Ein Geräusch erklang plötzlich aus dem Bereich des Treppenhauses am anderen Ende der Lobby und Jet nahm das als Zeichen, dass es dringend an der Zeit war, sich aus dem Staub zu machen. Sie eilte zum Haupteingang, drückte die Türen auf und ging mit langen Schritten auf den Lieferwagen zu, in dem Isaac die ganze Zeit auf sie gewartet hatte.

Sie warf ihm durch das Fenster einen ernsten Blick zu. »Bring mich zu meinem Auto, und zwar schnell.«

Jet schwang sich auf den Beifahrersitz und hievte den Koffer auf ihren Schoß. Isaac schaltete in den ersten Gang und trat dann das Gaspedal durch, sodass er mit quietschenden Reifen auf die Hauptstraße zuschoss.

»Kannst du mir vielleicht kurz sagen, was los ist?«

»Aaron und Eric sind tot. Fahr einfach«, sagte sie leise, womit sie seine Nachfrage weitestgehend ignorierte. Isaac war vom Direktor bewusst im Dunklen gehalten worden, denn sein Dienstgrad war eindeutig zu niedrig für dieses Niveau an Geheimhaltung, wahrscheinlich wusste er sogar schon zu viel.

Der Lieferwagen hielt jetzt neben ihrem Auto an und Jet stieg hastig aus, nachdem sie die Umgebung mit einem kurzen Rundumblick auf Gefahren überprüft hatte.

»Diese Mission ist hier für dich abgeschlossen, denn mehr willst du nicht wissen, glaube mir. Ich werde irgendwann später noch mal am Haus vorbeikommen und meine Sachen holen. Warte also dort auf mich.« Sie machte ein paar Schritte auf ihren Wagen zu, dann blieb sie noch einmal stehen. »Danke Isaac! Du hast deine Sache wirklich gut gemacht.«

»Ich wünschte, ich wüsste, *wobei* ich gut gewesen bin, aber egal. Ich bin schließlich nicht in einer Position, wo ich Fragen stellen darf. Ich sehe dich dann später. Brauchst du noch irgendwas?«

Sie schüttelte den Kopf. »Nein, alles gut. Pass auf dich auf.«

Sein Blick wanderte zu den Flecken aus getrocknetem Blut auf ihrer Robe, ein Überbleibsel von Erics letztem Gefecht. »Das brauchst du mir nicht zweimal sagen«, erwiderte er mit einem schiefen Grinsen.

Jet wartete, bis der Lieferwagen um die nächste Straßenecke verschwunden war, dann öffnete sie die Tür und verstaute den Koffer auf der Rückbank, wo sie ihn mit einem Sicherheitsgurt befestigte. Danach zog sie ihren Schleier aus der Hosentasche und streifte ihn sich wieder über. Anschließend steuerte sie das kleine Fahrzeug auf die verschlafene Straße, wo sie sich streng ans Tempolimit hielt, um nicht aufzufallen. Sie war einfach nur irgendeine Frau, die keines zweiten Blickes würdig war.

Nachdem sie den achtspurigen Highway erreicht hatte, kam sie gut voran. Der Verkehr war dünn, nur einige wenige LKWs oder Tankwagen waren in Richtung Norden unterwegs. Kurze Zeit später war sie sogar das einzige Fahrzeug auf der Verbindungsstraße zur Küste, wo ein blaues Schild bereits die Ortschaft Al Zubara ankündigte.

Am Straßenrand sah sie einen einzelnen Geier, der irgendwie verloren und armselig auf sie wirkte. Er saß direkt neben einem Verkehrsschild, auf dem inmitten eines roten Kreises ein schwarzes Kamel auf weißem Hintergrund prangte. Dieser Anblick war so absurd, dass er Jet unwillkürlich zum Lachen brachte. Jetzt erst traf sie der Stress der vorangegangenen Stunden mit voller Wucht.

Das Fort war deutlich ausgeschildert, englische und arabische Texte wiesen es als geschlossen aus, doch Jet fuhr trotzdem auf den vollkommen verlassenen Parkplatz, wo zwei kleine Bürogebäude standen. Sie stellte ihren Wagen hinter deren Mauern ab, sodass er von der Straße aus nicht zu sehen war, und vergewisserte sich sorgfältig, dass sie tatsächlich die einzige Menschenseele weit und breit war. Nachdem sie das klimatisierte Innere des Wagens verlassen hatte, wurde sie sofort von einem heißen, trockenen Wind attackiert, der Unmengen von Sand aus dem Süden heranzutragen schien. Das tiefe Jaulen, mit dem die Luftströme zwischen den vier Türmen des Forts hindurchströmten, klang wie ein sorgenvoller Trauergesang.

Die Sonne strahlte jetzt erbarmungslos auf Jet hinunter, als sie an einer zum Museumsstück umgebauten Kanone vorbeiging, um den Haupteingang zu erreichen. Sie drückte gegen die mit riesigen Ornamenten geschmückten Türflügel, die aber erwartungsgemäß verschlossen waren. In die rechte war allerdings eine normal große Tür hineingebaut worden, und zu Jets Überraschung ließ sich diese problemlos öffnen. Sie zog ihre Waffe, bevor sie hindurchschlüpfte und den dahinterliegenden Hof inspizierte. Nachdem sie festgestellt hatte, dass er leer war, ging sie zum Wagen zurück und holte die Bombe. Als sie wieder im Hof angekommen war, verriegelte sie die kleine Tür von innen und sah sich erneut um. Eine kleine Windhose wirbelte lockeren Sand auf der gepressten Erde des Innenhofes herum und sie sah dem Tanz einen Moment lang geistesabwesend zu, bevor sie auf die nächste Tür zuging und die Bombe in dem leeren Raum dahinter abstellte.

Seit sie die Straße verlassen hatte, erfüllte sie eine merkwürdige Anspannung, sodass sie jetzt auch noch die weiteren Räume im Erdgeschoss inspizierte und sicherstellte, dass sie tatsächlich alle leer waren. Anschließend erklomm sie die Stufen in den zweiten Stock, wo sie ebenfalls keine Menschenseele vorfand. Doch plötzlich hörte sie das Rumpeln schwerer Fahrzeuge in der Ferne. Wenig später tauchten vier gepanzerte Geländewagen mit aufmontierten Maschinengewehren vom Kaliber 50 auf der Zufahrt des Parkplatzes auf.

Jet versteckte sich hinter den Zinnen und sah durch die Schießscharten, wie die Fahrzeuge eine strategische Aufstellung bezogen, um ihr den einzigen möglichen Fluchtweg abzuschneiden. Soldaten in Wüsten-Tarnkleidung sprangen nun mit ihren Sturmgewehren heraus und gingen sofort in Deckung. Selbst aus der Ferne konnte Jet die Ernsthaftigkeit auf ihren sonnengebräunten Gesichtern erkennen. Sie zog daraufhin ihre 9mm-Pistole hervor und betrachtete sie pessimistisch. Selbst in ihren geübten Händen würde sie damit nichts gegen eine ganze Einheit gut ausgebildeter Soldaten ausrichten können, die anscheinend genug Feuerkraft zur Verfügung hatten, um einen Kleinkrieg anzuzetteln.

Über das Blubbern der im Leerlauf befindlichen Dieselmotoren erhob sich plötzlich ein ganz anderer Klang – das Knattern von zwei großen Rotorblättern. Ein Hubschrauber vom Typ Sikorsky Blackhawk mit Markierungen der Armee von Katar kam jetzt angeflogen und schwebte bedrohlich über den Parkplatz, bevor er mitten auf dem heißen Asphalt landete.

Die mächtige Turbine verlangsamte ihr Tempo, als die Seitentür aufflog und eine Gestalt ausstieg, die kakifarbene Zivilkleidung trug. Traditioneller Kopfschmuck schützte den Mann von dem Sand und dem Dreck, der durch die auslaufenden Rotoren aufgewirbelt wurde. Er marschierte direkt auf den Haupteingang zu und versuchte dort, die Türen zu öffnen, genau wie sie es vor Kurzem getan hatte.

Jet hörte, wie am Riegel gerüttelt wurde, und rief deshalb auf Arabisch: »Ich habe eine Pistole und eine Bombe! Diese werde ich eher hochgehen lassen, als mich gefangennehmen zu lassen! Ich weiß nicht, was hier los ist, aber verschwindet besser, bevor ich euch alle mit in den Tod reiße!«

Die Gestalt trat nun von der Tür zurück und antwortete ebenfalls auf Arabisch: »Ich bin mir sicher, dass Sie es ernst meinen, aber bevor Sie uns alle von der Oberfläche dieser schönen Erde fegen, hätten sie vielleicht kurz Zeit, einen Anruf entgegenzunehmen?«

Jet legte die Stirn in Falten, als sie langsam näher schlich und nach draußen spähte. Der Mann hielt ein Satellitentelefon in der Hand, seine Haltung war entspannt und er schien außerdem unbewaffnet zu sein. Da sie keine unmittelbare Gefahr wahrnehmen konnte, öffnete sie die Tür einen Spalt und trat dann, mit der Waffe im Anschlag, ein paar Schritte zurück.

»Kommen Sie rein, aber allein!«, befahl sie.

Die Holztür wurde nun weiter aufgeschwungen und der Mann trat durch die Öffnung.

»Zumachen und verriegeln«, herrschte sie ihn an. Die Pistole in ihrer Hand offenbarte nicht das leichteste Zittern.

Langsam griff er nach dem Riegel und schloss ihn, dann wandte er sich ihr zu und hielt ihr das Telefon entgegen. »Es ist für Sie.«

»Legen Sie es hin und gehen Sie beiseite!«

»Jawohl, Madam«, sagte er und legte das Gerät zwischen sie.

»Wie weit?«, fragte er, nachdem er ein paar Schritte rückwärts gemacht hatte.

»Das reicht«, antwortete sie und kniete sich hin, wobei sie die Beretta weiterhin genau auf seinen Kopf gerichtet hatte. Ihre Finger tasteten im Dreck nach dem klobigen Hörer, ohne dass sie ihren Blick auch nur eine Sekunde von ihrem Gegenüber abwendete. Als sie das Telefon gefunden hatte, hielt sie es an ihr Ohr und die Stimme des Direktors schallte ihr entgegen. »Ich gehe also davon aus, dass du unseren Partner bereits kennengelernt hast. Sein Name ist Tom«, sagte er. Mehr Aussage als Frage.

»Tom?«

»Ein Amerikaner. Ich befürchte, dein Telefon war hinüber, bevor du meine kompletten Anweisungen gehört hattest.«

»Wie lauteten sie denn?«

»Fahre zum Fort, warte dort auf das Militär, und übergebe ihnen den Koffer.«

»Ich soll die Bombe also einem Amerikaner geben, der mit dem Militär von Katar zusammenarbeitet?«, fasste Jet das Gesagte ungläubig zusammen.

»Ganz genau.«

Tom wickelte seine Kopfbedeckung ab, woraufhin sie stahlblaue Augen aus einem gut gebräunten, etwa vierzig Jahre altem Gesicht anstrahlten.

»Ich soll ihm die Bombe übergeben?«

»Ja. Natürlich steckt noch weitaus mehr dahinter, aber ich habe jetzt keine Zeit, dir die ganze Geschichte zu erzählen. Sagen wir einfach, bei ihm ist das Gerät in guten Händen. Gib ihm den Koffer und fahre dann zurück nach Doha. Dort wartet schon ein Jet darauf, dich einzusammeln. Du hast es geschafft!«

»Von mir aus«, sagte sie leise und machte einen Schritt auf Tom zu, um ihm das Telefon zurückzugeben.

»Wo ist sie?«, fragte Tom, während seine klaren Augen den Innenhof absuchten.

»Hinter Ihnen. Direkt im ersten Raum.«

»Sie können die Waffe jetzt runternehmen«, sagte er mit dem Hauch eines Lächelns, und drehte sich dann in Richtung der im Dunklen liegenden Baracken. Wenig später kam er mit dem Koffer wieder heraus, den Gurt über die Schulter geschwungen und den Griff fest in der Hand.

»Angenehm, mit Ihnen Geschäfte zu machen«, sagte er in akzentfreiem Arabisch.

»Gleichfalls«, antwortete sie, während sie ihre Pistole wieder in der Robe verschwinden ließ.

»Ist das alles?«

»Das ist alles. Ich verschwinde jetzt mit meinem Heli und die Jungs steigen wieder in ihre Trucks. Sie können machen, was Sie wollen. Ich würde nur davon abraten, einen ausgedehnten Urlaub in Katar anzuhängen.«

»Wenn Sie es so sagen, werde ich wohl schweren Herzens abreisen.«

Tom salutierte mit zwei Fingern, entriegelte die Tür und öffnete sie.

»Nebenbei bemerkt: schickes Outfit«, sagte er auf Hebräisch.

Dann war er verschwunden.

Die Militärfahrzeuge rumpelten vom Parkplatz zurück auf die Straße und als der Helikopter außer Sichtweite war, verharrte Jet noch ein paar Minuten auf der Brüstung des Forts, bevor sie zu ihrem Auto zurückkehrte und sich davon überzeugte, dass es nicht mit einer Bombe versehen worden war, während sie mit dem Amerikaner gesprochen hatte. Sie ließ den Motor an, drehte die Aircondition bis zum Anschlag auf und war erleichtert, dass das Ganze endlich vorbei war ... wenn auch ein leicht unbefriedigendes Gefühl bei ihr zurückblieb. Es war schon etwas surreal, dass sie die Bombe nach dieser ganzen Aufregung einfach an einen unbekannten Ausländer hatte übergeben müssen.

Sie musterte sich kurz im Rückspiegel, dann nahm sie die Burka ab, sodass sie die kalte Luft im Gesicht spüren konnte. Sie genoss die erfrischende Kühle einen Moment lang, bevor sie den ersten Gang einlegte und das Auto in Richtung Straße manövrierte. Die Räder murmelten leise vor sich hin, als sie auf dem Weg zurück in die Zivilisation wieder an dem Geier vorbeikam, der immer noch seinem kargen Lebensinhalt in der menschenleeren Wüste nachging.

KAPITEL 40

Jet ließ ihren Wagen auf einer staubigen Straße in den Vororten der Stadt ausrollen, ein paar Meilen von ihrem Unterschlupf entfernt.

Eine staubige Werbetafel vor einem Café versprach Internet und Airconditioning, deshalb schloss sie den Wagen ab und ging hinein. Nach einem kurzen Gespräch mit dem Betreiber schickte dieser sie zu einem Telefon in der Ecke des Hauptraumes, wo sie Platz nahm. Wenige Sekunden später hatte der Mann die Leitung freigeschaltet und gab ihr mit einer Daumenhoch-Geste zu verstehen, dass sie loslegen konnte. Jet schloss kurz die Augen, überlegte, und wählte dann die Nummer des Direktors.

»Ich bin wieder in der Stadt und unterwegs zu unserem Haus, um mein Zeug zu holen. Ich bin allerdings am Verhungern, deshalb werde ich vorher noch schnell irgendwo etwas essen gehen. Meinen Sie, so lange bin ich noch sicher?«

»Die Gefahr ist vorbei. Lass dir ruhig Zeit.« Der Direktor kicherte. »Ich habe gehört, dass du ziemlichen Eindruck auf unseren Freund gemacht hast.«

»Dann kommt der wohl nicht viel unter Leute.«

»Das kann sein. Auf jeden Fall hast du deine Sache super gemacht.«

»So super finde ich das nicht. Zwei unserer Leute sind tot, und einer der Bombenleger konnte entkommen.«

Der Direktor zögerte kurz. »Die Gefahr wurde neutralisiert. Um den letzten Verräter mache ich mir keine großen Sorgen. Den werden wir schon irgendwann schnappen.«

Nach einem kurzen Räuspern fuhr der Direktor fort. »In zwei Stunden sollte unser Jet in Katar sein. Ich sage der Crew Bescheid, dass sie sich für den Start bereit machen sollen ... wann wirst du ungefähr dort sein?«

»Ich muss meine Papiere holen und etwas essen, also schätze ich, in drei bis vier Stunden, je nach Verkehrslage. Wegen des Treffens ist es in der Stadt ja momentan ganz schön voll. Wahrscheinlich könnte ich schneller über die jeweiligen Autodächer laufen, als zu fahren.«

»Ich sage ihnen Bescheid. Gute Reise, und noch einmal herzlichen Dank«, sagte der Direktor und legte auf.

Mehr hatte sie auch nicht von ihm erwartet, also war sie auch nicht enttäuscht. Immerhin blieb er sich treu. Sie hatte die Welt gerettet und bekam dafür ein paar spärliche Dankesworte von ihm. Aber die Hauptsache war, dass sie ihre Pflicht erfüllt hatte und bald endgültig frei von seiner Einflussnahme sein würde. Es fehlte nur noch die Nachbesprechung der Mission, dann hatte sie es endlich geschafft.

Dieser Gedanke machte sie froh, doch dann überkam sie plötzlich eine Welle von Sorgen. Mit den Entscheidungen, die getroffen worden waren, hatte man die gesamte Region in höchste Gefahr gebracht. Hätte sie nicht in letzter Sekunde eine gehörige Portion Glück gehabt, wäre Doha jetzt nichts weiter mehr als ein dampfender Krater. Sosehr sie sich auch wünschte, dass Männer, die solche Entscheidungen trafen, sich an ihre Abmachungen halten würden, so wenig glaubte sie daran.

Sie wusste zu viel, und es würde immer wieder einen weiteren Notfall geben, bei dem sie unbedingt ihre Hilfe brauchen würden.

Es gab deshalb nur eines, was sie dagegen unternehmen konnte: Sie musste verschwinden, und zwar für immer, und dass, ohne irgendeine Spur zu hinterlassen. Natürlich war ihr klar, dass das nicht so einfach war, sobald sie in Israel ankam, also setzte sie sich an einen der Computer und sah sich die Flüge von Doha aus an. Sie hatte noch einen weiteren gefälschten Ausweis bei sich, und sobald sie in einem anderen Land angekommen war, könnte sie sich vollkommen neue Papiere besorgen und dieses hässliche Durcheinander endlich hinter sich lassen.

In zwei Stunden ging ein Flug nach Neu-Delhi. Sie würde einfach kurz vor dem Take-off den Direktor anrufen und sagen, dass sie sich leider etwas verspätete. Dadurch würde sie sich ein paar zusätzliche Stunden erkaufen können, bevor überhaupt irgendjemand begriff, dass sie verschwunden war. Der Direktor würde darüber zwar nicht glücklich sein, aber er würde es verstehen. Er hatte dieses Spiel ja praktisch erfunden, und sie tat nichts anderes, als ihren Instinkten als Agentin zu folgen, indem sie niemandem traute.

Jet begab sich wieder zum Telefon und wählte jetzt eine andere Nummer.

»Hallo«, meldete sich Matt und Jet spürte sofort wieder diese Vertrautheit, die er jedes Mal in ihr hervorrief.

»Selber Hallo. Woher wusstest du, dass ich es bin?«

»Sonst ruft mich doch niemand an.«

»Wo bist du gerade?«

»In der Wildnis von Vietnam, und du?«

»Ich befinde mich gerade kurz vor der Abreise«, antwortete sie, nachdem sie beschlossen hatte, lieber nichts Genaueres zu sagen.

»Wow, das ging ja schnell.«

»Tja, wir hatten ja auch keine Zeit zu verlieren.«

»Offenbar nicht. Lief denn alles gut?«

Jet atmete tief durch. »Reine Routine, und bei dir?«

»Es gab ein paar Überraschungen, doch damit bin ich fertig geworden. Ich erzähle dir alles ausführlich, wenn wir uns sehen. Jedenfalls habe ich meine Aufgaben erfüllt und gammele jetzt ein wenig herum.«

»Vietnam also. Haben deine üblichen Jagdgründe etwa ihren Reiz verloren?«

»Allerdings. Thailand hat mich ganz schön schnell genervt«, sagt er mit einer gewissen Schärfe in der Stimme.

Sie setzte ihn nicht unter Druck, mehr zu erzählen, dazu würden sie bald noch alle Zeit der Welt haben.

»Die Dinge ändern sich manchmal leider.«

»Allerdings.«

»Bist du in der Nähe eines Flughafens?«, fragte sie.

Er überlegte kurz. »Könnte ich innerhalb von vier, fünf Stunden sein.«

»Ich hatte überlegt, dass wir uns vielleicht in Singapur treffen könnten. Von dort aus könnten wir dann weiter nach Südamerika reisen. Das heißt, falls die Verabredung noch steht.«

»Darauf kannst du wetten. Wann kommst du dort an?«

Sie schaute auf die Uhr. »In etwa zwölf Stunden.«

»Ich muss mal schauen, was es für Flüge gibt, klingt aber machbar. Wartest du denn auf mich, falls es doch länger dauert?«

Sie überlegte kurz, was sie darauf antwortete und lächelte dann. »Auf jeden Fall.«

***

Zurück im Unterschlupf händigte Jet Isaac das kaputte Telefon und ihre Waffe aus. Er nahm alles stumm entgegen, während er an seiner Workstation saß, deren Bildschirme jetzt schwarz waren, denn die Mission war vorbei. Jet schnappte sich ihre Tasche und schwang sich den Gurt über die Schulter, während

Isaac aufstand und die Waffen in einer Schublade verschwinden ließ. Sie trug noch immer ihre Robe und den Schleier, da die dadurch gewährleistete Anonymität überaus vorteilhaft war. Am Flughafen würde sie dieses Outfit aber entsorgen.

»Danke noch einmal für deine Hilfe, Isaac«, sagte sie, als sie zur Tür ging.

»Kein Problem. Ich weiß übrigens noch nicht mal deinen Namen.«

»Dabei belassen wir es am besten auch.«

Jet fiel plötzlich eine kleine Bewegung auf ... eine Gewichtsverlagerung und ein leichtes Flackern in seinen Augen. Sie starrte ihn warnend an.

»Tu das nicht Isaac! Das muss nicht sein«, sagte sie bestimmt.

Doch er zuckte mit einem traurigen Ausdruck auf seinem Gesicht die Schultern. »Ich fürchte, ich muss. Ich folge nur meinen Befehlen.«

Er hob daraufhin eine Betäubungspistole, die neben ihm gelegen haben musste, und richtete sie auf Jet.

Die 9mm-Kugel traf Isaac in Sekundenbruchteilen in die rechte Schulter und er ließ seine Waffe fallen, während sich in seinen Augen Verwunderung abzeichnete. Das rauchende Loch in Jets Robe lieferte jedoch alle Erklärungen, die er brauchte.

Jet zog Erics schallgedämpfte Pistole hervor und ließ das Magazin herausfallen, dann warf sie auch die Patrone aus dem Lauf und legte die Waffe vor Isaac auf den Tisch.

»Ich hätte dich töten können. Diese Wunde jedoch wirst du überleben, aber du brauchst einen Arzt. Ich gehe davon aus, dass du jemanden hast, der keine Fragen stellt?«

Er nickte und drückte mit der linken Hand auf die Wunde, während Blut aus seinem Ärmel lief.

»Ich mache dir einen Druckverband, wenn du möchtest. Halt die Hand einfach auf die Wunde, dann wirst du es schaffen. Gib mir die Nummer von deinem Arzt, ich rufe ihn an, sobald ich weit genug weg bin, damit sich jemand um dich kümmert.«

Sie machte einen Schritt auf ihn zu und sah ihn mit festem Blick an. »Diese Dinge bin ich bereit, für dich zu tun. Jetzt kommen wir dazu, was du für mich tun wirst. Du wirst jetzt deinen Kontaktmann anrufen und ihm sagen, dass ich dir mitgeteilt habe, dass ich erst in drei Stunden hier sein werde, denn ich bin noch etwas essen gegangen und habe mir ein neues Telefon besorgt. Wenn du auch nur ein anderes Wort sagst, egal wie harmlos es auch klingt, schneide ich dir sofort die Kehle durch und lasse dich ausbluten, ist das klar?«

Isaac nickte und sie nahm das Telefon vom Tisch. »Welche Nummer sollst du anrufen?«

Er sagte es ihr und sie wählte, dann hielt sie ihm das Telefon ans Ohr. Er nahm es mit einer blutüberströmten Hand entgegen und tat, was sie ihm befohlen hatte, während sie ihn die ganze Zeit mit einem tödlichen Blick fixierte. Zehn Minuten später saß er in der Küche, die Hände an eine Gasleitung gekettet und eine blutige Bandage um die Schulter. Nach einem letzten Kontrollblick entzündete Jet eine Flamme am Gasherd und warf das immer noch rauchende Streichholz vor seine Füße. »Wenn du versuchst, dich loszureißen, wird die Gasleitung kaputtgehen und die Flamme am Herd wird augenblicklich alles in die Luft gehen lassen, bevor du auch nur eine Chance hast, etwas dagegen zu unternehmen. Also halt einfach still, spare dir die Energie und warte auf den Arzt.«

Jet öffnete jetzt den Kühlschrank, nahm eine Flasche Orangensaft heraus, schraubte den Deckel ab und stellte sie in seiner Reichweite auf den Boden.

»Du brauchst Flüssigkeit. Der Saft wird dir helfen, den Blutverlust auszugleichen. Du kriegst sogar noch ein bisschen Wasser«, sagte sie und stellte eine weitere Flasche aus dem Kühlschrank vor ihm ab.

»Es tut mir leid«, sagte er leise. »Ich musste es tun.«

»Ich weiß.«

Jet schnappte sich ihre Tasche, ging zur Tür und winkte Isaac zum Abschied noch einmal zu. »Ich lasse die Tür offen, damit der Arzt dich leichter finden kann. Sobald du frei bist, solltest du den Direktor anrufen und ihm alles erzählen. Es wird ihn nicht wirklich überraschen, glaub mir … bis auf den Teil vielleicht, dass ich dich am Leben gelassen habe. Du kannst ihm mitteilen, das ist mein Geschenk an den Mossad. Sage ihm … und zwar in genau diesem Wortlaut: *Ich bin nicht der Feind.* Verstehst du?«

Isaac nickte mit schmerzverzerrtem Gesicht und sie wusste, dass er sich ihre Worte merken würde, und zwar sein ganzes Leben lang.

Sie ging nun zu ihrem Auto und warf ihre Tasche auf den Rücksitz. Sie würde jetzt zu einem der großen Hotels fahren und das Auto dort beim Parkservice abgeben, dann würde sie sich ein Taxi rufen.

Anschließend würde sie spurlos verschwinden, um ihr Leben als Agentin endgültig hinter sich zu lassen, und würde in eine schönere Zukunft aufbrechen. Mit Hannah und Matt an ihrer Seite würde sie in ein Land reisen, wo sie sicher und endlich frei sein würden.

Am Flughafen tätigte sie in einem Internet-Café einen Anruf, während sie auf ihren Abflug wartete. Auch den Arzt würde sie wie versprochen anrufen, aber erst, wenn sie in Indien war. Magdalena ging ans Telefon, klang aber etwas außer Atem.

»Magdalena, ich bin es! Ich habe leider nur ein paar Minuten Zeit, aber ich wollte mich melden und Bescheid sagen, dass ich in ein paar Tagen nach Hause kommen werde.«

»Señora! Das sind ja wundervolle Nachrichten. Ist alles … haben Sie erledigt, was Sie erledigen mussten?«

»Ja, Magdalena, das habe ich, und ich vermisse euch beide sehr. Aber ich habe ein paar wichtige Neuigkeiten. Ich möchte, dass du eure Sachen packst und ihr mit dem Bus nach Colonia fahrt, und zwar noch heute! Dort besorgt ihr euch ein Hotel und ich komme in ein paar Tagen zu euch. Ich werde noch einmal anrufen, um herauszufinden, wo ihr genau seid.«

»Oh, stimmt etwas nicht?«

»Doch, doch, aber am Wasser ist es doch bestimmt schön, und ihr seid jetzt schon eine ganze Weile am gleichen Ort. Ein Tapetenwechsel ist eine gute Idee, nur für den Fall der Fälle …«

»Den Fall der Fälle?«

»Mach dir keine Sorgen, Magdalena, es ist wirklich alles in Ordnung. Ich bin nur vorsichtig. Bitte vertraue mir.«

»Natürlich, Señora, gar keine Frage. Ich packe sofort unsere Sachen und wir nehmen den nächsten Bus nach Süden.«

»Danke, Magdalena. Wir haben es fast geschafft.«

»Und wir sind jetzt endlich in Sicherheit?«

»Natürlich. Wie gesagt, du brauchst dir keine Sorgen zu machen. Ich bin nur der Meinung, dass ihr nicht zu lange am selben Ort bleiben solltet. Das ist alles.«

»In Ordnung«, antwortete Magdalena, immer noch mit einem gewissen Zweifel in der Stimme.

»Ist Hannah auch da?«

»Si. Ich hole sie schnell. Sie ist sehr aufgeregt, weil sie heute im Park mit einem Welpen gespielt hat.«

Zehn Sekunden vergingen, dann ertönte Hannahs quiekende Stimme in der Leitung: »Mama!«

»Hallo, meine Süße. Wie geht es dir?«

»Gut«, sagte Hannah. Sie klang winzig klein und eine Million Kilometer entfernt.

»Mami vermisst dich.«

»Ich dich auch.«

»Warst du auch brav?«

»Na klar«, versicherte ihr Hannah in einem Tonfall, der nahelegte, dass das eine vollkommen dumme Frage war. *Natürlich war sie brav – wie immer.*

»Ich komme bald nach Hause.«

»Gut.«

Jet hatte beinahe vergessen, wie eingeschränkt Telefongespräche mit einer Zweieinhalbjährigen waren.

»Magdalena hat mir gesagt, du hast heute mit einem Welpen gespielt?«

»Ja. Ich liebe ihn!«

»Was war es denn für ein Hund?«

»Ein Babyhund«, antwortete sie verwundert darüber, dass ihre Mutter nicht wusste, was ein Welpe war.

»Ich meine, was für eine Sorte Hund war es?«

Sie hörte es kurz rascheln, als Hannah den Hörer beiseitelegte und mit Magdalena Rücksprache hielt, dann kam sie wieder in die Leitung.

»Ein Bagel.«

»Ach, ein Beagle! Ja, das sind wirklich süße Hunde, nicht wahr?«

»Ja. Hannah will auch einen.«

»Da bin ich mir sicher, Liebling, aber einen Hund zu haben ist ein großer Schritt. Das macht eine Menge Arbeit.«

»Ich will aber! Bagel! Baby-Bagel!«

»Darüber können wir dann ja reden, wenn ich wieder zu Hause bin. Ich muss jetzt los, ich wollte dir nur kurz sagen, dass ich dich ganz doll lieb habe, mein kleiner Engel.«

»Ich auch«, antwortete Hannah traurig, doch dann wurde ihr Tonfall wieder fröhlich: »Und Bagel habe ich auch ganz doll lieb!«

Jets Augen wurden wegen des Enthusiasmus ihrer Tochter ganz feucht und sie lächelte.

»Ich komme bald nach Hause. Bis bald, Süße.«

»Bis bald, Mama.«

Die Lautsprecher verkündeten jetzt, dass der Flug nach Indien zum Einsteigen bereit war. Deshalb stand sie auf und bezahlte den Anruf, bevor sie sich auf den Weg zum Gate machte. Sie stellte sich vor, wie sie mit Hannah, Matt und dem niedlichsten Bagel-Welpen der Welt im Garten spielen würde. Jet reihte sich in die Schlange der Reisenden ein und versuchte, ihre Gefühle im Zaum zu halten. Den Tumult in ihrem Inneren verbarg sie hinter einem müden Gesichtsausdruck. Bis sie an der Reihe war und der Flugbegleiterin ihr Ticket gab, war sie wieder ganz sie selbst – cool, beherrscht und kontrolliert.

Sie hatte einen Fensterplatz gebucht und praktischerweise saß niemand neben ihr, denn die Maschine war nur halb voll, wie es auf den Flügen nach Indien oft der Fall war. Als das Flugzeug zur Startbahn rollte, schloss sie ihre smaragdgrünen Augen und stellte sich vor, wie ihre Tochter, unbeschwert und endlich in Sicherheit, mit einem Hundewelpen durch das Gras tollte.

Für einen kurzen Moment schien das Leben ganz wunderbar zu sein.

– E N D E –

»BRILLANT AUSGEARBEITET. ALLEIN DAS SCHIERE TEMPO IST ATEMBERAUBEND. EINE AUSSERGEWÖHNLICHE LEISTUNG.«

CLIVE BARKER

ZWEIFACH AUSGEWÄHLT FÜR DIE **KRIMIBESTENLISTE**
DER **FAZ** UND DES **DEUTSCHLANDFUNKS**

LUZIFER
VERLAG